JENNY COLGAN

Jenny Colgan est une romancière britannique autrice de nombreuses comédies romantiques et d'autant de délicieuses recettes de cuisine. Après la trilogie de « La Petite Boulangerie » (2015-2017), Jenny Colgan a publié le diptyque du « Cupcake Café » (2017-2018) ainsi que les séries « Au bord de l'eau » (2018-2023), « La Charmante Librairie » (2020-2022) et « La Confiserie de Rosie » (2023). Tous les ouvrages de Jenny Colgan sont publiés aux éditions Prisma et repris chez Pocket.

Retrouvez toute l'actualité de l'autrice sur :
www.jennycolgan.com

NOËL
À LA
CHARMANTE LIBRAIRIE

ÉGALEMENT CHEZ POCKET

LA PETITE BOULANGERIE DU BOUT DU MONDE
UNE SAISON À LA PETITE BOULANGERIE
NOËL À LA PETITE BOULANGERIE

–

RENDEZ-VOUS AU CUPCAKE CAFÉ
LE CUPCAKE CAFÉ SOUS LA NEIGE

–

UNE SAISON AU BORD DE L'EAU
UNE RENCONTRE AU BORD DE L'EAU
NOËL AU BORD DE L'EAU
L'HÔTEL DU BORD DE L'EAU SOUS LA NEIGE

–

LA CHARMANTE LIBRAIRIE DES JOURS HEUREUX
LA CHARMANTE LIBRAIRIE DES FLOTS TRANQUILLES
LA CHARMANTE LIBRAIRIE DES AMOURS LOINTAINES
NOËL À LA CHARMANTE LIBRAIRIE

JENNY COLGAN

NOËL À LA CHARMANTE LIBRAIRIE

Traduit de l'anglais
par Laure Motet

ÉDITIONS PRISMA

Titre de l'édition originale :
THE CHRISTMAS BOOKSHOP

ISBN : 978-2-266-33327-6
Dépôt légal : octobre 2023

Aux vaccinologues, parce que, chapeau,
vous nous avez tous sauvés.
Vous êtes formidables, formidables !
Et aussi aux soignants qui nous ont vaccinés.
Merci.

« Oh, comme il est doux, agréable,
pour l'œil spirituel de voir différentes sortes
de croyants… »

Dicton quaker

Prologue

— Mais on est en *août* ! s'écria Carmen dans le combiné en posant son livre. En août ! Il fait presque beau dehors ! J'ai des sandales aux pieds ! Les marchands de glace sillonnent le pays ! La semaine dernière, j'ai mis de la crème solaire, et j'en ai presque eu besoin ! Comment veux-tu que je le sache ?

— C'est pratique de le savoir à l'avance, c'est tout, reprit la voix douce de sa mère.

Carmen poussa un soupir. Elles se disputaient tous les ans à ce sujet.

— Et, bien sûr, Sofia…

Carmen grimaça.

— Oui, je sais : elle va pondre un autre mouflet et surpeupler le monde, bla bla bla.

— Carmen June Hogan, sois gentille.

— Enfin, maman. Elle en a déjà trois. C'est juste de l'avidité. De toute façon, je ne sais pas encore ce que je ferai à Noël. Je pourrais peut-être partir.

— Avec qui ?

Sa mère semblait dubitative.

— Je pourrais rencontrer quelqu'un d'ici Noël ! Qui pourrait m'emmener en escapade à la Barbade ! Ou à Los Angeles !

Elle perçut presque le sourire de sa mère à l'autre bout du fil.

— Donc, si j'ai bien compris, tu ne passeras pas Noël avec nous, parce que tu seras à Los Angeles ?

— C'est une possibilité.

À bientôt trente ans, Carmen se transformait toujours en ado difficile quand elle s'opposait à sa mère, mais elle ne devait pas être la seule dans ce cas, se rassura-t-elle.

Mais on était encore en août. En août. Elle n'avait pas envie de penser à la fin de l'été, ni à un nouveau Noël – dormir dans son ancienne chambre, désormais remplie de tout un bric-à-brac qui ne lui appartenait pas, comme des machines à coudre et d'autres babioles ; relire tous les vieux livres de poche sur son étagère : *Le Ranch de Follyfoot*, tous les C. S. Lewis et *L'Enfant contre la nuit*, puisque c'étaient les fêtes.

Puis tout le monde s'extasierait devant les enfants bruyants, mal élevés, de Sofia et les gâterait tant qu'ils auraient à peine fini d'arracher le papier d'un cadeau (qui devait forcément être en bois et coûter une fortune) qu'ils passeraient déjà au suivant.

Au fil des ans, les présents que Sofia distribuait à ses proches devenaient eux aussi de plus en plus chers et luxueux, ce qui montrait de plus en plus clairement qui réussissait dans la fratrie… et qui dormait encore sous sa couette Spice Girls et offrait des cadeaux en solde provenant du magasin où elle était vendeuse.

Sa mère persévéra malgré tout.

— Sofia veut nous montrer sa nouvelle maison et elle ne voudra pas voyager… Je me suis dit qu'on pourrait tous aller chez elle, cette année, et que je cuisinerais… ?

Sofia était avocate à Édimbourg, à cent cinquante kilomètres de leur ville industrielle moribonde, située sur la côte ouest, et s'en sortait très bien, merci, avec son bel avocat de mari, ses bébés et ses Range Rover, bla bla bla. De son côté, Carmen n'avait pas quitté le grand magasin où elle travaillait le samedi quand elle était au lycée. Les affaires n'étaient pas florissantes, et la situation ne cessait d'empirer. Personne dans la famille n'évoquait le sujet, ce qui était encore pire.

Comme si elle lisait dans ses pensées, sa mère baissa la voix.

— Comment ça se passe chez Dounston's ?

Carmen comprit, même si son ton lui déplut.

— Eh bien… ça ira mieux à Noël, répondit-elle, et toutes deux voulurent vraiment y croire.

*

Carmen raccrocha sans avoir résolu la question de Noël de manière satisfaisante – ou, plutôt, en refusant de s'engager, sachant très bien que sa mère ferait comme elle voudrait et la compterait quand même. Bien sûr, rien d'autre ne se produirait d'ici là et, effectivement, le 24 au soir, elle y serait, que ce soit dans la nouvelle maison de Sofia (peu importait à quoi elle ressemblait, Carmen savait qu'elle hériterait du lit le moins confortable) ou sous sa vieille couette Spice Girls, perspective qui la déprimait au plus haut point. Elle parcourut des yeux la salle du personnel.

Idra, sa meilleure copine au magasin, venait tout juste d'arriver et lorgnait la tasse au motif floral de leur responsable, Mme Marsh, qu'il ne fallait utiliser sous aucun prétexte.

— N'y pense même pas.

— Je vais faire *pipi* dedans, répliqua Idra, verte de rage. Elle me remet au rayon des fichus chapeaux.

Carmen poussa un gémissement compatissant. Le rayon chapellerie était situé près de l'entrée, au motif que toute personne qui entrait se réfugier du froid glacial régnant dans la grand-rue de plus en plus déserte voudrait forcément s'acheter un chapeau.

Pour l'employé à la caisse malheureusement, c'était synonyme de rafales de vent mordant, mêlées à la chaleur excessive du générateur d'air chaud au-dessus de sa tête, qui le faisait transpirer, quelle que soit sa tenue. Même si, ces derniers temps, la porte s'ouvrait de moins en moins.

Carmen évaluait ses journées de travail en fonction de son temps de lecture. Elle conservait un livre de poche sous le comptoir pour les moments calmes, quand elle avait réaménagé les vitrines autant de fois qu'il était raisonnable de le faire dans une journée, puis épousseté, astiqué, arrangé et contrôlé les échantillons. Lorsqu'elle avait commencé chez Dounston's, le magasin était toujours bondé : elle lisait dans le bus et pendant sa pause-déjeuner. À présent, elle finissait un roman tous les trois jours, et le rythme s'accélérait sans cesse. C'était vraiment très inquiétant.

— C'est moi qu'elle déteste le plus, poursuivit Carmen en parlant de Mme Marsh.

Elle venait de regarder le tableau de service de la semaine suivante. Elle avait l'emploi du temps le moins pratique qui soit : elle faisait l'ouverture un matin, la fermeture le lendemain, puis se coltinait les deux le surlendemain. Malgré tout, curieusement, elle n'atteignait toujours pas un nombre d'heures suffisant pour gagner sa vie : incapable de boucler ses fins de mois, elle saignait ses proches à blanc, renonçait à tout amusement et, le dimanche soir, repartait avec les restes du repas préparé par sa mère.

— Elle m'a dit que j'avais l'air d'une traînée, renchérit Idra.

— Qu'est-ce que tu portais ?

— J'ai enlevé mon gilet. Pendant environ dix secondes.

Carmen éclata de rire, avant de se taire, comme l'intéressée entrait sans bruit dans la pièce. Les décennies passées à travailler dans la vente avaient appris à Mme Marsh à se déplacer avec discrétion, malgré sa forte corpulence : toujours à l'affût, elle guettait les éventuels malfaiteurs, chapardeurs, petits plaisantins, malades imaginaires et tous ceux qui, au fond, donnaient l'impression de prendre plaisir à faire du shopping dans un grand magasin.

Elle se mouvait en silence, ses pieds minuscules toujours parés d'élégants escarpins noirs, qui devaient la serrer et contribuer aux varices qui s'étendaient sur ses jambes année après année, tel du lierre croissant lentement, à peine visibles sous ses bas couleur chair. Elle avait la taille épaisse, et sa poitrine généreuse était engoncée dans un article provenant de la sélection

« grandes tailles » du rayon lingerie, qui donnait l'impression qu'elle n'avait qu'un seul sein, très large, qui pourrait aussi servir d'étagère en cas d'urgence.

Carmen et Idra s'accordaient à dire que, pour Mme Marsh, la perfection était un magasin entièrement vide, en ordre, d'une propreté irréprochable, sans clients pour mettre le bazar, salir les parquets cirés avec leurs chaussures boueuses, manquer de savoir-vivre dans l'ascenseur (elle se rappelait l'époque où les ascenseurs avaient encore des liftiers et en parlait souvent), ou laisser leurs enfants renverser la verrerie. Un magasin désert, voilà ce qu'aimait Mme Marsh.

Le plus terrible, au vu de ces dernières années, c'était qu'elle semblait sur le point d'obtenir satisfaction.

Une à une, les autres enseignes avaient quitté leur petite ville-dortoir – *BHS*, *Next*, *Marks and Spencer*, *WH Smith* –, et leurs boutiques avaient fermé. C'était une véritable hécatombe.

Dounston's, où, pendant des générations, les jeunes femmes avaient constitué leur liste de mariage et choisi les étoffes de leur robe ; les futures mamans acheté leur landau, et les familles acquis leur service en porcelaine, leur canapé, leurs tissus, leur électroménager ; Dounston's, qui vendait des uniformes scolaires en août et des parfums de luxe à Noël et qui possédait un rayon jouets fabuleux, devant lequel s'émerveillaient les enfants chaque année, quand ils venaient faire la queue pour prendre une photo avec le Père Noël et recevoir leur petit présent : Dounston's semblait bien parti pour venir ajouter son nom à la liste des victimes sur la grand-rue.

Carmen ne pouvait croire qu'une enseigne aussi solide, aussi étroitement liée à la vie de cette ville et de ses habitants (avec son vitrail représentant les navires que les hommes avaient construits sur la Clyde, un peu plus loin, et son café qui proposait des pâtisseries françaises et des scones, mais dédaignait le concept même d'une boisson aussi élaborée qu'un café latte), ferme un jour ses portes. C'était l'âme de leur cité.

Mais leur ville semblait finie. Morte. Ne restaient plus dans la grand-rue que des boutiques solidaires, des magasins de location de scooters électriques, des services de transfert d'argent et quelques initiatives de la municipalité vouées à l'échec, où l'on vendait de l'artisanat ou de l'art local.

Les gens souhaitaient que le centre-ville soit vivant, mais pas assez pour payer le parking, quand celui du centre commercial en périphérie était gratuit – sans compter que tout était reluisant là-bas et qu'il y avait un restaurant *Wagamama*.

Les gens souhaitaient que le centre-ville soit vivant, mais pas assez pour payer 17,99 livres une tasse en porcelaine anglaise affublée d'un dessin de bergère, quand ils pouvaient s'en procurer une tout à fait fonctionnelle pour moins de 5 livres sur Amazon ; pas assez pour faire tout ce chemin afin d'acheter trois mètres de ruban rose et découvrir qu'il n'y en avait pas en stock et qu'ils devraient se contenter du bordeaux, même s'ils voulaient du rose, quand cliquer sur la teinte de rose désirée sur un site en ligne et se faire livrer le lendemain leur auraient pris deux minutes.

Carmen comprenait. Elle était aussi coupable que les autres en matière d'achats en ligne, alors qu'elle était tous les jours dans le centre-ville. Et puis, qui utilisait encore des ronds de serviette de nos jours ? Combien de coussins décoratifs un être humain sain d'esprit pouvait-il acheter au cours d'une vie ? Et les demoiselles d'honneur ne confectionnaient plus leur robe dans de grandes bandes de satin (ou de satinette, par souci d'économie) violet et rose. Elles les commandaient à l'étranger, d'où elles arrivaient tard, mal ajustées, puis elles devaient venir au magasin, gênées, afin de demander des conseils pour les reprendre et faire un ourlet, ou d'acheter une fermeture Éclair de rechange à la dernière minute.

Or, trois jours après le coup de fil de sa mère, cela se produisit. Elles furent convoquées. Idra pesta, regrettant de ne pas avoir empoisonné cette fichue tasse, tandis que Mme Marsh, qui devait avoir dépassé l'âge de la retraite depuis longtemps (Idra estimait qu'elle avait environ quatre-vingt-dix ans), prenait un certain plaisir à leur annoncer qu'elles se faisaient toutes licencier, ou, avec son élocution élégante, affectée, qu'elles « étaient malheureusement remerciées ».

Elle parcourut la salle des yeux derrière ses larges lunettes à monture pastel, puis lissa ses cheveux courts et laqués.

— *Certaines* d'entre vous, j'en suis sûre, auront d'excellentes références et trouveront très facilement un autre poste, dit-elle en regardant avec insistance sa préférée : cette lèche-bottes de Lavinia McGraw.

À ces mots, Carmen et Idra échangèrent un regard, et Carmen eut l'horrible impression qu'elle allait éclater de rire, alors que ce n'était pas du tout de circonstance.

Parce que cette nouvelle était terrible. Bouleversante. Une vraie catastrophe. Et elle l'avait vue venir. Tout le monde l'avait vue venir. Mais elle n'avait rien fait. Blâmer Mme Marsh ne servait plus à rien.

Chapitre 1

Sofia D'Angelo, née Hogan, examina la couronne de Noël sur la porte d'entrée d'un noir brillant en plissant les yeux, la remit droite, puis se recula d'un pas pour admirer le parfait effet de symétrie.

C'était plus fort qu'elle. Dès qu'elle avait vu la maison, elle avait su. Elle en était tombée amoureuse au premier regard. Certes, le sous-sol était un peu humide. C'était une vieille bâtisse. Mais l'amour ne se commandait pas. Personne n'était parfait. Même si, ce jour-là, le numéro 10 de Walgrave Street frôlait la perfection.

La maison se nichait dans une rue de maisons mitoyennes de tailles différentes, mais était l'une des plus petites : quatre étages en tout, sous-sol et combles inclus. Faite de grès gris foncé, elle avait été construite à l'époque géorgienne, tout au bout de la « Nouvelle Ville » d'Édimbourg (qui n'était pas nouvelle du tout). Elle était dotée de cinq magnifiques fenêtres à douze carreaux, comme sur un dessin d'enfant, d'un balcon ajouré au niveau du dernier étage et d'un élégant perron de pierre, protégé par une balustrade noire en fer forgé, autour de laquelle s'entortillaient d'épaisses branches de houx, décorées de guirlandes lumineuses chic et chaleureuses et de nœuds rouges en tartan. On aurait dit une maison sur une carte de vœux, avec sa lumière accueillante qui filtrait de l'intérieur pour éclairer le trottoir glacé, et ses deux immenses sapins, un par étage, ornés des mêmes guirlandes lumineuses et des mêmes nœuds rouges que la balustrade.

Deux sapins de Noël ! Sofia était aux anges. Elle et son mari en avaient parcouru du chemin depuis leur petit appartement HLM à l'autre bout du pays.

Elle avait réservé son créneau de livraison Ocado au mois de septembre ; les cadeaux en bois des enfants étaient déjà emballés dans des papiers de couleurs différentes – cela tombait sous le sens, le Père Noël comprenait ce genre de choses ; elle avait acheté sa robe de soirée, même si elle s'attardait rarement aux fêtes en général, et à plus forte raison cette année, puisqu'elle était enceinte jusqu'au cou. La crèche vivante et le concert de l'école étaient inscrits dans le calendrier, tout comme le spectacle spécial Noël au Royal Lyceum Theatre. Et on n'était que début novembre. Ils venaient tout juste de ranger la grande corbeille de bonbons sans sucre et de retirer les élégantes couronnes de Halloween, les citrouilles et les décorations noires et orange autour de la porte.

Tout allait pour le mieux dans le monde de Sofia.

Sauf Carmen, bien sûr.

Leur mère lui avait téléphoné. Cela faisait trois mois que sa sœur était rentrée vivre chez leurs parents sans perspective d'embauche, et sa mère l'appelait chaque semaine pour la supplier de lui trouver quelque chose. Ses coups de fil étaient de plus en plus désespérés.

Il n'y avait pas de travail dans leur ville, et encore moins dans la vente. Et Carmen faisait preuve de mauvaise volonté.

Quand Sofia était petite, elle aimait mettre ses poupées en rang pour leur apprendre à bien se tenir à l'heure du thé. Son monde était ordonné, bien réglé. Puis, quand elle avait quatre ans, sa mère était tombée enceinte. Durant cette période, des tas de gens lui avaient dit qu'elle serait une grande sœur formidable, ce qui lui faisait très plaisir, d'autant qu'elle avait reçu une montagne de super cadeaux, lorsque le bébé n'avait eu droit qu'à de vieux vêtements. Cette époque avait été géniale. Étant une personne intelligente (même à un si jeune âge), elle s'était immédiatement préparée à accueillir Carmen comme une amie, une alliée, une fidèle.

Malheureusement, le monstre hurlant, tout rouge et fripé, qui avait fait son apparition ne ressemblait en rien aux petites sœurs dans ses livres de conte. Un peu plus grande, Carmen n'aimait pas les poupées, ni jouer à la dînette, ni les nouvelles robes. Elle n'aimait pas les robes tout court, en réalité, et elle détestait l'école, que Sofia adorait. Dès sa naissance, Carmen avait fait des histoires. Elle faisait des histoires pour tout et n'importe quoi : sortir, rentrer, se rendre à l'étage, prendre un bain, se laver les cheveux, aller à son cours de natation ou chez des gens, monter dans sa poussette ou en descendre.

Sofia n'avait jamais réussi à lui faire comprendre pourquoi il était beaucoup plus simple d'être gentille avec les autres, qu'elle en ait envie ou non, et de les laisser sourire, lui caresser les cheveux et lui donner un biscuit. Cela ne paraissait pas bien compliqué à Sofia.

Carmen, en revanche… Elle mettait Sofia dans l'embarras, venait gâcher ce moment d'autosatisfaction. Elle fronça les sourcils. Apparemment, sa sœur… traversait à nouveau une mauvaise passe, lui avait dit sa mère. Ce qui expliquait pourquoi elle n'était pas venue à la fête d'anniversaire de sa fille et n'avait même pas pris la peine d'envoyer une carte, ni d'appeler, ni de la tenir un tant soit peu au courant de ce qui se passait dans sa vie.

Enfin, inutile de s'alarmer pour cela maintenant. Sofia détendit son front ; pas de Botox jusqu'à l'accouchement. Elle s'inquiéterait pour Carmen quand elle n'aurait plus le choix.

Elle admira une dernière fois son amour de maison, puis se mit en route pour le travail en évitant d'un pas lourd les flaques verglacées.

Chapitre 2

— Sofia ne veut pas que je vienne.

— Ne dis pas de bêtises, mentit sa mère. Vous êtes simplement à des stades différents de votre vie. Et tu lui as fait de la peine en ne venant pas à la fête d'anniversaire de Pippa.

— Je lui ai fait de la peine ? Il ne se passe absolument rien dans ma vie, je suis là, de retour dans ma chambre d'enfant après avoir perdu mon job, mais, bizarrement, il n'y a que les sentiments de Sofia qui comptent.

— Ma chérie, s'il te plaît. Même pas une carte d'anniversaire ?

— Elle ne veut pas que je vienne. Je ne suis que sa petite sœur bizarroïde, que tout le monde doit plaindre ; toujours vendeuse, ce qui n'est même plus d'actualité aujourd'hui ; toujours pas mariée, ni toute contente d'être enceinte, comme toutes ses snobinardes de copines citadines, rétorqua Carmen, le rouge lui montant aux joues malgré elle.

— Tu as le droit d'être jalouse, remarqua sa mère, avant de se rendre compte que c'était précisément la chose à ne pas dire et de prendre une expression épouvantée.

— Je ne suis pas jalouse ! Je lui laisse volontiers sa marmaille. Je ne pensais pas qu'elle en ferait toute une histoire, c'est tout. Je pensais qu'elle avait d'autres chats à fouetter que de savoir si je venais ou non à une stupide fête d'anniversaire.

— Savoir si son unique sœur serait là pour ses enfants ?

— Mais ce ne sont pas *mes* enfants ! Et il y a *toujours* un truc. Un mariage. Un baptême. Une fête d'anniversaire. Une fête prénatale. « S'il te plaît, Carmen, renonce à ton précieux temps libre et viens me dire que je suis géniale, que ma vie est géniale, que mes enfants sont géniaux. Et, au fait, je veux que tu apportes des cadeaux hors de prix, trop chers pour toi, et on ira manger dans des restaurants trop chers pour toi, mais j'insisterai pour payer ta part, ma pauvre sœur fauchée. Ooh ! Regardez mon immense maison ! »

Carmen croisa les bras avec colère. Son petit appartement en location lui manquait, mais elle n'avait pas un sou. Elle avait fait quelques extras dans des cafés et des bars, mais la ville entière cherchait un emploi. Ses parents ne lui faisaient aucun reproche, ce qui n'arrangeait rien. Elle savait ce qu'ils mouraient d'envie de lui dire – que c'était une fille intelligente, qu'elle aurait facilement pu aller à l'université, avoir un métier, une profession. Mais elle s'était obstinée, ne les avait pas écoutés.

Elle dirigeait donc sa frustration contre les autres.

— Sans compter que vous vouez un culte à vos petits-enfants et que vous laissez toujours tout tomber pour vous précipiter là-bas. On dirait que toute cette famille forme le fan-club de Sofia. Et parce que je n'ai pas envie d'en faire partie, c'est *moi* la *méchante*.

Sa mère ne répondit pas. Il y avait du vrai dans ce que sa fille disait : avec trois enfants, les fêtes, les cadeaux, les chichis étaient nombreux. Elle n'était même pas certaine que Carmen connaisse l'âge de ses neveu et nièces. Or de nombreuses femmes étaient de véritables tatas poules. Elle souhaitait tant que ses filles se rapprochent. Elle souhaitait qu'ils se rapprochent tous : c'était cela, la famille.

— Je crois qu'elle a vraiment besoin de toi en ce moment, reprit-elle sans vraiment le penser.

— Ce n'est pas vrai. Elle a sa « super nounou » (Sofia ne tarissait pas d'éloges sur sa super nounou, et Carmen était certaine que sa sœur ne parlait jamais d'elle comme ça). Et Federico.

— Il est toujours en déplacement pour le travail. Elle est sur le point d'avoir un autre bébé. Elle n'est pas encore en congé maternité. Trois enfants, c'est beaucoup. Même avec une nounou. Et elle a de la place. Et elle a dit qu'elle pouvait t'aider.

*

— Tu n'es pas sérieuse, maman ?

Voilà ce que Sofia avait réellement dit quand sa mère avait fait une nouvelle tentative.

— Tu ne vas pas me refourguer cette sale gosse. J'ai déjà trois enfants, plus Federico, un autre en route, un dossier important que je ne peux pas laisser tomber, et tu veux en plus que je m'occupe de Carmen ?

— Les personnes débordées sont toujours les plus efficaces ? tenta sa mère, pleine d'espoir. Il n'y a plus rien ici, Sofia. Rien. La ville est finie.

— Je sais. C'est l'effervescence, ici.

— Et ta sœur… Je déteste la voir aussi triste.

— Elle ne voudra pas venir, répondit Sofia, tiraillée par la culpabilité. Elle pense qu'Édimbourg est remplie de crétins en pantalon rouge, de vieux snobinards barbants et imbus d'eux-mêmes.

— Elle ne…

C'était exactement ce que Carmen pensait, et elle l'avait dit à voix haute à maintes reprises.

— Je me suis juste dit…, poursuivit sa mère. Elle fait comme si tout allait bien, mais ce n'est pas vrai, et ça nous rend malades. Elle ne voit personne ; elle n'a pas de travail… Je suis si inquiète.

— Pourquoi Carmen serait-elle mon problème ?

— Ce n'est pas ton problème. C'est notre problème à tous. Non, ce n'est pas ce que je veux dire. Mais je me suis juste dit… qu'elle pourrait apprendre à connaître tes enfants.

Sofia pouffa.

— Elle ne connaît même pas leurs prénoms !

— Mais si !

— Elle n'a même pas pris la peine de venir à la première communion de Pippa. Il y avait une place vide à table.

— Je sais.

Elle n'avait pas été maligne sur ce coup.

— Elle m'a envoyé un texto vingt-quatre heures plus tard pour me dire « Déso ». *Déso*.

— Elle ne sait pas ce que c'est, avoir des enfants. Elle ne comprend pas qu'on pense à eux en permanence. Qu'ils sont le centre de notre univers. Elle ne le comprend pas du tout.

— Je sais.

— Elle ne comprend pas qu'on se fait du souci pour eux à longueur de temps et que, quand l'un d'eux ne va pas bien, on ferait n'importe quoi pour qu'il aille mieux…

— N'en rajoute pas, maman !

Mais l'esprit vif de Sofia cogitait déjà.

— Est-ce que c'était une bonne vendeuse, au moins ? Ou est-ce qu'elle passait son temps à faire le pied de grue et à se moquer du monde, comme à l'école ?

— Non, c'était une bonne vendeuse. Tout le monde venait lui acheter sa robe de mariée, quand ça se faisait toujours et qu'on ne les commandait par sur Internet.

— Est-ce qu'elle ramène toujours ses mecs horribles à la maison ?

Sa mère grimaça.

— Ça a été dur pour elle.

— Est-ce que tu te souviens du poète ?

— Oui. Ce dimanche midi où il a déclamé tout un sonnet érotique devant ton père, ça valait le détour.

Elles éclatèrent de rire, mais cessèrent vite : se moquer de Carmen n'était pas gentil. Mais, parfois, elle le cherchait bien.

— Argh, fit Sofia.

— Ooh. Toi, tu as une idée…

Sofia réfléchissait à toute vitesse. Au bout d'un moment, elle reprit la parole :

— Mais si elle gâche tout…

— Ça se passera bien ! se récria sa mère, en croisant fort les doigts.

Chapitre 3

Ce n'était qu'une idée, se rappela Sofia à elle-même le lendemain. Pas un engagement. Ni une promesse.

Mais M. McCredie comptait parmi les clients du cabinet depuis si longtemps ; Sofia ne l'avait pas encore intégré. Si – et c'était un grand si – Carmen était une bonne vendeuse, eh bien, cela pourrait leur permettre de repousser le pire, du moins le temps de trouver un acheteur. Et cela ferait plaisir à sa mère. Et peut-être même à Carmen, qui pourrait lui témoigner un peu de reconnaissance, alors.

Avec un peu de chance, ça ferait une bonne nouvelle à annoncer, en ce jour où elle en avait très peu.

La plupart des gens qui entraient dans le bureau de Sofia s'extasiaient devant son gros ventre. Sinon, ils lui adressaient leurs vœux ou lui posaient des questions par politesse. Mais M. McCredie, le client que Sofia recevait ce matin-là, n'était pas comme la plupart des gens. Il paraissait très mal à l'aise et détournait le regard.

Sofia, plus souriante que d'habitude, s'efforçait de ne pas faire attention à lui : après tout, M. McCredie était un excentrique, et les nouvelles étaient si mauvaises qu'il était sans doute préférable de ne pas recevoir de félicitations trop enthousiastes avant d'avoir à lui annoncer le pire.

— Alors ?

Nerveux, il jeta un coup d'œil à sa montre, très grosse et très ancienne. Il détestait ces rendez-vous. Sofia n'en raffolait pas non plus.

— Monsieur McCredie, j'ai fait ce que vous m'aviez demandé, mais je dois vous dire, et vous devriez parler à votre comptable aussi, que j'ai peur que ce ne soit fini. C'est presque fini. Il n'y a presque plus rien à vendre.

C'était un crève-cœur. Une fortune familiale, une réputation, un grand domaine dans les Highlands qui avait généré des revenus pendant des années.

Mais gérer le domaine n'intéressait pas M. McCredie. Il l'avait laissé se délabrer, et l'immense demeure tombait en ruine. Il n'avait pas de famille, pas de frères et sœurs pour prendre le relais. Il lui restait l'appartement et la librairie d'Édimbourg, mais cette dernière ne rapportait pas un sou, de sorte qu'il avait vendu de plus en plus de terres et dépensé une part toujours plus importante de son héritage, son capital, pour vivre.

À présent, la demeure était vendue, et l'argent de la vente avait été englouti par l'impôt sur les plus-values, la taxe foncière et tout le toutim. Sofia devait donc s'acquitter d'une tâche difficile : lui annoncer qu'il s'était vu léguer une fortune, mais qu'il l'avait épuisée – pas en jouant, ni en se mariant, ni en menant la grande vie, mais simplement par négligence.

M. McCredie dit alors une chose surprenante.

— Ce n'est pas grave. Il n'y a que la librairie qui compte pour moi.

— Ha ! Oui, la librairie. J'ai bien peur d'avoir une mauvaise nouvelle de ce côté-là aussi.

M. McCredie parut étonné. Il tenait une librairie de livres anciens dans un vieux quartier de la ville : Sofia n'en savait pas beaucoup plus. À part qu'elle ne rapportait pas un sou.

— Ils vont augmenter les loyers, lui annonça-t-elle. Vous ne le saviez pas ?

M. McCredie haussa les épaules. Il n'excellait pas à ouvrir son courrier, elle le savait.

— Elle ne… elle ne semble pas rapporter d'argent.

Pour la première fois, l'inquiétude se lut sur son visage.

— Eh bien, c'est… Il ne s'agit pas de ça. C'est plus… Je vends des livres anciens, très rares. Très spécifiques. Vous ne pouvez pas entrer pour trouver le dernier Ian Fleming, vous voyez.

Sofia s'abstint de lui dire qu'il n'y avait pas eu de nouveau Ian Fleming depuis longtemps.

— Je le sais.

— J'ai constitué une collection… Je possède certaines des plus belles études architecturales de la ville !

— Je sais. C'est juste que… si la boutique est déficitaire, je ne vois pas comment elle pourrait être subventionnée.

— Mais elle… Je l'ai depuis si longtemps. Cela fait deux cents ans qu'il y a des librairies sur Victoria Street.

Sofia opina du chef.

— Je me suis renseignée. Vous pourriez la vendre comme une entreprise viable.

— Bigre ! Je n'ai vraiment pas envie de ça, répondit-il en clignant des yeux.

Sofia grimaça.

— Non, je veux dire que vous n'avez pas d'autre choix. Si la librairie ne commence pas à rapporter de l'argent, vous la perdrez quand même, sans rien en retirer.

Le vieil homme battit lentement des paupières.

— Et les loyers augmentent en début d'année.

— Je ne comprends pas ce que vous êtes en train de me dire.

Parce que vous avez refusé de lire les nombreux courriers qu'ils vous ont adressés à ce sujet, songea Sofia, mais elle ne lui aurait jamais avoué. Ce n'était pas sa faute à elle, si c'était si précipité. Sofia ne supportait pas la précipitation.

— Vous devez faire des bénéfices, poursuivit-elle. D'ici deux mois, dans l'idéal… Après Noël, avant que le loyer n'augmente. Si vous le faites, vous trouverez sans doute un acquéreur. Si vous continuez à perdre de l'argent… vous allez tout perdre.

Cette fois, quand il releva la tête, le vieil homme avait les yeux humides.

Elle poussa un soupir. L'univers complotait avec sa fichue mère.

— D'ici… *Noël* ? Je dois faire des bénéfices d'ici Noël ?

— Je crois que je connais quelqu'un qui pourrait vous aider.

Chapitre 4

Où que l'on aille à Édimbourg, on grimpe. Cela semble impossible, mais c'est vrai.

Et cela n'a sans doute jamais été aussi vrai qu'à la gare d'Édimbourg Waverley, couchée au fond d'un loch asséché, plantée de façon incongrue au milieu de la ville, quand d'autres cités plus sensées sont traversées de rivières et dotées de ponts ou d'aménagements adaptés.

Dans la torpeur de cet après-midi sombre et glacial, au milieu du hall de la gare grise, où retentissaient des sifflets et flottaient des effluves de café, une silhouette fluette, sac à dos hissé sur les épaules, regardait vers le haut avec colère, l'air mutin.

« Oh, pas besoin de prendre un taxi, ce n'est pas loin », lui avait écrit Sofia par texto. Or il s'avérait que, si l'on devait sans cesse grimper, en pleine tempête de vent, cela semblait loin, très loin, affreusement loin, même.

Carmen commença par emprunter l'escalier battu par le vent qui menait vers la sortie. La ville apparut alors autour d'elle, mais elle le remarqua à peine, à cause des milliers de touristes qui occupaient tout l'espace avec leur énorme sacs à dos. Elle était déjà venue à Édimbourg, bien sûr, lors de voyages scolaires ou pour le festival, mais elle ne connaissait pas bien la ville. En se frayant un chemin vers l'extérieur, tête baissée pour se protéger du vent, la première chose qu'elle vit fut un immense bar de plein air, installé juste devant la gare, entouré de guirlandes lumineuses, avec de la musique live.

Plus loin, en s'enfonçant dans le jour déclinant, elle tomba sur une fête foraine qui s'étendait à perte de vue, ainsi que sur des stands qui vendaient des saucisses, du vin et du chocolat chauds ou du schnaps. À l'évidence, les festivités commençaient tôt par ici.

Il y avait du monde partout : des petits enfants, les yeux écarquillés, avec des baskets clignotantes aux pieds ; des adolescents hilares en train de se bousculer ; des jeunes filles en débardeur et minijupe, indifférentes au froid. Carmen n'y prêta pas attention : elle suivait aveuglément son itinéraire sur son téléphone, tout en essayant de ne pas se faire renverser par ce qui s'avéra être un tramway, qui la klaxonnait comme un fou, découvrit-elle avec stupeur quand elle releva la tête.

Ils ont des trams, ici ? songea-t-elle en reculant d'un bond. Première nouvelle.

Elle se rappela à nouveau l'air déçu, tendu, de ses parents quand sa mère lui avait annoncé, avec le plus de ménagement possible, que le cabinet d'avocats de sa sœur avait un client qui tenait une boutique et qui avait besoin d'aide pour les fêtes.

— Vous avez laissé *Sofia* me trouver un *travail* ? avait-elle lancé, le visage défait.

Elle était tout à fait capable de se chercher un travail toute seule. Certes, elle passait aussi beaucoup de temps à faire défiler les informations anxiogènes sur Internet, à regarder Netflix et à relire la série des *Anne... La maison aux pignons verts* : c'était une manière de prendre soin de soi, après avoir perdu son emploi et son ancienne vie, alors elle ne voyait pas où était le problème.

— Comme ça, Sofia fait encore mieux que tout le monde, hein ?

Ses parents avaient échangé un regard.

— Elle veut juste t'aider, lui avait expliqué sa mère.

— Elle veut juste faire son intéressante. Et si je déteste ce boulot ?

Carmen traînait à la maison, faisait laver son linge et préparer ses repas : elle se comportait comme une enfant gâtée, elle le savait, et son père (son adorable père, qui ne reprochait presque jamais rien à ses filles) avait relevé les yeux de ses mots croisés et haussé les sourcils.

— Je veux dire… vous savez que je traverse une période difficile, avait-elle ajouté, sa voix se brisant.

Elle avait postulé à de nombreux emplois, mais, sans diplôme ni qualification, elle n'était jamais retenue. Elle aurait sans doute pu devenir strip-teaseuse ou chauffeuse-livreuse. Elle se demandait dans laquelle de ces deux professions elle excellerait le moins.

Elle avait attendu que ses parents prennent sa défense, comme ils le faisaient toujours, qu'ils lui disent que ce n'était qu'une mauvaise passe, que la fermeture du magasin n'était évidemment pas sa faute et qu'elle méritait bien une petite pause pour se remettre du choc.

Mais aucun d'eux n'avait rien dit. Son père avait gardé les yeux rivés au sol. Sa mère avait fait une tête d'enterrement mais était restée muette.

— Vous pensez tous que je suis pourrie gâtée, avait ajouté Carmen, abattue.

— Non, *chica*, avait répondu sa mère. C'est juste… On aimerait juste te revoir sur pied et…

— Vous pensez que je gâche ma vie.

— Aucune vie n'est gâchée, avait rétorqué son père, mais, dans leur coquette petite cuisine, sa phrase avait sonné bien creux.

*

Je vais être gentille. Me montrer reconnaissante, se dit Carmen en s'engageant enfin dans la bonne rue.

Sofia lui avait envoyé des photos de sa maison, mais elle ne les avait jamais vraiment regardées : elle avait tout bonnement supposé qu'elle serait grande, cossue, ridicule. Et elle avait vu juste, mais elle ne s'attendait pas à ce qu'elle soit jolie comme un cœur.

Chapitre 5

Sofia alla ouvrir la porte avec nervosité et appréhension. C'était ridicule, se dit-elle. C'était sa sœur. Elles pouvaient être proches. Les autres étaient proches de leur sœur ! Elle aurait aimé que Federico soit là, et non à Hong Kong. Il savait la prendre : il la taquinait, faisait ressortir son côté rigolo sans toucher la corde sensible, à savoir la comparer à Sofia et lui rappeler qu'elle était fauchée. Malgré tout, au moins, Carmen serait plus mince qu'elle, pour une fois. Sofia surveillait de près son alimentation et faisait du sport, quand Carmen mangeait beaucoup de pizzas et se plaignait que Sofia ait de la « chance ».

Leur mère, bien que secrètement ravie, avait promis de ne pas intervenir et de ne pas les contacter. C'était pour sa propre santé mentale, en réalité : elle ne supporterait pas de les avoir toutes les cinq minutes au téléphone pour les entendre râler. Ses petits-enfants lui manqueraient (elle en était gaga), mais c'était sans doute le coup de pouce dont Carmen avait besoin pour apprendre à connaître sa propre famille.

Elle l'espérait de tout son cœur.

Comme beaucoup de mamans, Irene n'arrivait pas à croire que ses enfants étaient adultes à présent. À ses yeux, elles n'étaient encore que des petites filles, qui portaient des robes d'adultes – ou des jeans déchirés, dans le cas de Carmen. Elle se rappelait les vacances à Ayr : Sofia essayait de pousser sa sœur à être sage pendant cinq minutes pour pouvoir manger une glace. La file d'attente s'étirait à l'extérieur du glacier italien, de nombreux clients ressortant avec leur cône ou leur petit pot, et la fillette s'agitait de plus en plus. Sofia avait beau essayer de la calmer, sa sœur s'était mise dans un tel état qu'elle avait renversé la glace d'un autre enfant. Cela avait viré à la catastrophe. Irene avait racheté une glace à l'autre petit, ce qui avait provoqué la colère de ses frères et sœurs, puis elle avait annoncé à Carmen qu'elle en était privée, parce qu'elle avait crié. Sofia avait alors regardé sa glace et lui avait proposé de donner un coup de langue… « Maman, elle mange tout ! Elle mange tout ! », et cela avait plus ou moins signé la fin de leur journée à la mer.

Mais elles étaient sœurs. Les sœurs finissaient toujours par se rabibocher, non ? Voir Sofia survoler sa scolarité avait été si dur. Petite, Carmen dévorait les livres, mais, une fois à l'école, elle n'avait pas supporté d'être comparée à sa brillante sœur et avait pris de plus en plus de retard, presque exprès, aurait-on dit.

— Ne les appelle pas, lui avait conseillé Rod, son mari, en lisant dans ses pensées, comme toujours. Laisse-les se débrouiller. Elles vont régler leurs problèmes.

— D'accord, d'accord, avait répondu Irene en levant les mains pour lui montrer qu'elle n'avait pas encore décroché son téléphone.

— Salut ! s'exclama Sofia en ouvrant la porte d'un coup, son plus grand sourire aux lèvres.

Carmen, pour une fois, en resta presque sans voix.

— Ça alors ! Mais regarde-moi cette maison !

Cette fois, Sofia sourit plus naturellement. Elle adorait que les autres aiment sa maison autant qu'elle.

— Entre vite, il gèle.

— Mais je veux juste… Enfin, on dirait qu'elle sort tout droit d'un livre de contes. C'est dingue ! Est-ce que tu es toujours heureuse ?

Une certaine mélancolie transparaissait dans sa voix, mais elle était sincère. On aurait dit une maison de poupées qui aurait pris vie. Elle ne pouvait même pas être jalouse ; cette maison était si jolie, si inaccessible. Autant jalouser Amal Clooney, à ce compte-là.

— Entre, répéta Sofia avec un sourire.

L'entrée élégante était équipée d'un placard pour ranger souliers et manteaux, et Carmen entreprit de se dévêtir en embrassant du regard le parquet lustré qui menait jusqu'à l'immense cuisine ouverte. Sur le mur du fond, une baie vitrée coulissante donnait sur le jardin de ville carré, dans lequel était installée une petite cage de foot. Sur la gauche, une porte ouvrait sur un joli salon, décoré dans des tons de noir et de gris tendance. C'était magnifique. Tout à coup, Carmen se rendit compte que son manteau était dégoûtant et son jean plein d'éclaboussures de boue. Elle eut l'impression de souiller les lieux par sa seule présence.

— Un thé ? dit-elle, espérant que Sofia réponde : « Oh, et puis mince, buvons plutôt du vin », sauf que, *pff*, elle était enceinte, bien sûr.

Barbant.

Elle suivit Sofia à pas feutrés, pieds nus, jusque dans la vaste cuisine, mais sa sœur haussa les sourcils d'un air interrogateur.

Carmen s'immobilisa, pas certaine de comprendre. Puis elle leva les yeux vers le bel escalier, avec ses rampes en métal surmontées de bois. Une enfant vêtue d'une robe en velours vert se tenait sur le palier : elle avait la même expression déterminée que sa mère. Elle était jolie, soignée, avec des cheveux soyeux peignés en arrière qui lui tombaient sur les épaules, une posture de danseuse et un regard direct.

— Euh, bonjour… Phoebe ? hésita Carmen.

— Non, je suis Pippa. Phoebe est toujours dans sa chambre. Maman, elle devrait être là, non ? C'est malpoli.

Sofia hocha la tête, au moment où un petit avion en papier passait à côté de la petite.

— BONJOUR !

— Jack, dit Carmen avec plus d'assurance, puisque c'était le seul garçon.

Âgé d'environ huit ans, il avait des cheveux courts coiffés en brosse, un visage rond, enjoué, et des taches de rousseur.

— Bonjourcommentçava ? demanda-t-il en se dirigeant vers le petit jardin avant que la nuit ne tombe, un ballon de foot sous le bras.

— PHOEBE ! hurla la grande d'une voix haut perchée en descendant les escaliers.

Carmen ne savait toujours pas quoi lui dire. Elle se sentit curieusement jugée, comme sa nièce la toisait.

— Tu as raté ma première communion, lança la fillette d'un ton accusateur. C'était en novembre. La sœur de *papa* m'a envoyé cette robe.

— Oh.

— Pippa, ma chérie, ne…

— Je dis ça comme ça. Je suis en CM2, au fait. J'aime la danse et les chevaux, mais je n'aime pas la pop coréenne : alors ne m'en offre pas, s'il te plaît.

— Euh, d'accord.

— PHOEBE !

— Ne hurle pas, s'il te plaît, intervint Sofia. Un thé ?

— Je vais le préparer, proposa Carmen, consciente que sa sœur avait un énorme ventre et se rappelant l'insistance de sa mère : elle était là pour *aider*, puisqu'elle ne payait pas de loyer.

Leurs relations étaient toujours un peu tendues.

— Non, non, papote avec les enfants, répondit Sofia en remplissant la bouilloire.

Cette bouilloire avait l'air hors de prix, songea Carmen. Comment pouvait-on s'acheter une bouilloire hors de prix ?

Pippa s'assit.

— Ma série préférée est *Just Add Magic*, mais on ne regarde pas beaucoup la télé, parce que Skylar dit que les écrans sont mauvais pour les yeux et pour l'âme.

— Qui est Skylar ?

— C'est la nounou, répondit Pippa au moment où sa mère disait :

— C'est une fille qui nous donne un coup de main.

— Où est-elle ? s'enquit Carmen.

— Oh, elle est étudiante, alors elle est en cours en ce moment. Tu la rencontreras… PHOEBE !

Des pas lourds retentirent dans l'escalier, et ils levèrent tous la tête.

Un autre double de Sofia fit alors son apparition, mais en moins reluisant, avec des cheveux emmêlés, en bataille. Cette fillette avait des joues rebondies, son visage paraissait poisseux, et sa lèvre inférieure ressortait, de sorte qu'elle semblait faire la moue.

— Est-ce que tu dormais, ma chérie ? l'interrogea Sofia.

— Non, répondit Phoebe d'une voix grincheuse.

— Voici ta tante, Carmen.

La fillette considéra Carmen d'un regard blasé.

— Je sais qu'elle ne nous envoie pas de cadeaux d'anniversaire, mais il faut être gentille avec elle, dit Pippa. La gentillesse est toujours la plus forte !

Carmen grimaça. Phoebe la dévisageait toujours. Elle n'avait pas l'air content.

— Est-ce que tu nous as apporté quelque chose ? finit-elle par l'interroger.

Cela n'avait pas effleuré l'esprit de Carmen. Elle passa en revue le contenu de son sac dans sa tête et se rappela avoir un paquet de Kettle Chips, qu'elle avait prévu de partager avec Sofia autour d'une bouteille de vin à laquelle, bien sûr, Sofia ne pourrait pas toucher. Bon sang.

— PHOEBE, la reprit Pippa. C'est malpoli. C'est malpoli, hein, maman ?

Sofia agita la main de manière désapprobatrice.

— Mais c'est malpoli.

— Tais-toi ! cria Phoebe.

Carmen se sentait mal à l'aise : cette jeune enfant lui inspirait à la fois de la compassion et une certaine antipathie.

— Euh…, répondit-elle, avant d'ouvrir son gros sac, qui, rempli des vêtements qu'elle avait fourrés dedans le matin en se réveillant en retard pour son train, s'éventra dans la cuisine (c'était de loin la chose la moins bien rangée dans cette maison).

— Ouah ! s'exclama Pippa.

Carmen sortit le paquet de Kettle Chips avec difficulté.

— Tenez, dit-elle en le lançant en direction des filles. Vous les partagez ?

Comme convoqué par un sifflet que lui seul pouvait entendre, Jack rentra à toute vitesse.

— DES CHIPS !

— Va-t'en… Elles sont pour moi ! répondit Phoebe, déjà en train de déchirer le paquet.

— Non, elles sont pour PARTAGER, rétorqua Pippa, qui s'efforçait de paraître au-dessus de tout ça mais tendait désespérément les mains pour attraper les plus grosses chips.

— Mais J'AI DEMANDÉ EN PREMIER !

— Beurk, elles sont nature, se récria Jack en crachant des miettes partout.

Sofia se redressa d'un coup, les yeux écarquillés.

— Mais c'est presque l'heure de dîner ! Vous ne pouvez pas manger de chips, les enfants !

Les trois petits la fixèrent par-dessus le sachet ouvert, la bouche pleine de miettes.

— Mais notre TANTE est là.

— Oh, laisse-les faire, intervint Carmen.

Sofia fronça les sourcils, mais la porte d'entrée s'ouvrit, et l'une des personnes les plus resplendissantes que Carmen ait jamais vues fit son apparition.

Skylar, en déduisit-elle, avait de longs cheveux blonds, une peau parfaite, un corps d'adepte du yoga et des yeux d'un bleu vif. Elle pénétra dans la pièce, puis fixa les vêtements gisant au sol et les enfants en train de se chamailler autour d'un paquet de chips, comme si elle n'était pas certaine d'être dans la bonne maison.

Sofia semblait un peu tendue.

— Oh ! Salut, Skylar ! s'exclama-t-elle, un brin trop enthousiaste. Je te présente ma sœur, Carmen.

Skylar fit alors une chose que Carmen trouva stupéfiante : elle leva un doigt pour signifier à Sofia, la grande avocate, de se taire une seconde.

— Bonjour, les enfants ?

Sa voix avait tendance à monter en fin de phrase, comme si elle posait une question.

Les enfants cessèrent aussitôt leurs chamailleries.

— Namasté, Skylar, se dépêcha de dire Pippa en reculant d'un pas.

— Namasté, marmonnèrent les deux autres, peu disposés à lâcher le paquet de chips.

Skylar fit un grand sourire, puis se tourna vers Carmen.

— Bonjour !

— Euh, oui, salut.

Elle était si jolie que c'en était hypnotisant.

— C'est juste que, si on doit travailler ensemble ? En général, Sofia n'autorise pas les enfants à manger des snacks ? Ni des cochonneries ? Juste avant de manger ? C'est très, très mauvais pour eux ?

— Euh, on ne va pas travailler ensemble ? répondit Carmen, se rendant compte qu'elle avait laissé sa voix monter en fin de phrase.

Sofia poussa un grognement, puis se concentra sur sa théière.

— Enfin, est-ce que c'est le cas ? demanda Carmen en se tournant vers sa sœur.

— Je me disais que... Deux soirs par semaine, Skylar a cours à l'université... tu pourrais peut-être... enfin, tu n'es pas obligée, bien sûr, mais tu pourrais peut-être... préparer le repas et t'occuper du coucher ?

Les enfants regardèrent Carmen, l'air aussi dubitatif qu'elle.

— Mais je vais travailler, moi aussi !

— Pardon, est-ce que tu pourrais déplacer ce sac ? demanda la voix de Skylar. J'aimerais bien sortir les recyclables pour aider à préserver la planète ? Tu sais que les sachets de chips ne sont pas recyclables ?

Carmen commit l'erreur de ne pas refermer son sac, si bien que, quand elle se pencha pour le ramasser, le contenu de sa trousse de toilette et ses petites culottes s'éparpillèrent au sol.

— DES PETITES CULOTTES ! s'esclaffa Jack.

Phoebe se mit elle aussi à rire, tandis que Pippa faisait une moue désapprobatrice. Sofia paraissait affligée d'assister à de telles atrocités dans sa cuisine Martin Moore. Le visage cramoisi, Carmen s'agenouilla pour ranger ses affaires dans son sac, qui, bien sûr, refusait maintenant de se fermer. Elle mit un temps fou à sortir sa trousse de toilette (qui était dégoûtante – elle crut d'ailleurs voir Skylar faire un commentaire entre ses dents) et quelques pulls, les fourrer sous son bras, s'asseoir sur son sac et le fermer, le tout sous l'œil de trois enfants qui respiraient bruyamment, couverts de miettes.

— Je vais te montrer ta chambre, lui dit Sofia en se levant avec difficulté de sa chaise. En fait, je devrais te faire visiter la maison.

— Je lance le couscous ? dit Skylar. J'espère que vous avez encore faim pour le dîner ?

La maison comptait un second escalier, qui descendait au sous-sol. L'escalier principal desservait le premier étage, qui accueillait un immense salon, une suite parentale avec dressing et salle de bains, ainsi qu'une chambre d'amis immaculée, puis les combles, où se nichaient les jolies chambres des enfants avec leurs imprimés marins, leurs guirlandes lumineuses et leurs banderoles décoratives achetées chez *The White Company*. Carmen remercia sa sœur pour la visite d'un sourire pincé, quand elle comprit que cette dernière la conduisait maintenant au sous-sol, l'air un rien contrit.

— Donc, je me suis dit…

Carmen reconnut le ton enjoué que Sofia utilisait lorsqu'elles étaient enfants et qu'elle avait une mauvaise nouvelle à annoncer, comme quand elle n'avait eu qu'un A– à la place de ses A+ habituels ou quand Carmen n'avait pas pu garder le chat qu'elle avait trouvé dans la rue, parce qu'il appartenait à quelqu'un d'autre.

— … que tu pourrais dormir ici. Il y a une salle de bains : tu n'auras donc pas à la partager avec les enfants. Et une entrée indépendante pour te permettre d'aller et venir à ta guise !

Elle rendait l'endroit si tentant qu'il devait y avoir anguille sous roche. Cela ne rata pas : quand elles traversèrent le petit paradis de la cuisine, chaud et inondé de lumière grâce à sa porte coulissante, pour rejoindre le sous-sol, Carmen comprit mieux.

Devant elles se trouvaient trois minuscules pièces – d'anciennes chambres de bonne, à l'évidence – et une petite salle d'eau sans baignoire.

Derrière elles, un grand débarras était rempli de tout le bazar que la plupart des gens devaient stocker dans leur vraie maison : planches à repasser, machines à laver, bottes en caoutchouc, manteaux d'hiver. Pas étonnant que leur intérieur soit aussi impeccable, songea Carmen avec colère, puisqu'ils pouvaient se permettre de jeter toutes leurs affaires au bas de l'escalier.

— Et tu seras à côté de Skylar, vous allez pouvoir sympathiser !

— Oui, je suis là pour l'aider, apparemment, commenta Carmen.

Sofia poussa un soupir. Elle faisait de son mieux, mais cela ne semblait jamais marcher avec sa sœur.

— Écoute, dit-elle. C'est juste pour quelques soirées. Pour m'aider un peu, c'est tout. Je rentre tard, parfois. Et pour quelques matins aussi.

— Mais je pourrais rentrer tard, moi aussi. C'est quoi, ce travail, d'ailleurs ? Maman m'a juste parlé de vente.

C'était totalement faux, mais Carmen ne l'avait pas vraiment écoutée. Et puis, Sofia n'avait pas été honnête à cent pour cent avec sa mère sur la situation désespérée de la librairie, au cas où Carmen s'emporterait et refuserait de venir.

— C'est une librairie. Elle appartient à un de mes clients. M. McCredie. Il a besoin d'aide pour la période des fêtes.

— Ça me semble pas mal.

— Tu aimes lire, n'est-ce pas ?

Au contraire de Carmen, Sofia n'avait jamais été une grande lectrice : elle avait beaucoup étudié, lu de nombreux manuels, et, à présent, elle aimait les magazines de décoration intérieure, quand Carmen écoutait son cœur et lisait tous les livres qui attisaient sa curiosité : sur l'espace, l'histoire, des romans d'amour, tout ce qui la tentait, passant d'un livre à l'autre, tel un papillon.

Carmen répondit d'un haussement d'épaules.

— Donc, dit Sofia.

— D'accord, répondit Carmen. Qu'est-ce que Skylar étudie ?

— Un truc artistique ? Je ne suis pas sûre.

— Elle semble très… organisée.

Sofia n'était pas d'humeur à parler de Skylar, après toute une série de jeunes filles au pair imprévisibles qui passaient leurs journées à pleurer, victimes du mal du pays, à piller le frigo, à fumer dans leur chambre, à flirter avec Federico et même à voler.

— Elle est super. S'il te plaît, ne te brouille pas avec elle. J'ai vraiment besoin d'elle.

Carmen s'apprêtait à répliquer qu'elle ne se brouillait jamais avec personne mais se ravisa, car ce n'était pas tout à fait vrai.

— D'accord, je serai gentille.

Sofia sourit.

— Tu n'es pas *obligée* d'être gentille, dit-elle, comme quand elles étaient petites et que Carmen s'était encore attiré des ennuis : « Tu dois juste faire semblant devant les adultes. »

Ce qui constituait une sorte de trêve, suffisante pour leur mère quand Sofia l'appela pour tout lui raconter, mais qui dura un peu moins de vingt-quatre heures.

Chapitre 6

Eh bien, songea Carmen le lendemain matin en se réveillant dans cette chambre inconnue, sombre et silencieuse, et en regardant autour d'elle. Le dîner de la veille avait été éprouvant : Phoebe avait refusé tout net de manger son couscous, et, intérieurement, ils avaient tous tenu Carmen pour responsable, après l'épisode des chips. Puis Sofia avait encouragé Pippa à jouer du basson (ce que la fillette avait fait, fort et mal) et Phoebe à chanter, suggestion qui avait été accueillie avec autant d'enthousiasme que le couscous, pendant que Jack donnait des coups dans le pied de l'élégante table Shaker. Carmen avait préféré aller se coucher tôt, avant de semer un peu plus la pagaille.

Et, aujourd'hui, elle commençait le travail. Un nouveau travail. Pff.

Cela se passerait peut-être bien. Une jolie librairie, où les gens venaient s'asseoir pour bouquiner ; un endroit calme, où elle pourrait boire du thé et attraper un bon roman, qu'elle lirait tranquillement dans un coin, jusqu'à ce qu'un client ait besoin d'elle.

Ce serait bien, non ? Agréable. Un peu d'époussetage. Ce serait plus facile que la mercerie, avec la frénésie des mariages et les problèmes de dentelle des mariées. Les livres, ce n'était pas bien compliqué. Et puis, le jeune M. McCredie, comme l'avait appelé Sofia, était apparemment « gentil, bien qu'un peu réservé ». Cela ne semblait pas mal. Il ne pouvait pas être pire que Mme Marsh, c'était certain. Carmen avait voulu demander son âge à Sofia mais n'avait pas eu envie de voir sa sœur sourire bêtement, comme elle le faisait quand elle s'enthousiasmait pour sa vie amoureuse ou mentait en affirmant adorer ses petits amis, quand il était évident qu'elle considérait tous les hommes qui n'étaient pas à la hauteur de Federico, avec ses cheveux, ses manières, son travail et ses costumes sur mesure impeccables, comme des moins que rien. Le fait que Carmen soit parfois sortie avec des moins que rien n'arrangeait pas les choses. Mais bon, les moins que rien ne manquaient pas : c'était la loi des probabilités.

Elle monta prendre son petit déjeuner. Les deux plus jeunes étaient déjà attablés : Jack portait un pyjama à boutons un peu désuet ; Phoebe une chemise de nuit au motif trop chargé. Ses cheveux rebiquaient en tous sens, et elle arborait une expression menaçante qui, chez une personne un peu plus âgée, aurait incité Carmen à lui apporter un café.

Quand Carmen demanda comment elle pouvait se rendre à son travail, Sofia fronça les sourcils, avant de répondre qu'elle devait y aller à pied : on se déplaçait comme cela ici ; les bus ne se rendaient que dans des endroits étranges, et le tram ne desservait que l'aéroport.

— Que l'aéroport ? répéta Carmen, troublée.

— Que l'aéroport. Rien d'autre.

— Mmh, mmh. Et à vélo ?

— Est-ce que tu es douée pour monter des escaliers à vélo ?

— Est-ce que je peux emprunter ta voiture, alors ? l'interrogea Carmen en regardant dehors, dans la rue, où les rafales faisaient tourbillonner les feuilles.

— Une voiture ? Dans le centre d'Édimbourg ? (On aurait dit que Carmen venait de proposer d'aller au travail à dos de dragon.) Elles te tueront.

— Qui ça ?

— Les… pervenches.

Sofia parut anxieuse tout à coup, comme si le simple fait de prononcer leur nom risquait de les faire apparaître.

— Ne prends pas ce risque. Je t'en supplie, ajouta-t-elle.

Sur ce, elle tourna les talons, puis se rendit au placard sous l'escalier, excessivement spacieux et bien agencé, d'où elle sortit une énorme parka rembourrée, couvrante, de bonne qualité.

— Essaie ça.

Carmen regarda son blouson en cuir usé.

— Ça va.

— Non, je t'assure. Tu vas geler.

— Ça va aller, répéta Carmen en consultant Google Maps.

— Monte ces escaliers, ici, continue tout droit, puis descends ces escaliers-là, lui expliqua Sofia. Sinon, tu peux faire le tour du château et monter l'escalier qui y mène.

— Je ne veux monter *aucun* escalier.

Sofia lui adressa un sourire bienveillant.

— Est-ce que tu veux que je te prépare un panier-repas ?

— Non, merci.

Carmen aurait adoré un panier-repas, mais elle refusait de donner à sa sœur enceinte de huit mois une raison supplémentaire de se lever et, par là, l'occasion de démontrer sa supériorité en tout.

— Je trouverai mon chemin. Ne t'inquiète pas ! Et je peux me préparer un panier-repas toute seule !

— Oui, merci, lança une petite voix à côté d'elle. J'aime les sandwichs au Nutella.

Sofia s'étrangla de rire, avant de jeter un regard inquiet en direction de Skylar, qui, assise en tailleur sur un tapis, méditait avec ostentation.

— Ah ! comme si on avait du Nutella dans cette maison.

— J'en ai mangé une fois, à un goûter d'anniversaire, se rappela Phoebe d'un ton nostalgique, comme si elle décrivait un paradis perdu. Je ne l'oublierai jamais.

Carmen se demanda si leur acheter un énorme pot de Nutella chacun ferait un bon cadeau de Noël.

— Ne t'en fais pas pour ça, poursuivit Sofia. Je les prépare le dimanche soir, et on les sort du congélateur en partant.

— Qu'est-ce que c'est aujourd'hui ? demanda Phoebe.

— Houmous et radis ! Génial, non ? J'ai dessiné un visage joyeux avec les tiens.

— Les radis ne rendent personne joyeux, rétorqua Phoebe.

— J'adore les radis, maman ! déclara Pippa en apparaissant à la porte de la cuisine.

Ayant déjà revêtu son uniforme bleu et son joli kilt en tartan, elle était impeccable, élégante, sans un pli, ses cheveux soyeux brillants dans une queue-de-cheval parfaite.

Sofia lui sourit.

— Eh bien, tant mieux, c'est bon pour la santé. Est-ce que tu veux des raisins secs en plus ?

— Oh, oui, s'il te plaît !

— « Oh, oui, s'il te plaît », la singea Phoebe. « Oh, s'il te plaît, s'il te plaît, je veux des RAISINS SECS DÉBILES en plus, parce que je suis cette DÉBILE DE PIPPA. »

Carmen se dirigea vers la porte au moment où Sofia grondait Phoebe pour sa grossièreté.

— Souhaitez bonne chance à tata Carmen pour son premier jour à son nouveau travail.

— Bonne chance, tata Carmen ! claironna Pippa.

Phoebe, elle, fronça les sourcils.

— J'espère que les gens seront gentils avec toi, lança-t-elle d'un ton qui laissait entendre qu'elle ne s'attendait pas nécessairement à ce que ce soit le cas.

— Merci, répondit Carmen, un peu inquiète à ce sujet, elle aussi.

*

Sofia avait raison à propos des escaliers à monter et à descendre. Elle avait insisté pour que Carmen passe par Princes Street. Elle aurait pu emprunter un autre itinéraire, mais il comprenait des rues basses et des rues hautes et, sans vouloir être insultante, elle n'était pas certaine que Carmen soit suffisamment en forme. Carmen avait partagé son avis.

À la place, elle longea donc la rue principale de la capitale. D'un côté, on trouvait les enseignes et les magasins habituels, comme dans toutes les grandes villes, mais, de l'autre, de façon ridicule, elle était bordée par une série de jardins paysagés, agrémentés de kiosques à musique et de fontaines. Ces jardins s'arrêtaient brusquement au pied d'une falaise, qui se dressait à des centaines de mètres d'altitude et au sommet de laquelle était perché un vieux château gris, qui semblait appartenir à un autre royaume. On aurait dit une ville en soi, autonome, au milieu des nuages bas et gris.

Comme si ce n'était pas déjà assez ridicule, plusieurs voies ferrées encombrées de locomotives traversaient ces jardins, tel un train électrique géant.

Carmen n'avait jamais mis les pieds dans un endroit aussi étrange. Encore plus étrange, tous ceux qu'elle croisait, la plupart tête baissée, vêtus d'un bonnet à pompon et d'une parka identique à celle de Sofia (que Carmen, frissonnant dans son blouson en cuir, regrettait à présent de ne pas avoir acceptée), ne semblaient même pas remarquer que tout un côté de la principale artère commerçante de leur ville avait été détruit pour être remplacé par un paysage de conte de fées.

Elle trouva l'escalier derrière ce qui ressemblait à un immense temple grec – *bien sûr*, songea-t-elle – puis, à bout de souffle, prenant conscience de sa mauvaise condition physique, atteignit le haut des marches pour se retrouver face à une version en pierres sombres du château de Dracula. Un autre escalier se dressait devant elle.

— C'est une *blague*, lâcha-t-elle à voix haute, en vérifiant sur Google Maps, sourcils froncés.

Effectivement, la carte la dirigeait vers une nouvelle volée de marches étroite qui tournait et disparaissait dans l'obscurité. Elle se retourna pour embrasser du regard la ville qui s'étendait désormais à ses pieds, avec ses jardins bien entretenus et ses rues qui menaient au front de mer dans un alignement parfait, bercée par les rares sifflets des trains en contrebas, le bourdonnement continu des cornemuses destinées aux touristes et les coups de cloche lointains des tramways qui n'allaient nulle part. Quel drôle d'endroit.

Elle continua son ascension avec une grimace et s'engagea dans un tunnel sombre qui passait sous un vieux bâtiment nommé « New College », contre toute logique, et qui débouchait en haut du Royal Mile, découvrit-elle avec surprise.

Cette artère ancienne reliant le château d'Édimbourg au palais de Holyrood était bordée de boutiques qui vendaient tout et n'importe quoi tant que « tartan véritable » était écrit dessus, mais il était encore tôt et les touristes n'étaient pas arrivés.

De toute façon, Carmen ne remarqua pas aussitôt les magasins au niveau de la rue. En sortant du tunnel obscur, elle se retrouva d'abord dans une cour intérieure, ouverte d'un côté, où se dressait un immense édifice percé de nombreuses fenêtres, qui semblait se rétrécir vers le haut.

Comment les hommes avaient-ils pu construire des bâtiments aussi hauts sans ascenseurs ni technologie moderne ? On n'entendait pas les voitures ici, ni les trains, ni même les cornemuses ; on n'entendait que des bruits de pas discrets. En traversant cette cour, puis en sortant dans la rue aux pavés polis, une seconde, Carmen eut l'impression d'être envoûtée et d'avoir remonté le temps. Elle se demanda qui les avait foulées autrefois : des rois et des reines, des pauvres et des anonymes, par milliers, pendant des centaines d'années. Elle-même pourrait être n'importe qui : une crémière, une fille de fermier, une grande dame, faisant son entrée dans le monde immuable d'Édimbourg.

Un rayon de soleil esseulé fit son apparition, venant illuminer un vieux bâtiment noir et blanc voisin du passage dont elle venait d'émerger : elle le regarda briller sur les carreaux anciens des fenêtres à guillotine, si soigneusement répartis, six sur la partie du haut, six sur la partie du bas.

Qui pouvait bien vivre là, se demanda-t-elle, sur cette artère ancienne, où subsistaient des abreuvoirs en pierre destinés aux chevaux et d'où partaient des passages étroits et des escaliers mystérieux qui s'enfonçaient entre les bâtiments ? Le ressentait-on au quotidien, que ce lieu était magique ?

Puis un musicien de rue s'installa à côté, se mettant à jouer du tambour et du flûteau, et le charme se rompit. Elle se rendit compte que la boutique dans le bâtiment noir et blanc vendait un truc nommé « Ye Olde Tartan Fudge » et poussa un soupir. Il fallait bien gagner sa vie, songea-t-elle, et elle était en retard.

Elle devait emprunter un dernier escalier pour rejoindre Victoria Street. Heureusement, celui-ci descendait.

À son arrivée, elle vérifia à nouveau : mais oui, elle était au bon endroit et faillit envoyer un message à Sofia pour la remercier. Car Victoria Street était l'endroit le plus ravissant qu'elle ait jamais vu.

*

La rue, constituée d'une rangée de bâtiments incurvés surplombés d'une sorte de terrasse (la ville d'Édimbourg avait une manière bien à elle d'empiler les rues les unes sur les autres, mais aussi de nommer ses quartiers, la « Nouvelle Ville » étant en réalité très, très ancienne), descendait en courbe vers un grand espace ouvert en contrebas : Grassmarket. C'était ce que Sofia entendait par rues basses et rues hautes, comprit Carmen.

De jolies petites boutiques aux façades colorées et contrastées – rose, vert, bleu – bordaient la rue. On trouvait là une quincaillerie, un restaurant français, un magasin de magie qui proposait un large éventail d'herbes médicinales et de manches à balai, des boutiques qui vendaient des articles de chasse et de pêche et des vêtements en tweed hors de prix, des petits restaurants guindés – et une librairie.

Sa devanture était verte, et sa vitrine engageante, décorée de grenouilles à bicyclette qui tractaient des livres emballés dans du papier cadeau. Elle était adorable, parfaite, et, une seconde, Carmen ressentit une certaine excitation.

Puis elle remarqua qu'elle n'était pas au bon numéro, et qu'il s'agissait en réalité d'une librairie doublée d'un magasin d'antiquités – pas du tout ce qu'elle cherchait.

Le magasin de M. McCredie, s'avéra-t-il, se trouvait deux portes plus bas.

Sa façade était également peinte en vert, mais dans un vert plus pâle, olive. On n'aurait pas dit un magasin, en réalité. Sa vitrine poussiéreuse était remplie de cartes, de dossiers et de gros ouvrages de référence anciens, mais elle n'était pas présentée de manière attrayante ni créative, comme dans l'autre librairie. Non, ici, tout était entassé n'importe comment contre la vitre, si bien qu'il était impossible de lire le titre des volumes.

Cet endroit ressemblait moins à une boutique (de quelque nature que ce soit) qu'à un brasier potentiel de deux étages. Elle consulta à nouveau son téléphone. Oui. C'était bien là, pas de doute. Mais qu'est-ce qu'elle allait bien pouvoir faire ici ? Qui mettrait les pieds dans ce magasin ? Elle ne voyait pas comment un client pourrait avoir envie de pousser ses portes.

Elle fronça les sourcils. C'était peut-être un de ces commerces fantômes, qui dissimulaient un énorme trafic de drogue. Or Sofia ne l'aurait jamais entraînée là-dedans. Mais comment une personne tenant ce genre de bazar pouvait-elle se payer les services de sa sœur, autrement ? C'était le plus sensé, jusque-là.

Il y avait des mouches mortes dans la vitrine, et une épaisse couche de poussière recouvrait de nombreux objets. Une seconde, Carmen repensa à Mme Marsh : la pauvre en aurait eu une crise cardiaque.

Puis elle prit une profonde inspiration, poussa la porte, dont la cloche à l'ancienne tinta, se lissa les cheveux et entra.

Chapitre 7

L'intérieur de la boutique était tout aussi sinistré – et n'aurait pas plus donné envie à une personne saine d'esprit d'y perdre son temps et son argent.

La pièce principale, peinte du même vert que la façade, était tapissée de rayonnages sur lesquels les livres (vieux, pour la plupart) étaient si à l'étroit qu'il était impossible de les extraire.

Les ouvrages semblaient rangés au hasard. À l'entrée, une grande vitrine de comptoir accueillait une caisse enregistreuse rétro. Deux ou trois beaux livres anciens étaient exposés dessus : personne n'y avait touché depuis une éternité, manifestement, et Carmen n'en avait jamais entendu parler. Le reste du comptoir était en désordre, jonché de factures, de papiers, de reçus, de prospectus, d'enveloppes vides et de détritus en tous genres.

— Il y a quelqu'un ? demanda-t-elle d'une voix forte, mais personne ne répondit.

Une échelle permettait d'accéder aux étagères du haut, qui semblaient elles aussi pleines à craquer d'atlas ; pas de simples atlas, mais des atlas dont Carmen aurait parié qu'ils étaient si vieux que la moitié des pays modernes ne devait pas y figurer. Un rayon était consacré aux ouvrages sur Édimbourg, qui avaient à l'évidence été si souvent lus et tripotés par les touristes qu'ils étaient dans un état épouvantable, invendables. Une jolie toile d'araignée brillait dans un coin de la vitrine, mais cela ne devait pas faire bonne impression, songea-t-elle.

— Il y a quelqu'un ?

Toujours rien. Comment cette boutique pouvait-elle gagner de l'argent ? Comment ?! Comment pouvait-elle subvenir aux besoins d'une personne, et encore moins de deux ?

Un présentoir circulaire en métal décrépit, sans doute prévu pour être placé dehors quand le magasin était ouvert (il était déjà dix heures dix, de sorte qu'il aurait déjà dû être ouvert), contenait un tas de cartes postales d'un autre temps, toutes froissées et totalement inappropriées. Les gens qui venaient en vacances à Édimbourg souhaitaient-ils vraiment envoyer une carte postale à l'effigie de Charles et Diana lors de leurs fiançailles ?

— Euh… monsieur McCredie ?

Elle baissa les yeux ; quelque chose semblait s'être collé à la semelle de sa chaussure, mais elle n'était pas totalement sûre de vouloir savoir de quoi il s'agissait.

— Monsieur McCredie ?

Au bout d'un moment, elle entendit du bruit dans la réserve (si la boutique était dans un tel état, elle n'était pas certaine de vouloir savoir à quoi ressemblait la réserve) : un bruit de pas traînants, comme si quelqu'un essayait de se frayer un chemin à travers une pile de papiers, songea-t-elle.

Jetant un coup d'œil dans cette direction, Carmen vit que la pièce se rétrécissait avant de s'enfoncer dans l'obscurité ; impossible de dire jusqu'où elle allait. De là où Carmen se trouvait, elle donnait l'impression d'être creusée directement dans la vieille falaise, tel un terrier.

Alors qu'elle se faisait cette réflexion, M. McCredie fit son apparition, clignant des yeux, ébloui par la pâle lumière du soleil, telle une taupe égarée.

Carmen cligna des yeux, elle aussi – il n'était pas jeune du tout, s'avéra-t-il. Bien au contraire.

Il avait de l'embonpoint, mais des mains et des pieds étonnamment petits, de sorte qu'il se déplaçait avec une grâce surprenante pour un homme aussi rond. Il avait les joues toutes roses, des touffes de cheveux blancs sur la tête et une paire de lunettes sur le nez – une autre était glissée dans la poche de son gilet et une troisième dépassait du gousset de sa veste en tweed. Ses yeux étaient minuscules, bleus et, pour l'heure, un peu hagards.

— Nous ne sommes pas encore ouverts, dit-il avec un accent chantant prononcé, qui allongeait les syllabes.

— Eh bien, vous devriez ! s'exclama Carmen en souriant. Bonjour ! Je suis Carmen. Votre extra pour les fêtes.

M. McCredie fronça les sourcils, puis toucha ses lunettes pour s'assurer qu'elles étaient toujours sur son nez. C'était le cas.

— Ah oui ? répondit-il avant de sourciller à nouveau.

— C'est Sofia qui m'envoie. Votre avocate. Vous avez dit avoir besoin de quelqu'un…

Un instant, la peur étreignit le cœur de Carmen. Elle ne pouvait pas se permettre de perdre un autre emploi, elle ne le pouvait pas. Que ferait-elle ? Elle devrait postuler pour travailler comme hôtesse au marché de Noël, et il gelait dehors. Cet endroit était un vrai dépotoir, mais elle était là à présent et, visiblement, il n'était pas regardant sur les horaires. Sans compter qu'il fallait absolument qu'elle quitte la maison, sinon elle allait se transformer en femme de ménage.

— Vraiment ? répondit M. McCredie d'un air absent.

Puis la mémoire lui revint. Cette réunion affreuse. Et il se décomposa. Il considéra la jeune femme en face de lui. Elle était petite, plutôt jolie : des cheveux et des yeux bruns, les joues rosies par le froid. Avec ses lèvres strictes et sa silhouette pulpeuse, elle avait une beauté un peu désuète. Grands Dieux ! Était-ce elle qui allait le sauver du terrible sort qui l'attendait ? Qui lui éviterait d'avoir à quitter sa ville et ses livres adorés, à prendre sa retraite pour vivre dans un affreux pavillon, quelque part ?

— Avez-vous déjà travaillé dans un magasin ? l'interrogea-t-il en regardant autour de lui.

— J'ai huit ans d'expérience dans la vente, répondit-elle fièrement.

— En librairie ?

— Euh, en mercerie.

M. McCredie cligna des yeux.

— Les boutons et tout ça ?

— Les boutons et tout ça, oui, acquiesça-t-elle.

— Eh bien… Ce n'est pas vraiment la même chose, remarqua-t-il en montrant la pièce de la main.

— J'imagine.

— Est-ce que vous lisez ?

— Bien sûr ! répondit-elle, indignée, préférant toutefois ne pas mentionner qu'elle adorait sa liseuse.

M. McCredie ne semblait pas être homme à aimer les liseuses.

La porte s'ouvrit alors dans un tintement, et une femme entra. M. McCredie regarda Carmen, comme pour l'encourager.

— Bonjour, lança-t-elle avec un sourire.

Cette dame regarda autour d'elle, un rien décontenancée par le désordre qui y régnait. Carmen ne pouvait le lui reprocher. Mais c'était peut-être efficace, ici. Cette boutique était peut-être une mine d'or, qui plaisait aux gens justement parce qu'elle ne ressemblait pas aux autres magasins, dont les rayons étaient propres et… qui acceptaient les cartes de crédit. Hum.

Cette femme poussait un gros landau, qu'elle ne pouvait déplacer sans le cogner partout.

— Laissez-moi vous aider, proposa aussitôt Carmen en posant les yeux sur le bébé rond et enjoué, aux joues roses comme un bonbon, qui se redressa pour regarder autour de lui avec intérêt.

— Oh, ça va aller. Je cherche un exemplaire du *Facteur du Père Noël*.

Carmen sourit ; c'était l'un de ses livres préférés quand elle était petite, mais elle avait perdu toutes les lettres qu'il contenait, et Sofia, qui ne perdait jamais rien, s'était mise en colère contre elle.

— Bien sûr.

Il était impensable qu'une librairie n'ait pas ce livre en stock à la période de Noël. Elle sourit d'un air engageant à M. McCredie, qui fronça les sourcils, affolé.

— Je ne suis pas sûr… Savez-vous en quelle année il est paru ?

La femme parut perplexe.

— Euh, non, répondit-elle, comme si cette question était très étrange, ce qui était le cas.

— Vous classez vos livres par année ? s'étonna Carmen, qui allait de surprise en surprise.

— Euh, ça m'arrive.

La jeune femme parcourut en vitesse le contenu d'un carton de livres pour enfants. Elle y trouva une édition ancienne de *The Water Babies*, plusieurs hagiographies à l'iconographie somptueuse et un très vieil album illustré, dont la couverture représentait un lapin ailé sur un désert de neige, lanterne à la main.

— Ça alors ! s'exclama cette dame quand Carmen le sortit. Est-ce que c'est Pookie ?

Carmen vérifia du coin de l'œil.

— Oui ! *Pookie Believes in Santa Claus*.

— Ma grand-mère avait ces livres, confia la femme d'un air songeur. Je crois que c'était exactement la même édition.

La reliure était rouge, et l'illustration de couverture, rehaussée d'éclats dorés. Carmen n'avait jamais entendu parler de ce titre, mais les dessins étaient indéniablement charmants.

Elle poussa le livre vers cette cliente ; il avait une odeur réconfortante, brute, chaleureuse, puis elle l'ouvrit et le tint devant le bébé, qui poussa des oh et des ah, en montrant du doigt.

— Oh, il est ravissant, commenta la dame. Je sais ce qui se passe ensuite… Pouvez-vous me montrer la page où le Père Noël arrive ?

— Je vais vous montrer, intervint M. McCredie en prenant le livre des mains de Carmen. J'ai rencontré l'autrice, vous savez ! Elle vivait à Édimbourg. Et elle a épousé son éditeur ! Quelle histoire. Bref, à l'origine, l'éditeur était William Collins, puis ils ont été rachetés, mais les illustrations originales…

Dans son landau, le bébé battait des mains, ravi, pendant que Carmen lui faisait des sourires.

— Vous savez…, commença-t-elle, interrompant son patron, ce qu'elle n'aurait pas osé faire en temps normal, mais elle avait tout de suite eu l'impression que, sinon, ils pouvaient y rester toute la journée. Elle est à un âge où elle risque de grignoter pas mal des surprises contenues dans *Le Facteur du Père Noël*.

— Vous avez raison. Mais je suis obligée d'acheter celui-ci. Obligée. Combien coûte-t-il ?

Une somme était imprimée sur la quatrième de couverture – « 2/6 » –, mais cela n'aida pas Carmen. La jeune femme regarda M. McCredie, qui haussa les épaules, mentionna une chose nommée « l'accord de prix fixe », n'ayant manifestement aucune idée du prix, puis sembla sur le point de se lancer dans un nouveau laïus sur les livres.

— Euh, sept livres ? hasarda Carmen, qui, en voyant le visage de cette cliente s'illuminer, comprit aussitôt qu'elle avait commis une grosse erreur.

Oh, tant pis. Trop tard.

— Où est le lecteur de cartes ? demanda-t-elle à M. McCredie, qui, ce fut tout de suite évident, n'avait rien de tel.

— Euh, nous prenons les chèques, avança-t-il, poussé à l'action.

Les deux femmes échangèrent un regard, et Carmen sourit, comme pour s'excuser. Finalement, après que cette cliente lui eut tendu un billet de dix livres, elle réussit à trouver trois livres en petite monnaie dans une vieille boîte en fer grise rangée sous la caisse.

— Oh, quel dommage ! regretta M. McCredie quand cette femme sortit, manipulant son landau à grand-peine. Parce que le plus intéressant à propos de Pookie, c'est que c'est devenu un best-seller par le bouche-à-oreille, après la guerre. Il y avait tant de lapins, vous savez, mais celui-ci avait des ailes. Je l'avais rangé avec les autres livres sur les lapins. Sous-espèce ailée. C'est un ouvrage si spécial.

Carmen le dévisagea.

— Vous ne séparez pas les livres pour enfants de ceux pour adultes ?

Il cligna des yeux, pas certain de comprendre.

— Mais les livres sont pour tout le monde. Qui sait ce qui plaira à un lecteur ? Comment osez-vous dire aux enfants ce qu'ils doivent lire ?

Carmen leva les yeux au ciel.

— Eh bien, en théorie, je suis d'accord avec vous. Mais… ne devrait-on pas essayer d'en vendre quelques-uns d'abord ?

Il la regarda.

— Eh bien, votre sœur m'a dit que je devais vous laisser travailler à votre façon. Je suis sûr que vous allez être excellente, ajouta-t-il en se penchant vers elle. Bon, je retourne à mes lectures. Je suis si content que vous soyez là pour sauver la boutique.

— Quoi ? Qu'est-ce que vous venez de dire ?

— Votre sœur m'a dit que j'allais perdre la librairie si elle ne rapportait pas d'argent et que je me retrouverais à la rue. Ils augmentent le loyer. Si on ne gagne pas d'argent d'ici la fin de l'année, la banque prendra tout. Mais vous êtes ici pour nous tirer d'affaire.

— *Quoi ?*

*

— *Quoi ?!* cria à nouveau Carmen en arrivant chez Sofia.

Enfin, elle ne criait pas vraiment mais n'en était pas loin.

— Mais qu'est-ce qui t'a pris ? La librairie va fermer ! Tu m'as larguée dans un trou à rats… C'est dégoûtant, Sofia. Horrible. Ça ne sert à rien. Et ce monsieur va se retrouver à la rue, sauf si… quoi ?… j'accomplis des miracles ? Il m'interdit l'accès à la réserve ! Il dit qu'il a son propre système de classement !

— Je pensais que tu prendrais ça pour un compliment, répondit Sofia, qui avait espéré de tout son cœur que ce serait le cas, sans vraiment y croire. Il ne tient qu'à toi de renverser la situation !

— Je ne peux pas ! C'est… c'est une honte ! On ne trouve rien, et il n'y a rien de récent, pas d'argent pour le stock, et, maintenant, ça va fermer, et il va finir à la rue, et j'aurai *à nouveau échoué*. Merci beaucoup.

— Ce n'est pas bien de crier, lança Pippa d'un ton zélé, et Carmen parvint à se retenir de rembarrer une enfant, mais il s'en fallut de peu.

— Enfin, qu'est-ce qui t'a pris ? T'as voulu larguer ta ratée de sœur dans une porcherie pendant un mois et avoir une baby-sitter gratuite ?

— Non ! Pas du tout !

— Je vais descendre dans ma cellule, d'accord ? Pour que tu puisses faire du yoga avec Skylar !

En effet, songea Sofia, il aurait été mieux venu qu'elle ne porte pas sa tenue complète de yoga, qui coûtait bien plus cher que les vêtements que Carmen portait au quotidien.

— Je pensais que tu pourrais la sauver. Je crois en toi.

Carmen leva les mains d'agacement.

— Tu t'es dit que je serais *utile* à un de tes *clients* pendant cinq secondes. Tu n'as pas du tout pensé à moi. Pas une seule fois. Et maintenant, je vais détruire la vie d'un vieil homme, pendant que la mienne *reste aussi pourrie*. Merci, frangine.

Chapitre 8

« Oh non, mais qu'est-ce que je vais faire ? écrivit-elle à Idra sur WhatsApp. Je ne sais même pas par où commencer. »

Le lendemain matin, elle avait quitté la maison sans parler à personne. Elle avait eu peur d'arriver trop tôt et de ne pas pouvoir entrer, mais il s'était avéré que M. McCredie ne prenait même pas la peine de fermer la porte à clé pendant la nuit. À présent, avec la pâle lumière du soleil hivernal qui pénétrait à flots par les fenêtres dégoûtantes, elle fixait les piles de livres, avec leur système de classement insensé, l'air désespéré. M. McCredie était introuvable. Ce travail temporaire aurait pu être, eh bien, ennuyeux et inutile, mais convenable. La cliente de la veille s'était trouvée être une des cinq qui étaient entrés dans la journée : la plupart avaient fait le tour de la boutique avant de déguerpir au plus vite ; deux d'entre eux avaient acheté une carte postale.

« Je devrais m'en moquer, mais il est vraiment très vieux et il va tout perdre. »

Elle jalousait Idra au plus haut point : sa copine avait dégoté une place dans un restaurant ; elle adorait l'animation et empochait des pourboires pour faire plus ou moins le même travail qu'avant, mais avec des glaces. Noël approchant, elle gagnait de plus en plus d'argent et n'en revenait pas d'avoir gâché tant d'années à essayer de convaincre les gens que les bibis leur allaient bien – « Les bibis ne vont à *personne*, disait-elle souvent. Avec un bibi sur la tête, même Gigi Hadid aurait l'air ridicule. C'est un bâton agrémenté d'une voilette ! Ça coûte 59,99 livres. C'est fuchsia ! Ça ne garde pas la tête au chaud, ni au froid ! Ça ne tient pas bien ! Et laissez-moi juste vous rappeler que cela ne vous va pas. »

« Ah, mince. Tu ne peux pas rentrer ? » répondit Idra.

« Pour retourner chez mes parents et faire semblant de ne pas être une ratée ? Abandonner ma sœur enceinte ? »

« Ta vie est vraiment nulle. »

« Merci ! »

Elle regarda par la fenêtre. Des hordes de passants arpentaient la belle rue courbe, des touristes cossus, qui avaient du temps et de l'argent à perdre. Avec un soupir, elle parcourut la pièce des yeux. Cet endroit mériterait… Enfin, qu'est-ce qu'elle pourrait bien faire ? Elle ne savait pas tenir une librairie ; elle savait bien présenter des rubans, couper du velours au centimètre près et convertir dans sa tête le système métrique en système impérial, et inversement, en une fraction de seconde.

Elle s'empara du premier livre qui lui tomba sous la main. Il faisait partie d'une collection de romans de Charles Dickens. C'était une édition très ancienne, en cuir relié. Elle poussa un soupir, puis les passa tous en revue, se demandant où elle pourrait trouver un chiffon pour les épousseter. Quand elle tomba sur *Un chant de Noël*, elle le plaça en vitrine. Puis elle écrivit de nouveau à Idra sur WhatsApp.

« Est-ce qu'il y a du travail dans ton restaurant ? Je n'ai *aucune* idée de ce que je vais faire. »

Elle ne reçut aucune réponse. Puis, une demi-heure plus tard, son téléphone sonna.

— Salut !

— Salut, toi-même ! Je suis en pause.

— Je crois que je vais être perpétuellement en pause ici, répondit Carmen en regardant autour d'elle. Attends une seconde… le restaurant a-t-il besoin de quelqu'un ?

— Désolée. Ils m'ont, moi.

— Oh, oui.

Carmen soupira.

— Mais j'ai eu une idée, et elle est tordante.

— Terrible, tu veux dire.

Idra pouffa : c'était exactement ce qu'elle voulait dire.

— Tu n'es pas la seule à avoir déménagé à Édimbourg, tu sais.

Carmen fronça les sourcils.

— De quoi tu parles ?

— Mes espions m'ont dit qu'ils avaient vu quelqu'un entrer et sortir comme un ouragan de chez *Jenners* (*Jenners* était le grand magasin qui ornait toujours Princes Street), en faisant la moue et en se plaignant de la poussière sur les rampes d'escalier et de la fréquentation.

— Tu plaisantes ?

— En personne. Apparemment, elle s'est installée chez sa sœur.

— Comme moi ! Oh non, je suis Mme Marsh ! Oh non ! Attends. Qu'est-il arrivé à M. Marsh ?

— Ah, ah ! L'affaire se corse.

— Elle l'a tué.

— Ça a aussi été ma première pensée, mais il s'avère qu'il n'a jamais existé.

— Tu plaisantes ?

— Non. Elle a inventé le « Madame » pour qu'on la respecte davantage.

— Bon sang. C'est la chose la plus triste que j'aie jamais entendue. Oh non. Je vais me transformer en elle.

— Eh bien, elle sait tenir un magasin. Tu pourrais la contacter pour avoir quelques conseils.

— Ah ! Ah ! *Hors de question*. Oh là là. Tu imagines ? Bon sang. Je ne suis pas désespérée *à ce point*. Bref. C'est une grande ville. Quelle est la probabilité que je la croise par hasard ?

Au même moment, la cloche tinta, et une large silhouette emplit la pièce.

— Oh, c'est pas vrai…, dit Carmen au téléphone. Idra, je vais te tuer.

— Ne sois pas idiote ; ça va t'aider, répondit sa copine, en rien désolée. Il faut que je file… Un groupe d'avocats *ultra* canons vient d'arriver pour un déjeuner d'affaires : je vais les soûler, faire des sourires pour avoir plein de pourboires, et peut-être épouser au moins deux d'entre eux. Fa la la la la !

Sur ce, elle raccrocha.

Carmen releva les yeux dans la pièce poussiéreuse.

— Je sais que vous êtes là, dit Mme Marsh en croisant les bras.

Ne sois pas ridicule, songea Carmen. *Tu n'as rien à craindre. Elle ne peut pas te renvoyer à nouveau.*

Elle dévisagea Mme Marsh : elle avait l'impression d'être à l'école et d'avoir été convoquée par la directrice.

— D'accord. Êtes-vous là pour acheter un livre ?

Elle avait vu Mme Marsh lire : des romances historiques qui se déroulaient pendant la Régence, avec des femmes passionnées dans les bras de ducs et de lords sur la couverture.

— Donc, comme ça, c'est un *magasin* ? s'enquit Mme Marsh en haussant les sourcils.

— Qu'est-ce que ça pourrait être d'autre ?

— Un genre d'entrepôt.

— Eh bien, c'est un magasin, et je suis très occupée, mentit Carmen.

Mme Marsh fit *tut-tut*, et Carmen leva les yeux au ciel.

— Cet endroit est une honte. Enfin, regardez.

— Madame Marsh, il me semble que vous ne travaillez pas ici, si ?

Cela la frappa : elle ne connaissait même pas son prénom. C'était grotesque.

— À l'évidence, non. Parce que si c'était le cas, cela ne ressemblerait pas à cela.

— En fait, je suis ici pour réaménager le magasin, répondit crânement Carmen. Je suis ici pour refaire la décoration intérieure.

Frimer de la sorte l'ennuyait, mais elle n'allait pas laisser le fantôme malveillant de son ancienne patronne la dénigrer, ni ici ni nulle part.

Mme Marsh fit un pas en avant, puis laissa glisser un doigt sur une rangée de livres pour vérifier la poussière : elle en trouva beaucoup.

— Alors, par quoi allez-vous commencer ? Vous rappelez-vous ce que je vous ai appris ?

Carmen était embêtée. Mme Marsh avait plusieurs mantras de vente qu'elle essayait toujours de leur inculquer, mais, avec Idra, elles se faisaient un devoir de les ignorer et passaient leur temps à se moquer d'elle dans son dos.

— Que vous ai-je toujours dit ?

Cela commençait par un E, sûr et certain. Encrasser, empiler, encombrer ? Entasser, emmagasiner, embouteiller ? Carmen fronça les sourcils.

— Épousseter ! Espacer ! Écrémer ! s'exclama Mme Marsh après avoir attendu un moment.

— Oh, oui, répondit Carmen, boudeuse.

Tout à coup, Mme Marsh la regarda dans les yeux.

— Vous savez..., commença-t-elle, et Carmen sentit que ce qu'elle s'apprêtait à dire lui coûtait. Ce sont les rayons mode et électroménager qui ont fait couler Dounston's. Le saviez-vous ? La mercerie a toujours été rentable. Toujours.

Cela... cela ressemblait presque à un compliment. Carmen sourcilla.

Mme Marsh se retourna lentement, tel un cuirassé, puis se dirigea vers la porte.

— Je ne sais pas ce que je fais là, déclara subitement Carmen. Je ne sais pas par où commencer.

Mme Marsh fit aussitôt volte-face.

— Eh bien, commencez par apprendre à connaître votre stock, au lieu de rester plantée là comme une empotée. Et, bon sang, organisez quelque chose pour Noël. On est début novembre. Quarante pour cent, vous savez ! Vous réaliserez quarante pour cent de vos ventes annuelles dans les huit semaines à venir ! Ne m'avez-vous jamais écoutée ?

Carmen ne répondit pas.

— Enfin, mieux vaut tard que jamais. Donnez un air de fête à cette boutique. Et mettez de *l'ordre*. Remplissez-la de… choses… de Noël…

— De livres.

— Oui. Et faites le ménage, bon sang. Je n'ai pas envie de repartir couverte de crasse. Personne n'en a envie. Alors, êtes-vous à la hauteur ? conclut-elle en lui lançant un regard pénétrant.

Puis elle partit, sans dire au revoir, sans même attendre sa réponse, la laissant là, ébranlée, en colère.

Au même moment, un groupe de touristes qui passait devant la librairie jeta un coup d'œil à la devanture. Ils ne pouvaient pas savoir qu'on pouvait les entendre à travers la vitre fine.

— Oh là là, regardez-moi ça, lança une voix forte de femme. Pensez-vous qu'une nouvelle boutique va s'installer là ?

— Ils devraient ouvrir un bar à jus à la place, répondit une autre voix. Je veux dire, regardez-moi ces cochonneries.

— Oh oui, toutes ces fichues marches, ajouta une troisième voix. Ça donne soif.

— Oh, je ne sais pas. Si jamais tu as envie d'acheter une carte postale vraiment nulle…

— Chut, fit la première voix. Ils pourraient nous entendre.

— Dans ce cas, je m'excuserai la prochaine fois que je ne rentrerai pas là-dedans, répliqua l'autre voix avant de s'évanouir.

Ils ont raison, songea Carmen, désespérée. *Ils ont raison. Cela représente une somme de travail considérable, comme l'a dit Mme Marsh. Je n'y arriverai jamais. C'est trop pour moi. Je rate toujours tout. Sofia y arriverait sans doute, en dix minutes chrono. Mais je ne suis pas comme elle. C'est trop. Je trouverai autre chose. Je perds mon temps, ici. C'est idiot.*

Elle l'expliquerait à M. McCredie. Il ne servait à rien qu'elle fasse la boniche dans un magasin sans client, avec un patron qui n'avait aucune envie que ce soit un magasin, à ce qu'elle voyait. Elle perdait son temps. De toute façon, c'était un de ces vieux Édimbourgeois distingués. Il devait avoir de l'argent. Il s'en sortirait ; Sofia l'incitait sans doute à noircir le tableau pour la faire culpabiliser, comme toujours. Édimbourg comptait des milliers de restaurants. En partant maintenant, elle pourrait en faire le tour dans l'après-midi, trouver un travail sympa et bien payé, comme Idra. Tout le monde avait besoin de serveurs à cette période de l'année. Sofia pouvait régler ses fichus problèmes toute seule.

*

— Monsieur McCredie ?

Il ne répondit pas ; la boutique était silencieuse.

Elle tendit l'oreille. Qu'est-ce que c'était ? Un tout petit bruit, qui venait de quelque part. Oh non, et s'il y avait des souris ? Il y avait forcément des souris. Des souris qui grignotaient le papier, se construisaient des nids douillets… Les souris grignotaient-elles le papier et se construisaient-elles des nids ? Sans doute. Les souris d'Édimbourg devaient se faire des nids de sept étages. Et plaçaient l'entrée à l'étage trois et demi.

Elle s'avança sans bruit et pencha la tête. Cela ressemblait plus à… pas vraiment à une souris ; un chat en train de miauler peut-être ? Elle resta immobile. Puis comprit. C'était quelqu'un.

Elle fronça les sourcils. Cela pouvait être… Eh bien, M. McCredie, comme elle l'avait découvert le matin même, laissait la porte ouverte la nuit, de sorte que cela pouvait être n'importe qui. Cela pouvait être lui. Ou un sans-abri, un malade… ou un cambrioleur. Sans doute pas un cambrioleur. La caisse était là, intacte.

Par précaution, Carmen sortit son téléphone, juste au cas où elle devrait appeler les secours. Puis elle fit un pas en avant, franchissant la porte du fond pour entrer dans la réserve interdite. Comme elle ne voyait pas d'interrupteur, elle chercha le long du mur à tâtons, en vain.

C'était vraiment étrange. L'arrière-boutique se prolongeait, de plus en plus étroite. Mais les livres se faisaient plus rares, et des plantes en pot étaient posées ici et là ; l'éclairage au néon diminua pour céder la place à l'obscurité, et elle remarqua alors que le sol dur de la boutique était devenu plus souple. *Est-ce une planche ?* se demanda-t-elle en se penchant pour toucher. Et, en lieu et place de la pierre dure et lisse du sol dans le magasin, elle sentit une matière extrêmement douce, ouatée, chaude au toucher, comme du vieux bois. *C'est très bizarre*, se dit-elle, avant d'avancer d'un ou deux pas.

Elle aperçut alors une lumière devant elle – pas un néon au plafond, à l'endroit où aurait dû se trouver la réserve, mais une douce lueur, un peu plus loin. L'instant d'après, elle se retrouvait au milieu d'un salon, avec un tapis au sol et du papier peint aux murs.

Elle regarda par-dessus son épaule et, au loin, entre les rayonnages sombres de livres, elle voyait toujours la porte de la boutique et apercevait même la rue animée dehors.

En parcourant la pièce du regard, elle songea qu'elle n'avait jamais mis les pieds dans un endroit aussi charmant. La pièce était sèche, propre : elle contenait deux petits fauteuils, une table, un buffet et une cheminée, au-dessus de laquelle était accrochée la photo d'un vieux monsieur avec une barbe grise. Dans un coin, une porte menait à ce qui devait être la chambre de M. McCredie, s'imagina Carmen, et une bibliothèque occupait tout un mur. Et, sur le siège à côté du feu, M. McCredie pleurait le plus discrètement possible.

— Oh ! Monsieur McCredie, est-ce que ça va ?

Il releva la tête, et ses yeux bleus se remplirent à nouveau de larmes, qui commencèrent à ruisseler le long de ses joues et, bientôt, à goutter du bout de son nez. Il finit par enfouir le visage dans les mains et se remit à pleurer.

— Monsieur McCredie ! Monsieur McCredie ! s'écria Carmen, désemparée. Ne pleurez pas ! Ne pleurez pas ! Qu'est-ce qui se passe ? Vous ne vous sentez pas bien ? Dites-moi ce qui ne va pas.

Mais le vieil homme continua à sangloter, comme si son cœur allait se briser.

Repérant une théière encore fumante, elle lui servit une tasse de thé, qu'elle posa à côté de lui. Au bout d'un moment, il se redressa.

— Je… je suis désolé. Je me suis si mal comporté.

— Comment cela ?

— J'ai laissé la boutique aller à vau-l'eau… J'ai gâché ma vie, trahi ma famille…

Il releva les yeux vers la photo de son père, à l'air sévère et aux cheveux argentés, puis agita une lettre.

Carmen la regarda.

— Ça vient de la mairie, expliqua-t-il.

— Je sais. Je sais ce qu'elle dit. Sofia m'a raconté.

M. McCredie éclata de nouveau en sanglots.

— Je sais, mais je n'y croyais pas vraiment, jusque-là.

— Je suis sûre que ça va s'arranger. Je suis sûre qu'on peut sauver la librairie.

— Il est trop tard !

— Il n'est jamais trop tard, répondit Carmen, en espérant le croire. Jamais !

— Mais c'est presque Noël.

— N'importe quoi. C'est encore l'hiver pendant environ neuf mois, ici. Ce n'est pas encore Noël. Je suis sûre qu'on peut faire plein de choses. Et puis, quarante pour cent du chiffre d'affaires est réalisé à la période des fêtes.

— Vraiment ?

— C'est ce qu'on m'a dit. Pardon, mais est-ce que vous vivez ici ? l'interrogea-t-elle en regardant autour d'elle.

— Surtout à l'étage. C'est ici que je viens lire.

— C'est ravissant. Comme une petite grotte.

— Je sais, mais j'ai perdu tant de temps ici, quand j'aurais dû…

— Ça va s'arranger, le coupa-t-elle sévèrement pour tenter d'éviter une autre crise de larmes. Oh, bon sang. Tout va s'arranger.

— Mais vous allez vous en aller ! Je vous ai entendue parler avec votre copine !

— Ce n'est pas bien d'écouter aux portes.

Il fit une petite moue, avant d'opiner du chef et de la regarder avec docilité.

— Je vais rester jusqu'à Noël, finit-elle par le rassurer. Mais vous devez me laisser faire ce que je veux et arrêter de me dire de ne pas aller dans la réserve et de ne toucher à rien.

— Je vais essayer, répondit-il, la gorge serrée.

Chapitre 9

— Est-ce que tu vas nous emmener quelque part ? l'interrogea Jack en faisant rebondir son ballon par terre le lendemain, qui s'avérait être un dimanche, ce qui signifiait que la librairie était fermée, même si Carmen trouvait idiot de ne pas ouvrir à quelques semaines de Noël.

— Où ça, par exemple ? répondit-elle.

Les enfants avaient plus ou moins renoncé à attendre quoi que ce soit d'elle. Elle ne semblait pas du tout impressionnée par les bons points de Pippa, ne s'intéressait pas au football et remarquait à peine Phoebe. Elle n'était pas comme le frère de Federico, leur oncle Julio, qui jouait les gardiens de but, tenait la corde à sauter, chatouillait Phoebe, même si elle disait détester cela, et leur achetait deux glaces par jour, quand il passait les voir. Ça, c'était un oncle marrant. Carmen n'était pas une bonne tata du tout, avait raconté Pippa à Skylar sans aucune discrétion, et la jeune femme lui avait répondu avec fermeté qu'elle devait toujours être gentille. Et ne pas oublier que Carmen n'avait pas de but dans la vie. Qu'elle était très triste. Problème : Carmen était sortie de la douche au même moment et avait dû serrer les poings pour faire semblant de ne pas avoir entendu. Avec Sofia, elles ne s'adressaient toujours pas la parole, ce qui était très ennuyeux, car un civet de chevreuil à l'odeur délicieuse était en train de mijoter sur la gazinière, et Carmen mourait de faim.

— Pour faire quoi ? poursuivit-elle sèchement.

— Tu pourrais nous emmener au zoo ?

— Les zoos sont cruels. Ce sont des prisons pour animaux.

Jack poussa un soupir.

— Mais je M'ENNUIE.

— Tu n'es pas le seul, mon petit.

Elle eut une idée subite.

— Est-ce que tu sais faire le ménage ?

— Quoi, comme quand je dois ranger ma chambre ?

— JE NE RANGERAI PAS MA CHAMBRE, décréta Phoebe, arrivant sans crier gare, comme à son habitude, l'air bougon et négligé, comme toujours. C'EST *MA* CHAMBRE.

— Je ne parlais pas de vos chambres.

Ils la regardèrent, toujours méfiants.

— Est-ce que ça vous dirait de venir avec moi pour faire un brin de ménage à la librairie ?

— Qu'est-ce qu'on a à y gagner ?

— Je ne peux pas salir ma nouvelle robe, expliqua Pippa en lissant sa robe chasuble violette.

— Pourquoi ? lança Phoebe. Elle est horrible. Tu ressembles à deux prunes agglutinées.

— Sois gentille, Phoebe, rétorqua Pippa d'un ton pincé.

— Est-ce que j'aurai un balai ? demanda Jack.

— Oui.

— Et un cadeau ?

— Tu es dur en affaires.

Skylar entra dans la pièce, encore en tenue de yoga, sa chevelure blonde tout juste lavée rebondissant dans son dos.

— Passe une bonne journée avec les enfants, hein ? Salut, les enfants ! Et n'oubliez pas : cinq portions ! Namasté !

Puis elle baissa la voix pour s'adresser à Carmen.

— S'il te plaît, ne te contente pas de les laisser devant un écran ? C'est très injuste pour Sofia, parce qu'ils lui en font voir de toutes les couleurs après, tu vois ?

Carmen leva les yeux au ciel.

— Oh, j'ai des projets, ne t'en fais pas.

*

Sofia était sceptique. D'un autre côté, songea-t-elle, Federico était à Hong Kong, tout à ses affaires hong-kongaises, et Skylar était partie à son cours de yoga, de sorte que, si Carmen emmenait les trois enfants, elle aurait toute la maison pour elle toute seule. Elle pourrait s'allonger, lire un magazine, peut-être ouvrir un de ces paniers garnis qu'un client reconnaissant lui avait envoyés. Elle n'aurait pas à servir d'arbitre entre ce qui était jusque-là trois jeunes enfants mais en serait bientôt quatre. Cette idée était si séduisante en réalité que Carmen aurait pu les emmener à la mine sans qu'elle oppose beaucoup de résistance.

Mais elle devait au moins en opposer un peu. Elle n'était pas une de ces mamans qui travaillaient tout en mourant d'envie de fuir leurs enfants. Non. Certainement pas.

— Donc, si je dois rester pour faire ce travail débile…, dit Carmen.

— Tu veux utiliser mes enfants comme esclaves, c'est ça ?

— Tu ne veux pas qu'ils apprennent à faire le ménage ?

— Pas particulièrement.

— Nous avons une femme de ménage, intervint Pippa. C'est le sort qui nous attend si on ne travaille pas à l'école et qu'on ne va pas à l'université.

Carmen en eut le souffle coupé. Sofia, qui savait qu'elle aurait dû la reprendre à ce sujet plus tôt, se sentit toute honteuse.

— Oui. D'accord. Super. Emmène-les.

— Mais, maman ! protesta Pippa.

— Il vaudrait mieux que tu ailles enfiler de vieux vêtements, lui conseilla aussitôt Carmen.

— Youpi ! lança Phoebe.

*

Ils prirent le bus, même si ce n'était pas loin, et, une nouvelle fois, leur étonnement stupéfia Carmen : prendre le bus était une telle nouveauté pour eux.

— Vous ne prenez jamais le bus ? leur demanda-t-elle, et ils secouèrent la tête, avant de se rendre à l'étage, où Jack et Pippa accaparèrent aussitôt les places à l'avant.

Phoebe parut sur le point de piquer une énorme crise, mais Carmen ne prêta pas attention à elle : elle garda les yeux rivés sur son téléphone, ignorant royalement toutes les dames d'Édimbourg assises autour d'eux, qui ne manquaient pas de montrer leur désapprobation. Surprise, la fillette se calma plus vite que d'habitude, et ils remontèrent tranquillement Lothian Road, passant devant l'immense *Caledonian Hotel*, en grès rouge.

Arrivés dans Victoria Street, les enfants poussèrent des oh et des ah. À présent que les décorations de Noël étaient installées (de grandes étoiles argentées et scintillantes, qui embellissaient encore un peu plus la rue), les magasins donnaient toute leur mesure, se rendit compte Carmen. Ils étaient tous plus beaux les uns que les autres – et ouverts un dimanche, constata-t-elle aussi. Il y avait des sapins d'un vert profond, ornés de rouge, devant et dans le luxueux magasin de tweed ; de magnifiques mobiles en papier et des illuminations dans l'autre librairie ; des réverbères dorés et des guirlandes lumineuses tout autour de la boutique de magie ; de grandes couronnes de lierre et de houx dans le café, où Carmen leur promit un milk-shake en fin de journée. Même la quincaillerie avait installé une rangée de petits sapins, des soldats postés entre eux, remarqua-t-elle quand ils y entrèrent pour acheter une grosse brosse, chose qui semblait faire défaut à M. McCredie.

— Vous êtes la jeune recrue de M. McCredie ? lança le propriétaire du magasin, son tablier bordeaux décoré de houx.

— Les nouvelles vont vite.

— Oh, oui, on forme une famille, ici. Enfin, on essaie. M. McCredie n'a jamais eu envie d'en faire partie. On aurait bien aimé. On ne peut pas y arriver seul. Pensez-vous qu'il va s'en sortir ? l'interrogea-t-il en baissant la voix.

— Je ne sais pas, répondit Carmen, qui, tout à coup, n'avait envie de décevoir personne. Je l'espère.

— Faites de votre mieux, ma belle.

Et il leur fit cadeau d'une pelle à poussière.

*

Ils n'étaient pas très doués pour le ménage, c'était vrai. Ils râlèrent, se plaignirent, dirent qu'ils étaient fatigués, qu'ils avaient mal aux mains et qu'elle était méchante de les faire travailler.

Néanmoins, la couche de poussière se décolla peu à peu. Ils astiquèrent aussi les vitres (pas très bien) et ils allumèrent la radio qui ne passait que des chansons de Noël en fond sonore. Carmen s'éclipsa un instant pour revenir comme promis avec les plus gros milk-shakes qu'ils aient jamais vus, ce qu'elle considéra comme une petite victoire (puisque Sofia et Skylar lui avaient donné une liste d'aliments interdits, qui incluait le McDonald's, les sodas, les sucreries, l'eau pétillante et les jus de fruits – c'était mauvais pour les dents, apparemment), du moins jusqu'à ce que Phoebe bouscule Pippa et renverse le sien, ce qui provoqua une grosse dispute entre les deux sœurs et en mit partout par terre.

Mais c'était indéniable : à mesure qu'ils empilaient les volumes sur le côté, la boutique commençait à prendre forme. Déjà, avec tous ses rayonnages en ordre et un chemin dégagé, libérée de ses cartes entassées jusqu'au plafond, elle ressemblait à une librairie. Et les enfants, qui trouvaient de plus en plus de livres intéressants, cessèrent leurs jérémiades. Phoebe s'approcha de sa tante.

— Il n'y a pas de livres de Noël ! dit-elle. C'est censé être bientôt Noël, et il n'y a pas de livres de Noël. Ce magasin est nul.

Carmen tendait à partager son avis.

— Est-ce que tu penses qu'on devrait avoir plus de livres de Noël ?

— Je pense que vous ne devriez avoir que ça. Même si ce sont des livres pour adultes barbants.

Carmen repensa à ce que Mme Marsh lui avait dit. Eh bien, elle avait peut-être raison. Surtout qu'elle ne savait pas comment vendre tous ces trucs, ces livres anciens, autrement.

— Bien, dit-elle. Les enfants, à chaque fois que vous trouvez un livre avec « Noël » écrit dessus, vous me l'apportez.

— Qu'est-ce que tu nous donnes en échange ? demanda Jack du tac au tac.

— La satisfaction d'un travail bien fait, répondit-elle en lui tirant la langue. Oh, d'accord. Et un Chamallow.

— On n'a pas le droit…, commença Pippa, mais les deux autres la firent taire en la foudroyant du regard.

— Tu devrais lire des contes de Noël, ici, dit Phoebe. Tout le monde viendrait, comme ça.

— Ce… ce n'est pas une mauvaise idée, oui. Sauf que je ne lis pas très bien à voix haute.

— Comme Phoebe, lança Pippa de son ton étonnamment adulte. Elle a besoin d'aide à l'école.

— C'EST PAS VRAI !

— Si, c'est vrai.

Carmen mit aussitôt fin à cette discussion, mais cette idée lui plaisait malgré tout.

En fin d'après-midi (la nuit commençait déjà à tomber à quinze heures trente), la boutique, si elle n'était pas immaculée, avait bien plus fière allure, paraissait plus rangée. Les enfants avaient pris très au sérieux le conseil de Carmen de sortir tous les livres qui évoquaient Noël. En réalité, grâce au système de classement obscur de M. McCredie, à gauche des lapins, près des chevaliers, juste au-dessus des navires, ils tombèrent même sur une mine d'or : tout un rayon consacré aux livres de Noël – des vieux contes dont Carmen n'avait jamais entendu parler, tels que *Jolly Jill sauve Noël* !

C'était comme trouver un trésor. Ils les époussetèrent tous avec soin, avant de les installer en vitrine avec panache. Quand ils sortirent admirer leur œuvre, la librairie paraissait toujours, eh bien, un peu miteuse, franchement, comparée à ses voisines et leurs splendides illuminations.

Mais elle ressemblait à un magasin.

*

Quand ils furent rentrés, l'esprit de solidarité entre Carmen et les enfants crasseux et fatigués ne dura pas bien longtemps. Sofia s'efforça d'être courtoise et de la remercier, sans vraiment parvenir à cacher sa désapprobation en voyant leur état. Elle se retrouva à leur faire des réflexions sur les répétitions de basson et les devoirs, et s'en étonna. Bon sang, quand s'était-elle transformée en une telle mégère ? Elle avait perdu son après-midi : après avoir traîné sur les réseaux sociaux, elle s'était endormie sur le canapé, pour se réveiller vaseuse, avec un mal de tête qu'elle ne pouvait soulager avec aucun médicament. Ce stade de la grossesse était vraiment éreintant, et le nombre d'heures nécessaires à Skylar pour « prendre soin d'elle » (pour ses cours, son yoga, ses massages thérapeutiques et pour décrypter son aura) ne cessait d'augmenter. Elle avait besoin de Carmen. Même si ses enfants étaient sales comme des cochons.

Chapitre 10

Cette ville n'était aussi agréable, tentait de se convaincre Carmen, que parce qu'elle regorgeait de riches énervants en pantalon rouge, qui avaient un patronyme pour prénom et étaient tous des snobs et des frimeurs, comme Sofia.

Or la magie vous avait à l'usure. Dès novembre, la nuit tombait si tôt que chaque rue semblait contrer l'obscurité par tous les moyens à sa disposition : des sapins, tout scintillant d'or, apparaissaient déjà aux fenêtres des élégants appartements de la Nouvelle Ville et dans les grands bow-windows des maisons mitoyennes du West End ; des guirlandes lumineuses couraient le long des routes et traversaient George Street, dont les bars et les boutiques de luxe étaient festonnés de houx et d'illuminations ; les colonnes de l'imposant restaurant *The Dome* étaient enveloppées de feuillages et de petites lumières qui clignotaient ; la porte d'entrée de l'établissement The Ivy, qui avait été transformée en armoire magique, comme dans *Le Monde de Narnia*, ouvrait sur un paysage enneigé. Le haut du Royal Mile était surplombé d'une cathédrale de lumière, dans laquelle on pouvait se promener et écouter des chants de Noël. De tous les minuscules cafés nichés dans les moindres recoins émanaient des effluves divins de pain d'épices et de cannelle, qui se mêlaient à l'odeur du vin chaud sur le marché de Noël. Au sommet de The Mound, où Carmen passait tous les jours, se dressait le plus haut sapin de Noël qu'elle ait jamais vu, ainsi qu'un immense arc-en-ciel lumineux. Peu importait que l'on ait le moral au plus bas, songea-t-elle. Cette ville était toujours aussi jolie.

M. McCredie fixa son café latte au pain d'épices, l'air consterné.

— Qu'est-ce que… ? Je ne suis pas sûr de comprendre.

— C'est du café, qui a un goût de pain d'épices. Vous devriez essayer : c'est délicieux.

— Je ne suis pas sûr d'aimer ça, répondit-il, sceptique.

Puis il ajouta délicatement une tranche de citron dans son thé, qu'il prenait dans une tasse raffinée à motif chinois bleu avec une poignée minuscule, accompagnée de sa soucoupe.

— Non, peut-être pas, acquiesça Carmen avec un sourire en regardant autour d'elle. Mais je dois reconnaître que votre système de classement nous a beaucoup aidés. Regardez ! Tous les livres sur Noël !

M. McCredie se renfrogna.

— Vous êtes en train de me dire qu'on ne vend plus que des livres sur Noël, c'est ça ?

— Je crois que ça a du potentiel, expliqua-t-elle courageusement.

Ils se dévisagèrent. Carmen aurait aimé qu'il ne place pas autant d'espoir en elle.

La librairie commençait à avoir des airs de magasin mais n'attirait pas encore grand monde. Carmen passa les semaines suivantes à épousseter, s'efforçant de garder le sourire, mais les clients lui demandaient sans cesse le nouvel opus de la série Jack Reacher ou le dernier Richard Osman, et elle devait prendre un air désolé. Sinon, ils recherchaient un ouvrage ésotérique très complexe : M. McCredie sortait alors de son antre pour apparaître au comptoir, puis, tout content, passait des heures à discuter avec cette personne (un homme, en général) de leur centre d'intérêt commun et de leurs lectures sur le sujet. Bien que cela débouche rarement sur une vente, cela faisait manifestement le bonheur du vieux monsieur.

Un matin, une longue ombre passa sur le sol. Il ne pouvait pas déjà être aussi tard, songea Carmen en relevant les yeux du bureau, où elle s'exerçait à faire des paquets-cadeaux. Elle n'était pas très douée. Elle avait eu l'idée d'offrir les paquets-cadeaux dans un moment de désœuvrement. Malheureusement, s'il fallait dix mille heures d'entraînement pour devenir experte en la matière, se dit-elle, elle les avait sans doute déjà dépassées mais était toujours aussi mauvaise – et ce, bien qu'elle n'emballe que des objets plats et carrés. Elle regrettait un peu d'avoir suggéré cette innovation.

L'un des hommes les plus grands que Carmen ait jamais vus passa alors la porte, tête baissée, avant de poser quelques cartons à ses pieds. Il la fixa du regard, déconcerté.

— Bonjour, le salua-t-elle.

— Euh, bonjour. Où est le jeune M. McCredie ?

— Il est occupé… à lire.

Cet homme très grand fronça les sourcils.

— Naturellement.

Elle s'attendait à ce qu'il se mette à parcourir les étagères, cependant il n'en fit rien : il resta planté là, les bras croisés, amenant Carmen à la conclusion grotesque, mais inéluctable, qu'il refusait d'être servi par une femme. Ce n'était pourtant pas un vieil homme, même si, avec son pantalon en velours côtelé, sa chemise en tweed, son pull-over usé de couleur terne, sa casquette et sa veste en toile huilée, il en avait bel et bien l'apparence.

— Est-ce que vous voulez que j'aille le chercher ?

Il la fixa.

— Vous avez le droit d'entrer dans la réserve ?

Carmen lui fit un grand sourire.

— Il faut croire, oui.

— Ça alors. Et puis quoi encore ? Le système métrique ?

Il jeta un coup d'œil dehors, où il avait laissé sa Land Rover, feux de détresse allumés, geste connu pour attirer l'ennemi juré de tous les conducteurs édimbourgeois : les pervenches. Il était si grand qu'il voyait jusqu'en bas de la rue. Rien pour le moment, mais elles avaient pour habitude de surgir sans crier gare.

Au bout d'un moment, M. McCredie finit par sortir de la réserve, en essuyant des miettes sur son pull et en cherchant ses lunettes à tâtons.

— Ramsay ! s'exclama-t-il, ravi, avant de regarder dehors. Oh, bon sang, tu ne pourrais pas payer le parking, pour une fois ?

Ramsay fit la moue.

— Jamais ! Cette bande de voleurs.

— Eh bien, on ferait mieux de se dépêcher, alors. Comment va la petite famille ?

— Bien, bien.

— Tu en as combien, maintenant ?

— Cinq… Enfin, bientôt six, en réalité, répondit Ramsay en rosissant de fierté.

— Vous avez six enfants ? ne put s'empêcher de demander Carmen.

— Eh bien… cinq… et demi.

— Ça ne dérange pas votre femme ? ajouta-t-elle, étonnée.

— Eh bien, ce n'est pas encore ma femme, et c'était surtout son idée, donc…

Ramsay n'acheva pas sa phrase mais esquissa un petit sourire, comme chaque fois qu'il pensait à Zoe.

— Ça alors. J'espère que vous avez une grande maison.

M. McCredie éclata de rire.

— Oh, ils ne manquent pas de place, chez Ramsay !

— Donc, vous avez une grande maison, mais pas assez d'argent pour payer le parking ?

— Ce n'est pas une question d'argent ! C'est un jeu.

— Qu'est-ce que tu as pour moi, aujourd'hui ? l'interrogea M. McCredie.

— Une seconde, vous êtes représentant, c'est ça ?

Les deux hommes opinèrent du chef, comme si c'était évident. Carmen les avait crus amis (c'était le cas). Mme Marsh traitait tous les représentants comme de dangereux criminels.

Le visage de Ramsay s'illumina.

— Attends de voir ce que j'ai pour toi, aujourd'hui !

— Quoi ? Ne me dis rien : *Sur les toits* ?

— Tu plaisantes ? On serait tous aux Bahamas à l'heure qu'il est.

Il souleva malgré tout ses deux lourds cartons pour les poser sur le vieux comptoir. Carmen s'approcha doucement, cédant à la curiosité.

— Au fait, je te présente Carmen, finit par dire M. McCredie. Elle me donne un coup de main pendant les fêtes.

— Ravi de vous rencontrer. Vous avez…

Il la désigna d'un geste, et Carmen, qui lui en voulait un peu de ne pas l'avoir considérée comme la responsable du magasin, porta la main à sa tête. Allez savoir comment, elle avait réussi à se coller un nœud rouge dans le cou.

— Oh ! s'écria-t-elle en l'enlevant avec colère.

— Je pensais que c'était fait exprès, dit le jeune M. McCredie. Vous savez, pour les fêtes.

— Un nœud collé dans le cou ? Vous pensiez que cela faisait partie de ma stratégie de modernisation de la librairie, c'est ça ?

— Euh…

Pour faire diversion, Ramsay ouvrit un des cartons avec précaution. Il contenait plusieurs gros livres reliés anciens, tout poussiéreux, que M. McCredie contempla avec révérence. Puis Ramsay leur en tendit un chacun.

— Qu'est-ce que c'est ? demanda Carmen, en attrapant le sien, intitulé *Le Sublime dans l'architecture paysagère, 1759-1805*.

— Des gravures illustrées, répondit Ramsay.

— Ooh ! s'extasia M. McCredie.

— Non ! Nous n'avons pas de clients pour.

— Mais il est magnifique, rétorqua Ramsay, et M. McCredie hocha énergiquement la tête.

— Mais qui va l'acheter ? rétorqua Carmen. Des fans du « sublime » ?

M. McCredie la fixa d'un air obstiné, la main posée sur le vieux volume.

— Qu'avez-vous d'autre ? demanda-t-elle à Ramsay, les yeux plissés.

Sous le tas d'ouvrages isolés se nichait une collection entière de livres reliés identiques, d'un vert profond. Carmen sortit celui du haut.

Il était magnifique. Sa couverture était ornée d'une illustration colorée en relief, qui représentait une reine des neiges. En l'ouvrant, on tombait sur une fine feuille de papier de soie, qui bruissait doucement quand on la tournait, puis sur un dessin de la reine devant son palais de glace. Les livres, bien que manifestement anciens, étaient en parfait état ; ils n'avaient jamais été ouverts.

— Ça alors, dit M. McCredie, admiratif.

Carmen mourait d'envie d'en toucher un autre.

— Ils sont magnifiques. Hans Christian Andersen ?

Ramsay acquiesça. Les pages de garde étaient en papier marbré ; des planches colorées, ainsi que les habituels dessins au trait, parsemaient tout le récit, et le livre était ornementé d'un signet en soie.

— C'est un trésor, Ramsay, commenta M. McCredie. Où les as-tu dénichés ?

— J'ai bien fouillé lors d'une vente sur licitation, expliqua Ramsay de sa voix profonde. Ça ressemble à l'entreprise hasardeuse d'un fils cadet qui aurait mal tourné et aurait été dissimulée, tu ne crois pas ?

— On dirait bien. Ces livres devaient coûter plus cher à produire qu'ils ne pouvaient rapporter. Ces fils de riches et leurs entreprises éditoriales !

Les deux hommes échangèrent un regard complice, avant d'éclater de rire.

— Je les aurais protégés par un copyright, personnellement, ajouta Ramsay en secouant la tête.

— Ça ne m'étonne pas de toi.

Puis M. McCredie se redressa et se tourna vers Carmen, qui les observait, les bras croisés.

— Euh… qu'en pensez-vous, ma chère ?

Son regard se posa à nouveau sur les livres.

— Oui. Noël, le froid, la neige. Ils sont beaux… oui. Ceux-là sont bien. On les prend. Mais pas les autres.

M. McCredie grimaça, l'air peiné, mais cela laissa Ramsay indifférent.

— Ils sont magnifiques, ajouta Carmen en les manipulant à nouveau.

À l'intérieur, chaque illustration en couleur était protégée par une feuille de papier de soie d'une grande finesse et délicatesse.

— Je ne vois pas à qui ils ne plairaient pas, poursuivit-elle.

— Des enfants traumatisés ? avança Ramsay d'un air songeur. Quand on a lu *La Reine des neiges* aux garçons, Patrick a mis tous les miroirs de la maison à la poubelle, de peur d'en casser un et qu'un éclat n'aille se loger dans son œil. Hari l'a aidé.

— Oh, tous tes petits et toi, lança affectueusement M. McCredie.

Carmen choisit ce moment pour s'immiscer dans la conversation et parler prix : elle marchanda d'une manière que M. McCredie jugea terriblement vulgaire et embarrassante, mais qui plut à Ramsay, et ils finirent par se serrer la main. Cela mit Ramsay en joie, jusqu'à ce qu'il aperçoive une casquette à visière familière rôder près des marches d'une boutique voisine, sachant très bien dans quel but, et qu'il sorte au pas de charge en brandissant ses clés de voiture.

La vieille Land Rover démarra en trombe, dans un nuage de fumée noire, au moment où la casquette à visière arrivait devant la vitrine en tapant du pied, la machine dégainée.

— Oui ! s'exclama M. McCredie.

— Pourquoi il ne paie pas le parking ?

— Il est ici pour affaires. Payer le parking réduirait à néant sa marge de profit.

— C'est son métier ?

— Eh bien, en principe, c'est un laird. Mais il est pauvre comme Job, avec une propriété à entretenir, un domaine, et environ mille enfants, qui ne sont pas tous de lui.

— N'essayez pas de me faire culpabiliser parce que j'ai changé vos méthodes d'achat. Ça ne marchera pas !

Puis ils exposèrent ensemble ces superbes éditions anciennes, en les empilant de manière irrésistible près de la porte. À la plus grande joie de Carmen, ils commencèrent aussitôt à en vendre – pas à des enfants, mais à des adultes, attirés par leurs souvenirs d'enfance et la beauté de ces livres.

Chaque fois que la clochette tintait, M. McCredie relevait les yeux, surpris, émerveillé, et Carmen, sourire aux lèvres, s'assurait que ces magnifiques ouvrages étaient bien en vue, afin que les clients puissent s'en emparer pour les admirer.

Les enfants se fichaient pas mal des pages de garde en papier marbré, fit remarquer M. McCredie, mais pas les gens qui aimaient les couleurs, l'esthétique et les histoires éternelles. Carmen prit aussi soin de les entourer de nombreux livres pour enfants, de sorte que les adultes qui se faisaient un beau cadeau en achetaient souvent un petit à leurs enfants. Puis elle envoya un e-mail à Ramsay pour lui dire qu'elle pourrait vendre tous les ouvrages sur Noël qu'il pourrait se procurer. Il lui répondit d'un pouce levé, puis se donna pour mission de l'aider.

*

Grisée par son succès, Carmen commença à se sentir pousser des ailes.

— Je devrais peut-être organiser une « heure du conte » pour les enfants, la prochaine fois, dit-elle.

M. McCredie haussa les sourcils.

— Serai-je obligé d'être présent ? C'est juste que… il va y avoir *beaucoup* d'enfants.

Elle avait remarqué son inquiétude quand des doigts collants s'approchaient de ses premières éditions adorées.

— Bien au contraire. Vous devrez vous reposer après avoir encaissé autant d'argent. Je vous ordonne de rester dans le salon du fond pendant ce temps.

Il lui sourit, et Carmen eut la drôle de sensation que cela pouvait peut-être marcher.

*

Un matin, alors que Carmen se demandait pourquoi le jeune M. McCredie ne tournait pas plus les couvertures de ses livres vers sa clientèle (cela lui paraissait être une tactique de vente plutôt évidente, mais les choses semblaient se passer différemment ici), la clochette tinta.

Elle descendit de l'escabeau, puis fit un grand sourire, s'attendant à l'inévitable : « Est-ce que le jeune M. McCredie est là ? »

Cette question pouvait être prononcée de différentes façons, avait-elle appris. Dans le cas de ce monsieur (qui était mince, avait un visage rouge et noueux, portait un long pardessus poisseux et serrait contre lui un sac en plastique usé rempli de papiers), elle le fut de manière furtive, et, pour la première fois, Carmen vit un soupir de soulagement quand elle répondit :

— Non, je suis toute seule.

— Bon, dit-il en s'approchant du comptoir et en écartant plusieurs exemplaires de *Christmas with the Savages*, que Carmen comptait chaudement recommander à ses clients ce jour-là. Ça manque de décorations ici, remarqua-t-il.

— Je sais, répondit Carmen, qui partageait son avis, mais elle ne pouvait pas dépenser l'argent de la librairie, puisqu'ils n'en avaient pas, et être encore plus dans le rouge n'arrangerait en rien leurs affaires.

Elle devrait peut-être demander à Sofia mais rechignait à le faire.

La situation s'améliorait à la boutique, mais les relations entre les deux sœurs étaient toujours froides. Leur mère refusait d'intervenir, elle avait déclaré être neutre, comme la Suisse. Sofia se plaignait auprès de Federico chaque soir, soit aux aurores à Hong Kong, si bien qu'il était rarement au meilleur de sa forme. Et puis, il aimait seulement entendre sa voix ; il adorait avoir les enfants au bout du fil par intermittence : Jack, qui aboyait des réponses brèves quand il lui demandait de ses nouvelles ; Pippa au contraire lui racontait en détail qui n'avait pas été sage à l'école, et pourquoi, et que les garçons n'avaient pas écouté Mme Bakran et s'étaient attiré des ennuis ; et Phoebe, qui, le plus souvent, se contentait de respirer bruyamment. Il aimait tout cela, se laissait bercer par leurs paroles, réconforté par ces bruits familiers. Ce qui échauffait l'esprit de Sofia, puisqu'elle croyait qu'il partageait son avis, alors qu'il n'était qu'apaisé en pensant à eux. C'était un homme bien, Federico, mais, comme beaucoup, il laissait la charge de la vie domestique à son épouse, en dépit du fait qu'elle avait étudié le droit et était plus diplômée que lui.

Carmen se servait de la porte du sous-sol pour aller et venir. C'étaient les soirs où Skylar n'était pas là qu'elle avait le plus d'interactions avec les enfants de sa sœur : elle s'asseyait sur le canapé et les laissait se disputer, pendant qu'elle consultait les réseaux sociaux sur son téléphone et envoyait des messages à Idra, trop grossiers pour des yeux innocents.

Elle estimait que cela leur offrait un peu de répit, eux qu'on poussait à pratiquer leur instrument, faire leurs devoirs, lire un livre instructif à chaque seconde de la journée. Sofia n'était pas d'accord. Elles communiquaient par textos crispés.

Carmen réfléchissait à ce triste état de fait, quand le client renâcla.

— Alors, est-ce que M. McCredie vous a parlé de moi ?

— Qui êtes-vous ?

— Ha ! ha ! Très bien. Bien. C'est aussi bien. Je m'appelle Justin Feeney.

Il la dévisagea et reprit face à son manque de réaction.

— Bien. Euh… bon, d'accord. M. McCredie m'a dit de passer, parce que j'ai le livre parfait pour votre librairie !

Il lui montra alors un paquet de feuilles de papier ministre mal agrafées. La couverture était ornée d'un dessin de poisson très mauvais. Un bonnet de Père Noël avait été griffonné au stylo. L'œuvre s'intitulait clairement *Le Poisson*, mais les mots « de Noël » avaient été rajoutés à la fin.

— *Le Poisson de Noël* ? lut lentement Carmen.

— Oui ! Ce livre soutient l'édition indépendante, expliqua Justin avec fierté. Je les fabrique moi-même.

— D'accord. De quoi est-ce que ça parle ?

— De la lutte d'un homme contre un poisson. Il doit se battre contre un poisson qui lui échappe et le vaincre dans un combat titanesque entre homme et poisson. Le poisson est une métaphore.

— De Noël ?

— Non, des femmes.

— Je vois. Et quand est-ce que ça parle de Noël ?

— En fait, je ne crois pas que vous puissiez comprendre, sorti de son contexte, répondit Justin en fronçant les sourcils. Mais je suis sûr que M. McCredie veut m'en prendre quelques-uns. Ils ne coûtent que dix livres, au prix de gros.

— Je vais devoir lui demander, je crois.

— Mais vous travaillez ici, n'est-ce pas ?

— Oui, répondit Carmen, avant de mentir. Mais je vais devoir lui demander son avis.

Justin se renfrogna, et Carmen le vit articuler silencieusement le mot « poisson ».

— Vous pouvez nous en laisser un, si vous voulez, proposa-t-elle en relevant la tête, contente de voir entrer un autre client. Nous pourrons regarder et…

— Et me voler mon idée ? Certainement pas, rétorqua Justin en attrapant son sac plastique avant de se diriger vers la sortie. Vous le regretterez.

N'empêche, songea Carmen. Cela prouvait que sa politique du « tout Noël » fonctionnait, si les gens souhaitaient à tout prix leur vendre leurs livres. Et il avait raison au sujet des décorations, c'était agaçant.

Carmen le regarda s'éloigner d'un pas raide en direction de Grassmarket, son sac plastique serré entre les bras, et eut de la peine pour lui.

Ou, plutôt, elle aurait eu de la peine pour lui si, pendant les quatre jours qui suivirent, chaque fois que le téléphone noir à l'ancienne sonnait, si fort qu'elle en sursautait, elle n'avait pas eu au bout du fil un interlocuteur qui essayait de cacher son accent d'Édimbourg pour lui demander s'ils avaient reçu de nouveaux livres sur les poissons, puisque c'était le genre de lectures qu'il aimait pendant les fêtes. Et puis, M. McCredie lui avait expliqué en termes clairs que la prochaine fois que Justin viendrait, elle devrait lui en acheter un et lui donner dix livres en petite monnaie, car c'était la moindre des choses à Noël, et elle avait eu l'impression de se faire tirer les oreilles.

*

Comme le savaient la plupart des habitants d'Édimbourg, on n'était jamais un simple vendeur dans cette ville ; on y était aussi historien et guide touristique. C'était difficile pour Carmen, qui n'était pas née là, même si elle avait retenu les réponses à quelques questions : « Où se trouve le château ? » (« En haut des marches à gauche ») ; « OH LÀ LÀ, C'ÉTAIT QUOI, CE BRUIT ? » (« Le coup de canon de treize heures tiré depuis le château », conçu, Carmen en était presque sûre, pour terrifier les gens et provoquer des crises cardiaques et ainsi réduire le nombre de touristes) ; ou encore : « Où se trouve le café où J. K. Rowling a écrit *Harry Potter* ? » (Carmen leur indiquait tour à tour ses cafés préférés, au motif que tout le monde avait droit à une chance).

Aussi, lorsque la cloche tinta un matin où elle fixait la cheminée avec envie, regrettant qu'il soit interdit d'avoir un foyer ouvert dans une vieille pièce remplie de papier, et qu'une silhouette longiligne entra d'un pas sautillant, ressemblant à s'y méprendre à un étudiant, se prépara-t-elle mentalement.

Un vieux sac à dos jeté sur une épaule, il portait un sweat à capuche bordeaux sur une marinière et une chemise à manches longues – en clair, il semblait avoir mis tous ses vêtements, réaction courante chez les personnes qui venaient d'arriver dans le pays.

Il était grand, avait le teint hâlé, des cheveux bruns relevés en chignon et des yeux verts ; il sortait de l'ordinaire (la plupart des clients de la librairie avaient plutôt l'âge de M. McCredie), et Carmen ressentit une pointe de tristesse à l'idée de l'orienter vers l'auberge de jeunesse à l'autre bout de Grassmarket.

— Bonjour ! s'exclama-t-elle avec entrain.

— Bonjour.

Il avait une voix grave et un très léger accent. Carmen se munit aussitôt de la carte de la ville.

— Je me demandais si vous aviez un exemplaire de *La Physiologie du sol des arbres* ?

Carmen le regarda, sur le point d'appeler M. McCredie, quand elle se rendit compte que ce dernier l'acculerait et le soûlerait de paroles.

— Je suis sûre que nous pouvons vous le commander. Êtes-vous étudiant ?

— Ai-je l'air d'un étudiant ? demanda-t-il avec un sourire.

— Vous ne pourriez pas plus en avoir l'air, même si vous portiez une écharpe effilochée et essayiez de partager un café en quatre.

Cela le fit rire.

— Vous avez quelque chose contre les étudiants ?

Elle répondit d'un haussement d'épaules. Les amies élégantes de Sofia qui lui rendaient visite de temps à autre ou qui avaient assisté à son enterrement de vie de jeune fille, à son mariage, aux baptêmes, à toutes ses fêtes géniales dans des appartements de plus en plus somptueux, semblaient immatures et se croyaient tout permis, débordant d'assurance et de moyens. Et, dans un coin de sa tête, elle entendait toujours la réponse de son père quand elle lui avait annoncé qu'elle arrêtait les études pour travailler chez Dounston's : « Mais tu es si *intelligente.* » Elle avait toujours jalousé les étudiants. Elle le cachait en les traitant avec un léger mépris. Elle aurait pu en être une, elle aussi. Mais les choses ne s'étaient pas passées ainsi.

— Je suis aigrie.

Il sourit.

— Eh bien, vous serez heureuse d'apprendre que, même si j'ai longtemps été étudiant, je suis maître de conférences, maintenant.

— Un maître de conférences qui s'habille comme un étudiant.

— Vous ne mâchez pas vos mots pour une libraire, dites donc.

— Je suis aigrie, je vous dis ! En quelle matière êtes-vous maître de conférences ? En *arbres* ? dit-elle en ricanant.

— Euh, oui. Je suis dendrologue.

— *Quoi* ?

— Un spécialiste des arbres, expliqua-t-il à la hâte. Les arbres. J'étudie les arbres.

— Oh, fit-elle avant de penser à quelque chose. Vous auriez aimé notre livre sur le sublime dans le paysage.

— Oui, beaucoup !

— Ah, nous ne l'avons plus.

— Et l'autre… ?

— Laissez-moi vous le commander.

Comme il n'y avait pas d'ordinateur dans le magasin, elle devait appeler les grossistes avec son téléphone – c'était très gênant – et gardait donc un carnet pour les commandes. Tandis qu'elle notait la référence de l'ouvrage, le jeune homme prit un livre près de la caisse : une édition d'*Un chant de Noël* illustrée par Arthur Rackham, que Ramsay leur avait gentiment envoyée avec possibilité de reprise.

— Ouah ! lança-t-il dans un souffle.

— Je sais. Il est magnifique, n'est-ce pas ?

— J'aime la manière dont il dessine le bois… les arbres.

— Je m'en serais doutée.

— Oui, ce n'est pas étonnant, répondit-il avec un grand sourire.

— Souhaitez-vous l'acheter ?

Il leva aussitôt les mains.

— Oh, non. Je… Merci. Ça va.

Mais il le lorgnait toujours, l'air plein de regret.

— Pas de problème. Est-ce que je peux prendre votre numéro de téléphone ?

Il la dévisagea. Ses yeux étaient vraiment très verts, remarqua-t-elle. Peu communs. Elle se demandait d'où il venait.

— Euh…

Il semblait mal à l'aise.

— Pour la commande, précisa-t-elle sèchement, en colère contre elle-même, parce qu'elle se sentait rougir. Pour pouvoir vous prévenir quand on la reçoit…

— Bien sûr, bien sûr. Pardon. Oke.

— OK ?

— Non, enfin, Oke. C'est mon prénom. O-K-E. Enfin, c'est le diminutif de…

Il s'interrompit.

— De quoi ?

— Ça n'a aucune importance.

— Ooh ! Okehampton[1] ?

— Euh, je ne sais pas de quoi vous parlez.

— Ocarina ? Non, là, c'est moi qui ne sais pas ce que c'est.

Ils échangèrent un sourire, mais il n'en dit pas plus. Carmen écrivit donc « Oke » à côté d'un numéro de téléphone qui commençait par +55.

— Je ne crois pas pouvoir appeler à ce numéro, dit-elle en regardant le téléphone à cadran sur le comptoir. Je ne suis pas sûre de pouvoir appeler à l'international. C'est où, ça, sur Mars ?

— Au Brésil… mais j'ai commandé le livre, non ? répondit-il, l'air un peu troublé. Je viendrai le chercher, bien sûr.

Carmen, qui avait des années d'expérience dans la vente, eut un petit sourire pincé.

— Si vous le dites. Si vous ne vous envolez pas pour le Brésil.

Il se dirigea vers la porte d'une démarche sautillante. Il était étudiant, songea Carmen, cela ne faisait aucun doute. S'il était réellement maître de conférences, il ne traînerait pas dehors à onze heures du matin, de toute façon.

Au moment où elle pensait cela, il se retourna.

— Est-ce que j'aurai droit à ma réduction étudiant ? demanda-t-il, et elle s'en voulut de s'être moquée de lui alors qu'il avait sans doute un budget très serré.

— Bien sûr, répondit-elle du tac au tac, même si, de ses dix-sept à ses vingt-cinq ans, elle avait enragé

1. Ville située dans le Devon, dans le sud-ouest de l'Angleterre. *(N.d.T.)*

à l'idée qu'il existe une réduction pour cette jeunesse dorée qui passait son temps à boire des cafés, à discuter, sans faire grand-chose, pendant que les bourreaux de travail comme elle trimaient cinquante heures par semaine.

Elle ne savait même pas de combien était cette réduction. Bon, elle le découvrirait en temps voulu.

— Super ! s'exclama-t-il avec un nouveau sourire. Au revoir !

Chapitre 11

Carmen monta l'escalier qui menait au rez-de-chaussée. Dans la cuisine, un curry de poulet sentait divinement bon, et elle observa un moment la petite famille, assise sagement, en train de manger ce qui ressemblait à des légumes. Son cœur se serra. Était-ce ce qu'elle voulait ? Était-elle jalouse, tout simplement ?

Puis Pippa fit remarquer que Phoebe avait de la nourriture plein la figure et, en réponse, sa sœur lui donna un grand coup de pied sous la table.

— Pourquoi est-ce que tu fais ça, Phoebe ? l'interrogea Sofia, ses grands yeux sombres trahissant son inquiétude. J'ai le sentiment que tu serais plus heureuse si tu n'éprouvais pas le besoin d'être aussi turbulente. Doit-on organiser un conseil de famille ?

— Elle est peut-être en mal de reconnaissance, maman, lança Pippa avec suffisance. Phoebe, est-ce que tu as l'impression qu'on ne t'écoute pas ?

Sa sœur, sourcils froncés, répondit d'un grognement.

— Ce n'est pas grave de se sentir frustrée, poursuivit Sofia. Exprime tes sentiments.

À ces mots, Phoebe donna un grand coup de pied à Jack, qui n'avait rien demandé et poussa un hurlement.

— Phoebe, ce n'est pas comme ça qu'on exprime ses sentiments, la reprit sa mère, et un silence maussade s'abattit sur la pièce.

— Euh… bonjour ? dit Carmen.

Sans son gros ventre, Sofia se serait levée : elle était si contente que Carmen cesse de se terrer dans sa chambre.

— Joins-toi à nous.

— D'accord. Euh… je voulais te demander… Est-ce que je pourrais t'emprunter quelques décorations de Noël pour la librairie ? Est-ce que tu en as en rab ?

Sofia rougit, puis lui servit une part de curry avant d'ajouter quelques amandes dans son assiette. Il exhalait une odeur exquise.

— Ah. En fait, le truc, c'est que…

Faire cet aveu lui coûtait : elle aimait que les autres croient qu'elle faisait tout toute seule, avec facilité.

— … je loue les décorations.

— Tu quoi ? répondit Carmen, qui ne savait même pas que c'était possible.

— Quelqu'un vient les installer, puis les enlever.

Carmen en resta sans voix.

— C'est pour ça qu'on n'a pas le droit de toucher le sapin de Noël, expliqua Phoebe en opinant du chef, tout en prenant soin de séparer les carottes de son poulet.

Il faudrait qu'elle les mange, mais elle préférait attendre jusqu'au dernier moment. La maison pourrait s'écrouler ou quelque chose comme ça, et elle regretterait de les avoir mangées en premier.

— Ha, répondit simplement Carmen, éberluée.

Elle n'avait encore jamais réalisé que les gens normaux, qui n'étaient pas des célébrités, pouvaient se permettre ce genre de choses.

— Alors, comment est-ce que ça se passe ? lui demanda Sofia pour changer de sujet.

— M. McCredie est gentil… Enfin, il est bizarre. Quelle est son histoire ?

— Eh bien, je n'ai pas le droit de parler de la vie privée de mes clients. Mais ce qui est de notoriété publique, c'est que les McCredie sont une vieille famille d'Édimbourg, de renom. On l'appelle le jeune M. McCredie, mais je crois que son père aussi s'appelait comme ça. Ça prête à confusion. Son grand-père était célèbre… il faisait partie de l'expédition Scotia, tu sais.

— La quoi ?

— L'expédition au pôle Sud.

— Celle du capitaine Scott ? Celle-là ?

— Non, l'expédition nationale antarctique écossaise ! En 1902, je crois. Ils ont exploré, n'ont pas atteint le pôle Sud mais ont découvert de nouvelles terres et ont installé une station météorologique qui s'est avérée fort utile. Ils étaient très célèbres à l'époque, mais aucun d'eux n'est mort, alors personne ne s'en souvient.

— Quand même, c'est incroyable.

— Oui.

— Ça alors. Le jeune M. McCredie ne semble pas du genre à aimer les grands espaces.

— Non, effectivement. Donc, quand l'autre jeune M. McCredie…

— Pas celui qui est allé au pôle Sud ?

— Mais non. Le père du jeune M. McCredie.

— Mais il n'est plus en vie, si ?

— Oh non. C'était un grand héros de guerre, décoré et tout le toutim. Je pense que leur fils a été une surprise.

— Pourquoi ?

— Eh bien, toute la famille était connue pour ses prouesses… Tous les frères étaient dans l'armée, etc. Des tas et des tas de garçons.

Elle marqua un silence.

— Ils sont tous morts, maintenant. J'ai les archives au bureau : c'est fascinant. Mais M. McCredie était fils unique ; il est né juste après la guerre et ne s'intéressait qu'aux livres. Il n'a pas du tout fait ce que l'on attendait de lui.

— Est-il marié ?

— Non, il ne s'est jamais marié.

— Homosexuel ?

— Je ne sais pas. Je ne crois pas.

— Hum. Est-il gentil ? Est-ce que tu l'aimes bien ?

Sofia opina du chef.

— Il est un peu… tête en l'air. Mais oui. Il est très gentil, je trouve. Je ne t'aurais… je ne t'aurais jamais envoyée travailler pour quelqu'un de méchant, Carmen.

— Non, juste pour la seule personne encore plus fauchée que moi dans cette ville.

— Tu dois DÉCORER LA LIBRAIRIE POUR NOËL, les interrompit Phoebe, aussitôt reprise par Pippa :

— Ne coupe pas la parole.

— Et LIRE DES HISTOIRES.

— Je vais organiser une heure du conte ! s'exclama Carmen. Préviens tes copines.

— Elle n'a pas de copines, lança Pippa en ouvrant grand les yeux. Je suis très triste pour elle, pas toi ?

— Non, rétorqua Carmen. Les autres enfants sont des crétins finis, tout le monde le sait. Et des gros nuls.

Sofia haleta intérieurement, mais, pour la première fois, Phoebe esquissa l'ombre d'un sourire.

Chapitre 12

Le lendemain matin, Carmen inspecta la boutique d'un œil critique. Le problème, c'était qu'autour d'eux, tout était ravissant. Des étoiles argentées scintillaient en travers de Victoria Street. Tout le long de la rue, elle voyait des décorations, de jolies vitrines et les propriétaires des magasins en train de bavarder tout en s'aidant à accrocher leurs guirlandes, et elle se demanda pourquoi M. McCredie se tenait à l'écart.

Elle alla le trouver, déterminée. Assis près de la cheminée dans son coin lecture, il étudiait de près les comptes, ses lunettes loupe sur le nez, l'air découragé. Elle le fit sursauter, bien sûr, mais il lui proposa une tasse de thé. La tranche de citron finalement la dérangeait moins. Et elle avait renoncé à tenter de le convaincre de goûter un latte au pain d'épices.

— Avez-vous des décorations de Noël ? Je pense qu'on devrait en accrocher quelques-unes. Tous les autres magasins en ont des tonnes.

— Faire comme les autres n'a jamais été ma spécialité.

— J'imagine. Mais en avez-vous ?

Il la mena jusqu'à la porte dont elle avait pensé qu'elle donnait sur sa chambre à coucher : derrière, en réalité, se cachait un escalier.

— Les architectes édimbourgeois devaient vraiment abuser de la bouteille, commenta-t-elle.

— À mon sens, construire verticalement dans une ville verticale est on ne peut plus sensé. Regardez Amsterdam.

Arrivée en haut de l'escalier, Carmen en resta bouche bée : la porte ouvrait sur un immense salon.

Situé au-dessus du sol (un étage entier au-dessus du sol, contre toute logique ; c'était insensé), il offrait une vue sur le Royal Mile lui-même.

Deux fenêtres donnaient sur la rue et deux autres sur l'arrière, mais elles n'étaient pas grandes, comme chez Sofia : non, elles étaient petites, de guingois. La pièce elle-même, en revanche, était vaste, haute de plafond, avec une grande cheminée sur le mur de gauche. Dans un coin, un piano à queue recouvert d'un tissu à franges rose était surmonté de photos aux cadres argentés. Un tapis passé au motif désuet de roses recouvrait le parquet. Des canapés d'époque aux lignes élégantes, avec des accoudoirs recourbés en bois, étaient agréablement disposés. Un lustre pendait au plafond, et des tableaux anciens recouvraient les murs. C'était une belle pièce, même si elle donnait l'impression d'appartenir à un autre âge. Comme cette ville, cela dit, Carmen était en train de le découvrir. Elle était belle, mais aussi étrange, en un sens ; hors du temps, comme ces maisons que les gens abandonnent ou barricadent avec des planches et qui restent intactes pendant soixante ans.

Il n'y avait rien de neuf dans cette pièce. Il y avait une radio, mais pas de télévision ; des livres, bien sûr, mais pas de magazines ; une pendule, mais pas d'ordinateur ni même de chargeur. Aucun des détritus de la vie moderne. Même les photos étaient toutes terriblement anciennes : en noir et blanc, dans des cadres poussiéreux. On y voyait M. McCredie enfant ; mais il n'apparaissait nulle part après.

— Ouah ! lança Carmen, cherchant quelque chose à dire. Ça alors ! C'est adorable. Vous avez un tunnel secret qui mène au bureau. C'est chouette.

— Ah oui ? dit-il en regardant autour de lui. C'était la maison de mes parents. Je n'ai jamais… réussi à tourner la page.

À nouveau, Carmen décela une certaine tristesse en lui, en parfait accord avec cette pièce remplie d'horloges non remontées. Pas de la colère, comme chez certains hommes ; ni de l'amertume. Simplement de la tristesse, tel un enfant à qui on aurait confisqué son jouet et dont on ne saurait pas trop quoi faire.

— Super maison pour organiser des fêtes, remarqua Carmen avec sincérité.

Par une autre porte sur le côté, on accédait à une petite cuisine et à un autre escalier, mais le salon avait déjà la taille d'une salle de bal.

— Oh, il y en avait… oui. Il y avait des fêtes, ici, répondit M. McCredie, les yeux embués. Ma mère aimait les fêtes. Un groupe venait ; il y avait de la musique, on dansait…

— C'est un endroit génial pour grandir.

— On pourrait le croire, répondit-il d'un ton bref. Oh oui… J'avais tout, j'imagine.

Carmen contempla les photographies sur le piano. Sa mère était une très belle femme ; de longs cheveux bruns, des sourcils épais, un menton puissant et une petite bouche, comme la sienne. Son père avait un regard féroce, une épaisse tignasse et une longue barbe. Carmen le trouva très séduisant.

— Votre grand-père était-il vraiment explorateur ? demanda-t-elle sans réfléchir.

M. McCredie parut étonné, avant de supposer que la plupart des gens connaissaient sa famille, à Édimbourg. Sofia lui avait dit qu'ils étaient connus, songea Carmen de son côté, soulagée de ne pas s'être mise en difficulté.

— Eh bien, il a fait partie de l'expédition Scotia, expliqua-t-il en lui montrant une vieille photo d'hommes en train de sourire sous le pont d'un bateau, des bouteilles de vin ouvertes devant eux.

— C'est incroyable ! s'exclama Carmen, impressionnée. Des explorateurs dans la famille ! Je ne me rendais même pas compte que c'était un vrai métier. N'avez-vous jamais été tenté de partir pour les déserts de glace ?

M. McCredie baissa les yeux.

— Oh si. Mais je ne suis pas sûr que j'étais fait pour ça.

Il fronça les sourcils.

— Mais où sont ses médailles ? Je suis sûre qu'il en a reçu au moins une. Ça doit sûrement valoir une petite fortune.

Il la regarda.

— J'en doute. Ces histoires n'intéressent plus personne, de nos jours. Sauf si on faisait partie des expéditions où il y a eu des morts.

Carmen se demanda comment il pouvait ne pas savoir où se trouvaient ces médailles et pourquoi personne d'autre ne s'y était intéressé à la mort de son grand-père.

— Bon, je suis venue chercher vos décorations de Noël, lui rappela-t-elle. Si elles sont dans le grenier, je pourrai chercher les médailles en même temps.

M. McCredie venait de prendre une des photos de sa mère, un cliché réalisé en studio dans les années 1940 : le visage tourné de trois quarts, elle regardait au loin, ses jolis sourcils et ses pommettes saillantes se profilant sur le fond.

— Elle est magnifique, remarqua Carmen, mais il ne répondit pas.

L'escalier suivant donnait sur un palier doté de plusieurs larges portes (cette maison était immense), duquel on accédait au grenier. M. McCredie tira sur un cordon, et une vieille échelle descendit avec fracas.

— Je ne me rappelle pas la dernière fois où je suis monté là-haut, dit-il, le front ridé.

— Ne descendez-vous pas vos décorations de Noël chaque année ?

— Je ne les descends jamais.

À ces mots, Carmen fronça les sourcils, puis, armée de la torche de son téléphone, s'aventura dans l'inconnu.

Chapitre 13

Une fois dans le grenier, Carmen put se redresser. Le toit était percé de petites lucarnes et, de la fenêtre du fond, on avait une vue dominante splendide sur Grassmarket et les collines au-delà. Elle contempla ce panorama un long moment. Mais un froid glacial régnait, là-haut. Isoler un peu n'aurait pas été de trop.

Le grenier était plein à craquer : de vieux cartons, des valises avec des initiales tamponnées dessus, des caisses à thé, des cadres d'époque. Elle tomba sur une paire de skis si anciens que leurs fixations étaient en cuir et qu'ils étaient faits de bois. Elle n'en croyait pas ses yeux : ces skis avaient-ils traversé l'Antarctique ? C'était extraordinaire. Aucune trace de médailles, cependant. M. McCredie les avait peut-être vendues des années plus tôt et l'avait tout simplement oublié.

Carmen commençait à être noire de poussière mais s'en moquait.

— Faites attention, là-haut, l'avertit M. McCredie en se mettant maladroitement sur la pointe de ses petits pieds.

Elle passa la tête par le trou.

— Vous ne jetez jamais rien dans votre famille ?

— Pourquoi ferait-on une chose pareille ? demanda-t-il avec étonnement.

— Je ne sais pas, répondit-elle en songeant au sac à dos qui contenait presque toutes ses possessions, avec une certaine tendresse pour une fois. Est-ce que cela ne vous pèse jamais ?

M. McCredie releva la tête, au milieu de son salon rose en chintz, avec ses porcelaines, ses photos dans leur cadre argenté, son vieux piano qui avait bien besoin d'être accordé, ses repose-pieds brodés et son tisonnier orné.

— Je ne sais pas, répondit-il en la fixant de ses petits yeux par-dessus ses lunettes. C'est la seule maison que j'aie jamais connue.

Carmen sourit. Si ses parents possédaient des antiquités, et non d'étranges bouteilles de spiritueux ramenées d'Espagne, ainsi qu'une énorme Sainte Vierge à éclairage par fibre optique qui portait l'inscription « SOUVENIRS DE LOURDES » (elles l'adoraient avec Sofia, mais elle ne marchait plus depuis des années), elle aurait peut-être ressenti la même chose.

Pour autant, il n'avait pas l'air d'en profiter du tout.

— Il y a TELLEMENT DE TRUCS ici, cria-t-elle.

Des cartons et des cartons de livres, de vieux ours en peluche à vous donner la chair de poule, des crosses de hockey, des crampons de rugby et tout un service de table dans un coffret luxueux. En posant les yeux dessus, Carmen fronça les sourcils : il pourrait sans doute être utile quelque part, servir à quelqu'un. Mais Sofia avait déjà de la vaisselle en poterie dépareillée, dans des tons de turquoise et de bleu foncé tendance, qui venait du Maroc, ou essayait de le faire croire. Que pourrait-elle faire d'une dizaine de soucoupes au motif fleuri délicat ?

Elle crut alors voir dépasser d'une vieille boîte quelque chose qui ressemblait à une guirlande. En se précipitant dans cette direction, elle se cogna la jambe contre une table basse qu'elle n'avait pas remarquée.

— Oh non d'un chien ! s'écria-t-elle.

— Est-ce que ça va ? s'enquit la voix lointaine et chevrotante de M. McCredie.

— Oui, répondit-elle, trop bas pour qu'il l'entende. C'est le bruit que je fais quand je me porte à merveille.

Elle se mordit la lèvre, puis se frotta la jambe. Elle allait avoir un bleu, zut ! Toutefois, quand elle regarda sur quoi elle avait trébuché, sa mâchoire se décrocha.

Elle avait sous les yeux un vieux train électrique, couvert de poussière, avec des petits champs, des arbres, une gare, des feux de signalisation, des porteurs sur les minuscules quais et des rails qui s'entrecroisaient. Il était immense, complexe, magnifique.

— Ouah ! Est-ce que c'est votre train électrique ?

— Oh, oui ! s'exclama M. McCredie d'une voix soudain plus gaie. Ça fait des années que je ne l'ai pas vu, dit-il, pris d'excitation. Pouvez-vous le descendre ?

— Pourquoi ne pas…

Carmen s'interrompit avant de lui suggérer de le vendre. Ce serait vain, et elle se transformerait en Sofia, à dire aux autres ce qu'ils devaient faire.

— D'accord, répondit-elle avant de découvrir deux cartons de décorations de Noël à côté du train.

Avant toute chose, elle demanda à M. McCredie de couvrir son vieux tapis persan, qui devait coûter une fortune, avec une toile de protection. Puis elle descendit les décorations et – avec prudence, pièce après pièce – le train électrique.

Le vieux monsieur souffla dessus pour enlever la poussière, et ses yeux s'écarquillèrent. Carmen aperçut alors le petit garçon qu'il avait dû être : à lunettes, ébloui par les petites locomotives électriques. Il y avait même de la neige sur les sapins, ainsi que des petites figurines en métal d'un bagagiste et d'un postier en train de charger de gros sacs de courrier marron dans un train de marchandises fièrement estampillé « Royal Mail ».

— Est-ce qu'il fonctionne encore ? l'interrogea-t-elle.

M. McCredie paraissait fin prêt à remonter son circuit.

— Ne le montez pas ici, décréta-t-elle tout à coup. Si je change la devanture… Oh oui ! On pourrait l'exposer en vitrine.

— On ne vend pas mon train électrique.

— Mais non ! C'est juste pour attirer les enfants. On l'entourera de livres sur Noël et de livres sur les trains. Et sur les trains de Noël, ajouta-t-elle, une idée lui venant. Laissez-moi commander des exemplaires de *Boréal-Express*. Quelque chose me dit que ça va marcher.

M. McCredie la regarda pensivement.

— Eh bien… j'imagine que je n'ai eu aucune raison de douter de vous, jusqu'à présent.

Cela lui fit si plaisir qu'elle lui adressa un sourire radieux. Ils transportèrent précautionneusement les cartons du train électrique dans le magasin, puis Carmen commanda les livres et servit les clients. M. McCredie, lui, mit deux bonnes heures à installer les rails, les bâtiments, les arbres et même le tunnel sous la colline avant la gare, dans les règles de l'art, avec un plaisir évident, armé d'un chiffon humide, Carmen lui ayant donné pour instruction de tout bien dépoussiérer. Ils trouvèrent tous les deux la matinée très agréable.

Néanmoins, lorsqu'ils actionnèrent l'interrupteur sur le circuit, il ne se passa rien. Carmen alla trouver le gentil propriétaire de la quincaillerie pour revenir avec une prise toute neuve, quelques bouts de fil électrique et divers objets dont le gentil monsieur lui avait assuré qu'ils étaient exactement ce qu'il lui fallait, mais aussi avec une invitation à la fête de la boutique de magie. Elle en parla à M. McCredie, qui grimaça.

— Oh, chez Bronagh. On ferait mieux d'y aller, sinon, elle va nous jeter un sort.

— Vous devriez y aller, oui. Tous les commerçants de la rue semblent se soutenir.

— Oh, répondit-il en tripotant le mécanisme avec un haussement d'épaules. Je n'aime pas trop participer.

— Alors pas de chance. Parce que j'ai accepté pour nous deux.

Quand M. McCredie changea la prise ronde en Bakélite marron, ils retinrent leur souffle et, contre toute attente, les petits trains s'élancèrent, chacun dans un sens, phares allumés à l'avant, puis se mirent à faire lentement le tour du circuit.

Les feux de signalisation fonctionnaient, eux aussi, et les barrières du passage à niveau se levaient et s'abaissaient quand les trains approchaient.

Ils restèrent là à l'observer, fascinés.

— Il nous faut des fumigènes, décréta M. McCredie, presque au bord des larmes en voyant son jouet d'enfant revenir à la vie.

— Est-ce… est-ce comme cela qu'on fait la fumée ? s'enquit Carmen en s'accroupissant.

Il y avait même de minuscules figurines en plastique dans les voitures de voyageurs : des femmes coiffées d'un petit chapeau en train de lire le journal ; des hommes en costume, aux larges épaules, feutre sur la tête.

Penser qu'ils étaient là-haut, prisonniers de leur voiture depuis quarante ans, enfermés dans une salle d'attente éternelle, était un rien sinistre. Sauf que, bien sûr, cette idée était totalement saugrenue.

— Bien sûr.

— Vous savez, je pourrais aussi acheter des petites lumières pas chères, chez *Tout à 1 livre sterling*, dit Carmen d'un ton songeur. Pour les mettre dans les sapins. Et du coton, pour ajouter de la neige.

— *Tout à 1 livre sterling* ? répéta-t-il en fronçant les sourcils. Qu'est-ce que c'est que ça ?

— Je vous y emmènerai, répondit Carmen avant de se raviser. Non, vous pourriez avoir une crise cardiaque. Donnez-moi juste un peu de monnaie et faites-moi confiance.

— Je n'en reviens pas d'avoir… une « vitrine ».

— Mais comment… comment pouvez-vous être commerçant ?

— Je préfère dire « conservateur », rétorqua-t-il, mais toute son attention était dirigée vers les petits trains.

Carmen retourna dans la maison pour passer en revue les vieilles décorations de Noël : elle se débarrassa de celles qui s'effritaient ou étaient irrécupérables, mais trouva une quantité surprenante de petits bougeoirs dorés de bonne qualité, une magnifique crèche en céramique, quelques anges en cuivre et, la plus belle, mais aussi la plus étrange d'entre toutes, une maison de poupées, qui n'était pas sans rappeler la maison de Sofia, avec son perron, ses tapis et ses lits impeccables, ses fauteuils, ses couvertures et ses rideaux au motif raffiné. Toutefois, à l'intérieur, les figurines ne représentaient pas des êtres humains, mais des petites souris habillées, en tous points parfaites : elles avaient des poils, des moustaches et de petits yeux perçants, brillants, portaient des gilets, des lunettes, des tabliers et des crinolines. Carmen dut résister à l'envie de la garder pour elle.

S'ensuivit un excellent après-midi : elle alla faire chauffer la carte bleue chez le très fréquenté *Tout à 1 livre sterling* pour acheter de la neige artificielle et de petites guirlandes lumineuses, dans la joie et la bonne humeur. Puis elle installa les deux devantures – les trains d'un côté, la maison de poupées de l'autre. De plus en plus de curieux s'arrêtaient pour l'observer, dont certains entrèrent et achetèrent des livres.

Enfin, vers seize heures, la vitrine fut prête. Carmen recula. Elle appuya sur l'interrupteur et, soudain, enfin, la boutique prit vie : les lumières des trains, de la gare et du petit réverbère livré avec la maison de poupées se mirent à luire d'un bel éclat doré, tout comme les guirlandes lumineuses qu'elle avait accrochées aux minuscules fenêtres de la maison elle-même. La locomotive, dont le moteur était à présent orné d'une minuscule couronne de houx, s'ébranla gaiement vers le tunnel avant la gare et, enfin, dans cette rue animée qu'est Victoria Street à l'époque des fêtes, une petite foule se forma devant leur magasin.

Puis Carmen placarda une affiche : « L'heure du conte pour les enfants, tous les mercredis à 16 heures », et, pour une fois, elle était heureuse en fermant la librairie (elle avait décidé de prendre le contrôle des clés, compte tenu de la nonchalance de M. McCredie).

— Bonne nuit, lui dit-elle.

Il secoua la tête.

— Quoi ? Oh, répondit-il, un peu entre ses dents.

— Quoi ?

— Eh bien, j'ai toujours aimé mes livres. Mais... je crois que je n'avais jamais aimé être commerçant jusque-là.

Ce qui mit Carmen de si bonne humeur que le rêve qu'elle fit cette nuit-là en fut d'autant plus troublant.

*

Cette nuit-là, bien au chaud dans son lit une place dans le sous-sol de la maison de sa sœur, Carmen fit un drôle de rêve. Elle se trouvait à bord d'un train.

C'était un train à l'ancienne, avec des compartiments en lieu et place des voitures communes, et elle était assise sur une longue banquette recouverte d'une sorte de moquette poussiéreuse, un porte-bagages dans un filet au-dessus de sa tête.

Dehors, par la vieille fenêtre (elle aussi recouverte d'un filet, pour une raison mystérieuse), elle apercevait les forêts enneigées que le train traversait à toute allure, bercée par le cliquetis réconfortant des roues sur les rails de bois.

Tout à coup, elle se rendait compte qu'elle n'était pas seule dans le compartiment et relevait les yeux. Une femme avec un chapeau rose vissé sur la tête (il était tellement enfoncé qu'il donnait l'impression d'avoir été moulé sur elle) relevait aussi les yeux et lui souriait. Elle avait du rouge à lèvres rose et lisait un livre intitulé *Sur les toits*.

— Dites-lui…, lui conseillait-elle d'une voix douce, mais ils se rapprochaient de plus en plus d'un tunnel, Carmen en avait conscience.

La neige tombait de plus en plus dru, le train accélérait, et la femme ouvrait grand la bouche pour couvrir le coup de sifflet strident à l'approche du tunnel ; le bruit s'intensifiait, sa bouche s'ouvrait de plus en plus, elle lui disait quelque chose, lui criait quelque chose, mais ils entraient dans le tunnel avec fracas… et Carmen se réveilla en sursaut, complètement déboussolée, gelée, ne sachant plus où elle était. Il faisait nuit noire dehors, mais, d'après son téléphone, il était sept heures passées.

Elle s'assit dans son lit, enroulée dans sa couette.

Curieusement, elle n'était pas terrifiée. Elle n'avait pas vraiment eu la sensation de faire un cauchemar, ni l'impression que le train allait dérailler ou que le tunnel allait l'avaler : elle avait eu peur, mais elle n'était pas terrifiée. Et, bizarrement, au plus profond d'elle-même, elle était triste, très triste, de ne pas avoir compris ce que cette femme voulait lui dire.

Chapitre 14

Son rêve commençait à s'estomper, tel du sable emporté par la marée, quand elle se dirigea vers la salle de bains et entendit Skylar méditer dans la chambre voisine, chantant le « Om » avec ostentation. Il s'estompa encore plus au fil de sa journée de travail : après qu'elle eut déballé le livre pour l'étudiant brésilien (qui était énorme, très lourd, rempli de diagrammes et de lignes totalement incompréhensibles) et vu la foule affluer pour l'heure du conte, elle l'avait presque oublié.

C'était l'œuvre de Sofia, bien sûr : elle en avait parlé sur le groupe WhatsApp des mamans d'élèves, haut lieu d'influence dans la société édimbourgeoise, de sorte que la petite librairie était pleine à craquer de poussettes et de jeunes enfants aux visages impatients, qui admiraient le train électrique, ravis. Un peu trop ravis, en réalité : M. McCredie sautillait d'un pied sur l'autre, l'air anxieux.

— Ne touchez à rien, dit Carmen avec espoir. J'ai des sucres d'orge pour après !

— Ouiiii ! crièrent les petits.

Les mères, elles, parurent dubitatives.

— Mais tout va bien : j'ai apporté assez de mandarines Satsuma pour tout le monde, intervint Sofia avec un sourire, et Carmen eut comme une légère envie de la poignarder.

Elle s'assit sur un tabouret, regrettant d'être ainsi exposée aux regards, puis montra le beau dessin lumineux d'une petite fille dans la neige, qui portait très peu de vêtements – au contraire des enfants présents qui, emmitouflés sous plusieurs couches de doudounes prévues pour des températures polaires, ne pouvaient même pas lever les bras au-dessus de leur tête. Ils poussèrent des « oh » et des « ah » engageants. Carmen commença la lecture :

> « Comme il faisait froid ! la neige tombait et la nuit n'était pas loin ; c'était le dernier soir de l'année, la veille du jour de l'An. Au milieu de ce froid et de cette obscurité, une pauvre petite fille passa dans la rue, la tête et les pieds nus[1]… »

Elle vit avec plaisir les yeux s'écarquiller et les petits se rapprocher doucement pour mieux entendre.

— PIEDS NUS ? s'étonna l'un des garçons, s'attirant quelques moqueries.

— Taisez-vous, s'il vous plaît, intervint Pippa et, pour une fois, l'aptitude de la fillette à mener son monde à la baguette arrangea bien sa tante, qui en aurait été incapable (elle trouvait toutes ces femmes blondes un rien intimidantes, en l'occurrence).

---

1. *La Petite Fille et les Allumettes*, traduction David Soldi, *Contes d'Andersen*, Librairie Hachette et Cie, 1876, p. 157-161. *(N.d.T.)*

Carmen progressa lentement dans le récit : l'oie rôtie, le bel arbre de Noël et la grand-mère bienveillante qui apparurent à la fillette lorsqu'elle frotta ses allumettes. Après avoir vu la fascination de l'étudiant brésilien pour les illustrations de leur exemplaire d'*Un chant de Noël*, elle avait ressorti une édition des *Contes d'Andersen* illustrée par Arthur Rackham. Elle montra à l'assistance ses beaux dessins : l'enfant au regard tourmenté ; l'arbre de Noël, vision scintillante et merveilleuse. Les petits l'écoutèrent, captivés.

> « Mais dans le coin, entre les deux maisons, était assise, quand vint la froide matinée, la petite fille, les joues toutes rouges, le sourire sur la bouche… morte, morte de froid, le dernier soir de l'année. Le jour de l'An se leva sur le petit cadavre assis là avec les allumettes, dont un paquet avait été presque tout brûlé. “Elle a voulu se chauffer !” dit quelqu'un. »

Le silence s'abattit sur la pièce.

— Quoi ? lança Phoebe. Tu nous fais marcher ?

— Où est partie la petite fille ? demanda un garçonnet.

Le désarroi se lisait sur le visage de Pippa.

— Est-ce que tu peux lire la fin, s'il te plaît, tata Carmen ? demanda-t-elle avec sa politesse habituelle, mais d'une voix un rien tremblotante.

— Elle MEURT ? s'écria Phoebe, prête à fondre en larmes.

— Oh non ! elle meurt *vraiment* ! s'exclama l'une des dames blondes. J'avais complètement oublié. Merde, ajouta-t-elle plus bas.

— Je ne… je ne connaissais pas cette histoire, dit une autre maman. Mais elle ne me paraît pas du tout appropriée.

— Elle est du plus grand auteur de livres pour enfants de tous les temps, rétorqua Carmen malgré elle, incapable de tenir sa langue.

— Donc… elle meurt vraiment ? Pieds nus dans la neige, toute seule dans un coin, sans son papa ni sa maman ? murmura une fillette toute fluette que Carmen n'avait pas encore remarquée et dont les yeux étaient à présent plus grands que le visage.

— Eh bien… enfin, elle retrouve sa grand-mère, non ? répondit Carmen, pleine d'espoir.

— Sa GRAND-MÈRE MORTE ? Alors, elle est morte aussi, pas de doute, déclara le garçonnet qui avait quelque chose à redire aux pieds nus.

À ces mots, la fillette éclata en sanglots, sans pouvoir s'arrêter. Comme c'est souvent le cas, la crise de larmes s'avéra contagieuse, à tel point que Carmen se retrouva avec une ribambelle d'enfants en pleurs à ses pieds et des mamans qui la regardaient avec désapprobation, et qu'elle regretta soudain de ne pas être morte de froid dans un coin la veille au soir, elle aussi. Cela l'aurait bien arrangée.

— Bon ! s'exclama-t-elle avant de feuilleter rapidement le reste du livre.

Son regard se posa sur *La Reine des neiges*, mais, en lisant une phrase qui racontait que des éclats de miroir s'étaient coincés dans l'œil d'un garçonnet, elle décida que, tout compte fait, prudence était mère de sûreté.

— Merci à tous d'être venus !

— MAIS ! ELLE EST MORTE !

— À la réflexion, je crois que je vais donner les sucres d'orge à vos mamans, et elles pourront décider quoi en faire, dit Carmen en désespoir de cause.

Elle s'attira plusieurs regards de franche hostilité, qu'elle ne remarqua pas, au contraire de sa sœur.

— Tiens donc ! s'exclama Sofia. Il y a une autre page ! Je viens juste de la trouver ! Où elle se réveille : elle était seulement endormie.

— Montre-nous le dessin, dit le garçonnet.

— Il n'y a pas de dessin, cria Phoebe, qui était plus près. Elle est morte. Morte de chez morte !

Un nouveau déluge de larmes accompagna ces mots.

— Je veux bien un de ces sucres d'orge, lança une maman d'un ton désespéré avant de sortir du magasin à reculons.

— Oui, moi aussi, ajouta une autre en entraînant son petit garçon.

Au bout d'un moment, Carmen et Sofia se retrouvèrent seules dans la boutique.

— Bon, tu auras essayé, dit Sofia d'un ton bien plus condescendant que voulu.

Carmen la mesura du regard.

— Je suis certaine que tu vas tout raconter à maman et que vous allez bien rigoler, rétorqua-t-elle en se redressant. Bon sang, pourquoi est-ce que je ne fais jamais rien comme il faut ?

— Ce n'est pas vrai, protesta Sofia. Je suis sincère !

Derrière elle, il s'avéra que la boutique n'était pas vide, en réalité. La petite fille aux grands yeux était toujours là.

— Elle était très triste, cette histoire, dit-elle à Carmen dans un murmure.

— Je sais. J'avais oublié que tous les contes devaient être joyeux et bien finir, aujourd'hui.

La fillette secoua la tête.

— Je l'ai bien aimée, répondit-elle, toujours en chuchotant.

— On le prend, décréta sa mère, qui semblait aisée. Cette édition est très belle, et en parfait état, en plus. Les livres pour enfants sont si anodins de nos jours, vous ne trouvez pas ? « Aimez-vous ; aimez-vous ; soyez gentils, bla bla bla ; aimez-vous. » Il me semble qu'on peut aller un peu plus loin que ça, hein, Leone ?

La petite Leone sourit, prit le livre que Carmen venait d'emballer avec soin, puis le serra contre sa poitrine, comme si elle l'aimait tout en le trouvant un peu effrayant, ce qui n'était pas les pires sentiments que puisse inspirer un livre, après tout.

— Merci, chuchota-t-elle en partant devant pour s'arrêter un instant devant le train et le contempler de ses grands yeux.

— Vous savez, c'est la première fois qu'elle parle en public depuis qu'elle a commencé l'école, confia sa mère en se retournant. Merci.

Sur ce, la cloche tinta. Carmen les regardait s'éloigner quand l'étudiant dégingandé entra. En voyant les enfants de Sofia en larmes, il fronça les sourcils.

— Il y a aussi beaucoup d'enfants qui pleurent dans la rue, commenta-t-il, déconcerté.

— Ce conte de Noël était triste.

Il parut perplexe.

— Je croyais que les contes de Noël étaient joyeux.

— Moi aussi, dit Sofia tout bas, en essayant d'entraîner les enfants dehors, même si Jack serait volontiers resté encore quelques heures pour regarder le train électrique.

— *La Petite Fille aux allumettes*, expliqua Carmen.

Il secoua la tête.

— Vous ne connaissez pas ce conte ?

— Je ne… je ne connais aucun conte de Noël, répondit-il avec un sourire.

— Quoi ? Aucun ? s'étonna-t-elle, sourcils froncés.

— Je ne fête pas Noël.

— Oh ! Excusez-moi.

— Pas besoin de vous excuser. À ce que je vois, on dirait un travail à plein temps.

Phoebe, qui venait de cesser de sangloter, tourna vivement la tête.

— Tu ne fêtes pas NOËL ? s'écria-t-elle.

— Des tas de gens ne fêtent pas Noël, ma chérie, tu te rappelles ? expliqua Sofia en lui attrapant la main. Tu l'as appris à l'école. Où il y a *beaucoup* de gens d'origines différentes. Certains fêtent l'Aïd ; d'autres, Hanoukka…

Mais Phoebe ne l'écoutait pas. Elle s'approcha d'Oke d'un pas déterminé.

— Ma copine fête Hanoukka ET Noël. Je ne trouve pas ça juste DU TOUT.

Oke sourit.

— Eh bien, je ne fête pas Hanoukka non plus, si ça peut te rassurer.

Elle grimaça.

— Mais qu'est-ce que tu fêtes, alors ?

— Rien.

À ces mots, les trois enfants restèrent bouche bée.

— Tu ne fêtes pas Noël ?

— Ni l'Aïd ?

— Et ton anniversaire ?

Cette question venait de Jack.

Oke secoua la tête.

— Tu ne fêtes pas TON ANNIVERSAIRE ?

— Parce que tu ne sais pas quand c'est ?

— Si, je le sais, répondit-il en souriant. Mais on ne le fête pas.

— C'est TROP TRISTE, commenta Phoebe, une nouvelle grimace s'ébauchant sur son visage.

Oke s'agenouilla, de façon à être à sa hauteur.

— Pas pour moi. Je suis un quaker. Nous essayons de vivre dans…, commença-t-il en agitant la main, comme s'il cherchait les bons mots. Dans une sorte de… grâce et de paix. Chaque jour. Si bien que nous n'avons rien à célébrer en particulier.

— Parce que vous êtes tous les jours heureux comme si c'était Noël ? l'interrogea Phoebe, incrédule.

— Oh, ça, je n'en sais rien. Mais oui. On essaie peut-être juste d'échelonner ce sentiment sur toute l'année.

Jack et Pippa parurent tous les deux songeurs.

— Ça a l'air NUL, décréta Phoebe.

Sofia prit son air penaud, avant de la pousser dehors.

— Mais c'est vrai ! Pas de cadeaux ! Pas de bûche de Noël ! Pas de chipolatas ! PAS D'ANNIVERSAIRE ! se lamentait toujours la petite quand la clochette tinta.

— C'est la première fois de ma vie que je vois ces enfants, se hâta de dire Carmen.

— Au revoir, tata Carmen ! cria Pippa, à l'évidence exprès, et la jeune femme estima que la meilleure chose à faire était de regarder droit devant elle.

— Euh… mon livre ? lui demanda Oke avec un sourire.

— Oh ! Oui.

Elle plongea derrière le comptoir, d'où elle sortit l'énorme volume.

— Ils auraient pu mettre un sapin de Noël en couverture, dit-elle en souriant.

— Vous pourriez peut-être vous en charger ? répondit Oke, mais il plaisantait.

Ce livre coûtait une petite fortune. Carmen s'en voulait de le faire payer, quand il aurait à l'évidence dû mettre cet argent dans un bon manteau d'hiver et une paire de gants – l'air était glacial. Elle avait de la peine pour lui.

— Merci, dit-il, avant d'ouvrir un vieux portefeuille en cuir et de compter ses pièces une à une.

— Oh. J'oubliais, la remise est de… euh… vingt pour cent, improvisa-t-elle tout à coup.

— C'est très généreux, répondit-il avec étonnement.

— Nous sommes très gentils, ici. Et nous n'avons pas de préjugés contre les personnes qui ne fêtent *pas* Noël. J'ignorais qu'il y avait des quakers au Brésil, ajouta-t-elle en fronçant les sourcils.

— Parce que vous avez fait la chasse aux quakers au Brésil ?!

Cela la fit rire.

— Non. Pardon.

— C'est vrai, répondit-il en souriant à son tour. Nous ne sommes pas très nombreux. Mais nous sommes quelques-uns. Merci de ne pas avoir de préjugés contre les personnes qui ne fêtent pas Noël, lança-t-il en considérant la quantité insensée de décorations dans la pièce.

— Eh bien, n’hésitez pas à parler de nous à vos amis pro-Noël !

— Je n’y manquerai pas.

Sur ce, il la salua poliment de la tête, puis sortit en faisant tinter la cloche.

Chapitre 15

Quelques jours plus tard, Carmen regardait la boutique avec une certaine satisfaction, quand elle reçut un coup de fil très étonnant.

Elle était arrivée tôt. Les illuminations de Victoria Street luisaient toujours dans l'obscurité du petit matin et, au milieu des autres magasins fastueux et scintillants, pour une fois, le leur avait aussi fière allure, le petit train cheminant tranquillement sur son circuit. Chaque jour, elle ajoutait des figurines, pour le simple plaisir, une vache ici ou là, et, ce jour-là, elle prévoyait d'accrocher un Père Noël sur la cheminée de la petite gare.

Un nouveau carton de livres venait d'arriver : ils étaient emballés dans du polystyrène, ce qu'elle aurait trouvé scandaleux en temps normal, c'était un tel gâchis. Mais, aujourd'hui, peut-être qu'elle l'effriterait pour le laisser tomber, telle de la neige…

Elle pensait à cela, enjouée (tout en se délectant d'une tartelette aux fruits secs qu'elle avait achetée au café en bas de la rue, ce qui lui aurait donné mauvaise conscience en temps normal, mais cela ne faisait aucun doute : arpenter les rues d'Édimbourg, toutes ces montées et ces descentes, surtout les montées, ainsi que les repas équilibrés de Sofia, avaient un effet très positif sur sa ligne, de sorte qu'elle pouvait se permettre une tartelette de temps à autre ; sans compter que leur odeur embaumait la boutique) et décrocha donc le téléphone à cadran d'une voix joviale :

— Allô, oui ! Librairie McCredie !

Une voix pleine d'assurance à l'accent anglais la salua à son tour, puis demanda à parler au gérant, ce à quoi Carmen répondit sans hésiter qu'elle pouvait s'adresser à elle.

— Très bien, êtes-vous au courant que Blair Pfenning vient à Édimbourg pour une tournée publicitaire ? poursuivit la voix.

Carmen l'ignorait, mais savait pertinemment qui était Blair Pfenning : un auteur à succès qui écrivait sur le pouvoir de l'esprit comme source d'amour. Ou peut-être l'inverse. Carmen ne connaissait pas les détails, elle préférait la fiction. Mais elle savait qu'il passait sans cesse à la télé, dans l'émission *This Morning*, où on le voyait rire avec Phil et Holly sur leur canapé, et qu'il avait les dents très blanches.

— Euh, et alors ?

— Il cherche un lieu pittoresque pour tourner un reportage pour la BBC Scotland. L'une de nos employées est venue chez vous avec sa fille pour une lecture et vous a suggérés comme décor. Pensez-vous que cela soit possible ?

M. McCredie, qui venait de faire son apparition, écoutait la conversation. Carmen l'interrogea du regard, et il secoua la tête, l'air catégorique.

La jeune femme y réfléchit. Une fois, Dounston's avait servi de décor à un film d'époque somptueux : le magasin était agrémenté d'un bel escalier en bois et d'un vitrail, qui étaient magnifiques, tant qu'on ne filmait pas la moquette râpée, déchirée, au sol et qu'on cachait les panneaux « SANS ISSUE » à la peinture écaillée. Cette expérience avait été amusante pendant environ cinq minutes, puis la réalité les avait rattrapés : avoir un millier de personnes en short dans les pattes, qui déambulaient avec des kilomètres de fils et de câbles, hurlaient dans des talkies-walkies, bousculaient les vrais clients et passaient leur temps à leur dire de se taire, s'était avéré une vraie corvée.

— Je ne suis pas sûr…, commença M. McCredie, mais elle le fit taire.

— En réalité, vous savez que cette période de l'année est très chargée pour nous ; ça perturberait la clientèle, avança Carmen.

— Oui, nous comprenons, répondit son interlocuteur.

Carmen cligna des yeux : cela pouvait représenter une formidable opportunité pour eux.

— Il faudrait qu'il fasse une signature, tenta-t-elle.

La voix à l'autre bout du fil marqua une pause.

— Je ne peux rien vous promettre.

— Nos décorations de Noël sont très belles. Et, bien sûr, nous exposerons ses livres pour la caméra.

— La *caméra*, gémit M. McCredie, angoissé.

Elle le regarda sévèrement, avant de feuilleter en vitesse le catalogue sur son bureau.

L'Esprit d'amour à Noël lui sauta aux yeux : c'était l'un de ses ouvrages. En couverture, on voyait une photo de Blair, les dents blanches étincelantes, l'air en forme dans un pull et un bonnet rouges, assis à côté d'un immense sapin de Noël, entouré d'enfants souriants, d'origines différentes. Carmen doutait que cette photo fasse bonne impression. Il ressemblait un peu à un donneur de sperme.

— Il pourra vous accorder une demi-heure, répondit la voix en soufflant.

— Pendant combien de temps avez-vous besoin du magasin ?

— Oh, ce ne sera pas long.

— Ça veut dire des heures. Je veux quarante-cinq minutes de signature.

— Il sera fatigué, après avoir traversé l'Atlantique.

— Il pourrait peut-être puiser dans son esprit festif et son énergie positive.

L'interlocuteur à l'autre bout du fil éclata de rire.

— D'accord. Il est tout à vous. Mais faites venir du monde, d'accord ? Je ne voudrais pas qu'il n'y ait que deux vieilles folles et un chien.

— Oui ! s'exclama Carmen après avoir raccroché. *Ding ! Ding ! Ding !*

— Oh, ce n'est pas vrai, lâcha M. McCredie. Et ce qu'elle a dit sur les deux vieilles folles et le chien était très malpoli.

— Nous allons engendrer des bénéfices, même si je dois finir à genoux. Mais bon, à en juger par la couverture de son livre, il y aura des tas de vieilles folles, mais aucun chien qui se respecte.

*

Lorsqu'elle annonça l'événement sur les réseaux sociaux, elle découvrit que Blair Pfenning avait un nombre impressionnant de fans.

— Tu es sérieuse ? demanda-t-elle quand Sofia mentionna qu'elle passerait peut-être après le travail.

— Est-ce que tu as vu ses dents ? Elles sont si droites !

— Je croyais que tu ne lisais que le magazine *Interiors* et la *Revue juridique d'Édimbourg*.

— Non ! Je lis ! Et les livres de développement personnel peuvent être très utiles, répondit-elle avec un regard entendu.

— Vraiment ? Aussi utile qu'un roman de Rainbow Rowell ? Ou de Douglas Adams ? J'en doute.

Sofia, bien que visiblement emballée, se tourna vers Carmen, l'air grave. C'était peut-être l'occasion de redonner un peu de motivation à sa sœur.

— Et son conseil, tu sais ? « Trouve quelque chose de fidèle à ton cœur et ton esprit, et fais-le tous les jours. »

Carmen fronça les sourcils.

— Comme quoi ? Préparer des paniers-repas ?

— Non. Trouve ta source de joie.

Le regard de Carmen se tourna vers la cave à vin.

— Pas ça, non. Bref. Je le trouve super.

— Moi, je trouve qu'il a l'air de se croire supérieur, répondit Carmen en le cherchant sur Internet, où elle trouva des tonnes de photos de lui entouré de ses chevaux. « Il n'y a qu'avec mes chevaux que je me sens vraiment libre », lut-elle. Tu vois. Tous ses amis sont des chevaux. Il n'a aucune conversation, c'est évident.

— Il est peut-être riche, mais seul.

— Oui, rétorqua Carmen avec une moue. Comme tous les mecs jeunes, beaux, super riches, qui ont encore tous leurs cheveux : ils manquent terriblement de compagnie.

— Eh bien, tu ferais mieux de laver les tiens, juste au cas où.

Pippa fit alors irruption dans la pièce, armée de son basson.

— Je vais être le premier instrument du spectacle de l'école ! annonça-t-elle. C'est Mme McGillicuddy qui l'a dit !

— Oh, c'est merveilleux, ma chérie, la félicita Sofia, tandis que la petite adressait un sourire de défi à sa tante, comme si elle venait de remporter une victoire sur elle, car celle-ci s'était montrée peu élogieuse à son égard.

Il n'avait pas échappé à Pippa que Carmen prenait souvent le parti de Phoebe, et cela ne lui plaisait pas. Pas du tout.

— Félicitations, lui dit Carmen sans lui proposer de l'écouter jouer.

Elle entendrait assez les enfants de Sofia répéter comme des singes savants d'ici le grand jour, supposait-elle.

— Je pense que tu devrais demander à Phoebe d'auditionner, maman, poursuivit Pippa, comme si sa mère et elle étaient deux amies du même âge. Ça lui ferait prendre confiance en elle, tu ne crois pas ?

Sofia parut en douter.

— Oh, ma chérie, tu sais bien ce qui s'est passé l'an dernier.

— Qu'est-ce qui s'est passé l'an dernier ? s'enquit Carmen.

— Oh, c'était horrible. Elle est restée figée devant toute l'école ! raconta Pippa avec délectation. C'était trop gênant. Les gens en ont parlé pendant des mois. La PAUVRE Phoebe, ajouta-t-elle avec un long soupir. La pauvre, pauvre Phoebe.

Sofia fronça les sourcils, puis sortit des galettes d'avoine et du lait de soja pour le goûter.

— Pourquoi est-ce que tu dis « la pauvre Phoebe » ? demanda l'intéressée en entrant dans la pièce d'un pas traînant, son écharpe toute chiffonnée sur les épaules, une de ses tresses dénouée et avec ce qui ressemblait à de la peinture sur son pull.

— Je disais juste que tu chantais super bien, répondit sa sœur. Et que ce serait super de t'entendre chanter, cette année.

Phoebe se dirigea vers le réfrigérateur, les joues d'un rose un peu terne.

— Oui, on ne t'entend plus chanter, ces jours-ci, dit Sofia, avant d'ajouter machinalement : Lave-toi les mains.

Phoebe répondit d'un grognement évasif, puis prit un air dégoûté en voyant les galettes d'avoine.

— Je déteste ça. Est-ce qu'on peut avoir des biscuits ?

— Pas si tu veux être en bonne santé, dit Pippa. Je les trouve délicieuses, moi, maman.

Sofia ne se rendait-elle pas compte qu'elle se faisait manipuler ? songea Carmen. Elle était peut-être trop fatiguée et enceinte pour s'en apercevoir. Jack entra à son tour, comme une flèche : sans un mot, il prit une poignée de galettes d'avoine, qu'il fourra dans sa bouche, puis sortit dans le jardin pour faire rebondir une balle contre le mur.

— Je suis sûre que tata Carmen aimerait t'entendre chanter, poursuivit l'impitoyable Pippa.

— Ça m'est égal, répondit Carmen. Tu fais comme tu veux, je m'en fiche. Personne ne chante plus faux que moi, de toute façon.

— C'est vrai, dit Phoebe. Je t'ai entendue chanter sous la douche.

— Je sais ! Et encore, l'acoustique était *bonne* !

Elles échangèrent un grand sourire, et Pippa sortit aussitôt son basson pour se mettre à jouer très fort, en intégralité, *La Voici, la nuit de Dieu*.

— Dire que tu reçois Blair Pfenning ! s'exclama Sofia d'un ton qu'elle pensait fier et encourageant, mais que Carmen trouva condescendant, trop surpris. Mets au moins un peu de rouge à lèvres ! ajouta-t-elle, alors que sa sœur descendait les escaliers. Je dis ça comme ça !

Chapitre 16

Carmen n'en croyait pas ses yeux. À neuf heures trente, il y avait déjà la queue – malgré le froid glacial, la file d'attente serpentait tout le long de Victoria Street, jusque dans Grassmarket. On faisait la queue pour entrer dans *leur* librairie ! C'était du jamais-vu.

Elle n'était constituée presque que de femmes, mais aussi de quelques hommes qui gardaient les yeux rivés sur leur téléphone, sans relever la tête, sans doute de peur qu'on ne les reconnaisse. Les dames portaient des manteaux en tweed, des écharpes élégantes et des bottines qui résonnaient sur les pavés. Le téléphone portable de Carmen sonna alors qu'elle remontait la rue sans se presser, après avoir fait un détour par Grassmarket pour aller se chercher un bon café. Le petit établissement était joliment décoré pour les fêtes, avec un motif nordique : de minuscules flocons de neige en papier dégringolaient du toit, et les cappuccinos étaient servis avec un flocon en chocolat. Elle en avait pris un pour M. McCredie mais avait dévoré son chocolat sans même s'en rendre compte.

— Allô, oui, bonjour. Nous sommes à l'hôtel, annonça une chargée de communication d'un air affairé. Êtes-vous prêts ?

— Euh, non, répondit Carmen en avalant sa dernière bouchée de chocolat. Je n'ai pas encore ouvert.

Elle entendit un soupir de déception.

— Mais notre planning est très serré, vous savez ?

— Je comprends. On s'en occupe. Venez quand vous voulez.

À son arrivée, une équipe de tournage trépignait devant l'entrée, déjà en train d'installer son matériel ; Carmen sut tout de suite vers qui elle devait se diriger : la personne armée d'un porte-bloc.

— Nous devons d'abord boucler le tournage, tenta-t-elle d'expliquer à la foule. Ça risque d'être un peu long… Mais vous pouvez aller faire un tour et revenir plus tard, si vous voulez ?

Des visages au regard d'acier se tournèrent vers elle : personne n'irait faire un tour pour revenir plus tard.

— J'ai bien peur de ne pas pouvoir vous laisser entrer avant qu'on n'ait fini…

Un vent sifflant s'engouffrait dans les escaliers ; il remontait la colline, balayait la terrasse au-dessus de la rue. Les nuages filaient à toute allure dans le ciel : de temps à autre, un rai de lumière les perçait, mais ils vous rappelaient surtout que le soleil ne s'était pas levé avant huit heures trente et qu'il se coucherait vite, à quinze heures trente, sans trop se montrer entre-temps, de sorte que si l'opportunité de se réfugier à l'intérieur se présentait, la nature n'aurait pu mieux vous conseiller de la saisir sur-le-champ.

Pour autant, ces femmes fougueuses n'étaient pas disposées à renoncer : Carmen leur adressa donc un sourire contrit, puis entra dans la librairie, même si elle sentit leurs yeux assassins dans son dos.

Les techniciens accomplirent des choses mystérieuses avec des lumières, des câbles et des rallonges, s'efforçant de renverser le moins de livres possible dans ces circonstances. La femme avec le porte-bloc, sourire aux lèvres, parla dans un talkie-walkie, puis leur demanda d'éteindre le train électrique. Carmen rappela à M. McCredie qu'ils faisaient entrer la superstar par la porte de derrière, à savoir par le passage qui donnait dans sa maison, et le vieux monsieur esquissa un sourire avant de se dépêcher d'oublier.

Enfin, la librairie se montra sous son meilleur jour. L'équipe télé avait apporté des guirlandes de houx supplémentaires, décorées de minuscules guirlandes lumineuses, qu'ils avaient suspendues sur les étagères : elles étaient adorables mais auraient empêché n'importe qui de parcourir les rayons et de trouver un livre, devait bien admettre Carmen. Les curieux qui essayaient de jeter un coup d'œil par la fenêtre furent poliment chassés, et, à dix heures quarante-cinq, tout fut en place. Quelqu'un cria : « Il est en route ! » dans le talkie-walkie, et Carmen courut dans le passage pour escorter le grand homme dans la maison de M. McCredie, puis dans la réserve.

La chargée de communication était jeune, mince, blonde, jolie comme un mannequin. Elle entra d'un air affairé, arborant un large sourire.

— Oh, comme c'est charmant ! s'exclama-t-elle. Venez, Blair, c'est juste là.

Un homme grand la suivait d'un pas un rien traînant. Il ne ressemblait pas du tout à l'homme prétentieux, trop sûr de lui, sur ses publicités. Il portait des lunettes qui lui donnaient l'air d'un hibou, avait les cheveux ébouriffés, et sa bouche était fermée, si bien qu'on ne voyait pas ses dents d'un blanc éclatant.

Il poussa un soupir.

— Ce ne sera pas long, l'encouragea la fille, comme si elle s'adressait à un enfant.

Il poussa un nouveau long soupir.

— D'accord.

— Tout le monde est prêt ? demanda-t-elle avec un grand sourire. Je m'appelle Emily, au fait. Ravie de vous rencontrer ! Je vous présente Blair.

L'intéressé leva une main lasse. Avait-il la gueule de bois ? se demanda Carmen. Mais cela ne cadrait pas avec son image d'homme au moi positif et heureux.

— Allez, Blair, poursuivit Emily, comme les membres de l'équipe télé s'approchaient un à un pour se présenter.

Une femme avec un grand sac à la main l'aborda.

— Coiffure et maquillage ? lui demanda-t-elle. J'ai fait de la place.

C'était vrai : juste derrière la caisse, où se trouvaient déjà les câbles, dans le passage, si bien que Carmen ne pouvait plus bouger. M. McCredie était parti se terrer quand il avait vu tout ce matériel et tout ce monde – à nouveau. Si voir son magasin plein l'inquiétait autant, pas étonnant que sa carrière de commerçant n'ait jamais été florissante, songea une nouvelle fois Carmen.

Elle réussit malgré tout à emmener les gens à l'arrière pour leur montrer où se préparer du café, tentant d'éviter le regard des clientes en colère qui attendaient dans le froid, le nez collé à la vitre. Mais elle n'aurait pas dû s'en faire : un petit bout de femme (la réalisatrice de l'émission, comprit-elle) sortit d'un pas déterminé pour leur crier de s'écarter ou cela prendrait toute la journée et, docile, la foule recula, au grand dam de la boutique de magie, mais pour le plus grand plaisir du café, qui proposa aussitôt de servir des boissons dans la queue.

— Bien, silence sur le plateau ! finit par crier la réalisatrice, et Carmen se rapprocha pour mieux voir.

C'était absurde. Comme si une personne différente venait de se matérialiser devant elle. L'homme apathique, bougon, qui était entré une demi-heure plus tôt le dos voûté, s'était volatilisé.

À présent se tenait debout devant le train électrique éteint et un sapin de Noël installé à la hâte, un homme fringant, radieux, plus grand, curieusement. Il avait des cheveux châtains souples peignés en arrière, des yeux vifs pétillants et des dents d'une blancheur incroyable, qu'il exhibait, comme s'il passait le plus beau moment de sa vie. Les caméras commencèrent à tourner. L'animatrice rousse le présenta avec déférence et admiration, et il prit un air gêné, comme pour dire : « Oh, vous me flattez. »

— Bonjour, lança-t-il d'une voix pleine d'assurance, à l'accent mi-anglais, mi-américain. Je suis si heureux d'être ici, à Édimbourg, l'une des plus belles villes au monde.

La présentatrice rousse gloussa.

— Oh, nous sommes *vraiment* ravis de vous accueillir. Pouvez-vous nous parler de votre nouveau livre ?

— Avec plaisir, Caroline.

Il se pencha en avant et parut regarder la présentatrice – ou la caméra – droit dans les yeux.

— Dans ce livre, ce que je dis, c'est que, s'il vous arrive de croire que vous n'allez pas y arriver, que votre Noël ne sera jamais assez parfait ; si vous craignez de ne pas choisir des cadeaux suffisamment attentionnés, que votre famille ne soit pas contente de vous voir ou que la dinde ne soit sèche…

Il s'interrompit pour lancer un grand sourire éclatant, empli de compassion et de joie.

— … je veux juste vous dire que vous pouvez y arriver. Vous le pouvez. Vous êtes aimé. Et tout va bien se passer.

Il eut un autre sourire béat, et Carmen grimaça.

— Il est *génial*, non ? lui dit Emily, qui était à côté d'elle et le regardait avec servilité.

— C'est tout ? rétorqua Carmen. « Tout va bien se passer », il n'a rien de plus à dire ?

— Je sais que ça n'a l'air de rien, poursuivit la voix d'une incorrigible gaieté. De vous dire : « Tout va bien se passer. » Mais vous savez quoi ? Parfois, c'est suffisant. Et vous, *vous*, êtes suffisant.

Carmen lui aurait bien fait remarquer que cela n'avait pas vraiment marché quand ils avaient fermé tous les magasins dans sa ville natale et mis au chômage la moitié des personnes en âge de travailler, sans perspective d'embauche, et que l'autre moitié, comme elle, avait purement et simplement dû s'en aller, mais elle parvint à se retenir.

— Même si vous ratez le haggis, ajouta-t-il avec un accent écossais exagéré pour montrer qu'il le savait mauvais.

— C’est formidable, répondit la présentatrice, les joues roses (il se tenait très près d’elle). Nous sommes si heureux de vous recevoir.

— Vous savez… Mon prénom est Blair ! Existe-t-il prénom plus écossais ? poursuivit-il. C’est le pays de mes ancêtres, et je me réjouis de rencontrer de nombreux Écossais. J’ajouterais bien que j’espère qu’ils sont tous aussi beaux que vous, mais je n’oserais jamais dire une telle chose de nos jours : je dirai donc que j’espère qu’ils sont tous aussi beaux que Dean, le caméraman.

Des rires approbateurs s’élevèrent des rangs de l’équipe.

— Et, cet après-midi, je me rends à l’hôpital pour enfants, où je signerai mon livre *Un enfant calme et serein en cinq minutes par jour* : j’espère aussi y voir beaucoup de monde.

— Merci de donner de votre temps comme ça.

— Vous plaisantez ? C’est un honneur. Et, sérieusement, vous avez tant de chance de vivre dans un endroit aussi magnifique. Cette ville m’inspire beaucoup. Vraiment.

— Merci, nous sommes ravis de vous accueillir. Et maintenant, à vous les studios…

Quand les caméras s’éteignirent, Blair Pfenning resta figé sur place. Emily le rejoignit d’un bond pour le diriger vers la table de dédicace.

— Est-ce qu’on peut les faire entrer, s’il vous plaît ? demanda-t-elle, tandis que les caméramans démontaient leur matériel et que les ingénieurs du son ôtaient des housses de protection pelucheuses des micros.

La chargée de communication se dirigea vers la porte d’un air affairé, puis, elle commença à faire entrer les gens, deux par deux. Impatients, pleins d'espoir, ils étreignaient un livre de Blair, souvent usé, car trop chéri.

Il se montra charmant, quoiqu'un peu distant, avec chacun d'eux ; il ne se précipita pas, prit son temps, s'assura de bien orthographier le nom de ses admirateurs et de les complimenter sur leur broche ou leur chapeau. Il se prêta volontiers au jeu des photos, décochant son grand sourire étincelant, entourant les femmes de son bras, tout près, mais sans les toucher, et quand quelqu'un se mettait à lui parler d'un problème, il l'orientait vers Emily pour prendre ses coordonnées, en lui promettant qu'un de ses collaborateurs le recontacterait.

Vers midi, enfin, la foule de ses adorateurs débarrassa le plancher, les derniers câbles furent rangés, et les décorations de Noël remballées ; tous les livres avaient été vendus, si bien que le tiroir-caisse débordait, et, un instant, le calme régna dans le magasin.

*

Carmen eut l'impression de voir un ballon se dégonfler. Blair Pfenning parut se ratatiner sous ses yeux. Le sourire et les dents blanches disparurent ; ses épaules s'affaissèrent. Il retira sa veste Harris Tweed à coudières pour enfiler le pull à capuche gris que lui tendait Emily, remonta sa fermeture Éclair jusqu'au menton, mit ses lunettes et posa la tête sur le comptoir.

— On a fini ?

— Quatre stations de radio locales, deux nationales, l'hôpital pour enfants et la BBC.

— Mais on vient de faire la BBC !

— On vient de faire la BBC Scotland. Là, ce sera pour toutes les chaînes.

Un cri déchirant sortit de sous la capuche.

— Oh, c'est pas vrai !

— Est-ce que vous voulez que j'aille vous chercher un café ?

L'imposante silhouette à présent affalée sur le comptoir ne répondit pas.

— Euh… nous vous sommes très reconnaissants, croyez-moi…, commença Carmen.

Elle l'était sincèrement. L'argent avait coulé à flots ; le drelin de la caisse n'avait cessé de retentir, et la pile de livres de Blair Pfenning avait fondu comme neige au soleil. Elle n'avait jamais connu une telle affluence, même pendant les périodes où les ventes d'articles de mercerie explosaient, après les apparitions télévisées de Kirstie Allsopp dans ses émissions de décoration.

— … mais est-ce que ça vous dérangerait de me laisser accéder à la caisse ?

— Comme vous voulez, répondit-il en lui jetant un regard vide.

Emily était partie chercher des cafés, ils étaient donc seuls dans la boutique.

— Est-ce que ça va ? s'enquit-elle, étonnée.

— Pourquoi ? Je n'ai pas l'air d'aller bien ?

— Il y a deux minutes, si. Maintenant, vous êtes affalé sur un comptoir.

— Euh… décalage horaire ?

— Je connais le décalage horaire, merci, et j'étais quand même capable de lever la tête quand ça arrivait.

— Eh bien, bravo, répondit-il avec un soupir, avant de la regarder subitement. Est-ce que vous connaissez un endroit cosy et mignon où déjeuner près d'ici ?

— Il y en a plein. Je suis sûre qu'Emily les connaîtra.

Il se décomposa.

— Je viens de passer trente-cinq heures avec Emily, et il me reste quatre jours à tirer.

Carmen haussa les sourcils.

— À titre professionnel, marmonna-t-il sous sa capuche. S'il vous plaît. Est-ce qu'on pourrait y aller ? Vous pourriez m'emmener ? Avant qu'elle ne revienne ?

— Euh, je ne peux pas fermer la librairie.

— Bien sûr que si. Je viens de tripler vos recettes de la semaine, et vous le savez.

— Oui, mais…

— Vous n'aurez qu'à dire que je vous ai forcée.

— J'y serai obligée. Puisque vous essayez de me forcer.

Il releva alors la tête.

— Est-ce que vous voulez que je vous fasse mon numéro de charme ?

— Pas particulièrement.

— J'en suis capable, vous savez. Je fais de l'hypoglycémie et, si je ne sors pas rapidement d'ici, je vais piquer une crise. Alors essayons plutôt ça, d'abord.

Sourcils froncés, elle le regarda se lever d'un coup, baisser sa capuche et secouer ses cheveux. Puis il se pencha vers elle et planta ses yeux dans les siens.

— Ce serait bon pour le moral et nourrissant pour l'âme, madame la libraire en mal de reconnaissance, si vous me laissiez vous emmener déjeuner et mettre un peu de gaieté dans cette journée triste et grise, et bien sûr… (il lui fit son fameux sourire) ce serait un honneur et un plaisir pour moi de vous avoir à mon bras et de vous inviter.

— C'est ça, votre numéro de charme ?

— Bien sûr que oui ! Il m'a valu six millions d'exemplaires vendus !

— Je trouve ça bizarre.

— Oui, d'accord, c'est bizarre, comme vous voulez. S'il vous plaît. Allez. N'avez-vous pas faim ? Ça fait vingt heures que je n'ai rien avalé.

— Pourquoi ça ?

— Séance photo pour un calendrier.

— Sans blague ? s'esclaffa-t-elle.

— Je sais… Oh, tant pis.

Il remonta sa capuche et se laissa peu à peu retomber sur la table.

— Attendez, est-ce que le seul moyen de vous faire partir de ma caisse, c'est d'aller déjeuner avec vous ?

— Mmh mmh, fit la voix étouffée.

— Oh, revoilà Emily.

La jeune femme remontait la rue, un carton plein de tasses de café dans les mains.

— Oh non ! Je suis coincé ! S'il vous plaît, évitez-moi les radios locales !

— Mais j'adore les radios locales !

— Ce n'est pas grave ! Allez, faites-moi sortir par-derrière. Allez. Maintenant. Filons.

Par sarcasme, il lui lança un de ses sourires ridicules. Emily se rapprochait, penchée sur son téléphone.

— Oh non, elle va me dire que je dois faire un truc en plus. Il faut que je boive un verre pour me donner du courage avant d'aller à l'hôpital. Venez. Venez. *S'il vous plaît !*

Il posa alors ses yeux bruns sur elle et la regarda avec espoir, d'un air sincère, sans chercher à l'attendrir.

— Oh, bon sang, lança-t-elle.

À ce moment-là, M. McCredie entra dans la pièce d'un pas chancelant, l'air déconcerté.

— Ah ! Carmen…

— Pause-déjeuner ! cria Blair en se levant d'un bond. On file déjeuner. Je la ramène d'ici une heure… environ.

— Une *pause-déjeuner* ? répéta M. McCredie, comme s'il disait : « Vous allez vous baigner dans un aquarium ? »

Le vieux monsieur ne quittait jamais le magasin lui-même et ne parvenait donc pas à comprendre que l'on puisse en avoir envie, en déduisit Carmen.

Cela la décida. Elle regarda Blair, puis avança d'un pas.

— Vous êtes sérieuse ? lui demanda-t-il, n'ayant plus rien à voir avec l'homme plein d'assurance de tout à l'heure.

— Dépêchez-vous, lui dit-elle.

Sur ce, il lui attrapa le bras, et ils traversèrent le magasin en courant, au moment même où Emily, le nez toujours dans son téléphone, entrait en faisant tinter la clochette.

— Cet endroit est complètement dément, commenta Blair en l'entraînant derrière lui dans le noir.

Carmen ne put se retenir : elle fut prise d'une envie de rire. Essayer de semer quelqu'un était si loufoque. Ils montèrent quatre à quatre l'escalier en colimaçon, Blair s'arrêtant un instant dans le salon de M. McCredie (il l'avait à peine remarqué à l'aller), impressionné.

— Il a une *Batcave*, murmura-t-il. Mais il n'y a que des vieux livres moisis dedans. Excellent !

Puis ils sortirent par la petite porte qui donnait dans le passage. Blair regarda à nouveau en l'air.

— Cette ville est dingue, remarqua-t-il en regardant les imposants bâtiments au-dessus et en dessous d'eux. A-t-elle été construite par l'homme ? Ou a-t-elle seulement poussé toute seule ?

Comme Carmen ne connaissait pas vraiment de restaurants dans le quartier, ils allèrent à celui de l'hôtel de Blair. C'était un restaurant de poissons très chic, situé dans une pièce vitrée qui surplombait la rue, avec un bar recouvert de glace plein d'huîtres et de homards. Carmen les considéra avec inquiétude.

— Fruits de mer ? lui demanda-t-il.

— Je ne suis pas sûre. En général, le poisson que je mange vient d'une boîte de conserve avec une languette. Ou il est frit et très chaud. Ça, ça ne m'a pas l'air chaud du tout.

Blair fit son sourire de célébrité au serveur.

— Pourrions-nous avoir une table près de la fenêtre, une bouteille de Louis Roederer et une douzaine d'huîtres ? Pour commencer.

Chapitre 17

Le déjeuner avec Blair fut grisant. Les choses se mirent en place toutes seules. Le champagne apparut comme par enchantement, des serviettes furent dépliées. Carmen regarda Blair engloutir ses huîtres avec un plaisir non dissimulé, sans se résoudre à l'imiter.

— Tu es folle. Tu dois au moins en goûter une. On se tutoie, hein ?

— D'accord, mais non : on dirait de la morve de dragon.

Blair les observa.

— Mmh mmh, fit-il, mais il en avala quand même une autre. Merci, lui dit-il au bout d'un moment.

Il avait commandé du homard ; Carmen, un *fish and chips*, si possible, et l'adorable serveur avait réagi comme si elle venait de prendre la meilleure décision de sa vie.

— C'est juste que… parfois, c'est trop.

— C'est quoi, le pire ? l'interrogea-t-elle en sirotant son champagne, qui, frais et pétillant, comme s'il contenait des milliers d'étoiles, venait de la dégoûter à jamais de son Prosecco à six livres, ce qui était vraiment très ennuyeux. L'argent ? La célébrité ? Ou le fait que tout le monde soit toujours content de te voir ? Ou super gentil avec toi ?

Au même moment, quelqu'un le reconnut à une table voisine et donna des petits coups de coude à ses amis, ravi.

Blair leva les mains.

— Tout ça, c'est n'importe quoi… ma belle, dit-il, comme s'il allait se rappeler son prénom, avant de laisser tomber. Tu le sais.

— Je n'en sais rien du tout, répondit Carmen, qui avait trente-neuf livres sur son compte courant et n'avait rencontré qu'une seule célébrité jusque-là : un vieil humoriste sexiste venu inaugurer le nouveau rayon informatique voué à un sort funeste (personne ne s'y connaissait, et ils n'arrêtaient pas de se faire voler), qui était ivre mort dès onze heures du matin et pinçait les fesses de tous ceux qu'il croisait (Idra avait estimé que montrer ses bleus à tout le monde lui vaudrait plus d'attention que le traîner devant les tribunaux).

— Tout est faux.

— Même l'argent ?

— Non, admit-il.

— Et les livres ? C'est vrai qu'on dirait que ce sont juste des…

Elle s'interrompit, comprenant subitement pourquoi il était en général recommandé de ne pas boire à midi.

— Des quoi ? demanda-t-il, l'air atterré.

— Rien. Des mots ? tenta-t-elle.

— Mais les gens y croient vraiment. Mes livres les aident.

— Bien sûr, répondit-elle du tac au tac.

— Mais pas toi hein ? Tu n'as pas besoin d'aide, c'est ça ?

— Si, j'ai besoin d'aide, justement, confia-t-elle, s'apprêtant à lui en dire plus sur sa vie, mais il continua à parler.

— Enfin… j'ai le sentiment que ce que je fais aide vraiment les autres, alors je devrais être content, non ?

— Euh… bien sûr ?

— Mais je déteste ça. Tous ces voyages. Tous ces gens. Tous ces faux accueils chaleureux. Ce n'est pas vrai. Rien n'est vrai. Toi, tu es vraie…

— Carmen, lui rappela-t-elle avec obligeance.

Il lui lança à nouveau son fameux regard.

— Je veux dire, je me rends dans tant de villes. J'ai tant de fans. Et puis je rencontre quelqu'un comme toi, qui me dit que mes livres ne sont que des… Qu'est-ce que tu allais dire ?

— Rien du tout, répondit-elle, stoïque.

— Eh bien, j'aime ton honnêteté. Tu es rafraîchissante.

Il se pencha vers elle, l'air gêné.

— Est-ce que… est-ce que tu penses que je suis un imposteur ?

Carmen sirota une autre gorgée de son délicieux champagne, avant de décider qu'il valait mieux être honnête, puisqu'il était peu probable qu'un autre auteur l'invite à déjeuner à l'avenir.

— Je pense que nous sommes tous des imposteurs.

— Qu'est-ce que tu veux dire ? s'enquit-il, étonné.

— Tout le monde fait semblant. Regarde le Premier Ministre. Il fait semblant. Regarde les gens au pouvoir. Ils font semblant. Tous. Bien sûr que tu fais semblant.

Je fais semblant, moi aussi. Je ne sais pas tenir une librairie. Je n'ai pas la moindre idée de la façon de le faire. M. McCredie non plus, d'ailleurs. Faire semblant, c'est juste un synonyme d'être adulte, donc.

— Donc, je ne suis pas spécial, répondit Blair avec tristesse.

— Ma sœur ne fait pas semblant, déclara-t-elle tout à coup, comme cette pensée lui traversait l'esprit. Elle est vraiment douée pour tout. Argh. Pas étonnant qu'elle soit tout le temps épuisée.

— Ta sœur a l'air génial.

Carmen y réfléchit.

— Eh bien, oui, j'imagine. Mais je ne le lui dirai jamais. Tous les autres le font à longueur de temps.

— Il lui faut un de mes livres.

— Oh, elle te trouve génial, elle aussi.

— C'est gentil, dit Blair, qui n'en avait pas grand-chose à faire de Sofia, en réalité. Mais, honnêtement, parfois, je n'ai aucune idée de ce que je fais.

— Bof, comme tout le monde.

— Oh non. Je pensais être un peu plus spécial que ça.

— Comme tout le monde.

— Aïe ! Tu es blessante, là.

— Tu dois bien avoir au moins neuf thérapeutes pour t'aider, non ?

— Tu plaisantes ? Les thérapeutes ont tous mes livres dans leur cabinet. Pardon, est-ce que ça paraît prétentieux ? demanda-t-il en relevant ses yeux caves. Parce que… parfois j'ai un peu peur que ce que je fais… ne soit… enfin… un peu contradictoire, par moments.

Carmen le regarda avec étonnement.

— Je veux dire : « Souriez à l'aube » ? Je ne sais même pas ce que ça veut dire. « Trouvez votre source de bonheur » ? Mais si votre bonheur, c'est de… je ne sais pas, moi… frapper les chiens ? « Faites ce que vous aimez. » Sauf si vous êtes un pédophile. Je veux dire, c'est… Je crois que les gens se rendent malheureux en essayant de faire ce qui les rend heureux. Mais ne le répète pas à mon éditeur. Comme cette chanson, là, ajouta-t-il en entendant les premiers accords de *I Wish It Could Be Christmas Every Day* à la radio. Ce serait l'enfer, si c'était Noël tous les jours. Une vraie torture. Ce serait horrible. Mais c'est peut-être ce que je donne pour objectif à mes lecteurs.

— Au moins, c'est *bien* payé…, hasarda Carmen.

— Est-ce que tu sais ce qu'ils ont fait à mes dents ?

— Ils les ont badigeonnées de peinture Dulux ? répondit-elle avec le sourire.

Il fronça les sourcils, comme s'il n'était pas certain qu'elle plaisante.

— Pire. Ce sont des facettes.

— Je sais. Comme Simon Cowell. Des grosses ratiches si brillantes qu'elles font peur.

— Sais-tu comment ils les posent ?

— Ils collent des dents de cheval sur les tiennes et ils les recouvrent de blanco ?

— À peu près. Mais, avant, ils doivent limer les dents.

Carmen cligna des yeux. Elle n'en savait rien.

— Que veux-tu dire ?

— Ils font disparaître tes vraies dents. Ils les liment jusqu'à ce que ce ne soient plus que des chicots, pour pouvoir en coller d'autres par-dessus.

— Es-tu en train de me dire que tu as des petits crocs pointus à la place des dents ?

Blair opina du chef.

— Je me suis infligé ça.

— Tu t'es fait limer les dents ?

Carmen perdit l'appétit tout à coup. Le simple fait de regarder son assiette en porcelaine lui donnait la nausée.

— C'est… c'est barbare.

— N'est-ce pas ? Et pour quoi ? Passer plus souvent à la télé ? Avoir plus de fans ? Plus d'argent ?

— Dis comme ça…, répondit Carmen, sans retrouver l'appétit. Est-ce que c'était douloureux ?

— Oui.

— Comment étaient tes dents, avant ?

— *Bien*, répondit Blair avec tristesse. Ça me serait égal, mais les gens n'arrêtent pas de m'aborder pour me raconter leurs problèmes horribles, comme si je pouvais les aider, et, moi, je ne pense qu'à mes dents.

— Tes livres ont vraiment aidé des tas de gens. Sinon, ils ne les achèteraient pas.

— Les gens achètent des choses dans l'espoir que ça les aide à aller mieux. Acheter un de mes livres leur donne un coup de *boost* momentané, mais ça ne dure pas. Ça provoque une décharge de dopamine, c'est tout : je leur dis que tout va super bien se passer, et ils s'imaginent que c'est vrai et se sentent mieux. Et puis ils retrouvent leur vie normale, et tout est à nouveau aussi pourri. Et devine quoi ? Ils n'ont pas la vie dont ils rêvaient, mais celle qui leur est tombée dessus quand leurs parents sont tombés malades, que leur partenaire a sombré dans l'alcool ou que leurs enfants les ont déçus.

Du coup, ils se disent qu'ils vont s'améliorer et achètent un autre livre. Tout mon *business plan* repose là-dessus.

Il fronça les sourcils.

— Je ne dis pas des choses pareilles, d'habitude. C'est le décalage horaire.

— Et le champagne.

— Oh oui. Et tu sais écouter.

Carmen ne voulut pas lui avouer qu'elle n'avait pas pu en placer une et se contenta donc de sourire.

— Alors, dans ce cas, arrête.

— Si j'arrête, Emily perdra son emploi, répondit-il en posant sur elle un regard franc (qui changeait de son numéro habituel, quand il la regardait, l'air de dire : « Hé, laisse-moi te prendre la main et plonger mes yeux dans les tiens »). Tout comme la moitié de l'équipe éditoriale, qui, soit dit en passant, publie de très bons livres, que personne ne lit, quand elle ne publie pas mes âneries.

Il soupira.

— Je ne peux pas. Et bientôt, je vais devoir me rendre dans un hôpital pour enfants, ajouta-t-il en consultant sa montre.

— Tu te dérobes aux interviews, mais pas à l'hôpital pour enfants ?

— Je suis cynique, mon chou, pas monstrueux, répondit-il en levant les yeux au ciel.

Elle lui sourit, soudain prise d'un étonnant élan de compassion.

— Tu pourrais peut-être écrire un livre sur le fait d'être authentique ? Ça te donnerait l'occasion de l'être.

— Je l'ai fait ! se désespéra-t-il. Il s'est vendu à des millions… Tu n'as vraiment jamais entendu parler de moi, hein ?

— Mais si… un peu, protesta-t-elle.

— Il s'appelle *Une vie heureuse et authentique pour un moi plus confiant et épanoui.*

— Mais tu n'as pas essayé d'appliquer ce principe, toi-même ?

— J'essaie en ce moment même. Ça risque d'être long.

— Tu n'es pas si mal.

— Merci. Est-ce que je pourrais te demander d'oublier tout ce que je viens de te dire et de ne pas le vendre à la presse ?

— Tu me donnes combien ? répondit-elle, avant d'éclater de rire en voyant son air affolé, horrifié. Je rigole, espèce d'idiot. Mais est-ce que tu t'épanches souvent auprès de n'importe qui, comme ça ?

Il tendit sa carte bleue au serveur.

— Tu n'es pas n'importe qui…

— Carmen, l'aida-t-elle à nouveau.

Il consulta sa montre sans tenir compte de son téléphone qui vibrait.

— Il me reste un peu de temps avant d'aller à l'hôpital, tu sais.

Elle le dévisagea.

— Et ma chambre est juste au-dessus.

Elle se redressa d'un coup, manquant éclater de rire.

— C'est comme ça que tu mènes une vie authentique ?

Il haussa les épaules.

— Euh… oui, un peu.

— Ah. Eh bien, félicitations.

— Vraiment ? dit-il en se levant et en prenant sa veste.

— Non, je veux dire, félicitations : tu as montré ton moi authentique. Bien sûr que je ne monte pas avec toi.

— Pas grave ! répondit-il, ce qu'elle trouva un rien insultant. Il n'y a pas de mal !

Sur ce, il demanda au serveur de lui appeler un taxi, chose que Carmen ne croyait même pas possible.

— Ravi d'avoir fait ta connaissance…, dit-il, ayant retrouvé sa voix basse.

— … Carmen.

— Carmen.

Elle se leva, secouant la tête.

— Merci pour le déjeuner.

Mais il était déjà au téléphone et ne lui jeta même pas un regard.

Chapitre 18

Sofia s'écroula sur sa chaise, harassée. Elle repoussait le plus possible son congé maternité – elle détestait par-dessus tout donner l'impression de ne pas être à la hauteur ou de ne pas maîtriser entièrement la situation et, à vrai dire, elle voulait être le genre de femmes qui se rendaient à la maternité à pied depuis le bureau. Federico n'était pas certain que ce soit une bonne idée, mais il avait appris depuis longtemps à ne pas se mettre en travers de la route de sa femme. Elle parvenait donc plus ou moins à donner le change au travail, mais, après s'être traînée jusqu'à la maison, elle n'était plus bonne à rien.

Skylar sortait encore ce soir, et Carmen était censée préparer le dîner : elle n'arrêtait pas de râler, bien qu'elle n'ait qu'à réchauffer une tourte toute prête, puis à ouvrir quelques boîtes de haricots. Sofia n'avait pas la force de se plaindre ; et puis, de toute façon, elle trouvait que cela sentait plutôt bon, même si elle refusait de l'avouer.

Elle espérait faire un petit somme avant le dîner mais venait d'apprendre une nouvelle étonnante et releva la tête.

— Tu as refusé les avances de *Blair Pfenning* ?! s'exclama-t-elle, avant de s'en vouloir d'avoir semblé si surprise.

Heureusement, Carmen, d'ordinaire si susceptible, ne releva pas, pour une fois. Peut-être parce qu'il y avait de la tourte au menu, ce soir.

— Oh, il aurait couché avec une boîte aux lettres, s'il en avait eu une sous la main, répondit Carmen, encore un peu pompette.

— Es-tu sûre et certaine que cela s'est produit ? Il ne… tu sais, ne te disait pas juste merci.

— Oui, c'est vrai, qu'est-ce qu'un homme à peu près digne de ce nom pourrait bien me trouver ?

Ah, voilà.

— Ce n'est pas ce que j'ai voulu dire !

— C'est exactement ce que tu as voulu dire !

— Carmen, s'il te plaît…

Carmen se remit à remuer ses haricots, en se demandant si elle n'avait pas un peu de regrets, elle aussi. Cela aurait fait une bonne histoire à raconter, et cela faisait longtemps.

— Je veux dire, ça aurait fait une bonne histoire à raconter, reprit Sofia d'un ton conciliant, comme si elle lisait dans les pensées de sa sœur.

— Ou il aurait pu tomber fou amoureux de moi et m'emmener faire le tour du monde !

— Eh bien, je suis ravie que cela ne soit pas arrivé. Parce que… on dirait que tu te débrouilles très bien à la librairie.

Carmen releva la tête. Sofia cherchait-elle à la flatter ou le pensait-elle vraiment ? En observant sa sœur, elle prit conscience qu'elle semblait éreintée. Même avec de l'argent et de l'aide… cela ne devait pas être facile. Elle mit de l'eau à bouillir pour lui préparer un thé.

— Est-ce qu'il a pris ton numéro ?

— Non. Ce qui règle cette histoire de tomber fou amoureux de moi…

— Tu pourrais lui envoyer un message ! Il est sur Instagram.

— Je n'en ai pas envie. Il est bizarre.

— Mais très beau et très riche.

— Ses dents ont été limées ; il ne reste que des crocs. Et, de toute façon, sa chargée de communication a mon numéro s'il a envie de m'appeler, ce qui n'est pas le cas.

Malgré tout, elle ne put s'empêcher de jeter un coup d'œil à son téléphone. Sofia, qui le remarqua, cacha un sourire. Il n'y avait rien de plus, bien sûr.

Jack fit alors irruption dans la pièce.

— Maman, maman, ils disent qu'il va neiger !

— Qui a dit ça, Jacky ?

— *Newsround*.

— Ça existe toujours ? s'étonna Carmen. Oh là là. Elle est tellement barbante, cette émission.

— Non, la contredit Pippa. Ça nous raconte ce qui se passe dans le monde. On la regarde à l'école.

— À l'école ?

Les deux enfants acquiescèrent.

— Vous avez la télé à l'école ? Ce n'est pas juste !

— Le dîner ne semble pas très NUTRITIF, riposta Pippa.

Phoebe entra à son tour dans la cuisine de son pas traînant, renfrognée, comme toujours.

— On mange de la tourte, lui dit Carmen. Tu aimes ça, non, Phoebe ?

Phoebe parut contrariée, sans que Carmen puisse se l'expliquer.

— Je ne crois pas, répondit la petite avec une moue.

— D'accord, d'accord.

— Apporte-m'en une part, lui demanda Sofia. Je meurs de faim.

— MAIS EST-CE QU'IL VA NEIGER ? insista Jack d'une voix forte.

Parfois, être le seul garçon de la famille n'était pas évident.

— Je ne sais pas, mon chéri, répondit sa mère en lui ébouriffant les cheveux et en regardant par la fenêtre, mais il faisait nuit noire dans le jardin, seules les lumières des maisons voisines étaient visibles au-dessus du mur du fond.

— Oh, M. McCredie pense que oui, intervint Carmen. D'après lui, cette nuit, ça va être terrible, mais demain, cela dépassera l'imagination.

Phoebe fronça les sourcils.

— Je peux imaginer beaucoup de choses.

— Eh bien, imagine beaucoup de neige, et ça arrivera peut-être !

*

Ce n'est pas un grondement qui réveilla Carmen, mais une paire de pieds en pleine figure dans son lit étroit.

— QU'EST-CE… ? s'écria-t-elle, se réveillant en sursaut, paniquée, avant que son cerveau embrumé ne se rende compte que, s'il s'agissait d'un violeur assassin, il ne s'y prenait vraiment pas de la bonne manière.

Elle s'était à nouveau retrouvée à bord du train, le minuscule train poussiéreux, avec la femme au chapeau et le tunnel qui se rapprochait de plus en plus…

Elle regarda les orteils qui n'arrêtaient pas de gigoter à deux centimètres de son nez.

— Phoebe ? Est-ce que c'est toi ?

Un minuscule « oui » se fit entendre sous les couvertures.

— Mais qu'est-ce qui se passe ?

Le petit corps tremblait.

— Mets-toi dans le bon sens, au moins.

Sur ce, un grondement retentit, et le petit corps se figea. Carmen se pencha pour allumer sa lampe de chevet, ce qui ne servit pas à grand-chose, si ce n'était à assombrir davantage le reste de la pièce. La lumière avait un je-ne-sais-quoi d'étrange, les bruits étaient comme étouffés, mais le grondement…

— Qu'est-ce que c'était ?

Lentement, comme si elle essayait de faire sortir un animal de sa tanière, elle caressa le dos de Phoebe, la convainquant peu à peu de se mettre à l'endroit.

— Tu vas étouffer, là-dessous, dit-elle, comme les yeux noirs têtus et la tignasse emmêlée finissaient par ressortir de la couette.

La petite ne souriait pas.

— C'est… l'orage de neige ! révéla-t-elle dans un murmure.

— Oh, bien sûr ! Génial ! J'aurais cru que tu serais allée voir Skylar, ajouta-t-elle en fronçant les sourcils.

Phoebe secoua la tête.

— D'après Skylar, la hyène du sommeil est très importante.

— La hyène du sommeil ?

— Oui. Il ne faut jamais troubler le sommeil de quelqu'un. C'est très important. D'être PROPRE.

— Ah ! *L'hygiène* du sommeil ? comprit Carmen, qui se réveillait doucement.

— Oh oui. Bref. Ça fait peur.

— Oh non, je suis sûre que non.

Carmen sortit du lit d'un bond avant de grimacer. Elle aurait aimé savoir pourquoi Sofia pensait que chauffer les chambres était surfait. Le parquet ciré sous ses pieds était glacial. Elle se jura de passer outre sa haine des chaussons (elle éprouvait depuis toujours une aversion irraisonnée pour la peau de mouton), sinon elle risquait de finir avec des engelures.

— N'y va pas !

— Allons, je vais juste jeter un œil…

Phoebe se cacha à nouveau sous la couette, recroquevillée sur elle-même, la tête posée sur les genoux.

On ne voyait rien depuis le sous-sol, mais le monde extérieur était silencieux, la fenêtre, glaciale au toucher, et Carmen ressentit soudain une profonde excitation.

— Viens.

Il était presque cinq heures du matin. La fillette secoua la tête, l'air grave.

— Viens juste… regarder. Vite fait ? Et si on prenait la couette avec nous, qu'en dis-tu ?

Phoebe paraissait inquiète, si bien que Carmen finit par la prendre dans ses bras, avec la couette, pour l'emmener à l'étage, dans la cuisine, où flottait encore la chaleur résiduelle du dîner et où la fenêtre donnait sur le petit jardin.

Les flocons de neige dansaient, tourbillonnaient contre la vitre, si denses que la maison semblait entourée d'un épais manteau mouvant. Un coup de tonnerre fit trembler les murs, et Phoebe sursauta, mais Carmen la serra plus fort contre elle, la couette sur leurs épaules. Sentir son petit corps chaud, qui acceptait volontiers son câlin, était curieusement réconfortant.

Il régnait un silence inhabituel ; elles étaient en plein milieu d'une ville, tout près d'une artère très passante. En temps normal, des ambulances hurlaient, des camions poubelles bipaient en reculant, des taxis klaxonnaient, des groupes de couche-tard criaient et rigolaient.

À présent, elles avaient l'impression d'être seules au monde, les énormes flocons descendant sans bruit, virevoltant, dessinant des formes complexes ; si banals et pourtant si extraordinaires.

— Oh ! s'exclama la fillette.

Des bruits de pas glissèrent alors sur le dallage derrière elles. Dès que Jack vit leur couette, il opina du chef, puis se précipita à l'étage sans un mot, pour revenir avec la sienne, décorée de jolies petites voitures en bois, au lieu des logos de l'Hibernian Football Club dont il rêvait.

En silence, il se rapprocha de sa sœur, qui, au lieu de le pousser et de le bousculer avec ses coudes pointus, se décala pour qu'il puisse poser ses coudes sur le rebord froid de la fenêtre et contempler le ciel, si empli de flocons que cela donnait le tournis et qu'on ne savait plus si on regardait en l'air ou par terre ; le cerveau en était sens dessus dessous.

Jack, en général excité comme une puce, resta figé, émerveillé. Avec Phoebe, ils tendaient de temps à autre le doigt en direction de l'abri de jardin, qui disparaissait peu à peu sous la neige. Tout à coup, un éclair illumina la pièce, révélant leur visage dans la vitre. Ils sursautèrent tous, mais, au grand soulagement de Carmen, Phoebe se mit à rire quand ils se rendirent compte qu'ils avaient eu peur de leur propre reflet.

Un autre bruit de pas résonna derrière eux, et Carmen jeta un coup d'œil derrière son épaule. Pippa venait d'arriver, elle aussi, s'apprêtant à s'annoncer et sans doute à leur dire de retourner au lit ou elle le dirait à maman. Carmen porta un doigt à sa bouche, puis lui fit signe d'approcher ; il y avait assez de place entre les deux couettes pour qu'elle puisse se blottir contre son frère et sa sœur, et Carmen constata avec surprise qu'elle réussit à s'installer sans faire trop de manières.

Le silence, la chaleur des petits corps, le spectacle grandiose de la neige – tout cela émut Carmen au plus haut point, tandis que, muets d'admiration, ils contemplaient le jardin, transformé en une grotte mystérieuse et merveilleuse.

Au bout d'un moment, la voix de Jack se fit entendre :

— Est-ce qu'on peut sortir pour jouer dans la neige ?

— À cinq heures du matin, en pyjama ? répondit Carmen. Votre mère m'arracherait les yeux.

La déception fut générale.

— Mais vous pourrez tout à l'heure, si vous êtes prêts en avance pour l'école. Sortez vos bottes en caoutchouc…

Un nouveau coup de tonnerre l'interrompit.

— En fait, je ne serais pas du tout surprise qu'il n'y ait pas école, demain.

Les trois enfants en eurent le souffle coupé.

— Je vais rater mon cours de basson, s'inquiéta Pippa.

— Je voulais organiser une bataille de boules de neige, se lamenta Jack.

— PAS ÉCOLE, répéta Phoebe d'une voix rêveuse, comme si elle venait de découvrir un fabuleux trésor.

— Eh bien, on verra, se dépêcha de dire Carmen. Maintenant, au lit !

Mais personne n'avait envie de retourner au lit : Phoebe décréta qu'elle avait trop peur pour dormir dans sa chambre et qu'il faudrait qu'elle dorme avec Carmen ; Jack affirma que, si elles allaient se coucher, il sortirait tout seul dans le jardin ; et Pippa fit une moue désapprobatrice, telle une vieille dame dans le bus.

Pour une fois, Carmen, qui n'avait pas l'habitude de s'occuper d'eux, eut une idée lumineuse : leur faire un bon chocolat chaud. L'Aga était encore tiède, et ils se pelotonnèrent contre elle pendant que leur tante fouillait dans les placards, espérant y trouver de quoi leur préparer cette petite douceur réconfortante.

Elle finit par dénicher un sachet intact de cacao en poudre dans un panier garni raffiné de chez *Valvona & Crolla*, qu'un client avait dû offrir à Sofia. Elle regarda les enfants, qui la regardèrent en retour, émerveillés, comme s'ils voyaient se réaliser leurs rêves les plus fous pendant cette prodigieuse aventure nocturne. Après avoir réussi à allumer la cuisinière, Carmen fouetta la préparation pour la faire mousser. C'était du chocolat noir (*beurk !*), le pire : elle ajouta donc plein de lait et de sucre pour le rendre plus savoureux. Puis elle remplit les petites tasses rayées à leur nom, et ils s'installèrent autour de la table, discutant de leurs projets pour le lendemain, s'ils n'avaient pas école – faire le plus grand bonhomme de neige ! Organiser une bagarre de boules de neige avec les voisins ! Faire de la luge !

Et puis, enfin, ils avaient tout un panier garni sous le nez, il n'aurait pas été juste de ne pas les laisser goûter au gingembre confit (« miam », d'après les filles ; « DÉGOÛTANT », d'après Jack), manger un des petits chocolats emballés à la main, sentir le thé et prendre un florentin, mais juste un. Bientôt, ce festin nocturne prit fin, les petites têtes commencèrent à tomber, et Carmen les renvoya à l'étage, en faisant promettre à Pippa de superviser le brossage des dents. Le matin venu, seules les tasses sales dans le lave-vaisselle pouvaient trahir la présence de la petite troupe – les tasses sales, mais aussi le bisou inattendu de Phoebe, si furtif que Carmen se demanda si elle ne l'avait pas rêvé, lui aussi.

Chapitre 19

« Mais qu'est-ce que c'est, un orage de neige ? »

Carmen fixa son téléphone et ce message d'un numéro qu'elle ne connaissait pas, les yeux plissés. Elle fronça les sourcils et tapa sur le clavier.

« Qui est-ce ? »

« C'est Blair. Blair Pfenning. Le Blair qui t'a emmenée déjeuner ? Ce Blair-là ? Tu sais ? Hier ? »

Carmen sentit son cœur bondir dans sa poitrine. Ça alors. Eh bien. C'était une surprise. Elle s'était forcée à ne rien attendre. Sans oublier que c'était un abruti. Mais…

Peut-être ne pouvait-il cesser de penser à elle ? Certes, elle avait trouvé sa conduite un peu cavalière, mais n'empêche, cela avait été… cela avait été un vrai plaisir. À un moment de sa vie où ils étaient rares, alors qu'elle venait de traverser une période difficile et qu'on ne l'emmenait pas souvent au restaurant, surtout pour déguster du champagne et des glaires de dragon.

*

Dans sa chambre d'hôtel confortable avec chauffage au sol, Blair Pfenning avait longuement fixé la liste de contacts que sa chargée de communication lui avait laissée, après avoir pris de nombreuses précautions pour s'assurer qu'il pourrait prendre son avion seul et lui avoir répété qu'il lui manquerait, mais un grand auteur de thrillers venait à Londres et… Il avait agité la main avec magnanimité, déclarant ne plus être un bébé, même si, au fond de lui, il était furieux et lui en voulait beaucoup. Il avait besoin d'une assistante à plein temps ; il était bien trop important pour se rendre seul à l'aéroport.

— J'ai réservé le taxi pour neuf heures, lui avait-elle dit. C'est un taxi noir, il pourra éviter les embouteillages.

— Bien, avait-il répondu d'un ton sec, avant de se dépêcher de lui donner tous ses vêtements pour le service de blanchisserie express de l'hôtel ; comme ça, au moins, il aurait l'impression d'en avoir pour son argent.

Ensuite, bien sûr, elle était repartie pour Londres, sortant de la pièce de façon théâtrale – et il s'était retrouvé coincé là, avec un vol annulé, et elle ne pouvait rien faire pour lui, puisque son train avait été pris par la neige au sud de Newcastle et semblait bloqué jusqu'à l'arrivée de l'armée.

Blair ne s'était pas montré très compatissant.

Elle lui avait toutefois laissé sa liste de contacts. Il avait commencé par la jeter à la poubelle mais s'était ensuite penché pour la récupérer. Quelqu'un pourrait sans doute l'aider.

« Oh oui, bonjour. »

Il fit la moue. Elle devrait être ravie d'avoir de ses nouvelles. Les gens l'étaient, en général.

« Un orage de neige ? »

« C'est un phénomène météorologique orageux… »

« Non, je sais ce que c'est. C'est ce qui a annulé mon fichu vol pour LA. »

Carmen regarda le message. Elle n'avait aucune idée de ce qu'il lui voulait. Pensait-il qu'elle connaissait un moyen caché de lui faire prendre un vol Édimbourg-Los Angeles ? Ou s'ennuyait-il, tout simplement ? Était-ce du flirt ?

Bien sûr, elle l'avait cherché sur Google la veille au soir, dans sa chambre, loin des regards indiscrets de Sofia. Divorcé. Elle avait jeté un coup d'œil à son ex-femme. C'était un top model sublime, avec un rictus un peu pincé, amer, mais, à sa décharge, la photo avait été prise au moment où le *Daily Mail* lui demandait si elle regrettait d'avoir divorcé de Blair alors qu'il venait de vendre son livre *Comment le divorce peut vous rendre plus heureux !* à trois millions d'exemplaires.

Le matin, quand elle avait fini par se réveiller, fatiguée, mais curieusement revigorée, elle s'était rendue à la porte d'entrée avec les enfants qui bâillaient. Le ciel était encore sombre, la neige continuait de tomber en spirale – plus mollement à présent –, mais les toits étaient striés de rose. C'était magnifique. Et maintenant, ce message.

Elle monta prendre son petit déjeuner, cramponnée à son téléphone.

L'école était bel et bien fermée pour la journée, ce qui écœura Sofia, mais Jack et Phoebe, eux, hurlèrent de joie, puis foncèrent mettre leurs bottes en caoutchouc par-dessus leur pyjama. Skylar essayait de leur faire avaler leurs flocons d'avoine, mais les enfants ne l'écoutaient pas, et Carmen en éprouva une certaine satisfaction, même si elle savait que ce n'était pas très gentil de sa part. Lorsque Phoebe commença à évoquer la soirée de la veille, les deux autres lui firent aussitôt signe de se taire.

— Qu'est-ce qui est arrivé à mon panier *Valvona & Crolla* ? ronchonna Sofia en ouvrant un placard. Je comptais le donner aux sans-abri.

Skylar fit les gros yeux aux enfants.

— Personne n'aurait osé le voler, quand même ?

Carmen échangea un regard avec eux : ils étaient terrifiés.

— Parce qu'on a déjà parlé de ce qui était gentil et de ce qui ne l'était pas, n'est-ce pas ?

— C'est moi qui l'ai pris, lança Carmen. Je t'en achèterai un autre. Peut-être deux.

— Tu as mangé un panier garni entier ? Toute seule ?

— Oui.

— Tout le gingembre confit ?

— J'adore ça.

— Tu as dévoré un sachet entier de gingembre confit ? Entre hier et aujourd'hui ? Après une grosse part de tourte et une boîte de haricots ?

— Détends-toi, sœurette.

Rien ne pouvait entamer sa bonne humeur.

— Ça peut vraiment être mauvais pour ton pH gastrique ? intervint Skylar. Je veux dire, n'importe quelle quantité de sucre est toxique, mais là, ça paraît carrément mortel ?

— Eh bien, si je meurs, tu pourras me dire que tu m'avais prévenue, répondit Carmen avec un clin d'œil aux enfants, préférant garder sa bonne nouvelle au sujet de Blair pour elle, jusqu'à ce que Sofia soit moins agaçante.

Et puis, Skylar trouverait forcément quelque chose à redire : recevoir des textos devait sans doute donner le cancer du cerveau.

Quand elle partit au travail, la maison avait retrouvé son calme : les enfants avaient rejoint leurs copains dans les jardins de la cathédrale Sainte-Marie d'Édimbourg, au bout de la rue, et le pasteur leur avait promis avec enthousiasme d'organiser un concours de bonshommes de neige. Elle ouvrit la porte d'entrée.

Un monde familier et étrange lui apparut alors, tout scintillant de blanc, éblouissant. Les toits de la rangée de maisons mitoyennes de l'autre côté de la rue étaient jonchés de monticules de neige carrés et, par-delà, chaque mur, chaque maison, chaque église était enseveli, ne formant plus qu'une vaste étendue blanche, à perte de vue. Carmen poussa un profond soupir de contentement, se réjouissant en silence.

Et voilà que son téléphone bipait.

« Je suis coincé ici, ma belle ! Tu n'as pas compris ce que je t'ai dit ? Il n'y a plus d'avions ! »

« Ça pourrait être pire, écrivit-elle en retour. Tu pourrais être coincé dans une ville qui ne serait pas l'une des plus belles au monde, fraîchement enveloppée d'un manteau de neige. »

« Pouah ! Et je n'ai que des chaussures en daim. »

« Ton acolyte glamour pourrait aller t'acheter des bottes en caoutchouc, non ? »

« Elle est partie hier soir. Elle m'a laissé prendre un putois d'avion tout seul. Qui ne part plus. »

« Attention à la putois de correction automatique. »

« D'accord. J'ai compris. »

Carmen retint un sourire. Ah, mais quel gros bébé.

Elle longea Princes Street pour mieux apprécier le spectacle de la capitale sous la neige.

Le château semblait tout sorti d'un rêve ou de *Game of Thrones*. La route était bordée de gens qui essayaient de photographier les nuages roses flottant derrière. Les flocons dansaient toujours devant ses yeux ; certains se posaient sur son manteau. Sous ses pieds, la neige était poudreuse, molle, pas encore gelée, ni marron, ni transformée en affreuses flaques de soupe.

Elle remit son téléphone dans sa poche (il faisait trop froid pour enlever ses gants et répondre aux messages), puis esquiva les photographes.

Les marches de l'escalier du Mound étaient glissantes, la chaussée presque autant, mais elle ne regrettait pas d'avoir emprunté le chemin le plus long : elle gravit Lawnmarket en observant les promeneurs émerveillés et les enfants qui faisaient la course pour avoir le plaisir exceptionnel de casser la glace immaculée d'une flaque d'eau gelée ; quelques luges optimistes se rassemblaient déjà dans les jardins de Princes Street.

Le temps d'arriver à la librairie, elle avait les joues toutes roses. Blair Pfenning l'attendait devant.

— Tu ne vas quand même pas ouvrir le magasin, si ? l'interrogea-t-il, l'air mécontent.

— C'est de la neige, pas une éruption volcanique.

— C'est un *orage* de neige.

— Si tu pensais que je n'ouvrirais pas, pourquoi es-tu venu ?

Il haussa les épaules.

— Je me disais que M. McCredie voudrait discuter de la vente de livres.

Carmen éclata de rire, puis inséra la clé dans la serrure. Elle était si fraîche, songea Blair ; jeune, avec une écharpe et un bonnet rouge qui lui allaient à merveille.

— Ça ne risque pas d'arriver, si tu veux mon avis, répondit-elle. Je crois que, pour lui, échanger des livres contre de l'argent est profondément vulgaire.

Blair regarda autour de lui. La boutique était chaude, douillette, à présent que Carmen avait montré à M. McCredie comment programmer un thermostat… et qu'il en avait un. Elle essaya de s'occuper en attrapant un chiffon, et Blair fronça les sourcils.

— Je boirais bien un café, lança-t-il.

Elle lui jeta un regard en coin.

— La bouilloire est sur le frigo, dans la pièce du fond.

— Quoi ? Alors que j'ai vendu assez de livres pour faire tourner la boutique pendant des mois ?

— Je suis occupée ! répondit-elle en considérant l'affiche encore accrochée au mur.

— C'est vrai. J'ai besoin de bottes. Regarde mes chaussures. C'est une catastrophe.

— Tu es vraiment pourri gâté ! Et je suis très occupée.

Il regarda des deux côtés de la rue. Les voitures ne pouvaient l'emprunter sans déraper, et on commençait juste à déblayer les pas de porte. Il n'y avait pas un chat.

— Tu n'es pas du tout occupée.

— Je dois pelleter la neige.

— Ah, ah ! lança une voix au même moment, sortant de l'obscurité.

Carmen en resta coite : c'était le jeune M. McCredie, vêtu de la tête aux pieds de l'accoutrement le plus bizarre qu'elle ait jamais vu. Il avait de longues chaussures pointues aux pieds, qui semblaient faites de peau. Son pantalon était en toile cirée, vieux comme Hérode, tout rapiécé, et il portait une épaisse veste en tweed sur un pull, le tout recouvert d'une autre peau avec une grosse capuche doublée de fourrure.

— Ooh, les belles bottes Nutukas ! le complimenta Blair.

— Merci, répondit-il avec un grand sourire en exhibant ses étranges chaussures. Fourrure de renne de la meilleure qualité.

— Magnifique !

— Attendez une seconde, intervint Carmen. Vous portez du renne ?

— Techniquement, en ce moment, je suis plus renne qu'homme.

— Vous êtes le Père Noël le plus diabolique qui ait jamais existé.

— Cette veste est allée au pôle Sud. Enfin, presque, ajouta-t-il. Et heureusement, ajouta-t-il aussi, surtout pour lui-même.

— Ouah ! Ne devrait-elle pas être exposée dans un musée ?

— Oh si, un jour. Mais je peux encore la porter.

Carmen le regarda soulever sa vieille pelle : elle ne l'avait jamais vu aussi heureux, c'était certain.

— Dites-moi, vous n'auriez pas une autre paire de ces trucs, par hasard ? lui demanda-t-elle en fixant ses bottes pointues ridicules. Blair en a besoin.

— Eh bien, je…

— Non, ça va, se dépêcha de rectifier Blair.

Qu'elles soient mettables ou non, il était hors de question qu'il porte des bottes en peau de renne vieilles de cent ans. On ne savait jamais quand on risquait de croiser un paparazzi.

— Carmen s'apprêtait justement à m'accompagner acheter des bottes en caoutchouc.

— Ah bon ?

— Après tout, vous ne pouvez pas encore ouvrir.

M. McCredie leur fit signe de partir, entreprenant déjà de déblayer la neige.

— Soyez prudent, lui conseilla Carmen.

— Êtes-vous en train d'insinuer qu'un McCredie ne saurait pas se débrouiller dans la neige ? répliqua-t-il, et elle lui fit un grand sourire.

— D'accord. Je vous ramène un chocolat chaud, cette fois.

— Je ne comprends pas pourquoi vous insistez autant pour abîmer mes vieilles dents.

Parce qu'il faut que quelqu'un vous gâte, songea-t-elle. *Et je ne sais pas pourquoi, mais il semblerait que cela doive être moi.*

*

Blair descendit la rue avec précaution, pendant que Carmen se laissait glisser le long de la pente en riant.

— Oh, allez ! lança-t-elle. C'est charmant, non ?

Il poussa un soupir.

— Est-ce que ça te dérangerait d'appeler la compagnie aérienne pour moi ?

— Quoi ? Oui, ça me dérangerait. Pourquoi ?

— Oh, je ne comprends pas l'accent. Tu te débrouilleras bien mieux que moi. Allez.

— Non !

— Je t'emmènerai dans un chouette endroit.

— Los Angeles ?

— Si tu veux.

Il lui servit son grand sourire éclatant.

— N'oublie pas que j'ai peur de tes dents, le prévint-elle.

— Oh oui, c'est vrai, j'avais oublié, répondit-il d'un air abattu. Oh, Carmen, je suis un gros fainéant et un bon à rien, et j'adore que les autres fassent des trucs pour moi… Est-ce que c'est mieux ?

— Je vais quand même me retrouver à poireauter au bout du fil avec une compagnie aérienne pendant une heure, non ?

— Je t'emmènerai manger dans un très, très bon restaurant.

Ils venaient d'atterrir en bas de Victoria Street, où se nichait une petite boutique peinte en bleu, avec une belle devanture décorée de rouges-gorges et de houx, qui présentait toute une sélection de vêtements champêtres hors de prix, des marques Burberry et Harris Tweed.

— Ils doivent vendre des bottes en caoutchouc, supposa Carmen. Je me demande s'ils sont ouverts.

Il y avait quelqu'un à l'intérieur. Ça alors, songeat-elle. Tous les commerçants de Victoria Street dormaient-ils dans leur magasin la nuit, tels des petits loirs ?

— Bonjour ! Êtes-vous ouverts ?

Un homme imposant au visage rouge ouvrit la porte d'un coup.

— Vous me demandez si un magasin qui vend des VÊTEMENTS D'INTEMPÉRIE est fermé pendant une INTEMPÉRIE ? tonna-t-il.

Il avait le même genre d'accent que M. McCredie : techniquement d'Édimbourg, mais pas si différent de celui d'un Anglais snobinard.

— ENTREZ !

— Merci. Je viens de chez M. McCredie.

Il tiqua.

— Il a ENGAGÉ quelqu'un ? IL VEND DES CHOSES ?

— Il essaie.

— Bonjour, je suis Blair Pfenning, dit Blair en souriant de toutes ses dents.

Ce monsieur ne prêta pas attention à lui.

— Ça par exemple !

— Il est dehors en ce moment même, en train de déblayer la neige.

— Il est DEHORS ?

L'homme cessa ses fanfaronnades.

— Ben ça alors, jeune fille. Je ne sais pas ce que vous avez fait, mais cela semble plutôt impressionnant.

— Je n'ai rien fait.

— Nous avons tous droit à l'augmentation de loyer, vous savez. Enfin. Nous serons tous ravis s'il essaie de sauver son affaire.

Cette rue formait vraiment une communauté soudée, songea Carmen, se demandant à nouveau pourquoi M. McCredie n'en faisait pas partie.

— Mes pieds sont toujours aussi mouillés, fit remarquer Blair.

L'homme secoua la tête.

— Sale histoire.

— Avec M. McCredie ? Pourquoi ? Comment ? demanda Carmen.

Mais l'homme corpulent tourna les talons, puis rentra dans son magasin.

— Je m'appelle Crawford, se présenta-t-il par-dessus son épaule. Crawford Finnieston.

— Avez-vous des bottes en caoutchouc, Crawford ? se renseigna Blair.

— Attendez, quelle sale histoire ? l'interrogea Carmen.

Crawford cligna de ses yeux bleus chassieux.

— Il ne vous a pas raconté ?

— Non ! Qu'est-ce que c'est ? insista-t-elle, tandis que Blair trouvait une étagère pleine de bottes en caoutchouc vertes.

— Oh, je ne vais pas parler à tort et à travers, jeune fille. Rien, rien : ce ne sont que des on-dit.

Carmen parcourut la boutique du regard. Elle était extraordinaire : papier peint floral, buffets et miroirs anciens, ainsi que des animaux empaillés (qui n'étaient pas à vendre, ils étaient là simplement parce qu'ils plaisaient à Crawford), des gilets matelassés et des vêtements de chasse.

— C'est le magasin le plus chic dans lequel j'aie jamais mis les pieds, commenta-t-elle.

— Je n'ai pas de mal à le croire, rétorqua Crawford avant d'ajouter, plus gentiment : Où travailliez-vous avant ?

Elle le lui raconta.

— Ah, c'est bien triste. J'en ai eu vent. Même si c'est bon pour moi. Les filles de la côte ouest viennent acheter leur jodhpur ici, maintenant.

— J'aime bien celles-ci, dit Blair en désignant une grosse paire de cuissardes suspendues au mur.

— Elles sont pour la pêche, l'informa Crawford.

— Eh bien, elles seront aussi très bien pour la neige, non ?

Carmen et Crawford échangèrent un regard.

— Non, tenez, dit Crawford en apportant des bottes en caoutchouc.

— Elles coûtent trois cents livres ! s'exclama Carmen malgré elle.

— Je vais faire payer mes éditeurs, répondit Blair avec désinvolture. Ce sont eux qui m'ont mis dans ce pétrin.

— L'orage de neige était de leur faute ?

Il enfila une paire de bottes surmontée d'un rabat en tartan, puis s'examina dans la glace. À l'évidence, ce qu'il voyait lui plaisait.

Crawford opina du chef.

— Mais…, commença-t-il.

— Je sais, acquiesça Blair et, en moins de temps qu'il ne faut pour le dire, il se retrouva dans une cabine d'essayage, en train de passer un pantalon en velours côtelé bleu marine, une chemise en tweed, un gilet moutarde et un pardessus ciré qui coûtait une petite fortune.

Il avait envoyé le numéro de la compagnie aérienne à Carmen par texto, mais elle faisait délibérément semblant de ne pas le voir.

— Tada ! s'exclama-t-il en sortant de la cabine habillé en parfait gentleman-farmer.

Carmen éclata de rire mais perdit vite son sourire en voyant la déception sur son visage.

En réalité, cette tenue lui allait plutôt bien, même s'il était prêt pour une soirée déguisée. Le gilet, qui lui seyait à merveille, mettait en valeur ses larges épaules ; le pantalon en velours soulignait ses jambes fines.

— As-tu un coach sportif ? l'interrogea-t-elle.

— Comme tout le monde, non ?

Elle leva les yeux au ciel.

— À quelle heure partons-nous à la chasse aux renards ?

— Voulez-vous passer la casquette à rabats, monsieur ?

— Non, répondit Carmen. Je pense que c'est largement suffisant. Tu ne veux pas te transformer en Nigel Farage[1], si ?

— Ah ça non, alors ! répondit Blair avec un frisson.

Il s'observa dans le miroir.

— Ça ne me ressemble pas du tout. Ai-je tort de bien aimer ?

— J'aime bien, moi, répondit-elle.

— Vraiment ?

— Vraiment.

— Dans ce cas, parfait.

La note était astronomique, mais Blair ne cilla pas. Il se contenta de jeter une carte *gold* sur le comptoir.

1. Homme politique, ancien chef du parti de droite souverainiste Ukip (Parti pour l'indépendance du Royaume-Uni), connu pour avoir été un fervent partisan du Brexit (N.d.T.).

Puis il sortit d'un pas déterminé, dans ses bottes en caoutchouc hors de prix et ses vêtements flambant neufs, s'admirant à plusieurs reprises dans les vitrines qu'ils longeaient. Il y avait un peu plus de monde dans la rue à présent. Quelques personnes progressaient avec prudence dans la neige, dont une femme qui, en voyant qui elle venait de croiser, trébucha, stupéfaite.

— Madame, lui dit Blair, en lui faisant son numéro de charme et en l'aidant à se relever.

— Blair Pfenning ! parvint-elle à articuler. Je… je vous aime !

— C'est très gentil, merci, répondit-il avec aisance en poursuivant son chemin, alors qu'elle commençait à tripoter son téléphone avec ses mains gelées pour le prendre en photo.

— C'est fou ! Est-ce que ça t'arrive souvent ? s'enquit Carmen.

— Pas assez. Il arrive par exemple que certaines personnes m'abandonnent dans une ville inconnue sans avion de retour.

— Chocolat chaud, décréta-t-elle avec fermeté avant de les diriger vers le petit café au bas de la colline, dont les fenêtres étaient toutes embuées.

Ils commandèrent deux chocolats à boire sur place ; pendant qu'ils attendaient, Blair pianotait sur les touches de son téléphone avec frénésie, en poussant de profonds soupirs.

— Oh, arrête un peu ! s'exclama-t-elle quand ils finirent par s'asseoir près de la fenêtre avec vue sur la jolie rue, qui se fondait dans l'horizon enneigé, de jolis flocons blancs en papier suspendus au-dessus de leur tête, l'odeur lourde de cannelle dans l'air.

Ce café était vraiment adorable, surtout vidé de ses milliers de touristes habituels. Mais il serait quand même préférable qu'ils ne tardent pas *trop* à revenir, songea Carmen avec son sens des affaires.

— Donne-moi un de tes Chamallows, lui dit-elle, ayant fini les siens.

— Non ! répondit-il avec une moue. Pourquoi est-ce que je ferais ça ?

— Parce que si tu m'en donnes un, je m'occupe de ton vol.

Son sourire refit son apparition, mais il s'en départit vite.

— *Vraiment* ?

Elle lui prit son téléphone pour se rendre sur le site Internet de la compagnie aérienne. Sans surprise, avec sa référence de réservation, la compagnie étant bien consciente de la situation météorologique, il lui fallut environ six minutes pour finaliser la transaction.

— Prends-moi un siège côté hublot, lui demanda-t-il à la hâte, avant de venir s'asseoir près d'elle. C'est bien en business, hein ?

— Oui.

Ouah. Se rendre sous le soleil de LA en *business class*. Ce devait être quelque chose.

— Franchement, lança-t-il avec un soupir. Ils auraient pu me surclasser en première après tous ces désagréments.

Elle le dévisagea, secouant la tête.

— Oui, tous ces désagréments à base de shopping et de chocolat chaud.

Elle lui redonna son téléphone, et il s'occupa de vérifier s'il avait la bonne place.

— Je veux dire : 1A est à l'évidence la place idéale. Mais on dirait que quelqu'un l'a déjà prise, et, franchement, je préférerais être, genre, rangée 6 plutôt qu'à côté de quelqu'un qui insiste pour discuter avec moi. Surtout si cette personne a lu mes livres.

La sympathique serveuse, qui avait les cheveux tressés, les aborda, timide.

— Excusez-moi, vous êtes bien Blair Pfenning ?

— Oui, bonjour ?

Elle eut un sourire radieux.

— Les chocolats chauds sont pour la maison !

— Oh, *fantastique*, répondit celui qui venait de dépenser une somme à quatre chiffres pour une nouvelle tenue. On aurait dû commander des Chamallows en plus, ajouta-t-il à voix basse à l'intention de Carmen, avant de refaire un grand sourire à la serveuse. Désirez-vous une photo ?

Blair se montrait extrêmement charmant, et Carmen s'efforçait d'être au-dessus de tout cela. Bien qu'elle trouvât plutôt excitant d'être avec une célébrité, si elle était vraiment honnête avec elle-même : tout le monde était gentil avec elle, on lui offrait des chocolats chauds, et Blair lui expliquait avec nonchalance où il fallait s'asseoir quand on se rendait à Los Angeles en *business class*, comme si cela pouvait l'intéresser.

Et puis, il était plutôt mignon, dans sa nouvelle tenue d'Édimbourgeois, fier comme un paon. Elle était plus habituée à voir ses petits copains débarquer en pantalon de jogging plein de taches de provenance inavouable. Elle aurait aimé que Sofia la voie. Pas pour que sa sœur lui demande un *selfie* – ce serait très gênant, et elle se conduirait exactement comme la serveuse. Mais tous ceux qui les voyaient… ensemble… assis côte à côte… devaient penser qu'ils formaient un couple. Même si c'était absurde : il était odieux.

Mais les gens ne pensaient pas cela de lui, se dit-elle. Tous les autres le trouvaient génial, tous ceux qui ne le connaissaient pas. Il n'y avait qu'à voir comme il s'était montré charmant avec la dame dans la rue et avec la serveuse. Elles devaient penser qu'elle avait de la chance.

Elle chassa cette pensée au moment où la porte s'ouvrait, une bourrasque hurlante s'engouffrant à l'intérieur, et qu'une grande silhouette, pas suffisamment vêtue pour ce temps, se dépêchait d'entrer, soufflant sur ses mains, avant d'attendre poliment derrière la table de Carmen et Blair qu'on l'appelle.

— Je veux dire, si on doit aller à LA, autant y aller avec style, non ? poursuivit Blair, toujours sur le site internet de la compagnie.

— Oh, je suis bien d'accord, répondit Carmen. Carrément. Qui peut bien penser le contraire ?

— Salut, Oke ! dit alors la serveuse à la personne qui venait d'entrer.

Carmen se raidit, puis jeta un coup d'œil par-dessus son épaule.

— Oh, bonjour, le salua-t-elle.

Elle s'en voulait de se faire surprendre en train de fanfaronner de la sorte, alors qu'elle ne pensait même pas ce qu'elle disait. Mais c'était absurde, car elle ne connaissait pas Oke ; ce n'était qu'un client de la librairie.

Il sourit.

— C'est magnifique, n'est-ce pas ?! s'exclama-t-il en désignant l'extérieur. C'est si beau.

— Votre tenue ne semble pas appropriée pour ce temps, commenta Blair, et Oke se décomposa.

— Oh oui. Oui, j'imagine.

La gêne de Carmen redoubla ; il portait un T-shirt, une chemise à manches longues, un pull et un blouson, mais paraissait toujours aussi frigorifié. Il devait faire chaud au Brésil, songea-t-elle.

— Il y a un magasin plus haut dans la rue qui pourra vous arranger ça.

Oke cligna des yeux.

— Merci, vieux, répondit-il.

— Ton thé, dit la serveuse en tendant un petit gobelet à Oke, qui parut content de le prendre dans ses mains pour les réchauffer, puis lui donna un billet de cinq livres.

La serveuse lui rendit très peu d'argent.

Carmen observa la scène, incrédule : elle avait triché sur la monnaie à rendre.

— Excusez-moi, ne put-elle s'empêcher d'intervenir, d'une voix tremblante, mal assurée. Je crois que vous n'avez pas rendu toute sa monnaie à ce monsieur.

Le café entier sembla se taire. Tout le monde la regarda.

La serveuse vira au rose vif : elle s'était effectivement imaginé que cette personne qui venait de lui parler était la petite amie de Blair Pfenning et s'était demandé ce que cette fille qui paraissait on ne peut plus normale avait de plus qu'elle. En réalité, cela avait renforcé la bonne opinion qu'elle avait du charmant Blair, qui s'abaissait à sortir avec une fille quelconque, qui n'avait pas des vêtements hors de prix sur le dos et n'était pas fine comme une brindille. Cela montrait simplement qu'il était foncièrement bon, comme Pierce Brosnan, et elle ne l'en aimait que plus.

— Euh, pardon ? répondit-elle en passant du rose au rouge tomate, ses yeux se posant aussitôt sur la caisse.

— Eh bien, vous lui avez donné une tasse de thé mais pas assez de monnaie.

Oke l'observait avec des yeux amusés, et Carmen se demanda avec un frisson d'épouvante si elle ne s'était pas trompée.

— Oui, il a acheté un thé suspendu…, répondit la serveuse, l'air terrifié.

— Qu'est-ce que c'est ?

— C'est… euh… quand vous payez une tasse de thé ou de café en plus de votre consommation pour quelqu'un d'autre, comme un sans-abri, par exemple, qui ne peut pas s'en payer une. Ces personnes peuvent entrer en demander une à tout moment.

Carmen ne savait plus où se mettre ; elle avait l'impression que le café entier la dévisageait toujours, ce qui était bien sûr le cas. Oke resta muet, les yeux rivés au sol, sur ses baskets mouillées, qui contrastaient avec les bottes rutilantes de Blair.

Ce dernier releva soudain la tête.

— Ça alors, c'est une super idée ! s'exclama-t-il, à la grande surprise de Carmen, en lançant son sourire tout en dents à la ronde. Tenez, je voudrais dix chocolats chauds suspendus.

À ces mots, tous les yeux se tournèrent vers lui ; les gens faillirent même applaudir. Il arbora à nouveau son sourire éclatant, puis tendit une nouvelle fois sa carte *gold*. Oke, d'ordinaire si bavard, prit son thé, fit un petit sourire à Carmen et sortit.

— Attendez !

Elle se sentait mal, terriblement mal. Elle avait accusé à tort la serveuse (oh non, pourrait-elle à nouveau savourer leur délicieux chocolat chaud ?) et, pire, elle avait accusé Oke d'être un plouc qui ne savait pas ce qu'il faisait.

Elle le rattrapa dans la rue enneigée, où tous les bruits étaient étouffés et ne passait aucune voiture.

— Oke !

Il se retourna. Elle n'avait pas pensé à mettre son manteau et tremblait de froid.

— Regardez-vous. Vous êtes encore moins bien habillée que moi, dit-il en entreprenant aussitôt d'enlever son blouson pour le lui donner.

— Non, ce n'est pas la peine… Je suis sincèrement désolée.

— Je ne comprends pas pourquoi vous vous excusez auprès de moi.

— Parce que j'ai donné l'impression que vous ne saviez pas ce que vous faisiez. Désolée.

Il haussa les épaules.

— D'accord. Vous êtes-vous excusée auprès de Dahlia ?

— Qui est… ? Oh. La serveuse.

Il opina du chef.

— Vous l'avez légèrement accusée d'être une voleuse.

— Oh non. Je fais toujours ça. Je fonce bille en tête, je parle sans réfléchir et je m'attire des ennuis.

— Avez-vous déjà envisagé *d'arrêter* de le faire ? lui demanda-t-il avec un sourire.

— Tout le temps, répondit-elle en regardant les flocons de neige se déposer sur ses cheveux. Mais, en général, j'y pense cinq secondes trop tard.

— Bon, fit-il, sérieux. Vous avez froid. Êtes-vous sûre de ne pas vouloir mon blouson ?

— Ne soyez pas ridicule… vous n'êtes déjà pas assez couvert.

— Ah mais je suis ravi que vous vous souciiez de moi.

— Ne vous a-t-on pas prévenu, au Brésil, qu'il allait faire froid, ici ? Les quakers n'ont pas le droit de fêter Noël ni leur anniversaire, et, en plus, ils ne connaissent pas le *mauvais temps* ?

Cela le fit rire. Elle jeta un coup d'œil par-dessus son épaule, à l'intérieur du café. Blair, le nez dans son téléphone, sourcils froncés, l'observait à la dérobée.

— Il faut que je file, dit-elle. Où allez-vous ?

— À la salle de réunion des quakers. On organise une collecte de fonds pour les sans-abri.

— Ah oui. Vous êtes vraiment quaker de chez quaker.

— Pas vraiment. Enfin, à part pour cette histoire de Noël. Des tas de quakers le fêtent. Nous n'avons tout simplement jamais pris l'habitude dans ma famille. Mais, parfois, c'est… réconfortant. Dans un pays étranger. De s'asseoir parmi des frères et d'accomplir des choses familières. Il n'est pas nécessaire de croire en tout. Et ça fait du bien de rester assis en silence, parfois.

— Je comprends, répondit-elle, avant de froncer les sourcils, se rappelant un détail qu'elle avait lu quelque part. Attendez une seconde. Est-il vrai que les quakers n'ont pas le droit de mentir ?

— Oui. Mais ça pourrait être un mensonge… Je plaisante, bien sûr, précisa-t-il en voyant sa tête. Et, après, je vais rendre visite à mon arbre préféré.

— Vous avez un arbre préféré ?!

Il acquiesça, et elle s'apprêtait à l'interroger à ce sujet quand la porte du café s'ouvrit dans un claquement derrière elle.

— Tu m'as abandonné ! s'écria Blair. Avec tous ces gens qui me fixaient. C'est une question de sécurité, tu sais.

— Vraiment ? répondit Carmen, sceptique.

Oke les dévisagea tour à tour. Blair le regarda de la tête aux pieds, puis, tout sourire, braqua son attention sur Carmen.

— Tu dois être gelée, dit-il en ôtant son nouveau manteau hors de prix avec ostentation pour le poser sur ses épaules. Viens. Allons nous amuser. Et est-ce que tu pourrais rappeler la compagnie aérienne pour moi ? Mon changement de place n'a pas été pris en compte. *Rien* ne marche. Mon Dieu, c'est horrible.

— J'ai été ravi de vous voir, dit Oke.

Carmen lui sourit, soulagée qu'il ne lui en veuille pas, puis il monta les marches en direction de la salle de réunion des quakers.

Blair s'apprêtait à la raccompagner à l'intérieur, mais elle le précéda.

— Je suis sincèrement désolée, s'excusa-t-elle auprès de Dahlia, qui répondit avec raideur que ce n'était pas grave et de ne plus en parler, avant d'ajouter que ce n'était pas vraiment son genre d'arnaquer ses clients.

Carmen lui assura qu'elle le savait, puis lui laissa un énorme pourboire, ce qui lui donna l'impression d'avoir encore aggravé son cas, en réalité. Grimaçant, elle remonta la rue en direction de la librairie, dont le trottoir était désormais parfaitement déblayé. M. McCredie se tenait devant, l'air enjoué, dans sa tenue en peau de renne, quand une femme passa lentement, accompagnée d'un bambin emmailloté qui portait tant de couches de vêtements qu'il ressemblait à une balle en caoutchouc.

— Maman ! Maman ! Le monsieur ! REGARDE ! LE PÈRE NOËL ! cria-t-il de sa voix haut perchée, qui retentit dans la rue silencieuse.

Il le fixa avec de grands yeux, comme s'il voyait une apparition du passé ; M. McCredie lui fit un grand sourire avant de le saluer de la tête, et la neige continua de tomber.

Chapitre 20

— Viens juste dans ma chambre d'hôtel pour finir la réservation, l'exhorta Blair.

— *Blair*. Suis-je la seule femme que tu connais à Édimbourg ?

— Oui. Et alors ? répondit-il avant de réfléchir. Enfin, cette fille au café était mignonne.

— Dans ce cas, va la chercher.

— Oh non, c'est barbant de rencontrer de nouvelles personnes et de faire semblant d'être gentil avec elles. Allez. Tu es juste là, et ma chambre d'hôtel n'est qu'à… enfin, à dix-neuf escaliers de là.

— Non, non, non. Sors de là : j'ai des livres à vendre.

Carmen lui fit signe de partir, ce qui parut l'interloquer, puis se remit au travail.

Sans surprise, comme davantage de gens s'aventuraient dehors pour admirer le paysage, faire des bonshommes de neige sur Grassmarket et lancer des boules de neige sur les pervenches (ce qui était très vilain et qu'il fallait à l'évidence éviter), la librairie fut de plus en plus bondée.

En un sens, se disait Carmen, il lui était déjà arrivé de finir au lit avec des hommes bien moins séduisants et attentionnés que Blair, pour en rire après coup avec Idra. Sa sœur était en train de la transformer en prude, décréta-t-elle. Et puis, pour être tout à fait honnête, ce n'était pas comme si Blair lui faisait de fausses promesses en lui disant qu'il mourait d'envie de la revoir ou qu'il la trouvait vraiment spéciale.

— Au revoir, alors, lui dit-il d'un ton maussade.

— Au revoir, répondit-elle en souriant. J'ai été ravie de te rencontrer, ajouta-t-elle avec sincérité.

Il ronchonna.

— Ça m'a coûté dix chocolats chauds. Hum. Je devrais peut-être retourner voir cette fille. Je parie qu'elle est très reconnaissante.

— Tu es un vrai obsédé sexuel. Sors de là.

— Je suis authentique, c'est tout : j'écoute mes sentiments. Allez. S'il te plaît. J'ai besoin de m'amuser. J'ai plein de réunions prévues à mon calendrier à Los Angeles.

— Tu es en train de me dire qu'aller à Los Angeles pour vivre dans le luxe et se faire trimbaler partout, ce n'est pas amusant, c'est ça ?

— Tant pis pour toi, tu as raté le coche ! conclut-il.

Carmen éclata de rire, puis s'efforça de ne pas ressentir de déception en voyant son imperméable flambant neuf disparaître dans la courbe enneigée de Victoria Street et se noyer dans la masse de touristes.

Chapitre 21

Sofia s'assit à la table de la cuisine, puis poussa un profond soupir. C'était chaque jour plus difficile. Federico lui proposait sans arrêt d'écourter son séjour et de revenir à la maison, mais elle détestait donner l'impression de ne pas s'en sortir ou qu'on la traite comme une chiffe molle. Et puis, tout au fond d'elle, elle en était consciente : c'était elle qui avait voulu un quatrième enfant – Federico aurait pu se contenter de deux. Carmen pensait qu'elle cherchait seulement à se rendre intéressante, elle le savait, et cela la blessait beaucoup. Cela lui donnait aussi le sentiment qu'elle devait assumer ce fardeau toute seule.

Pourtant, si elle était honnête, avoir Carmen chez elle n'était pas aussi horrible qu'elle ne l'avait craint. Le travail l'épuisait, mais, à la maison, cela ne se passait pas si mal.

— Veux-tu que je te prépare une infusion ? lui proposa Skylar en insistant sur le dernier mot, comme pour énerver Carmen.

— Oh, oui, si ça ne t'ennuie pas ?

— Bien sûr que non. Et, après, je file en cours !

— Tu es étudiante, n'est-ce pas ? l'interrogea Carmen, qui venait de rentrer du travail, les joues rosies par le froid, satisfaite des bonnes recettes de la journée après un démarrage laborieux.

— Mmh, mmh.

— Est-ce que tu connais un doctorant qui s'appelle Oke ?

— Oke comment ?

— Tu en connais beaucoup, des Oke ?

— Tu parles d'Oke Benezet ?

— Il y a des chances.

— Oh oui ! Tout le monde le connaît. Il parle à tout le monde dans l'UFR. Il donne des cours magistraux sur les arbres dans la littérature, les arbres dans l'art. Il adore les arbres, hein ? Il ressemble un peu à un arbre, d'ailleurs.

— Qu'est-ce que tu veux dire ?

— Grand, mince, ses cheveux relevés en chignon qui évoquent des feuilles…

— C'est vrai, répondit Carmen, qui n'y avait pas pensé. C'est marrant.

— Comment est-ce que tu le connais, *toi* ?

Le ton de Skylar avait un je-ne-sais-quoi que Carmen ne put identifier, mais qui lui déplut.

— C'est un client. Je pensais qu'il était simplement étudiant.

— C'est un chercheur postdoctorant. (À nouveau, la voix de Skylar eut une intonation qui sous-entendait que Carmen était une abrutie finie.) Ça veut dire qu'il a déjà fini sa thèse… et qu'on peut lui donner le titre de docteur… et qu'il fait des recherches dans son domaine. Donc il donne aussi des cours magistraux.

— Merci, madame la professeure.

— Je ne suis pas professeure, rétorqua Skylar en fronçant ses jolis sourcils. Il faut d'abord être maître de conférences pour ça, et puis…

— C'était une blague, se dépêcha de préciser Carmen, tandis que Skylar posait le thé de Sofia sur la table avant d'y ajouter un genre de complément alimentaire qui ressemblait à s'y méprendre aux boules de graisse qu'il fallait accrocher dehors pour les oiseaux à cette époque de l'année.

— Bon son cours, alors ! Il porte sur quoi ?

— L'histoire de l'homéopathie.

— Oh, fit Carmen. « L'eau à travers les âges », quoi ?

Skylar lui lança un sourire plein de pitié.

— Bien sûr, si c'est plus simple pour toi.

Sur ce, elle sortit d'un pas altier, sa chevelure blonde rebondissant dans son dos.

Une chose très bizarre se produisit alors. Les deux sœurs se regardèrent, et, soudain, toute leur animosité disparut. Au milieu de la cuisine douillette, les doux flocons tombant de plus en plus dru dans le jardin obscur, elles se mirent toutes les deux à rire.

— Je ne rêve pas, hein ? Elle est méchante avec moi ?

— C'est toi qui as commencé ! répondit Sofia. Arrête. Les bonnes nounous ne courent pas les rues, et elle est super avec les enfants.

— Eh bien, espérons qu'ils ne tombent pas malades : elle voudrait les soigner avec de l'eau.

— C'est bien qu'elle soit là, rétorqua Sofia d'un ton ferme. Grâce à elle, on mange mieux, on vit plus sainement…

— Oh, malheur, je suis entourée de coachs de vie ! Ça me rend folle ! J'aime bien ma vie complètement ratée, moi, dit-elle en jetant un coup d'œil à son téléphone.

— Pourquoi est-ce que tu regardes ton portable ?

— Pour rien.

— Il t'obsède. Avec qui tu parles ?

— Personne.

Comme pour la trahir, son téléphone bipa. Carmen ne put retenir un grand sourire.

— Qui est-ce ?! l'interrogea Sofia, bien qu'elle soit à moitié couchée sur la table, les yeux fermés.

— Quoi ? Rien ! répondit Carmen en prenant son téléphone.

« JE M'ENNUIE. »

« LIS UN LIVRE », répondit-elle.

— Tu souris à chaque fois que tu regardes ton portable ! Je connais ce regard.

— C'est pas vrai !

— Carrrmennnnn. Tu faisais pareil quand tu étais ado, je m'en rappelle.

— C'était il n'y a pas *si* longtemps, fit remarquer sa sœur du tac au tac.

Sofia soupira.

— Tous les garçons t'envoyaient des textos. J'étais jalouse.

Carmen posa son téléphone, ébahie.

— N'importe quoi ! *Tout le monde* était jaloux de toi.

Sofia haussa les épaules. Elle le savait, bien sûr, dans une certaine mesure. Mais quand même.

— Tu semblais t'amuser comme une folle.

— Et m'attirer des tas d'ennuis ! Pendant que tu sortais avec Duncan MacInlay. C'était du sérieux entre vous. Il était super beau ! Et moi, je devais attendre qu'un minable m'envoie des textos. Ou pas, d'ailleurs, ce qui était plus fréquent. Est-ce que je peux me servir un verre de vin ?

— Non. Si je ne peux pas en boire, toi non plus.

— Mais tes thés ont tous un goût de shampoing dilué ! Et tu as une cave à vins remplie ! Pour la frime.

— Ce n'est pas pour la frime. Elle m'attend. Dès que ce ballon sauteur sort de mon corps, je bois tout.

— Est-ce que la journée a été dure ?

— Je suis juste fatiguée.

— D'accord, eh bien, je vais me servir un verre de vin et je te laisserai en boire de petites gorgées. De toute façon, ça ne pourra pas faire de mal à ce bébé… Il est énorme ! Il va sortir au volant d'une voiture.

— Au moins, ce serait vite expédié. Et non : d'après Skylar, la science n'est pas catégorique sur l'effet de l'alcool, même à ce stade de la grossesse.

— Je le couperai avec de l'eau. Comme ça, ce sera du vin homéopathique.

Sofia éclata de rire, puis refusa d'un geste.

— Ce n'est pas Skylar qui commande.

— Oh si, et heureusement, répondit Sofia, quand des hurlements retentirent dans la pièce voisine. Tu vois, et ça ne fait que cinq minutes qu'elle est partie.

— Je m'en occupe.

Carmen qui se portait volontaire pour s'occuper des enfants, quelle belle surprise ! Mais Sofia s'efforça de ne pas le montrer.

— Est-ce que tu peux leur mettre quelque chose à la télé ? D'instructif, s'il te plaît. Pas besoin de les traumatiser à nouveau.

— Je t'ai dit que j'étais désolée, dit Carmen en se dirigeant vers le salon pour aller tripatouiller leur télécommande incompréhensible.

Elle s'arrêta dans l'embrasure de la porte et se retourna pour regarder l'énorme silhouette, complètement disproportionnée, de sa sœur. Dès que Sofia fut seule, sa tête sembla s'affaisser. Elle dormait presque sur sa chaise.

— Quoi ? s'enquit-elle d'une voix fatiguée en rouvrant les yeux.

— Oh rien, j'allais juste te demander si tu étais *certaine* d'en vouloir un autre ?

Sofia lui fit signe de déguerpir, et Carmen fila.

*

— Bon, dit Carmen une fois dans le repaire des enfants, en considérant, un peu confuse, le vaste choix de chaînes qui s'offrait à elle. Quelles chaînes avez-vous ?

Toutes, semblait-il, ce qui était étrange, car Sofia refusait que les enfants passent plus de neuf secondes par jour devant la télé. Ce devait être un truc de riches, songea Carmen. Vous prenez tout, que vous l'utilisiez ou non. Cela lui fit penser à Blair et à ses nouvelles bottes et veste à un prix exorbitant.

— Ooh, s'exclama-t-elle en allumant Disney Channel. Il y a *Noël chez les Muppets* ! Vous devez déjà l'avoir vu ! Sérieusement, vous n'avez jamais entendu parler des Muppets ? Les marionnettes ?

— On a vu toutes les émissions de David Attenborough[1], répondit Pippa.

— Je vois. Bon, il y a beaucoup d'animaux, ici aussi. Enfin, surtout des poules, si je me souviens bien.

Phoebe s'approcha sans bruit de la télé, intéressée par la bande-annonce, dans laquelle dansaient des tas de grenouilles et de cochons.

— Ooh ! fit-elle, toute contente.

— Je leur mets juste un film avec des animaux, cria Carmen en direction de la cuisine, où Sofia fit un bruit approbateur.

Après avoir lancé le film, Carmen alla rejoindre sa sœur.

— Qu'est-ce que tu veux dire quand tu dis que tu étais jalouse de moi, parce que je recevais sans cesse des textos de garçons ? demanda-t-elle en jetant un coup d'œil à son téléphone.

— Ça n'arrêtait pas ! *Bip, bip, bip* ! Pour Carmen !

— Mais tu avais un petit copain super beau qui t'adorait. C'est tout ce que j'ai toujours voulu.

— J'avais dix-sept ans ! J'aurais dû en faire de belles, avoir des aventures avec tout le monde, être scandaleuse ! Duncan était ennuyeux à mourir.

— Mais tu es sortie avec lui pendant des années !

— Je les ai senties passer, crois-moi.

— Tu étais si jolie au bal de promo.

— Je sais. Je n'avais pas mangé depuis trois jours. Je suis presque tombée dans les pommes.

C'était si étrange. La condition physique de Sofia et le nouvel allant de Carmen les plaçaient peut-être sur un

1. Sir David Attenborough est un naturaliste britannique, connu pour ses nombreux livres et documentaires. *(N.d.T.)*

pied d'égalité. Ou peut-être étaient-elles lasses de leur inimitié, de cette rivalité. Peut-être encore faisaient-elles trêve parce qu'il neigeait, songea Carmen, comme à Noël, pendant la Première Guerre mondiale.

— Tu étais si belle dans le salon, je n'en revenais pas, poursuivit-elle avec honnêteté. On aurait dit que tu te rendais à un grand bal.

— Je n'ai fait que danser avec ce rasoir de Duncan sur des fichues chansons de Daniel Bedingfield. C'était d'un ennui. Pas comme ton bal de promo.

— Est-ce qu'on peut éviter ce sujet ?

— Oh, allez, c'était trop *marrant* !

— Tu ne pensais pas ça à l'époque ! Tu semblais désapprouver autant que les parents ! Et que Mme Leckie !

— Tu es montée sur le toit du lycée complètement soûle et tu as bombardé les gens avec des mandarines.

— Seulement les méchants. Et ce n'était pas mon idée.

Elles éclatèrent toutes les deux de rire.

— D'accord. Parle-moi de l'homme mystère.

Elles fixèrent toutes les deux le téléphone.

— Alors comme ça, Duncan MacInlay est rasoir ? demanda Carmen d'un ton songeur. Je veux dire, est-ce qu'il est libre, maintenant ?

— Tu t'éloignes du sujet.

— Je dis juste qu'il était canon.

— Je te le laisse avec plaisir. Il travaille chez un concessionnaire à Musselburgh. Il me tient informée dès qu'il rentre une nouvelle Ford.

— Ce n'est même pas, je ne sais pas, moi, un concessionnaire Tesla ?

— Non, même pas.

— Le truc, c'est que…

Bien sûr, Carmen avait envie de raconter à sa sœur que Blair lui envoyait des messages. Elle voulait le raconter à tout le monde, le crier sur les toits. Enfin, pas tout à fait. Elle ne l'avait pas présenté à Oke quand ils s'étaient croisés au café. Comme si le jeune homme voyait clair dans le jeu de Blair, comme elle.

Bref. C'était stupide : d'une, elle chercherait à épater la galerie et, de deux, on ne pouvait pas vraiment dire qu'il la draguait. Elle était littéralement la seule personne qu'il connaissait dans cette ville. C'était plutôt de l'assistance technique.

Mais il lui envoyait des photos marrantes de ses nouvelles bottes en caoutchouc, et des messages mignons, et, enfin, cela lui faisait chaud au cœur. Rien de plus. L'attention qu'il lui portait était agréable.

— Ce n'est rien. C'est juste le travail.

— Est-ce M. McCredie ? Je ne savais même pas qu'il avait un téléphone.

— Ton devoir de réserve envers tes clients laisse vraiment à désirer. Et non, je ne pense pas qu'il en ait un.

— Dans ce cas, qui cela…

Elle se redressa d'un coup, son énorme poitrine rebondissant sur son ventre.

— Ça ferait un bon numéro en soirée, remarqua Carmen.

— Ce n'est pas l'écrivain, si ?

Carmen pinça les lèvres malgré elle.

— Je n'y crois pas. Je n'y crois pas. Blair Pfenning t'envoie des textos. Ce n'est pas possible. Pas possible.

— Oh, c'est juste pour le boulot, répondit Carmen, son visage la trahissant.

— Ce n'est pas vrai ! La signature était hier ! rétorqua Sofia en sortant son portable.

— Qu'est-ce que tu fais ?

— Je vais sur le *Mail Online*, pour voir si on parle de toi.

— Ne sois pas ridicule. Son vol a été annulé, et il n'avait pas de vêtements appropriés : je lui donnais juste un coup de main, c'est tout. Pour son vol, tout ça. Sa chargée de communication s'est retrouvée coincée quelque part en rentrant à Londres.

Sofia la dévisagea.

— Ça n'explique pas pourquoi tu souris chaque fois que ton téléphone bipe.

— Ce n'est pas vrai ! insista Carmen en tentant de cacher un sourire.

Le portable bipa une nouvelle fois.

« HORS DE QUESTION QUE JE RESTE DANS CET HÔTEL MITEUX, disait le message. C'EST CRUEL ET INHABITUEL. S'IL TE PLAÎT, VIENS ME SECOURIR OU JE RISQUE DE COMMETTRE UN CRIME EXPRÈS POUR ME RETROUVER EN PRISON : LE SERVICE Y EST SANS DOUTE MEILLEUR. »

— Son hôtel de luxe était plein, expliqua Carmen. Parce que personne ne peut quitter la ville. Il n'y a plus une seule chambre d'hôtel de libre. La compagnie aérienne lui a proposé de le loger dans un petit établissement, et il n'est pas content.

Sofia faisait toujours défiler les informations sur son téléphone.

— Tu sais qu'il est divorcé mais qu'il n'a pas de petite amie officielle. Ooh, son ex-femme a l'air aigri.

— Arrête.

Sofia ne semblait plus aussi fatiguée, tout à coup. Elle releva les yeux.

— Invite-le.

— Quoi ?!

— Invite-le ici ! On dînera ensemble ; il pourra dormir dans la chambre d'amis.

— Quoi ? Et pourquoi je ne peux pas y dormir, moi ?

Sofia parut mal à l'aise.

— On s'est dit que ce serait plus confortable pour toi en bas…

— Non, rétorqua Carmen, sourcils froncés. Tu ne voulais pas m'avoir dans les pattes, au cas où je serais trop pénible.

Sofia répondit d'une moue, mais un nouveau texto vint rompre le silence. Un ange passa. Puis Sofia finit par craquer.

— D'accord, d'accord, je suis désolée. Qu'est-ce qu'il dit ?!

— « Tu es mon seul espoir », lut Carmen. C'est un crétin.

— Il a l'air mignon.

— Il le fait exprès, répondit Carmen, mais imaginer Blair Pfenning dans cette maison… grâce à elle… c'était plus fort qu'elle : juste pour pouvoir se vanter, parce que personne ne l'avait invitée au bal de promo…

Elle sirota une autre gorgée de vin.

— Après tout, c'est vrai : il est tout seul.

— *Ooh !* s'exclama Sofia en battant des mains. Oh là là, j'aurais aimé ne pas être aussi énorme.

— Parce que tu comptais quitter Federico et tous tes enfants pour un homme qui écrit des livres débiles ?

— Non ! se récria Sofia. Il fait de la télé, aussi.

« Est-ce que tu veux venir dîner ? » lui demanda Carmen par texto.

« Où est-ce que tu vis ? En haut d'une montagne, dans une colocation, avec neuf héroïnomanes roux qui vont me passer à tabac à cause de mon accent anglais ? »

« Très bien, oublie ça. »

« Non, d'accord, envoie-moi l'adresse. »

« Trop tard. Tu as laissé passer ta chance. »

« Est-ce que tu sais ce qu'il y a sur la carte du *room service* ? »

« Non. »

« RIEN ! IL N'Y A PAS DE *ROOM SERVICE* ! C'EST DE LA TORTURE ! S'IL TE PLAÎT, SAUVE-MOI ! »

— Est-ce qu'il vient ? l'interrogea Sofia. Il faut juste que je sorte le saumon fumé, les blinis et le champagne…

Carmen se redressa.

— Tu es sérieuse ?

— Oui, ils étaient pour Noël, mais tu ramènes un homme canon à la maison, alors c'est déjà Noël. J'ai aussi du caviar.

— Ce n'est pas vrai.

— Cadeau d'un client. Sauf si tu l'as aussi mangé la nuit dernière ?

— Il va se plaire, ici. Les trucs bizarres à base de poisson qui coûtent une fortune, c'est exactement ce qu'il aime.

Carmen considéra son téléphone, l'air songeur. Du vrai champagne ? Deux fois dans la semaine ? Elle sourit à sa sœur.

— C’est comme ça que tu obtiens tous tes super boulots et tout, hein ? Tu fais du forcing.

— Si j’y suis obligée, répondit Sofia en se soulevant sur un coude. Bon, sors les verres à pied. Mais ne les casse pas !

Chapitre 22

Il n'était vraiment pas mal du tout, en effet, songea Carmen, les flocons de neige se déposant sur ses cheveux sombres, dont elle remarquait pour la première fois qu'ils étaient un brin trop longs. Il pensait peut-être que cela lui donnait l'air d'un intellectuel.

Il portait toujours sa nouvelle veste et son gilet en tweed, qui lui allaient à merveille. Et il avait apporté une bouteille de champagne. Charmeur.

Bien sûr, Sofia avait aussitôt ordonné à Carmen d'aller enfiler une robe et de se maquiller. Elle avait refusé la robe (il ne fallait pas exagérer), mais avait accepté de mettre une touche d'eye-liner et de rouge à lèvres.

Ce n'est pas un rendez-vous, n'avait-elle cessé de se répéter. *Ce n'est pas un rendez-vous. Ce n'est qu'un simple concours de circonstances.*

D'un autre côté, elle n'avait pas eu de rendez-vous depuis longtemps ; c'était ce qui s'en rapprochait le plus.

Sofia, que la perspective de recevoir du beau monde avait miraculeusement requinquée, fila à l'étage, mais, bien sûr, la chambre d'amis était déjà impeccable.

Carmen la suivit à l'intérieur – elle n'y était même pas entrée lors de sa visite éclair de la maison. Cette pièce magnifique, qui donnait sur le jardin, disposait d'une salle de bains attenante immaculée avec chauffage au sol, comme à l'hôtel, et était décorée d'un lit en cuivre, de draps blancs et d'un édredon en patchwork désuet. Plusieurs livres récents étaient posés sur la table de chevet, dont certains que Carmen avait envie de lire mais ne pouvait pas se payer. Elle en attrapa deux en sortant de la pièce, pendant que Sofia remplissait une carafe d'eau et allumait les petites lampes de chevet.

— Et puis quoi encore ? s'écria Carmen. Sérieusement, pourquoi est-ce que je ne dors pas ici ?

— Mais on s'est dit que tu aimerais avoir ton intimité… Notre chambre est juste à côté.

— Oui, mais votre chambre fait la taille d'un hangar à avions.

C'était vrai. Elle occupait tout le côté de la maison et était dotée de deux salles de bains et d'un dressing. Elle était plus grande que l'ancien appartement de Carmen, dans leur ville natale, où elle vivait en colocation avec trois autres personnes.

— Bref, si tu t'y prends bien, tu y dormiras peut-être.

— Es-tu en train d'essayer de me mettre dans le lit de Blair Pfenning ?

— Je dis juste qu'il est, enfin, il est très, très riche.

— Mais oui, tu essaies de me mettre dans son lit !

On sonna alors à la porte, et les deux sœurs se regardèrent, échangeant un sourire.

— Tu vas ouvrir, dit Sofia.

— Est-ce que je peux faire semblant que c'est ma maison ?

— Non.

— Est-ce que je peux faire semblant que je vis là tout le temps et que c'est ma chambre ?

— Si tu veux la partager avec lui, bien sûr.

— Non, mais quelle mère maquerelle !

Et ce fut ainsi qu'il la découvrit, sourire aux lèvres, les joues rosies par le vin, manifestement heureuse de le voir, tout ce qu'il aimait ; l'espace d'un instant, il regretta de ne pas avoir apporté de gui. D'un autre côté, la bouteille de Veuve Clicquot semblait faire son effet.

— Je m'attendais à un taudis ! s'écria-t-il en ôtant les Richelieu flambant neuves qu'il portait la veille.

Blair pensait avoir trouvé un nouveau style, tel un personnage de la série *Monarch of the Glen*, et regrettait qu'il n'existe pas de tartan aux couleurs du clan MacPfenning.

— Tu travailles dans une librairie ! ajouta-t-il.

— Je préfère de loin quand tu fais ton faux numéro de charme aux inconnus, grommela-t-elle en reculant.

Malgré tout, elle ne pouvait s'empêcher d'être fière du havre de paix que Sofia avait créé : l'odeur agréable des bougies parfumées, l'ambiance chaleureuse, les tableaux modernes, de bon goût (de vraies toiles, avec de la peinture dessus), accrochés sur les murs bleu foncé.

— Ça alors, dit-il.

Sofia descendit les escaliers avec le plus de grâce possible pour une femme enceinte de huit mois, à savoir pas beaucoup. Mais elle avait un charmant sourire.

— Bonjour. Soyez le bienvenu, Blair.

— Mais quelle belle maison ! la complimenta-t-il galamment en lui lançant son sourire éclatant. C'est *si* gentil de votre part de m'inviter à dîner ; je n'en reviens pas que vous me laissiez m'imposer de la sorte.

— N'en fais pas trop ! siffla Carmen.

— Chut ! rétorqua-t-il dans un murmure.

Sofia les observait, amusée.

— Entrez, je vous fais visiter, lui proposa-t-elle, quand retentit un cri à vous percer les tympans, qui les fit tous sursauter.

Phoebe sortit en trombe du salon, talonnée par Jack, qui essayait de faire croire qu'il n'était pas terrorisé mais simplement inquiet pour sa sœur.

La fillette pleurait toutes les larmes de son corps, sans pouvoir se retenir, et regarda tour à tour sa tante et sa mère.

— Mais qu'est-ce qui se passe ? l'interrogea Sofia.

Dans la pièce voisine, la télé se tut tout à coup, et Pippa s'approcha de la porte d'un pas déterminé, son petit minois furieux, sa petite bouche pincée.

— ÇA FAIT bien TROP peur pour les enfants ! s'exclama-t-elle.

— Qu'est-ce que vous regardez ? s'enquit aussitôt sa mère.

— Mais oui, bien sûr, je leur ai mis *Massacre à la tronçonneuse*, lança Carmen, blessée. Ce sont les Muppets ! Les Muppets ne font pas peur !

Les pleurs de Phoebe redoublèrent aussitôt. Jack et Pippa se mirent à crier que oui, en fait, ça faisait TRÈS, TRÈS PEUR, pendant que Phoebe continuait de gémir et de pleurer, tentant de reprendre son souffle. Blair restait planté là, l'air de ne pas savoir quoi faire de lui, ce qui était bel et bien le cas.

— Mais enfin, lança Sofia. Je t'ai demandé si c'était pour les enfants, et tu m'as dit que c'étaient des animaux.

— Des marionnettes d'animaux !

Tous ensemble, ils voulurent se diriger vers le salon pour voir ce qu'il en était, mais Phoebe les en empêchait : elle geignait, leur attrapait les mains, refusait de les laisser passer. Au bout d'un moment, Jack finit par ouvrir la porte en grand : Pippa avait mis sur pause, et l'image était figée sur un immense personnage à l'aspect fantomatique, capuche sur la tête, qui tendait un doigt squelettique. Dans la pièce plongée dans l'obscurité, sur l'écran géant démesuré, c'était terriblement effrayant. Phoebe poussa aussitôt un autre hurlement perçant.

— Éteins ça, Jack ! cria Sofia, mais le garçonnet lui lança un regard horrifié avant de secouer la tête sans rien dire.

— Je vais le faire, maman, proposa Pippa d'une voix mal assurée, bien qu'elle tremblât de tout son corps.

— Oh, c'est pas vrai ! s'écria Carmen en lâchant la main de Phoebe.

Elle entra dans la pièce sombre pour éteindre la télé, furieuse contre elle-même ; toute cette agitation la mettait mal à l'aise.

— C'est *Un chant de Noël*. C'est de la grande littérature.

— C'est un livre pour adultes, lança Sofia d'un ton désapprobateur.

— PAS QUAND C'EST AVEC DES MARIONNETTES ! s'écria Carmen en se débattant avec la télécommande.

Elle changea de chaîne par erreur et tomba sur un film dans lequel The Rock faisait exploser une chose ou une autre. Le volume était si fort sur leur système stéréo hors de prix que Phoebe se remit à hurler.

— Oh, c'est pas vrai, se dit-elle à elle-même, entre ses dents, en tapant sur la télécommande.

— Je peux revenir, mentit Blair, dont la soirée venait de prendre une tournure un peu plus domestique que prévu.

À ce moment-là, la porte d'entrée s'ouvrit d'un coup, et Skylar fit son apparition, souple, blonde, imperturbable, resplendissante.

— Skylar ! Skylar ! s'écria Pippa. Phoebe a eu peur d'un monstre à la télé.

— Zut ! répondit la nounou.

Elle entra dans le salon, prit la télécommande des mains de Carmen, éteignit la télé et alluma les petites lampes, rendant la pièce douillette et chaleureuse, puis se retourna et fit un grand sourire à tout le monde. Elle avait toujours des flocons de neige dans les cheveux, remarqua Carmen.

— Oh, ne vous en faites pas, je vais régler ça ? lança-t-elle avant d'apercevoir Blair et d'en rester muette.

Carmen se sentit courtaude, carrée, totalement invisible à côté d'elle, avec sa jeunesse, sa fraîcheur et ses joues roses.

— Bonjour !

— Bonjour, répondit Blair en souriant de toutes ses dents.

— Je m'appelle Skylar !

— Quel joli prénom.

— Pardon, mais vous êtes bien Blair Pfenning ? J'ai lu tous vos livres ! J'ai vraiment beaucoup aimé *Trouvez votre lumière d'amour et laissez-la briller*.

Carmen se souvint avec agacement qu'elle avait eu l'intention de feuilleter l'un de ses livres à la librairie, mais elle avait été captivée par *A Christmas Murder* et n'avait pas pris le temps (elle avait quand même jeté un coup d'œil à la photo sur la jaquette, bien sûr).

— Est-ce que cela vous a aidée ? s'enquit Blair de sa voix apaisante.

Phoebe, terrifiée, avait toujours le doigt pointé vers la télévision, désormais éteinte.

— Je suis désolée, lui dit Carmen en s'accroupissant. Ce fantôme fait peur.

— ET TINY TIM EST MORT ! lança une voix fâchée derrière eux.

Pippa avait les bras croisés, et l'air mécontent.

— Il n'est pas mort.

— Il y a une chaise vide, et le cochon pleure !

— Et puis pourquoi certains sont des grenouilles et d'autres des cochons ? demanda Jack avec sérieux. Est-ce que c'est ce qui se passe quand on a une maman cochon et un papa grenouille ?

— Oui, répondit Carmen avec lassitude. Les filles seront des cochons, et les garçons des grenouilles.

— Venez, allons vous chercher un verre, proposa Skylar à Blair. Ooh, vous avez apporté du champagne ! Ce n'est pas bien de boire un soir de semaine.

— Ça s'arrange à la fin, expliqua Carmen aux enfants, pendant que Skylar conduisait Blair dans la cuisine. Ça va ! Tout finit bien !

— Mais Tiny Tim est mort, et ils sont dans un cimetière, poursuivit Pippa.

— Avec un MONSTRE, ajouta Phoebe, un tremblement dans la voix.

— Tout est bien qui finit bien, je vous le promets, répondit Carmen avec désespoir.

— Tu as le chic pour faire peur aux enfants, commenta Sofia par-dessus son épaule en suivant Skylar et Blair dans la cuisine, magnifiée par l'odeur délicieuse des lasagnes et des blinis juste sortis du four.

Carmen se leva pour les suivre.

— Tata Carmen, je crois que ce serait mieux si tu regardais la fin du film avec nous, dit Pippa.

— Quoi ?

— Pour que Phoebe ne soit pas tramata-ti-sée.

— Je ne suis pas tramata-ti-sée, lança la voix plaintive.

Carmen poussa un soupir.

— Je vais juste aller me chercher un verre de champagne…

— Non… Maintenant !

— Je m'efforce moi-même de suivre un chemin spirituel, entendit-elle Skylar expliquer alors qu'ils s'attablaient dans la cuisine confortable. Mais je doute en permanence de moi-même, vous savez ? Je me demandais si vous auriez des conseils à me donner.

Carmen aurait bien ricané, elle était certaine que Skylar n'avait jamais douté d'elle-même, pas une seconde, mais elle vit Blair se caler dans sa chaise, avec l'air satisfait d'un homme qui adorait qu'on lui demande des conseils, et soupira intérieurement.

Une petite menotte lui attrapa alors la main, et elle regarda les grands yeux bruns de Phoebe, qui ressemblaient tant aux siens.

— Est-ce que tu es sûre que le bébé grenouille ne meurt pas ? demanda-t-elle de sa voix fluette.

— Promis, juré, la rassura Carmen avant de la prendre dans ses bras et de s'asseoir en la gardant sur ses genoux, entourée de Pippa et de Jack.

Elle avait oublié que Michael Caine était aussi bon, aussi sérieux, dans ce film, et Gonzo et le rat, aussi drôles, et, chaque fois que le rat tombait, elle poussait de grands éclats de rire pour montrer à Phoebe que tout allait bien, qu'elle n'avait pas à être effrayée.

Puis, quand la peur se lut dans les yeux de Scrooge et qu'il décida de changer de comportement, tous les Muppets se mirent à chanter, à danser de joie, entourés, pour une raison mystérieuse, de pingouins en train de patiner.

En voyant tous les personnages chanter dans les rues et arriver devant la maison de la grenouille et du cochon, une énorme dinde dans les bras, Phoebe se pencha de plus en plus vers l'écran, à tel point que Carmen dut la tirer en arrière. Lorsqu'ils ouvrirent la porte d'un coup (Carmen sentit le petit corps retenir son souffle) et que Tiny Tim apparut, bondissant sur ses petites pattes de grenouille, Phoebe poussa une exclamation, explosant presque de joie. Ils éclatèrent tous de rire, blottis les uns contre les autres, et, quand Carmen entonna *Par amour* en chœur avec les personnages, les enfants la dévisagèrent, stupéfaits qu'elle connaisse cette chanson.

— Cette histoire est très célèbre, leur expliqua-t-elle. On peut la raconter de différentes façons. Et vous allez toutes les aimer.

— Je veux encore le regarder, déclara Phoebe. Maintenant.

— On n'a pas le droit de regarder la télé trop longtemps, répondit Pippa. C'est mauvais pour le chi.

— C'est Noël, protesta Carmen en lui montrant l'élégant calendrier de l'Avent accroché au mur.

La fillette en avait ouvert une case le matin même, avec cérémonie : il n'y avait pas de chocolat caché dedans.

— Je pense que vous pouvez.

— Youpiiiii !

*

Quand elle finit par retourner dans la cuisine, Carmen trouva l'ambiance morose.

— Mon problème, c'est que les gens me sous-estiment vraiment, disait Skylar avec sincérité, ses yeux bleus ronds comme des soucoupes. Parce qu'ils trouvent que je n'ai pas un physique à étudier. Et je dois supporter cette discrimination, genre, au quotidien.

— Oui, je comprends, ça doit être terrible pour vous, répondit Blair d'une voix qui donnait furieusement l'impression qu'il se prenait pour un médecin dans une série télévisée.

Carmen jeta un regard interrogateur à sa sœur, qui prit juste un air déçu. Oh, tant pis.

— Je leur ai remis le film, lui dit-elle.

— Le film qui leur a fait une peur bleue ?

— Non, non, ça va aller maintenant.

En effet, elles entendirent des petites voix, qui essayaient de chanter en chœur avec les animaux, dans la joie et la bonne humeur.

Sofia parut surprise.

— Tu crois ?

— En général, j'estime que passer du temps devant un écran n'est pas bon pour les enfants. N'est-ce pas, Blair ? dit Skylar en relevant les yeux vers lui.

— Tu peux aller faire des jeux constructifs avec eux, si tu veux.

— C'est mon soir de congé… Je vais à des cours supplémentaires à la fac, d'habitude. Oh, j'ai vu Oke, au fait. Il te passe le bonjour, dit Skylar en se penchant vers Blair d'un air aguicheur. C'est un ami proche de Carmen.

— Est-ce le garçon qui se fait rouler dans les cafés ?

Skylar éclata de rire, comme si elle trouvait cela hilarant, même si elle ne pouvait pas savoir ce dont ils parlaient.

— Donc, où j'en étais ? Ah oui, c'est normal pour les garçons d'être étudiants, reprit-elle. Mais quand il s'agit de moi… c'est tout juste si on répond à mes questions.

Blair la fixa de son regard sincère.

— Je suis ici pour vous dire que tout ira bien, répondit-il, les dents étincelantes.

— Ouah ! fit Skylar, au bord des larmes. Ouah ! Vous n'avez pas idée du bien que ça me fait d'entendre ça !

*

— Oh, ma chérie, je suis désolée, murmura Sofia, tandis que Carmen rangeait la cuisine après le repas, ayant bu beaucoup de champagne et de vin pour rattraper son retard.

Plongés en pleine conversation, Blair et Skylar étaient restés à table : la jeune femme éclatait de rire toutes les cinq minutes, en en faisant des tonnes, et rejetait ses longs cheveux blonds en arrière plus que nécessaire.

— Il ne me plaisait même pas vraiment ! rétorqua Carmen avec force. C'est toi qui as voulu l'inviter.

— Je sais. Mais je suis désolée quand même.

— Je ne veux pas qu'il passe la nuit ici.

— Je suis plus que d'accord.

— J'aurais dû m'en douter.

— Tu ne le pouvais pas, répondit Sofia du tac au tac. Il est fourbe, c'est évident.

— J'imagine qu'on ne peut pas avoir un homme beau, riche *et* gentil. Cela dit, tu en as trouvé un, toi.

— Oui. Et je l'ai vu quinze minutes le mois dernier. Arrête de mettre les plats comme ça dans le lave-vaisselle : ça ne les nettoiera jamais.

Puis elle se tourna vers la table en bâillant avec ostentation.

— Bon, je crois que je vais aller me coucher. Bonne nuit, Blair. Ce fut un plaisir de vous rencontrer.

Blair ne semblait pas vraiment pressé de partir, mais Carmen regarda aussi sa montre avec insistance.

— Oui, c'est l'heure d'aller au lit, cria-t-elle aux enfants avant d'adresser un sourire hypocrite à Blair. J'ai été ravie de te voir.

Il finit par comprendre le message et enfila son manteau, puis, après avoir échangé une longue poignée de main avec Skylar, prit congé d'elle.

— *My God*, Sofia a eu la main lourde sur le champagne, dit-il.

— C'est parce qu'elle ne peut pas boire d'alcool. Elle pousse les autres à boire, car elle en meurt d'envie elle-même. Et puis, elle veut se réveiller en pleine forme demain matin pour pouvoir se moquer de tous ceux qui ont mal au crâne.

En prononçant ces mots, l'air froid la saisissant, Carmen prit conscience qu'elle était un peu pompette. Skylar n'avait pas arrêté de répéter qu'il fallait boire un grand verre d'eau entre chaque petite gorgée de champagne, de sorte que Carmen avait refusé d'en boire un seul, de façon puérile, et elle en sentait les effets à présent. Elle tituba un peu et s'adossa contre l'encadrement de la porte, toujours très énervée qu'il ait passé la soirée à bavarder avec une autre.

— Allez ! s'écria-t-il tout à coup. Allez ! Accompagne-moi dans ma chambre d'hôtel miteuse. Amusons-nous un peu. Mon vol est à six heures. Allez ! Viens avec moi, et faisons des folies.

— C'est ça, oui. Tu viens de passer la soirée à parler avec Skylar !

— C'est une fan ! répondit-il, sincèrement surpris. Allez, tu sais bien que je ne peux pas décevoir mon public. Mais j'ai envie d'être mon vrai moi avec toi.

Elle était tentée, cela ne faisait aucun doute. Il était si beau sous la lumière des réverbères à l'ancienne, l'air avide, les flocons se déposant sur ses cheveux et son élégant manteau ; un bel homme, alors qu'elle n'avait pas embrassé quelqu'un depuis des mois…

Il lui sourit et, pour la première fois, elle songea : *Voilà ton vrai sourire.* Il ne dévoilait pas toutes ses dents, juste les incisives ; c'était plus un rictus carnassier. Pourtant, il était bien plus séduisant que l'autre.

— Ce n'est pas là que tu me dis : « Tout ira bien, je te le promets » ?

— Oh non, oublions ces bêtises, répondit-il en glissant soudain une main froide autour de sa taille.

Elle retint un halètement.

— On va être très, très vilains.

Il se pencha alors vers elle, et elle perçut l'odeur délicate de son après-rasage et, dessous, une odeur plus brute. Soudain, malgré elle, elle ressentit un élan de désir, l'envie d'envoyer valser tous ses soucis. Elle avait été si *sage*, avait travaillé si dur, avait tout fait pour bien s'entendre avec Sofia… ne pourrait-elle pas en profiter un peu, pour une fois ?

— Carmen ? lança la voix de sa sœur à l'intérieur de la maison.

Carmen et Blair se regardèrent, pris de court.

— Ferme la porte… Il gèle !

— Allons-y alors, lança Blair avec un regard entendu.

— Carmen !

Elle battit des paupières. Le taxi que Blair avait réservé s'engagea dans la rue silencieuse, ses phares brillant d'un jaune chaud. Un taxi noir, une chambre d'hôtel… Sans s'en rendre compte, elle se pressa un peu plus contre lui. Il lui serra la taille, possessif, assuré, et elle releva lentement la tête, ses lèvres se rapprochant de plus en plus des siennes, quand…

Bim !

Un énorme tas de neige leur tomba dessus : elle en avait dans son manteau, dans son pull fin, partout sur les cheveux. La neige glacée, humide, lui brûla la peau.

— Qu'est-ce que c'est ?!

Ils n'entendirent que des petits rires, emportés par le vent. Carmen releva la tête et constata avec surprise que la fenêtre de Phoebe était ouverte. Elle distinguait à peine la fillette et son frère, qui raclaient la neige sur le rebord de la fenêtre en rigolant.

— Vous étiez en train de vous embrasser ! cria Phoebe.

— C'EST DÉGOÛTANT !

— Mais non, pas du tout ! répondit Carmen, stupéfaite, tout en trouvant cela rigolo.

— Quels sales gosses, lança Blair en se redressant. C'est du cachemire !

— Euh, bonne nuit, alors, dit-elle, la neige glacée l'ayant ramenée à la réalité. Au lit, les polissons, ou il n'y aura PLUS DE MUPPETS !

Les gloussements cessèrent aussitôt, et la fenêtre se referma d'un coup.

Il la dévisagea, troublé.

— Tu ne viens pas ? Vraiment ?

— Vais-je monter dans un taxi avec un homme que mes jeunes neveu et nièces voient pour la première fois ? Non.

— Oh, c'est pas vrai, lâcha-t-il en tournant les talons pour se diriger vers son taxi.

— Au revoir.

Mais elle n'eut droit qu'à un grognement en retour.

*

Carmen alla s'allonger sur le lit de Sofia, se tapant la tête contre les nombreux coussins décoratifs de formes différentes que sa sœur enlevait chaque soir, puis remettait mystérieusement en place le matin.

— Tu aurais pu y aller, lui dit Sofia en appliquant sa crème hydratante. Tu n'es pas obligée d'être amoureuse de lui, si ?

Carmen la dévisagea.

— Quoi ? répondit simplement Sofia.

— Tu me surprendras toujours, reconnut Carmen avant de boire enfin un immense verre d'eau, sans s'arrêter, saisie par sa fraîcheur.

— Je sais, mais ça fait combien de temps ?

— Il a dit que les enfants étaient des sales gosses !

— Ils se comportaient vraiment comme des sales gosses ! répliqua Sofia avant d'éclater de rire. Oh là là, je n'en reviens pas d'avoir dit ça. Oh là là.

— Est-ce que tu as bu du champagne en douce ?

— Certainement pas ! s'esclaffa-t-elle.

Puis elle regarda Carmen avec une douceur inhabituelle.

— Je crois que c'est dû à ta présence.

— Pourquoi ? Parce que je ne m'envoie pas en l'air et que je charge mal le lave-vaisselle ?

— Quelque chose comme ça, oui. Je crois que tu me fais du bien, Carmen.

L'intéressée releva les yeux, surprise.

— Merci, bredouilla-t-elle, ayant du mal à croiser le regard de sa sœur. Je passe un bon moment, moi aussi, ajouta-t-elle après un silence.

— Même si je suis une obsédée du lave-vaisselle ?

— Oui. Et les enfants ne sont pas des sales gosses. Ils sont formidables.

Elles entendirent alors un bruit discret au sous-sol et échangèrent un regard.

— Pas possible ! lança Carmen, réagissant plus vite que Sofia.

— Quoi ? *Quoi ?*

Mais Carmen se dirigeait déjà vers les grandes fenêtres qui donnaient sur la rue. Comme elle s'y attendait, le taxi avait fait demi-tour et était revenu… et Skylar, sa longue chevelure blonde lui tombant dans le dos, sortit en courant pour grimper dedans.

— Allez… c'est marrant, lui dit Sofia.

— Je sais. Mais ça fait si *longtemps*. Et j'aimais bien…

— Quoi ?

— Non, c'est idiot.

— Quoi ?

— Eh bien, je… J'aimais bien l'idée. Je veux dire, tout le monde est rangé, riche, a une belle maison et, moi, je suis dans l'impasse. C'était… c'était marrant. D'imaginer aller dans de beaux endroits et être bien traitée.

— Bien traitée, oui, mais pas par lui.

— Oui, oui, je sais, je sais. C'est facile pour toi, tu dors à *l'étage*.

— Est-ce que tu veux dormir dans la chambre d'amis ?

— Non, merci, répondit Carmen avec prudence. J'ai déjà taché le lavabo du bas avec ma couleur.

Sofia se souleva en soupirant.

— Un coup de main ?

— Non, ça va.

— Elle a intérêt à être revenue demain matin, déclara Carmen en buvant un autre verre d'eau d'un trait. Je ne me lèverai pas pour m'occuper des enfants.

— Et, moi, j'en serai incapable, renchérit Sofia.

Chapitre 23

Cela s'avéra pire, en réalité. Quand Carmen se leva, Skylar était rentrée : elle servait du porridge et du miel naturel aux enfants, fraîche comme une rose.

— Bonjour, roucoula-t-elle. Oh, Carmen, merci, *vraiment*, de m'avoir présentée à ton ami Blair ! Il est génial.

— Carmen l'a embrassé ! intervint Phoebe.

— Mais non ! Ils se trompent.

— Oh, ce n'est pas grave. Je suis au courant, répondit Skylar avec un sourire béat. Il a dit qu'il s'arrêterait peut-être à Édimbourg en revenant de LÀ ! Il va à Amsterdam et il a dit qu'il devrait s'arrêter quelque part ! Et, après, il m'emmènera peut-être avec lui.

Malgré elle, Carmen trouva cela vexant. Pas à cause de Blair, c'était un idiot. Mais… mais… C'était quand même plus glorieux que dormir dans le sous-sol de sa sœur et avoir un emploi temporaire.

— Ah, c'est chouette, répondit-elle en s'efforçant de paraître contente pour Skylar, sans vraiment y parvenir. Pourquoi est-ce qu'il n'y a jamais de pain blanc dans cette maison ?

— Parce que c'est du poison ? Bref. Blair me disait qu'il avait le sentiment d'avoir une mission. Qu'il devait voyager, même si ce n'est pas super pour l'environnement… Il plante dix arbres à chaque fois qu'il prend l'avion. C'est super, non ?

Super bidon, songea Carmen.

— … et il dit qu'il est très important de diffuser un modèle de positivité dans le monde. Vous n'êtes pas d'accord, les enfants ?

— En s'embrassant ?

— Euh, non. Même s'il faut toujours être gentil.

— Est-ce que tu as été *très* gentille avec lui, toi ? lança Carmen, se fichant pas mal d'avoir promis à Sofia de ne pas contrarier sa nounou.

Cela n'eut aucune importance, de toute façon : sa remarque lui passa par-dessus la tête.

— Oh, j'ai passé une nuit géniale. Quelle belle journée ! Allez, les enfants ! On fait nos salutations au soleil avant d'aller à l'école ?

— Il n'y a pas de soleil, remarqua Phoebe, l'air triste, et Carmen partit travailler.

*

La neige n'était plus aussi magique, ce matin-là. Elle était fondue, fine. Il y avait des flaques d'eau un peu partout, difficiles à éviter si, comme Carmen, on s'acharnait à fixer son téléphone, pleine de regrets.

Tu te sentirais encore plus mal si tu avais couché avec lui, ne cessait-elle de se répéter. Sortir avec quelqu'un qui ne lui plaisait pas vraiment… Même si cette main froide, ferme, sur son dos… Non.

La boutique de magie, à quelques portes de la librairie, était très animée, et Carmen s'arrêta pour jeter un coup d'œil dans la vitrine. Une dame imposante avec de très longs cheveux orange passa la tête à la porte.

— BONJOUR ! tonna-t-elle. Vous êtes la jeune femme qui travaille pour M. McCredie, n'est-ce pas ?

Carmen acquiesça.

— Vous faites changer les choses, dites donc. Je lui ai déjà dit, mais il n'écoute jamais : vous *devez* venir à notre fête, jeudi !

— Bien sûr… vous organisez une fête.

— Naturellement. Comme toutes les boutiques de la rue. Sauf la vôtre, bien sûr. Vous devriez changer ça, d'ailleurs.

Carmen n'était pas du tout d'humeur à faire la fête mais promit de passer et d'apporter son exemplaire de *L'Almanach du vieux fermier* à Bronagh, la propriétaire du magasin. Cela faisait un mois qu'elle l'avait commandé et qu'il était posé sur le comptoir.

Blair était dans l'avion, songea-t-elle. Le vol jusqu'à Los Angeles était très long ; il y avait une correspondance à Amsterdam, de sorte qu'on allait d'abord dans le mauvais sens avant de repartir dans l'autre. Non pas qu'elle ait vérifié (elle l'avait fait).

Que lui dirait-il, de toute façon ? « Oh, j'ai commis une erreur terrible en couchant avec quelqu'un d'autre *après* que tu as refusé mes avances, alors que j'en avais parfaitement le droit » ?

Ce n'est pas un homme bien, se répétait-elle pour la énième fois, quand son téléphone sonna ; elle l'attrapa. C'était Idra.

— Salut ! s'exclama sa copine. Quoi de neuf ?

— Euh, répondit Carmen, qui répugnait à lui raconter.

Quoi qu'il en soit, si Idra l'appelait en lui disant : « Quoi de neuf ? », c'était parce qu'elle avait une nouvelle à lui annoncer. Une nouvelle formidable, en l'occurrence. Un homme était venu déjeuner dans son restaurant tous les jours ; elle n'y avait pas prêté attention, mais, le cinquième jour, il l'avait suppliée de sortir avec lui, car, sinon, il allait devenir énorme et n'aurait plus aucune chance avec elle. Elle avait accepté son invitation en riant (personne ne l'invitait jamais au rayon chapellerie et accessoires), et il se trouvait qu'il était adorable. Il était ingénieur en informatique, gagnait une fortune et l'emmenait skier après Noël !

— Tu n'as jamais fait de ski, remarqua Carmen.

— Je sais. Je vais mentir en disant que je me suis blessée lors d'un autre séjour au ski et que je dois rester sur le solarium à boire du vin chaud toute la journée.

— Il y a un solarium ? Ça ne ressemble pas à Glenshee.

— On va en Italie ! expliqua Idra d'un ton suffisant.

Carmen se tut. Bon sang.

— Ouah.

— Dis-moi que tu es super jalouse !

— Je n'y manquerai pas.

— Tu vois ! Maintenant qu'on a quitté ce vieux magasin Dounston's, des tas de trucs super vont nous arriver. Tu es à Édimbourg. Il y a plein de mecs riches, de magasins Harvey Nichols et de trucs marrants à faire ! Tout est là, Carmen. Tu n'as plus qu'à le prendre.

*

La matinée fut chargée à la librairie, et un client sur deux semblait aller à la fête de Bronagh : nombre d'entre eux lui achetaient un livre en cadeau, le plus abscons possible, bien sûr.

— Est-ce que vous avez..., commença un jeune homme tout maigre qui ressemblait un peu à un vampire en se penchant au-dessus du comptoir... un rayon *secret* ? Pour les livres interdits ?

— Bien sûr, répondit Carmen. Puisqu'on est dans un monastère du XIVe siècle construit aux portes de l'enfer.

— Hum, hum, fit M. McCredie, qui était en train de réceptionner une commande.

— Pardon, s'excusa Carmen, honteuse de sa mauvaise humeur. Je n'aurais pas dû dire ça. Pardon. Non. Enfin... pardon.

Le jeune maigrichon prit son livre sur les poisons, puis sortit sans un mot.

— Je suis sincèrement désolée, répéta-t-elle. Ma grande bouche et moi.

— Oh non, répondit M. McCredie. Je ne voulais pas lui parler du rayon interdit, c'est tout.

— Quoi ?

Mais il avait déjà disparu dans l'arrière-boutique.

*

Carmen était toujours d'aussi mauvaise humeur. Elle tendit la commande que M. McCredie venait de réceptionner à une cliente.

— Êtes-vous certaine de vouloir neuf exemplaires ?

Elle n'avait jamais vendu quoi que ce soit en neuf exemplaires.

— Oui, c'est le livre de Noël pour mon groupe de lecture ! On va se réunir et en parler pendant cinq minutes, et puis on boira du vin chaud et on mangera des tartelettes aux fruits secs jusqu'à se rendre malades !

Cette perspective semblait enchanter cette dame, presque entièrement vêtue de mauve.

— Vraiment malades ?

— Une année, c'est arrivé, oui. Donc. C'est un bon livre, court, n'est-ce pas ?

Avec un sourire, Carmen rassembla la pile entière de *Garde de nuit*, une collection de nouvelles drôles et sincères qui se déroulaient dans un hôpital à l'époque de Noël.

— Oui. Mais c'est très drôle.

— Eh bien, tant mieux, répondit la dame en mauve. Même si, à vrai dire, ça n'a pas beaucoup d'importance. Personne ne s'en rappellera.

Elle paya, puis sortit du magasin d'un pas altier, attendant manifestement avec impatience sa soirée pleine de vomi. Carmen tenta de se changer les idées en examinant les comptes.

Ils étaient meilleurs, sans nul doute. Les belles éditions anciennes – les livres d'enfants, en particulier – et les suppléments annuels d'activités de Noël destinés aux mamans se vendaient comme des petits pains. Les exemplaires reliés de *White Boots*, de Noel Streatfeild, qui dataient de 1951 (ils en avaient un énorme carton), partaient les uns après les autres, sauf un que Carmen avait gardé pour elle et qu'elle dévorait dans un coin, suivant les aventures de la pauvre Harriet et de la méchante Lalla.

Le roman fantastique pour enfants *The Box of Delights* marchait bien, placé à côté du train. Quant à *La Nuit avant Noël*, sa place était forcément à côté de la maison de poupées, avec ses petites souris. Carmen l'avait tournée, de sorte que la porte d'entrée, avec son petit perron, soit visible, puis elle avait acheté sur Internet deux minuscules sapins de Noël lumineux, ainsi que des réverbères miniatures, et avait placé des lumières derrière chaque fenêtre. Un des sapins luisait à l'intérieur, l'autre à l'extérieur.

Les enfants s'agenouillaient devant, émerveillés, bouche bée, sans tenir compte des flaques d'eau qui trempaient leur pantalon. Carmen avait développé une légère obsession pour cette maison et s'était mise à déplacer les souris, imaginant différentes mises en scène. Quand elle s'était retrouvée à fabriquer un lac avec du papier aluminium et des patins à glace avec des barrettes à dix heures du soir, elle avait commencé à se demander si elle n'allait pas trop loin, mais, le lendemain, les petites souris sur leurs patins avaient rivalisé avec le train, et ils avaient écoulé un nombre incalculable de *La Nuit avant Noël* et d'un autre livre que Carmen ne connaissait pas, qui racontait plus ou moins la même histoire – si ce n'était qu'une créature s'agitait bel et bien dehors : en l'espèce, une souris, qui essayait ensuite de jouer au plus fin avec le Père Noël, même s'ils finissaient bons amis.

Pour se changer un peu plus les idées, elle photographia sa dernière création : ce jour-là, elle avait recouvert une souris de coton pour faire comme un bonhomme de neige. Elle était en train de la poster sur Instagram quand Oke entra.

— Un habitué, lança-t-elle avec un sourire.

— Je vis au-dessus.

— Oh, je ne le savais pas.

— Vous voyez le grand bâtiment en haut des marches ? C'est une résidence étudiante. Vous passez devant tous les jours.

— Vraiment ?! Je ne le savais pas. Est-elle remplie de gens qui ont plein de temps libre pendant la journée ?

— Vous n'avez jamais été étudiante.

— Non.

Même après toutes ces années, c'était toujours un point sensible. Elle avait raté son bac, à sortir toute la nuit, à rire comme une folle, en faisant semblant de s'en moquer. Elle ne voyait pas l'intérêt, avec Sofia qui n'obtenait que des A et étudiait le droit, bon sang. Comment rivaliser ? Ses parents l'avaient suppliée, implorée, mais elle travaillait déjà chez Dounston's le samedi et y avait beaucoup d'amis. S'endetter lourdement alors qu'elle pouvait commencer à gagner sa vie n'avait aucun sens, avait-elle argumenté. Ses parents avaient fait bonne figure, mais elle savait qu'elle leur avait une nouvelle fois brisé le cœur, alors que Sofia, elle, partait à la conquête du monde – son année aux États-Unis avait sans doute été la pire. Leur mère n'avait pas arrêté de la harceler pour qu'elle lui rende visite, dans l'espoir que cela lui donnerait envie. Alors Carmen y était allée, mais elle ne s'était pas du tout sentie à sa place parmi tous les gens cool, brillants, issus de cultures et de pays différents, que Sofia fréquentait, se faisant des amis dans le monde entier, séjournant dans des maisons luxueuses, à l'aise partout.

— Tu pourrais encore aller à l'université, lui avait dit sa mère quand elle était rentrée, sous le coup du décalage horaire et redoutant sa longue journée de travail le lendemain, debout toute la journée, à se faire hurler dessus par Mme Marsh, qui épousseterait et parlerait de tulle, en attendant la retraite.

— Non, avait-elle répondu, d'un air grave.

C'était impossible. Elle ne serait jamais comme ces gens, avec leurs voyages, leur savoir, qui avaient aussitôt accepté Sofia comme une des leurs.

— Pardon, dit Oke. Vous semblez perdue dans vos pensées. Je ne voulais pas toucher un point sensible.

Carmen était à vif ce matin ; elle se sentait à nu, vulnérable.

— Non, non, répondit-elle en clignant des yeux. Je… J'aurais aimé y aller… je crois. Mais, à l'époque, je… je pensais que je ne serais pas à la hauteur. J'ai raté mon bac.

— Exprès ?

— Non ! Enfin, peut-être. Si je n'essayais pas… je suppose que j'avais une excuse pour échouer.

Oke opina du chef.

— Je comprends.

Il y eut un blanc.

— C'est le moment où vous êtes censé me dire que les meilleures personnes ne sont pas toutes allées à l'université, que l'université de la vie est super et que tout ira bien, dit-elle.

— D'où je viens, les gens sans éducation ont moins de choix qui s'offrent à eux, donc non. Je ne dirais jamais ça. Mais regardez comme vous vous en sortez bien.

— Je n'en suis pas certaine.

— Vos souris rendent les gens heureux. Elles me rendent heureux, moi !

— Ça ne compte pas, d'après moi : j'adore m'en occuper.

— Ça compte. Bref. Il faut que je commande un autre livre, et je tenais à vous remercier pour la réduction, et j'aimerais le faire avec ça ! dit-il en brandissant quelque chose.

— Qu'est-ce que c'est ?

C'était une brochure touristique pour le musée Camera Obscura, qui proposait deux entrées pour le prix d'une le matin, en semaine : l'offre était donc encore valable pendant environ quarante minutes.

— Camera Obscura ? dit Carmen en fronçant les sourcils. J'en ai entendu parler. C'est pour les touristes, non ? Qu'est-ce que c'est, d'ailleurs ?

— La chambre noire montre comment on dessinait avant l'invention de la photographie ! C'est génial.

— Mais c'est pour les enfants, non ?

— Et ceux qui le sont restés, rétorqua-t-il en levant les yeux au ciel.

— Mais qu'est-ce que c'est, exactement ?

— C'est un trou dans un toit !

— Vous voulez aller voir un trou dans un toit ? répondit Carmen, sourcils froncés.

— Ça a changé le monde !

— Comment ça ?

— Parce que ! La projection donnait une image fidèle de la réalité, avec la perspective et les lignes droites, que les artistes pouvaient reporter sur le papier avec plus de précision. Et, enfin, c'est juste très, très cool. Ce dispositif a plus de deux mille cinq cents ans. Vous ne trouvez pas ça cool ?

— Ce bâtiment rayé près du château ?

— Vous faites exprès de ne pas comprendre : la technique.

Carmen s'empara de la brochure. Elle était remplie de photos de jeux de lumière improbables.

— Pourquoi toutes ces photos de jeux de lumière ?

— C'est juste pour attirer les enfants. Mais l'original est sur le toit. Ça vaut le coup d'œil.

— La boîte d'origine avec le trou ? s'étonna-t-elle. Mais on pourra quand même aller voir les jeux de lumière ?

— Si vous voulez.

Eh bien, c'était mieux que rester là à essayer de calculer l'heure qu'il était à Los Angeles.

— D'accord. Mais on se tutoie, alors !

Elle alla trouver M. McCredie dans l'arrière-boutique.

— Est-ce à nouveau pour une pause-déjeuner ? l'interrogea-t-il, mais il avait la mine plus réjouie que d'habitude.

— Peut-être… Êtes-vous en train de lire *White Boots* ?

— Peut-être. Ne vous en faites pas : je vais tenir la boutique.

Elle sourit.

— Vous rappelez-vous comment fonctionne le nouveau terminal de paiement ?

— Il faut l'agiter. Et des ondes magiques sortent de l'appareil magique des clients.

— De leur téléphone.

Il pouffa.

— Ce n'est pas un téléphone. C'est une baguette magique bien décidée à détruire le monde. Mais appelez ça comme vous voulez. Des ondes magiques, bla bla bla.

— Bien. Ooh, et essayez d'augmenter notre marge.

— *Quoi* ?

— En proposant un paquet-cadeau pour une livre sterling. Demandez aux clients s'ils désirent un paquet-cadeau ; si oui, emballez les livres avec le rouleau sous le bureau, et faites-leur payer une livre en plus.

M. McCredie, éberlué, parut au supplice.

— C'est la chose la plus vulgaire que j'aie jamais entendue !

— Vraiment ? Tant mieux pour vous, mais tout est bon à prendre. Bref, qui emballe vos cadeaux, d'habitude ?

M. McCredie baissa la tête.

— Je… je ne… je…

Carmen courut à sa rescousse.

— Vous n'avez pas à offrir de cadeaux, ajouta-t-elle à la hâte. Vous passez votre temps à donner des livres.

Il sourit sans conviction, mais avec reconnaissance.

*

Carmen paraissait toujours pensive lorsqu'elle rejoignit Oke sur le trottoir devant la boutique, son souffle fumant dans l'air froid. Les guirlandes lumineuses suspendues entre les réverbères et les grands flocons argentés qui dansaient jusqu'en bas de Victoria Street en jetant des éclats scintillants ne manquaient jamais de lui donner le sourire.

— On pourrait penser qu'il est impossible d'être malheureux dans un lieu aussi beau, dit-elle sans même se rendre compte de ce qu'elle disait.

Oke la considéra.

— Je croyais que tu étais très malheureuse.

— Je n'ai jamais dit ça.

Il marqua une pause, interloqué.

— Non, pardon, c'est vrai.

— Mais tu pensais que j'étais malheureuse ?

— Non, répondit-il en prenant son billet tarif réduit pour faire mine de l'examiner.

— Est-ce que tu n'as personne d'autre avec qui y aller ? s'étonna-t-elle.

— Si, répondit-il, surpris. Mais la plupart sont occupés.

Il avait un très léger accent (un petit « ou » à la place des « u »), qu'elle trouvait charmant.

— Je l'étais, moi aussi.

— C'est vrai.

Elle lui jeta un coup d'œil.

— Est-ce que tu es vraiment obligé de toujours dire la vérité ? Toujours ?

— C'est juste une habitude, expliqua-t-il, un rien mal à l'aise.

— Est-ce que je peux savoir à combien de personnes tu as demandé avant… ?

— Donc… c'est juste ici et, heureusement, il n'y a pas d'attente : regarde !

— D'où le tarif réduit.

Pourquoi, songea-t-elle, devait-elle toujours se contenter des invitations de dernière minute ? Pourquoi ne lui proposait-on jamais de vrai rendez-vous, en lui laissant le temps de se préparer, de s'enthousiasmer ? Pourquoi n'était-elle jamais un premier choix ? Elle pensa à Idra, en train d'acheter des vêtements de ski, et s'efforça de cacher sa mauvaise humeur.

— Ne fais pas cette tête ! s'exclama Oke tandis qu'ils pénétraient dans le bâtiment. Regarde. Les jeux de lumière que tu aimes tant.

Elle lui tira la langue, puis décida d'essayer de passer un bon moment.

Le musée Camera Obscura prenait place dans un bel édifice exigu, très ancien, en haut de Lawnmarket, juste à côté de l'immense esplanade du château. On y accédait par une porte étroite, avant d'emprunter à la file un vieil escalier étriqué, bas, qui donnait sur différentes pièces.

Elle trouva cela marrant, malgré elle. Les attractions secondaires étaient amusantes : des illusions d'optique qui les faisaient paraître grands ou minuscules ; un joli tunnel lumineux ; un palais des glaces.

Ils allaient seulement… voir des lumières. Pendant sa pause-déjeuner.

Le labyrinthe de miroirs la fit rire. Les lumières changeaient, chatoyaient. Il était impossible de savoir jusqu'où il allait : une infinité de miroirs réfléchissaient des images, encore et encore, dans la vieille bâtisse. Carmen et Oke se séparèrent, mais elle apercevait parfois son reflet, sans pouvoir dire où il se trouvait exactement.

Devant eux, les derniers visiteurs venaient de passer leur chemin ; il n'y avait personne derrière – l'endroit était très silencieux – et, soudain, dans le labyrinthe obscur aux lumières vacillantes, Carmen se rendit compte qu'elle n'avait aucune idée d'où était Oke. Elle se pressa contre le bord d'un miroir et, sans le vouloir, laissa échapper un petit rire, qui résonna de manière sinistre dans toute la pièce. Elle regarda autour d'elle, son cœur battant plus vite. Elle apercevait le reflet de son vieux manteau, encore et encore, mais ne savait pas où il était.

— Où es-tu ? l'appela-t-elle, sa voix se réverbérant sur les milliers de glaces.

— Tu vas devoir me trouver… ver… ver…

Elle fit volte-face, persuadée qu'il était juste là, derrière elle, mais il n'y avait rien : elle ne vit que le reflet de son manteau, reproduit à l'infini dans deux miroirs placés l'un en face de l'autre.

Elle fit un pas sur le côté, se concentrant sur les bruits de sa respiration et de son cœur qui battait la chamade. Elle entrevit quelque chose sur sa gauche… Elle se précipita dans cette direction, puis retint un cri en voyant une mandarine rebondir sur un miroir latéral et tomber sur le sol.

— Tu… tu… tu… Est-ce que tu viens de me lancer une mandarine… ine… ine… ?

— C'était pour te déconcentrer, répondit la voix d'Oke.

Elle passa sans bruit devant la mandarine, puis fonça sur tout ce qui bougeait, chaque petit point de lumière qui filait ici et là, mais Oke resta introuvable. Elle courut au milieu des colonnes de miroirs, désorientée par les lumières qui changeaient de couleur, et se retrouva, encore et encore, face à son propre reflet, et à rien d'autre. Elle courut de plus en plus vite, manquant se cogner contre les murs, commençant à s'essouffler. Il ne pouvait pas être là.

— Tu as quitté la pièce ! cria-t-elle au bout d'un moment.

Pour toute réponse, elle entendit un petit gloussement, qui semblait venir de partout et de nulle part à la fois. De plus en plus désespérée, elle se retourna brusquement ; mais où pouvait-il bien être ? Et, une fois encore, rien. En colère, elle tapa sur un mur, qui fit un bruit métallique, puis s'adossa contre lui, hors d'haleine, un peu effrayée.

Tout à coup, deux mains se posèrent sur ses yeux. Elle fit volte-face et se retrouva dans ses bras. Un étrange silence s'abattit sur eux. Elle sentit sa présence au-dessus d'elle, réalisant que cela faisait deux fois en très peu de temps qu'elle se retrouvait aussi près d'un homme – un homme qui la considérait comme acquise, eut-elle l'impression sur l'instant.

Elle recula d'un bond, stupéfaite.

— Mais qu'est-ce que tu fais ?

Il leva brusquement les mains, épouvanté.

— Je suis désolé ! Je suis sincèrement désolé ! Je n'aurais pas dû te toucher ! Je suis sincèrement désolé.

Il était tout rouge. La colère de Carmen diminua aussitôt. Ce n'était pas sa faute, après tout, si elle se sentait frustrée, jalouse et sous-estimée.

— Tu m'as fait peur, c'est tout.

— Tu aurais dû me donner un coup de pied ! Je suis sincèrement désolé.

— D'accord, arrête de t'excuser.

Avec une certaine raideur, ils empruntèrent un nouvel escalier et se retrouvèrent dans une grande tourelle avec des portes de chaque côté, qui donnaient sur un étroit balcon crénelé. Ici non plus, il n'y avait personne et, une fois dehors, ils comprirent vite pourquoi : le ciel était d'un bleu éclatant, mais l'air était glacial.

Carmen oublia sa colère. Le château se dressait au-dessus d'eux, hardi, terrifiant, comme il avait dû l'être autrefois, construit il y avait si longtemps de cela pour remplir d'effroi quiconque envisagerait d'attaquer la ville. C'était bizarre, elle était si habituée à le considérer comme un ornement abstrait, symbolique, là pour embellir un peu plus ce lieu extraordinaire. Elle le trouva si intimidant qu'elle se recula pour s'appuyer contre le mur.

Or, du haut de la tourelle, tout prenait des proportions extraordinaires : les bâtiments (le clocher d'une église ; les vieux édifices d'une hauteur absurde qui bordaient les cours intérieures et les places) semblaient ployer au-dessus d'elle, chamboulant son sens de la perspective.

Sur sa droite, le Royal Mile, avec son enchevêtrement de ruelles et de passages cachés, longeait la cathédrale Saint-Gilles pour déboucher sur le palais de Holyrood, invisible en contrebas, de sorte qu'on avait le sentiment de pouvoir sauter directement dans sa cour.

Et, devant elle, un dénivelé vertigineux, la falaise, puis la voie ferrée, le vert des jardins de Princes Street, les rues droites et régulières de la Nouvelle Ville, et, au-delà, encore plus loin, de l'autre côté de l'estuaire, le comté de Fife.

Elle resta immobile, dans la froide lumière du soleil, fixant le panorama, muette d'admiration.

Oke s'approcha d'elle avec une certaine retenue.

— Alors, qu'en penses-tu ?

Carmen avala sa salive, puis répondit :

— Je ne... je n'avais jamais vu la Nouvelle Ville comme ça, jusque-là. Le quartier est agencé... comme si son plan avait été dessiné.

— C'est le cas !

— Ah oui ? répondit-elle, agacée de se sentir idiote.

Il se rendit aussitôt compte de son erreur.

— Oh, pardon.

— Non, explique-moi, l'encouragea-t-elle, s'efforçant de ne pas être aussi susceptible. J'ai envie de savoir.

C'était vrai.

— Eh bien... Édimbourg a été la première ville au monde dont le plan a été dessiné. C'était le début des Lumières. L'idée était que nous pouvions planifier notre avenir, que nous ne dépendions pas des caprices de Dieu, que nous pouvions dompter notre nature animale, trouver notre place dans le monde. Que, de ce monde désordonné, construit au hasard (il fit un grand geste en direction de la Vieille Ville, avec ses maisons anciennes entassées le long de ses rues pavées qui montaient et descendaient), pouvaient naître la beauté, l'ordre, l'air frais. La Nouvelle Ville, c'est la philosophie gravée dans la pierre. C'est une promesse du passé à l'avenir : des temps meilleurs allaient advenir. On pouvait triompher du désordre. Enfin. Pour un temps.

— Mais toutes les distractions sont dans la Vieille Ville, répliqua Carmen, contrariante de nature, comme toujours.

— Oui, c'est vrai, concéda-t-il avec un sourire. Des agents du chaos. Les êtres humains en ont aussi besoin.

— Je suis un agent du chaos, répondit-elle d'un air sombre.

Oke la regarda avec curiosité.

— Quoi ? demanda-t-elle.

— Rien. Je me suis juste demandé une seconde si c'était vrai.

— Tu sais vraiment parler aux femmes, toi.

— Qui a dit que ce n'était pas bien ?

— Tous les professeurs que j'ai rencontrés.

— Jusqu'à maintenant, répondit-il avant de s'éclaircir la voix et de contempler l'horizon.

Et, sous le soleil froid du nord, en cette belle journée au climat plus russe qu'écossais, cela lui apparut, comme une évidence : la Vieille Ville, avec son château construit pour intimider, menacer, et son emmêlement de maisons (cela lui fit penser à celle, incohérente, boiteuse, de M. McCredie), empilées les unes sur les autres, des familles entières vivant souvent dans une seule pièce, debout depuis des centaines d'années. Et, devant elle, les rues régulières qui menaient au bord de l'eau, avec leurs larges trottoirs, leurs belles maisons et leurs superbes jardins sur les places.

— Mais ces jardins sont privés, regretta-t-elle.

Oke acquiesça.

— Oh, et le quartier a été construit avec de l'argent sale, ajouta-t-il. On ne peut pas y couper. Mais cela ne veut pas dire que ce n'est pas beau.

Il la tourna dans l'autre direction.

— Et là-bas… on ne le voit pas, il est en dehors de la ville… mais, là-bas, se trouve mon arbre préféré au monde. C'est en partie pour lui que je suis ici. Il s'appelle le grand if d'Ormiston.

— Comment peux-tu avoir un arbre préféré ? Les autres arbres ne sont-ils pas jaloux ?

Le guide leur fit alors signe d'approcher, et ils pénétrèrent dans le petit observatoire, les mains froides. Il entreprit de leur expliquer clairement le fonctionnement de la chambre noire (le petit trou, la lentille), mais Carmen ne l'écoutait pas vraiment, elle était subjuguée par la vue sur la grande table ronde : la ville, comme elle venait de la voir étalée devant elle. On aurait dit une photo, mais les voitures bougeaient et les feux de circulation changeaient de couleur. Elle scrutait le monde sur une table.

— Ça alors !

Le guide, qui ne se lassait visiblement pas de la réaction des visiteurs, sourit.

— Oke, regarde ça !

Ils l'examinèrent de près, glissèrent leurs doigts sous les voitures, zoomèrent sur les bateaux au large, la visibilité étant bonne, ou sur la grande horloge du *Balmoral Hotel*, tout près de la gare, qui marquait quatre minutes d'avance pour presser les retardataires. Elle avait le sentiment de plonger dans le monde merveilleux de cette ville, d'épier tous ses secrets, de voir derrière chaque porte.

— C'est vraiment… incroyable.

En l'observant, Carmen se sentit curieusement apaisée, comme lorsqu'elle créait son décor de petites souris ou choisissait la plus belle dentelle pour une robe de mariée, à l'époque, au rayon mercerie. Elle se laissa emporter, perdit la notion du temps, oubliant totalement sa soirée de la veille. Mais le prochain groupe de visiteurs les interrompit : c'était un groupe scolaire, et, à entendre les cris et les bavardages des élèves, ils semblaient avoir eux aussi passé un excellent moment dans le labyrinthe de miroirs – ce que confirmait d'ailleurs l'air las de leur professeur.

Ils en profitèrent pour s'éclipser ; une fois de plus, la pause-déjeuner s'était éternisée.

— J'ai cours, dit Oke en arrivant devant la porte d'entrée de l'observatoire.

— Ooh, qu'est-ce que tu apprends, aujourd'hui, monsieur le bûcheur ?

— Je *donne* un cours, clarifia-t-il en fronçant les sourcils.

— Oh oui, c'est vrai ! La classe !

Il sourit, puis, sans la toucher, tourna les talons pour sortir.

— Merci, lui dit-elle quand ils atteignirent le bas de l'escalier étroit. Merci de m'avoir emmenée ici. J'ai beaucoup aimé.

Il lui fit un grand sourire.

— Je veux tout voir avant de partir.

— Partir où ? Où vas-tu ? l'interrogea-t-elle aussitôt.

— Je ne sais pas… J'étais là pour un semestre, mais ils m'ont proposé de rester un peu.

— Et qu'est-ce que tu vas faire ? poursuivit-elle, réalisant que sa réponse l'intéressait.

— Je ne suis pas encore sûr, répondit-il avec un haussement d'épaules.

— Tu vas peut-être disparaître à Noël, alors ?

Elle n'avait pas envie qu'il parte, constata-t-elle avec surprise. C'était sympa d'avoir un nouvel ami.

— Je ne sais… C'est quand, déjà ? répondit-il en souriant pour lui montrer qu'il la taquinait.

Elle lui rendit son sourire.

— D'accord.

Oke haussa les sourcils. Ce n'était pas la réponse qu'il avait espérée, s'il était honnête, ce qu'il était toujours. Cette brune passionnée lui plaisait. Elle lui plaisait beaucoup. Mais elle avait… enfin. En temps normal, il avait du succès auprès des filles. Mais celle-ci… Il se rappela l'homme très chic avec lequel il l'avait vue au café. Elle ne semblait pas être le genre de femmes à être intéressée par l'argent, mais allez voir ? Il ne connaissait pas les Écossaises.

— Merci encore, dit-elle en sortant avec précaution sur le trottoir couvert de neige fondue.

— De rien, répondit-il avant de disparaître dans la foule.

Repérant ses cheveux au milieu des passants à sa démarche caractéristique, elle le regarda gravir Lawnmarket de son pas sautillant en direction du monde ordonné, discipliné de l'université, puis elle se dépêcha de descendre les marches verglacées pour retrouver l'univers confus, chaotique de la librairie.

Chapitre 24

Les jours suivants furent eux aussi éprouvants. Sofia avait commandé un coffret de maison en pain d'épices pour que Carmen l'assemble avec les enfants un soir où elle les garderait. Cela n'avait pas été une réussite.

Phoebe avait collé ses parties de la maison en les léchant, puis mangé toutes les décorations en Smarties, pendant que Pippa, très appliquée, la sermonnait. Après avoir regardé le kit, Jack avait demandé : « À quoi ça sert, ce truc ? », question à laquelle Carmen avait eu bien du mal à répondre, puis il avait ajouté : « Est-ce que tu peux le faire pour moi et dire à maman que c'est moi qui l'ai fait ? » Ensuite, Phoebe avait versé un torrent de larmes, puisque ses parties ne tenaient pas, et Carmen, qui n'était pas douée pour les travaux manuels, ne s'en était pas beaucoup mieux sortie. Quand Sofia était descendue après sa sieste, elle avait failli éclater en sanglots : les différentes parties du kit, qui avait coûté une somme folle, étaient censées s'empiler pour former une réplique parfaite de leur maison, mais, excepté la partie de Pippa, c'était vraiment du travail de cochon. Sofia avait fini par rester debout jusqu'à deux heures du matin pour tout refaire, puis s'était réveillée épuisée, au bord des larmes, en proie aux hormones – Carmen avait estimé que ce n'était pas sa faute, et elles avaient donc toutes les deux essayé de rallier leur mère à leur cause.

D'un autre côté, la maison était sensationnelle.

Le matin venu, l'ambiance avait été glaciale. Et, à présent, Carmen, bien que reconnaissante de l'affluence de clients (elle était tombée sur Crawford, qui lui avait gentiment acheté trois magnifiques livres sur les oiseaux d'hiver pour décorer sa vitrine, ajoutant une note pour expliquer où les acheter, et ils avaient eu beaucoup de demandes), ne se sentait pas au mieux.

— Parce que l'endroit où l'on emprunte des livres s'appelle une bibliothèque, expliquait-elle. Et il s'avère que la Bibliothèque nationale d'Écosse se trouve de l'autre côté de la rue, à une vingtaine de mètres. Là-bas, ils ont tous les livres jamais écrits ! Et vous pourrez emprunter celui que vous voulez !

La vieille dame, Mme McGeoghan, paraissait toujours belliqueuse.

— Mais c'est celui-là que je veux lire.

— Vous le pouvez, mais j'ai bien peur que vous ne deviez l'acheter.

Elle entendait M. McCredie s'affairer dans la réserve : il approchait, ce qui n'était pas idéal, puisqu'il laisserait sans doute cette dame prendre le livre si elle promettait de le rapporter, or ils n'étaient pas encore tirés d'affaire, du point de vue financier. Sofia lui avait expliqué que s'ils réalisaient des bénéfices et remboursaient quelques créanciers d'ici le début de l'année, ils pourraient vendre la librairie comme une entreprise viable. Elles n'avaient pas évoqué ce que Carmen ferait ensuite. Idra lui avait parlé de postes dans son restaurant, et sa mère lui avait appris que des initiatives locales allaient voir le jour. Elle trouverait quelque chose.

— Mais je suis retraitée, poursuivit la vieille dame.

— Je sais. C'est pour cette raison que je vous suggère d'aller à la bibliothèque. Les bibliothèques sont des endroits merveilleux, extraordinaires. Mais nous n'en sommes pas une.

— Eh bien, ce sont… ce sont des pratiques capitalistes néfastes ! s'écria la vieille dame qui portait, Carmen ne put s'empêcher de le remarquer, des bottes en caoutchouc de la même marque hors de prix que celles de Blair.

Mais cette journée lui avait aussi réservé une belle surprise, songea Carmen. Avant de quitter la maison, dans l'agitation habituelle des matins d'école, Phoebe s'était faufilée vers elle et lui avait mis une chose chaude dans les mains.

— Euh, merci ? avait-elle répondu avait de baisser les yeux et de constater, médusée, que Phoebe venait de lui donner un morceau de fromage chaud.

— C'est pour les souris, lui avait chuchoté la fillette. À la librairie.

— Oh. Mais, tu sais, ce ne sont pas des vraies.

— Dans la JOURNÉE, ce ne sont pas des vraies, avait répondu Phoebe tout bas.

Ses yeux avaient vagabondé vers le salon-télé : ils avaient regardé *Noël chez les Muppets* aussi souvent qu'ils en avaient eu le droit. Puis, après avoir balayé la pièce de son œil aiguisé pour s'assurer que Pippa ne les écoutait pas, elle s'était mise sur la pointe des pieds.

— Je pense qu'elles prennent vie la nuit, avait-elle murmuré. C'est là qu'elles auront besoin du fromage.

— C'est sûr qu'on va avoir des souris dans la boutique si on installe ce fromage. Mais elles n'auront pas de bonnets sur la tête… Mais c'est une super idée, avait-elle ajouté en voyant la mine déçue de sa nièce. Je suis sûre qu'on pourrait fabriquer du fromage pour le mettre dans la maison. Pas du vrai fromage, mais peut-être… Qu'est-ce qui ressemble un peu à du fromage ?

Toutes deux avaient froncé les sourcils et, pendant une seconde, la ressemblance entre elles avait été frappante, même si elles ne s'en étaient pas rendu compte. Puis, tout à coup, Phoebe avait souri de toutes ses dents.

— Mon éponge !

— Tu es un génie !

— Je déteste mon éponge.

— Qu'est-ce que vous manigancez, toutes les deux ? les avait interrogées Skylar d'un air suspicieux. As-tu fait ta liste de gratitude, ce matin, Phoebe ?

— Je suis en train de le faire en ce moment, avait répliqué la petite d'un air de défi. Je suis reconnaissante pour mon éponge.

— C'est bien, l'avait félicitée la nounou avec un grand sourire. La propreté est excellente pour l'âme : tu ne crois pas, Carmen ?

Elle était en train de servir des flocons d'avoine gluants, baveux, qu'elle avait laissés tremper toute la nuit.

— À table, tout le monde.

— En fait, je mangerai en route, avait répondu Carmen en pensant aux croissants chauds que le café servait en général, à cette heure-ci. Mais ça a l'air excellent. Salut, tout le monde.

Au moins, Sofia, bien que constamment épuisée, au bord des larmes, était enfin en congé maternité. En principe, ce congé aurait dû commencer une semaine plus tard (deux semaines avant l'arrivée du bébé), mais elle était restée coincée dans l'ascenseur, et tout le monde s'était accordé à dire que c'était mieux comme ça – ils avaient fait preuve d'une prudence inhabituelle, même pour des avocats. Cela l'avait mise dans une colère noire, mais elle avait fini par capituler.

— Sofe, qu'est-ce que tu vas faire, aujourd'hui ? lui avait demandé Carmen d'un ton conciliant avant de partir.

— Je vais admirer ma maison en pain d'épices.

Ils l'avaient tous regardée. Il fallait avouer qu'elle était vraiment belle, à présent qu'elle avait été entièrement démontée et reconstruite.

— Mais, si on ne peut pas la manger, QUEL EST L'INTÉRÊT ? s'était à nouveau lamenté Jack.

— Jack, l'avait mis en garde sa tante, et il avait aussitôt baissé d'un ton.

Sofia avait considéré sa sœur avec méfiance. Mais elle ignorait une chose : Carmen était retournée chez *Tout à 1 livre* pour acheter trois calendriers de l'Avent qui contenaient des chocolats et que les enfants cachaient sous leur matelas.

— Je vais rester allongée et lire des magazines aujourd'hui, avait repris Sofia des profondeurs de son immense canapé.

— En fait, je me disais qu'on pourrait essayer ensemble cette super application de yoga pour femme enceinte ? lui avait suggéré Skylar.

— Je crois que je suis trop fatiguée pour aller à l'école et que je vais rester sur le canapé avec maman pour lui tenir compagnie, avait annoncé Phoebe.

— Non, avait répliqué Pippa du tac au tac. Maman ne voudra jamais.

— Maman, tu veux bien que je me mette sur le canapé avec toi, hein ? avait demandé Phoebe.

Carmen en avait profité pour s'échapper : elle était sortie dans l'air toujours glacial, une épaisse couche de neige recouvrant toujours le sol, en chassant son rêve de train et de tunnel de ses pensées.

*

À présent, Mme McGeoghan, qui était une clientèle régulière, mais aussi une vraie peste, répondait à son refus de transformer la librairie en bibliothèque en restant debout près des étagères, où elle lisait le livre entier, devant les autres clients. Carmen s'efforçait de ne pas lui prêter attention mais ne pouvait se retenir de la surveiller. Si elle rabattait ne serait-ce qu'un coin de page, elle lui volerait dans les plumes. Ou si elle se léchait le doigt avant de tourner une page.

— Alors là, elle aura affaire à moi, murmura-t-elle à M. McCredie.

— Allons, allons, elle n'est pas malintentionnée.

— Bien sûr que si ! Si par malintentionnée vous voulez dire nous enlever le pain de la bouche, abîmer nos livres et encombrer la boutique !

— Mais regardez, lui dit M. McCredie au moment où la porte s'ouvrait. Vous avez fait venir tant de clients, ma chère. Tant.

Ce constat fit extrêmement plaisir à Carmen, mais, tout à coup, le vieux monsieur se tut pour se cramponner au banc contre lequel il était appuyé. Un groupe venait d'entrer. Ces personnes étaient grandes, blondes, bien habillées, manifestement aisées : des touristes européens, à l'évidence, ce qui augurait de bonnes perspectives de vente, bien que moins bonnes que des visiteurs américains, avait appris Carmen. Elle plaça donc bien en vue *A Scottish Festivities*, un beau livre de recettes et de décorations de Noël recouvert de tartan : de nombreuses personnes aimaient célébrer Hogmanay, organiser des *ceilidhs* ou cuisiner des *black buns* et autres petits plaisirs écossais une fois rentrées chez elles, les vacances finies, et ce livre était parfait pour cela.

— Bonjour, la salua la femme entrée en premier.

Elle avait les cheveux clairs et l'air aimable, prospère – le genre de femmes à être le pilier d'une association caritative.

— Excusez-moi ?

Elle avait un accent d'un pays d'Europe du Nord : allemand ? hollandais ?

Elle souriait mais paraissait un brin anxieuse.

— Nous cherchons la famille McCredie ?

— Eh bien, vous êtes au bon endroit, répondit Carmen en se retournant vers M. McCredie, mais il s'était volatilisé.

Après avoir jeté un petit regard en coin à Mme McGeoghan, Carmen fila dans l'arrière-boutique.

— M. McCredie !

Elle le trouva presque recroquevillé dans son fauteuil, aux antipodes de l'homme enhardi qu'il avait été cette semaine-là, à déblayer la neige devant le magasin, ses bottes Nutukas aux pieds.

— M. McCredie, quelqu'un demande à vous parler.

— Je ne veux pas les voir.

— Est-ce que vous les connaissez ?

Il blêmit, puis secoua la tête.

— Je ne… je ne crois pas.

— Alors, quel… quel est le problème ? Ce ne sont pas des créanciers, si ?

Il fit non de la tête.

— Je… je ne…

— Voulez-vous que je m'en occupe ?

— Non… Merci… Non, s'il vous plaît, dites-leur juste que je ne suis pas disponible.

— Êtes-vous sûr que ça va ? l'interrogea-t-elle en posant une main sur son épaule.

Il paraissait affreusement pâle dans la lumière tamisée.

— Oui. S'il vous plaît, dites-leur juste…

Il agita les mains en direction de la boutique.

Carmen y retourna donc, considérant cette famille avec circonspection.

— Nous sommes sincèrement désolés, s'excusa la dame. Je ne voulais pas vous déranger. Nous avons trouvé de très vieilles lettres qui viennent d'ici, c'est tout.

Et elle lui laissa sa carte, au nom de Gretl Koonings, avec un numéro de téléphone qui commençait par l'indicatif international +49.

Chapitre 25

Comme si rien ne s'était passé, peu avant dix-sept heures trente, M. McCredie apparut, vêtu d'un beau costume en tweed – très vieux, bien sûr – et d'un nœud papillon à pois. Il portait des lunettes à monture dorée, ainsi que d'élégantes chaussures vernies, et il était très clair qu'il ne voulait pas parler des visiteurs.

— M. McCredie ! Vous vous êtes fait beau, dites donc ! s'exclama Carmen en comptant la caisse.

— C'est la fête de Bronagh, répondit-il, sourcils froncés. Vous lui avez dit qu'on irait. D'après mon expérience, se mettre à dos une sorcière n'est jamais bon. Surtout dans cette ville.

— Oh là là, la sorcière. Je me demande si un grimoire lui ferait plaisir ? se demanda-t-elle avant de considérer sa jupe en jean et son haut à rayures. J'avais complètement oublié… Je ne suis pas du tout habillée pour une fête.

Quand l'horloge sonna cinq heures trente, la rue se fit soudain silencieuse : Carmen, qui s'apprêtait à fermer la porte, pencha la tête, et un son limpide résonna dans l'air froid. Il était pur comme du cristal, et elle mit un moment à comprendre que quelqu'un chantait dehors.

— Oh, bien, bien : elle a invité les jeunes choristes de Saint-Gilles, dit M. McCredie en faisant référence à la cathédrale située vingt mètres plus haut, au moment où d'autres voix claires de ténor se joignaient à la première, jusqu'à ce que le chœur entier chante *In the Bleak Midwinter*.

M. McCredie offrit son bras à Carmen, car le trottoir était glissant. En regardant dans la rue, elle vit que tout le monde (les touristes comme les personnes en train de faire du shopping ou du lèche-vitrine) s'était arrêté : nombre d'entre eux filmaient la scène ou mettaient de l'argent dans le seau de collecte rouge vif des garçons pour l'association caritative Waverley Care.

Carmen eut l'impression que le temps s'était figé : de légers flocons tombaient du ciel, le bruit de la circulation était assourdi, étouffé, les bavardages, cris et interpellations dans toutes les langues avaient cessé, les touristes restant cloués sur place, comme hypnotisés par le chant de ces enfants dans l'air glacial. Après avoir fermé la boutique, Carmen et M. McCredie se rendirent deux portes plus loin. La jeune femme avait à la fois froid et chaud ; elle se sentait seule, heureuse et triste, tout cela en même temps ; elle était nostalgique, sans savoir de quoi.

— Entrez, entrez ! s'exclama Bronagh en les apercevant.

Puis elle leur tendit à chacun une coupe emplie d'une boisson inquiétante, qui fumait, mais qui, en y regardant de plus près, se trouva être du vin chaud.

— C'est comme ça que vous venez à une fête de Noël ? lança Bronagh, déçue, alors que Carmen venait de lui offrir son bel exemplaire emballé de *L'Almanach du vieux fermier*.

— Je sais, c'est nul, je suis désolée.

— Ne vous inquiétez pas, répondit Bronagh en disparaissant à l'intérieur pour reparaître avec une cape en velours violette. C'est une des miennes. Enfilez-la.

Carmen la considéra une seconde d'un air désabusé, puis, se disant qu'elle ferait tout aussi bien de se mettre dans l'ambiance, la posa sur ses épaules en la faisant tournoyer, avant de boire une autre gorgée de vin pour se réchauffer.

Une foule hétéroclite était réunie à l'intérieur : les employés des magasins voisins, les habitués du quartier, un groupe de femmes qui jouaient une étrange musique folklorique dans un coin, quelques personnes déguisées en fées, plusieurs mondains sur leur trente et un – nombre d'entre eux portaient un gilet. En voyant ces derniers, ce fut plus fort qu'elle. Il était à Los Angeles, de toute façon. Et puis, qu'est-ce que ça pouvait lui faire ? Il avait sans doute déjà jeté ses bottes en caoutchouc.

Mais Carmen y pensait déjà moins après sa deuxième coupe de vin chaud, dont le goût n'avait rien à voir avec celui vendu au marché de Noël, trop dilué ; celui-ci était parfumé, épicé. Ce breuvage mystérieux vous réchauffait de la tête aux pieds.

Elle traversa la salle, admirant les tenues étonnantes des invités, qui se connaissaient visiblement tous – dans certains quartiers de la ville, les habitants formaient une communauté soudée, exactement comme dans un village, soupçonnait-elle. La boutique de Bronagh était aussi singulière que leur librairie : des oiseaux empaillés pendaient au plafond ; on trouvait tout un assortiment de balais magiques, et des bois de cerfs ornaient les murs. Des étagères accueillaient divers ingrédients, des grimoires, des bijoux décorés de pierres porte-bonheur, de nombreux cristaux, des attrape-rêves, des Gemmes de l'Infini. Carmen examina le tout, les yeux plissés. Cela dit, songea-t-elle, si l'on devait croire à l'existence des sorcières, c'était bien dans les profondeurs d'Édimbourg, dans ses passages sombres et ses recoins cachés, là où on brûlait les femmes, sur Grassmarket, juste dehors.

Un meuble d'apothicaire était posé derrière le comptoir ; il y avait aussi des capes, des mortiers et des pilons, et une vitrine fermée à clé, située en hauteur, avec une pancarte, toute petite, qui précisait que « ces ingrédients ne se mangeaient pas ».

Hum, songea Carmen avec un sourire. Enfin, c'était sans doute inoffensif. Quand elle se retourna pour aller retrouver M. McCredie, Bronagh se planta devant elle.

— Quelle jolie boutique, se hâta-t-elle de la complimenter. C'est magnifique.

— Vous pensez que ce sont des idioties, je le vois bien, répliqua Bronagh, qui s'avérait beaucoup plus intimidante que sa petite taille et ses joues roses ne le laissaient penser.

Elle lui rappelait Mme Marsh, en réalité.

— C'est ravissant, ajouta Carmen en désignant un assortiment de boules de Noël en verre soufflé, d'un vert pâle, qui scintillaient dans la lumière.

Partout dans le magasin étaient suspendues de lourdes couronnes, faites de branchages que Carmen ne reconnaissait pas.

— Qu'est-ce que c'est ? C'est magnifique.

— De l'aubépine. Ça empêche les esprits d'entrer. Sauf ceux que j'invite.

Bronagh sourit, mais cette remarque était quand même un peu troublante, surtout avec les fées qui rigolaient dans un coin et cette étrange musique hypnotique en fond sonore. Dehors, les jeunes choristes étaient rentrés chez eux pour le dîner.

— Joyeux Noël ! lança Carmen.

Bronagh fronça à nouveau les sourcils.

— Ce n'est pas Noël, ma chère ! C'est le solstice d'hiver ! Ce sont les Saturnales !

— D'accord.

— Ces fichus chrétiens. Ils sont arrivés et ils ont détourné toutes nos traditions. Ce n'est que du marketing, vous savez. C'est Coca qui a marketé le Père Noël. Ces fichus chrétiens ont fait du solstice d'hiver une fête commerciale.

— Euh…

— Ils se sont emparés de fêtes millénaires et ont fait croire que c'était à propos d'un… « bébé », expliqua Bronagh en secouant la tête. Ces fichus hommes d'argent gâchent toujours tout. Joyeux solstice !

Elles trinquèrent.

— Nous passons à la seconde moitié de la saison obscure. Bien sûr, dans ma branche, ce n'est pas toujours une bonne chose, poursuivit-elle avant de regarder Carmen. Vous êtes mon invitée. Je dois vous offrir un cadeau.

— Oh, non, je vous en prie, ne vous en faites pas pour ça.

— Si, si, j'insiste.

Elle sortit un gros trousseau de clés d'une poche cachée dans sa cape en velours, puis tendit le bras en direction de la petite vitrine.

— Ooh, intéressant, dit-elle en plongeant les yeux dans ceux de Carmen. Un problème de cœur… ?

— Oui, enfin, ce n'est pas dur à deviner, étant donné que je suis venue seule et que je fais une tête d'enterrement.

Cette conversation prenait une tournure très embarrassante. Carmen était reconnaissante envers Bronagh, sincèrement, mais, en cet instant, elle aurait préféré être… où ça, d'ailleurs ? Elle y réfléchit et découvrit, surprise, qu'elle aurait bien aimé être à la maison, sur le grand canapé confortable, en train de regarder *Noël chez les Muppets*, Phoebe pelotonnée sous son bras, Pippa lançant des remarques sarcastiques et Jack faisant semblant de tirer sur les personnes à l'écran avec une banane (les armes en plastique n'étaient pas autorisées à la maison, bien sûr, pas même les pistolets à ressort).

Mmh. Quelle drôle d'idée.

— Non, poursuivit Bronagh en la fixant à nouveau de ses yeux noirs perçants. Non, je crois que ça va, de ce côté-là.

Carmen éclata de rire.

— Ça ne va pas du tout, je vous assure.

— Non, ça vous touche de plus près. C'est la famille. Une sœur, peut-être ?

— Quoi ? s'étonna Carmen, quand elle entendit quelqu'un l'appeler.

C'était Oke : de l'autre côté de la pièce, son chignon dansant au-dessus des autres invités, il lui faisait bonjour de la main, tout sourire.

— Bonjour ! répondit-elle, pressée de mettre fin à cette conversation.

Elle voulut le rejoindre, mais il se fraya un chemin à travers la foule.

— Bronagh ! Merci beaucoup de m'avoir invité.

— Vous vous connaissez ?

— Joyeux solstice, sœur sorcière, lui dit Oke avec courtoisie.

— Joyeux solstice à toi aussi, frère quaker, répondit Bronagh avec un signe de tête.

— J'aime beaucoup ta cape, Carmen, poursuivit-il de sa voix grave.

Le violet mettait en valeur sa chevelure, mais elle se mit aussitôt à glousser et l'aurait retirée si Bronagh n'avait pas été postée à côté d'elle, en train de la surveiller, avec sa tête de sorcière. Oke remarqua malgré tout le rouge qui lui monta aux joues et le petit mouvement qu'elle fit avec sa cape en tournant sur elle-même.

— J'en ai pris deux autres ! lança alors une voix derrière Oke, et Dahlia, la serveuse du café, apparut, deux coupes à la main. C'est vraiment délicieux, Bronagh, la complimenta-t-elle, les joues empourprées. On devrait en servir au café.

— Vous auriez droit à une fermeture administrative, répondit Bronagh en lui tapotant le bras. Et on a besoin de vous.

Dahlia sourit, puis vit que Carmen était là et rougit encore plus. Elle rougissait facilement, à l'évidence.

Carmen les regarda tour à tour et se figea.

Oke devina aussitôt ce qu'elle s'imaginait : il aurait voulu lui expliquer, mais ne savait pas comment s'y prendre. Il savait que Dahlia avait un faible pour lui – il enseignait à suffisamment d'étudiantes pour reconnaître les signes. Elle avait manifestement appris qu'il avait été invité à la fête avec les autres membres de la salle de réunion des quakers, puis avait attendu qu'il passe, dans le froid glacial, de sorte qu'ils puissent arriver ensemble « par hasard ». Maintenant, Carmen allait le trouver encore plus tordu qu'avant, à la prendre par surprise dans le labyrinthe de miroirs, ce qu'il regrettait amèrement ; elle penserait que, comme cela n'avait pas marché avec elle, il était aussitôt passé à une autre fille, qui travaillait dans un magasin de la même rue.

C'était à peu de chose près ce que pensait Carmen. Bon. Au moins, elle savait à quoi s'en tenir : il ne l'avait invitée au musée que parce qu'il avait un bon de réduction. Elle fit une petite moue, s'efforçant de rester digne, ce qui n'est pas évident quand on est affublée d'une cape en velours violette.

— Ça alors, vous étiez avec Blair Pfenning, non ?! Est-ce qu'il est là ? l'interrogea Dahlia.

— Il est à Los Angeles, répondit Carmen avec assurance, comme si elle connaissait son emploi du temps.

C'était un coup d'esbroufe ridicule… Qui cherchait-elle à impressionner, au juste ?

Oke se détendit. Bon. Elle sortait avec ce type. D'accord. Bien. Non pas qu'il soit intéressé par Dahlia, mais il aurait détesté blesser Carmen. Même s'il était bête de croire qu'elle pouvait s'intéresser à lui. Les femmes qui sortaient avec des hommes comme Blair et celles qui sortaient avec des hommes comme lui interagissaient rarement. Il devait étouffer ses sentiments, se dit-il avec force.

— Dahlia, viens avec moi, dit Bronagh. J'ai un cadeau pour toi.

— Ouah ! s'exclama avec joie la jeune femme, qui commençait à passer une excellente soirée.

Oke salua Carmen d'un signe de tête, puis, curieux de nature, les suivit. La jeune femme serra son verre contre elle, l'air de s'en moquer, puis balaya la salle des yeux. Aux invités au look alternatif se mêlaient de nombreuses Édimbourgeoises types : accomplies, glamours, aux tenues impeccables, sveltes, aisées. Ne pas voir Sofia parmi elles la surprenait presque : sa sœur s'intégrerait tout de suite dans cette petite boutique occulte au pied de Victoria Street, aussi surprenant soit-il.

— Qui sont toutes ces femmes ? murmura-t-elle à M. McCredie, en grande discussion avec un homme tout petit qui avait une très longue barbe et des lunettes à monture dorée.

— Oh, ce sont ces mères actives sophistiquées, toujours parfaites, jamais un cheveu qui dépasse, répondit-il en jetant un regard en coin. Bronagh m'a parlé d'elles. D'après elle, ce sont *toutes* des sorcières. Elles ne pourraient pas « tout avoir », sinon, apparemment.

Puis il retourna à sa conversation, et Carmen fronça les sourcils. Quel étrange discours. Mais cela expliquerait beaucoup de choses, si c'était vrai.

Tout à coup, une imposante silhouette surgit devant elle, chancelant sur des chaussures minuscules.

— Mademoiselle Hogan.

Carmen sursauta.

C'était impossible.

Et pourtant. Mme Marsh était là, une robe bordeaux tirée sur son impressionnante poitrine, si singulière.

Je *savais* que c'était une sorcière : ce fut la première pensée de Carmen. Puis elle ressentit une envie irrésistible d'appeler Idra.

— Madame Marsh. Je ne savais pas que vous faisiez partie du sabbat.

Mme Marsh fit la moue.

— Ces idioties. Pas du tout. Je travaille pour l'œuvre de bienfaisance de l'université, en bas de la rue. Je viens témoigner ma solidarité avec Victoria Street.

— Ouah ! On dirait que toute la rue s'implique, même quand elle n'en a pas envie, dit-elle en lançant un regard appuyé à M. McCredie.

Ce dernier le remarqua, puis, étonné, s'approcha d'elles, et Carmen dut le présenter, même si elle craignait que son ancienne patronne (terrifiante) ne contamine son nouveau (adorable). M. McCredie, gentleman en toutes circonstances, proposa aussitôt un verre à Mme Marsh.

Carmen ôta sa cape violette – un peu à contrecœur : elle était chaude et avait une jolie manière de rebondir quand elle marchait –, puis se dirigea vers la sortie. Elle n'était plus d'humeur à regarder les autres s'amuser tout à coup.

Dehors, la rue était plus calme, mais des gens étaient toujours en chemin pour les bars et les restaurants des rues en contrebas ; les boîtes de nuit deviendraient de plus en plus bruyantes à mesure que la soirée avancerait.

— Là, dit Bronagh en se matérialisant à ses côtés pour récupérer sa cape.

— Merci pour l'invitation. C'était bien de faire sortir M. McCredie.

— Oh, le pauvre homme. Le mauvais sang. Ce n'est jamais bon.

— Que voulez-vous dire ?

— Oh, ne faites pas attention à moi. Et n'oubliez pas ça, ajouta-t-elle en lui tendant une minuscule bouteille en verre, qui contenait un liquide transparent. Tamponnez-en un peu sur le pas de votre porte.

— Est-ce un philtre d'amour ?

— Oh ça non, vous n'en avez pas besoin. Non. C'est pour le lien qui unit deux sœurs ; l'un des plus forts. Forgé dans l'acier, dur comme le fer, facile à brûler, mais impossible à rompre. Rentrez bien !

— En fait, on s'entend plutôt… Merci, se reprit-elle en voyant la tête de Bronagh. Et joyeux solstice.

*

Elle sortit son téléphone, puis se fraya un chemin entre les badauds, se ratatinant pour se protéger du vent froid pendant qu'elle attendait de traverser Lothian Road. Elle croisait des gens heureux d'être de sortie : ils entraient en masse dans les théâtres, salles de concert et cinémas qui bordaient la rue ; accumulaient des cadeaux de Noël ; des bambins fixaient les illuminations, l'air émerveillé, les fillettes dans des robes à sequins, les garçons serrant des sachets de Maltesers, tout excités d'être dehors à la nuit tombée.

Elle se réfugia sous l'abribus du *Caledonian Hotel*, avec sa façade de grès rouge, où des taxis noirs faisaient la queue pour déverser leurs passagers : des dames élégantes en robe longue et des hommes en kilt, qui se rendaient manifestement à une soirée chic. Elle observa ces belles femmes, songeant à la théorie de M. McCredie, selon laquelle elles étaient toutes des sorcières, et secoua la tête. Puis elle pensa à Oke et Dahlia et ressentit une étrange tristesse. Il était juste… enfin. Il était différent des gens qu'elle rencontrait en général. Cela dit, depuis qu'elle avait emménagé à Édimbourg, tout le monde l'était.

Presque inconsciemment, elle se mit à faire défiler les textos qu'elle avait échangés avec Blair, même si elle savait que ce n'était pas très judicieux.

Elle compta les heures dans sa tête. Il était neuf heures du matin à Los Angeles. Il devait être en réunion. Il ne fallait pas qu'elle lui envoie de message.

Et puis elle se dit : Oh, et puis mince, qu'est-ce que j'ai à perdre ?

Elle tapa donc : « Laisse-moi deviner : ta nouvelle chambre d'hôtel est aussi un véritable enfer. »

Fermant les yeux, elle envoya son message, puis rangea son téléphone dans sa poche, hors de sa vue, se mettant presque au défi de ne plus le regarder.

Elle traversa Queensferry Street, puis s'engagea dans Alva Street, en direction de l'adorable petite maison et de ses magnifiques illuminations. Toutes les habitations des rues voisines étaient belles, elles aussi : nombre d'entre elles avaient des sapins assortis à leurs fenêtres, décorés de guirlandes lumineuses chaleureuses, comme si tous les résidents de la Nouvelle Ville avaient reçu un mémo à ce sujet. C'était sans doute le cas. Quand bien même, son cœur las se réchauffa en la voyant. Cette maison était si jolie et, même si Skylar était à l'intérieur, les petits y étaient aussi, et elle savait qu'elle serait heureuse de les retrouver, bien qu'elle en soit la première surprise.

Tandis qu'elle cherchait ses clés, son téléphone vibra. Elle sursauta, comme si elle avait reçu une décharge électrique. C'était impossible. Mais… mais…

Lentement, tel Charlie Bucket quand il déballe sa barre chocolatée dans la neige, elle sortit son téléphone de sa poche.

« Un enfer, ma belle. Un véritable enfer. »

Il avait joint une photo de palmiers qui dansaient devant un océan d'un bleu magnifique, le soleil brillant dans le ciel, des silhouettes bronzées courant au bord de la plage.

Ce fut plus fort qu'elle : elle entra, ôta ses chaussures, les rangea AVEC SOIN, comme aimait le lui rappeler Pippa, dénoua son écharpe et accrocha son manteau en souriant jusqu'aux oreilles.

Sofia était montée se coucher ; dans la cuisine, Skylar essayait d'apprendre une chanson sur la coriandre aux enfants. Pour une fois, Carmen se montra chaleureuse avec elle. Après tout, elle essayait juste de faire de son mieux. Ce n'était pas sa faute si Blair l'avait contactée, *elle*.

— Salut, Skylar !

Cette dernière releva les yeux, puis renifla.

— Oh là là, est-ce que tu as bu ? Je le sens d'ici. Sérieusement, l'alcool va détruire ton foie. Et ça vieillit, ça abîme la peau, n'est-ce pas, les enfants ?

Les petits la regardèrent.

— Oui, je crois, répondit Pippa, catégorique.

— Salut, les enfants, lança Carmen sans se laisser démonter. Devinez où j'étais ? À une fête de *sorcières* !

— Est-ce que tu en es une ? l'interrogea aussitôt Phoebe avec inquiétude.

— Eh bien, j'étais invitée à leur fête, répondit Carmen en leur montrant un *selfie* qu'elle avait pris dans sa grande cape violette.

— N'aie pas peur, l'avertit Pippa.

— Je n'ai PAS PEUR, répliqua Phoebe en attrapant le téléphone de sa tante.

— Super, merci, commenta Skylar.

— Ce n'était qu'un déguisement, je faisais semblant, précisa vite Carmen. Je ne suis pas une vraie sorcière. Il n'y avait pas de vraies sorcières.

— Mais les sorcières, c'est à Halloween ? s'étonna Phoebe.

— Je sais. C'est super, non ?

— Je déteste Halloween.

— C'est vrai, confirma Pippa. Elle a pleuré tout du long et elle a vomi tous ses bonbons.

— Je n'ai pas vomi TOUS mes bonbons.

— Je sais, répondit Pippa. Après, tu t'es remise à en manger, alors qu'on t'avait dit de ne pas le faire.

Sur ce, Phoebe donna un coup à sa sœur, qui grimaça.

— Sers-toi plutôt des mots comme armes, Phoebe, intervint Skylar en fusillant Carmen du regard.

Carmen s'assit en face de sa nièce furieuse.

— Tu sais ce que ça prouve ? lui dit-elle. Ça prouve juste que tu as une imagination débordante.

La petite fit une grimace, dubitative.

— C'est vrai. Imaginer des choses et s'inquiéter, être capable de créer quelque chose dans ta tête qui est si effrayant que tu te fais peur à toi-même… c'est super d'en être capable. Tu sais, des tas de gens n'éprouvent pas ce genre d'émotions : la peur, la tristesse, l'inquiétude. Ils ne ressentent rien de tout ça.

— C'est vrai, abonda Skylar. Si tu as de bonnes pratiques de vie, tu peux faire disparaître toutes ces choses, poursuivit-elle avec un sourire béat. Et atteindre un niveau de conscience supérieur.

Carmen fronça les sourcils.

— Ce n'est pas du tout ce que je veux dire. S'il t'arrive d'avoir peur ou d'être triste et que tu exprimes ces sentiments, ça veut dire que tu ressentiras aussi les sentiments inverses. La joie, le bonheur, l'excitation. Toute la gamme des émotions. D'un bout à l'autre. C'est la vie.

La fillette la dévisagea.

— Oui, grâce à la méditation et au yoga, tu peux poncer les aspérités de ton caractère, se hâta d'ajouter Skylar.

Carmen ne put se retenir. Elle la prit à partie.

— Pourquoi ?

— Comment ça, pourquoi ? Parce que ça rend la vie meilleure.

— Vraiment ?

La nounou agita sa longue chevelure brillante dans son dos.

— Pourquoi, tu trouves que ta façon de faire est mieux, peut-être ? lança-t-elle, un rictus moqueur se dessinant sur son joli visage.

Cette hostilité sembla inquiéter les enfants, aussi Carmen se leva-t-elle, prête à quitter la pièce, son cœur battant la chamade.

— Je ne sais pas, répondit-elle, avant d'ajouter, ce qu'elle n'aurait jamais fait si elle n'avait pas été fatiguée, jalouse et n'avait pas eu tendance à parler sans réfléchir quand elle était déçue (et qu'elle allait très vite regretter, beaucoup) : Oh, au fait, Blair te passe le bonjour.

— Vraiment ? répondit Skylar, mielleuse. Parce que je viens de l'avoir au téléphone, justement, et il ne m'a pas du tout parlé de toi ! *Bye !*

Chapitre 26

Le rêve revint, toujours le même, s'insinuant insidieusement en elle : le train, la femme, le tunnel, le cri.

Elle s'assit brusquement dans son lit, puis attendit que sa respiration ralentisse. Elle n'était plus capable de se rendormir à présent.

Abattue, elle attrapa son téléphone, même si elle savait que ce n'était pas bon pour elle. *Pff* – Skylar était si jolie, si parfaite, si suffisante, à tout bout de champ, mais elle ne pouvait même pas s'en plaindre auprès de Sofia. En réalité, si elle le faisait, elle n'était pas certaine que sa sœur ne lui préférerait la nounou.

Mais elle ne voulait pas partir, rentrer chez elle. Elle aimait son travail, réalisa-t-elle. Elle était douée. La librairie marchait bien, était magnifique. Et elle aimait les enfants. Beaucoup. Mais qu'avait-elle d'autre ? Après Noël, quand tout serait fini ?

Elle serra son téléphone, tel un nounours ou une couverture de survie. Au moins, Blair lui procurait un peu d'excitation, songea-t-elle.

« Mets un T-shirt ou tu vas cramer », tapa-t-elle.

« Je suis naturellement bronzé », répondit-il.

Elle sourit toute seule.

« Espèce de gros menteur. Je parie que tu as ta propre tente et tout et tout. »

« Pourquoi es-tu la seule personne au monde qui ne me trouve pas génial ? À LA, tout le monde me trouve EXTRAORDINAIRE. »

« 🤢🤢🤢🤮 »

« C'est pourtant vrai. »

« Non, c'est faux. C'est juste du baratin hollywoodien. »

« Et COMMENT tu pourrais savoir ça ? Es-tu déjà sortie de cette ville minuscule où tu vis, au moins ?

« L'une des plus belles et des plus anciennes villes de l'Histoire, tu veux dire ? Ou tu parles de Billericay, ta ville natale ? »

« Tu as lu mon livre ! »

« Oh, non. Juste le résumé. »

« Envoie-moi une photo. Je me sens seul. »

Elle lui envoya une photo du nounours qu'un des enfants avait laissé au bout de son lit. Il portait un uniforme d'infirmière.

« Sexy. »

« Merci. »

« Tu devrais sans doute te raser. »

« Sexiste. »

« Ce n'était pas les fesses auxquelles je pensais. »

Elle sourit, étreignant son téléphone dans ses mains froides.

« Allez, envoie-moi une vraie photo. »

Carmen fronça les sourcils. Non. Sûr et certain… non. Elle y réfléchit. Le bon angle, une jolie lumière. Non.

« Je crois que tu t'es trompé de chambre. »
« 🙄 »
« Allez… »
Elle retira son pantalon à l'ours en peluche, envoya une photo de ses fesses, éteignit son téléphone puis, à sa grande surprise, se rendormit.

Chapitre 27

Ce week-end-là, elle redoubla de gentillesse, afin que Sofia ne suspecte pas qu'elle s'était disputée avec Skylar.

— Je devrais peut-être emmener les enfants en excursion de Noël, non ? demanda-t-elle, comme les intéressés étaient encore à l'étage.

— Ooh, oui, bonne idée, répondit Sofia. Il y a une jolie promenade illuminée au jardin botanique royal : ils peuvent tout apprendre sur les plantes.

— Je pensais plus au Noël d'Édimbourg…

La pièce sembla se figer. Même la radio, qui passait une chanson de Mariah Carey, parut diminuer et se taire. Sofia et Skylar échangèrent un regard horrifié.

Le Noël d'Édimbourg était une immense fête foraine qui occupait tous les jardins de Princes Street dans le centre-ville, mais aussi St Andrew's Square, George Street, Castle Street… Ses tentacules semblaient s'étendre à l'infini. Les habitants se plaignaient à grands cris qu'elle était trop bruyante, trop grande, trop chère, trop populaire. Ce qu'ils voulaient dire, en réalité, soupçonnait Carmen (qui aimait bien voir les lumières clignotantes, sentir le popcorn, la barbe à papa, et entendre les cris quand elle rentrait du travail, le soir), était trop *vulgaire*.

Pendant une seconde, il ne se passa rien, et Sofia et Skylar poussèrent un soupir de soulagement. Puis des bruits de pas retentirent dans les escaliers.

— Incroyable, commenta Sofia. Quand je leur hurle qu'il est l'heure de mettre leurs chaussures, ils ne m'entendent jamais.

— EST-CE QU'ON VA AU NOËL D'ÉDIMBOURG ?

Jack avait l'air joyeux, tout excité ; Phoebe, méfiante, comme s'il s'agissait d'une farce qui ne pourrait jamais se produire. Pippa, quelques pas derrière eux, faisait semblant d'être au-dessus de tout cela et de ne descendre que pour les surveiller.

— Trop tard, dit Sofia en levant les yeux au ciel.

— Qu'est-ce qui est trop tard ? l'interrogea Carmen.

— S'il te plaît, tata Carmen ! S'il te plaît ! Emmène-nous, s'il te plaît ! Est-ce que tu vas nous emmener ?

— Combien d'argent as-tu ? lui demanda Sofia.

— Quoi, moi ? répondit Carmen, blessée. Assez.

Sofia secoua la tête.

— Non, je t'assure.

— On paiera ! Avec notre argent de poche !

Les enfants la suppliaient carrément à présent. Jack semblait sur le point de se jeter par terre.

— S'IL TE PLAÎT, emmène-moi, juste moi, l'implora Phoebe en désespoir de cause. Sinon, Skylar va me forcer à boire CE TRUC.

La jeune femme, qui préparait un jus de légumes, lui adressa un sourire béat.

— Parce que je veux le meilleur pour toi, répondit-elle.

— Tu devrais en boire, Phoebe, lui conseilla Pippa. C'est très bon pour la santé.

— S'il te plaît, répéta Phoebe.

— Mais pourquoi elle aurait le droit d'y aller, et pas moi ? lança Jack avec véhémence. Ce ne serait pas juste ! Pas juste !

Pippa fit la moue.

— Évidemment, maman, moi aussi, je trouve que ce n'est pas bien, mais, s'ils y vont, je devrais sans doute y aller aussi pour m'assurer que Phoebe ne fait pas de manèges trop effrayants pour elle.

— Ils ne sont pas trop effrayants pour moi !

— Et qu'elle ne mange pas trop de barbe à papa.

— Il y a de la barbe à papa ?! s'émerveilla Jack.

— Ce truc vous tuera, se hâta de les prévenir Skylar.

— Mais non ! la contredit Carmen. Franchement, sœurette, ça ne peut pas leur faire de mal, si ?

— J'enverrai Skylar vous chercher à dix-sept heures.

— ON PEUT Y ALLER ?!

Les enfants avaient les yeux écarquillés.

— Un petit moment, puisque votre tante propose de vous emmener.

— Après, vous avez votre répétition pour le concert de l'école, ajouta Skylar.

Ils poussèrent un grognement collectif.

— Ça ne sert pas à grand-chose que Phoebe y aille, alors ! ricana Jack, et sa sœur lui aurait bien donné un coup de pied, mais elle avait trop peur que Carmen ne change d'avis.

*

C'était bruyant. Très bruyant. De chaque attraction sortait une musique hurlante, cacophonique, et tous les stands de vin chaud, ainsi que les nombreux bars, proposaient de la musique live. On trouvait aussi des vendeurs de beignets, de barbe à papa et de fudge, et tous les manèges faisaient peur. Phoebe refusa catégoriquement de monter dans le petit train, qui avait pourtant plu à Carmen, parce qu'il était pour les bébés. Sa tante finit donc par l'accompagner sur un autre manège, qui s'avéra terrorisant : après avoir démarré plutôt mollement, il se mit à tourner à toute vitesse, perpendiculairement au sol, et la fillette blêmit de terreur, les larmes inondant ses joues. Puis elle piqua une énorme crise quand Carmen chercha à gagner du temps au stand de tir (tout coûtait affreusement cher, en effet), et une grosse dispute éclata dans la grande roue pour savoir qui faisait bouger la nacelle.

Ce qui était bien dommage, car là-haut, près du sommet noirâtre du Scott Monument, en s'élevant lentement de plus en plus haut dans les airs, Carmen sentit son cœur s'alléger. La ville, sombre, fascinante, pleine de lumières, de gens et de mouvement, s'étalait à leurs pieds avec les illuminations de la fête foraine ; devant eux, le grand sapin de Noël scintillait sur le Mound, et les étoiles luisaient dans le ciel, tout près ; le froid était mordant, et l'esprit de Noël, de plus en plus palpable – plus que deux semaines : les enfants, qui comptaient les secondes, la tenaient informée tous les jours.

C'était exaltant. Du moins, jusqu'à ce que Phoebe laisse échapper l'un de ses gants à travers le garde-corps étroit et essaie presque de le rattraper. Carmen dut lui hurler dessus, ce qui n'était encore jamais arrivé, et la fillette piqua une autre crise, que Carmen, une fois de retour au sol, essaya de faire passer avec des chocolats chauds hors de prix, pour lesquels il fallait payer un supplément si on voulait de la crème fouettée et des Chamallows. Puis Phoebe renversa le sien, disant que c'était la faute de Jack, et Carmen finit par comprendre où Sofia voulait en venir.

— Allez, les encouragea-t-elle. On va au labyrinthe de sapins de Noël !

Elle nettoya bien le visage de Phoebe.

— Ça va aller, lui dit-elle. Prends mon gant.

La fillette s'exécuta avec courage, en reniflant, puis s'essuya le nez avec. Il faisait vraiment un froid mordant ; Carmen enfonça vite la main dans sa poche, puis, pour se requinquer, but une bonne gorgée du vin chaud pas donné qu'elle avait posé sur un muret.

— Allez ! On y va ! Attrapez tous ma main, mon manteau, ou ce que vous voulez.

— HORS DE QUESTION ! rétorqua Jack, qui venait d'apercevoir un de ses copains dans la foule et le saluait de la tête, fier comme un coq.

— D'accord, mais ne te perds pas.

— Je crois que se perdre, c'est ce qu'on est censé faire dans un labyrinthe, fit remarquer Pippa.

— C'est vrai, concéda Carmen avec un sourire. Tu auras un bon point.

*

Oke rentrait chez lui (il devait traverser la fête foraine tous les jours pour rejoindre l'escalier du Mound et la résidence universitaire), quand il la vit.

Accroupie, elle enfilait un gant à une enfant, tout en essayant d'empêcher un autre de s'enfuir et en rigolant avec une troisième. Elle avait les joues roses, les yeux brillants. Il poussa un soupir. Elle était ravissante.

— ALLEZ ! tata Carmen, entendit-il dire la plus petite d'une voix pressante.

Elle se redressa, levant les yeux au ciel, mais avec un sourire enthousiaste qu'il trouva charmant.

— Bonjour, dit-il, et elle fit volte-face, stupéfaite.

— Oh ! Bonjour, répondit-elle, ne s'attendant pas à le voir là. Comment vas-tu ? Qu'est-ce que tu fais là ? Il n'y a presque pas d'arbres.

— Je rentre chez moi.

— Bien sûr.

Son regard se porta sur les beaux bâtiments universitaires en pierres grises qui dominaient la ville.

— Un instant, j'ai cru que tu t'étais mis à fond dans l'ambiance des fêtes.

— TATA CARMEN, ALLEZ !

Les enfants entrèrent en trombe dans le labyrinthe.

Carmen regarda Oke.

Il paraissait grand, détendu, dans la lumière froide et grise. Pour seul bijou, il avait un bracelet de perles grises autour du poignet ; il ne portait même pas de montre. Il avait dégoté un vieux pull-over quelque part (dans un magasin de seconde main, sans doute), un peu large, mais de bonne qualité, et il lui allait bien. Il avait aussi réussi à se procurer une longue écharpe qui lui descendait jusqu'à la taille.

Il sortait du lot, au milieu de la foule, songea-t-elle ; attirait les regards, des femmes surtout, avec sa grande silhouette élancée et son visage songeur, tandis qu'il observait les gens agglutinés autour de lui, avec leur doudoune colorée, leur bonnet à pompon sur la tête, leur mine réjouie, des enfants excités comme des puces courant en tous sens. Devant lui, derrière le petit train, se dressait la paroi de la falaise d'Édimbourg. Sur sa gauche, des chaises volantes, qui montaient haut dans le ciel, aussi haut que le Scott Monument, se mettaient à tourner toutes les trente secondes, et les hurlements retentissaient, avec la régularité d'un métronome, avant qu'elles ne redescendent. Les lumières des attractions clignotaient derrière lui.

— Est-ce que tu veux nous accompagner dans le labyrinthe de sapins ? lui proposa-t-elle en montrant les tickets. Si ce n'est pas… interdit ou un truc du genre.

— Ce n'est pas interdit, répondit-il avec un sourire. C'est presque de la recherche, en réalité.

*

À l'intérieur, le labyrinthe de sapins était très agréable. Les bruits et les lumières des autres attractions de l'immense fête foraine s'évanouirent. Les enfants avaient attrapé les petites cartes qu'ils devaient faire tamponner pour remporter un lot, puis avaient disparu dans les longues rangées de sapins de Noël d'un vert profond, saupoudrés de neige et décorés de guirlandes lumineuses.

— Alors, parle-moi des sapins.

Oke sourit.

— La tradition remonte aux Romains, qui décoraient leurs maisons avec des branches de conifères. Pour les Saturnales. Mi-décembre.

— Avant Noël.

— Avant Noël, oui. Beaucoup de choses changent au fil des ans.

— Ça alors ! Bronagh a souvent raison.

— Ils sont antérieurs aux dinosaures.

— *Vraiment ?* Ouah. Combien de temps vivent-ils ?

— Cinq cents ans en moyenne, répondit-il avec un haussement d'épaules. Mais ils peuvent vivre jusqu'à mille ans.

Carmen le dévisagea.

— Et on les coupe pour les mettre dans des pots, regretta-t-elle en secouant la tête.

— TATA CARMEN ! Phoebe a pris ma carte ! fulmina Jack.

— C'est pas vrai ! Elle est restée coincée !

Ils entendirent la fillette, sans la voir.

— ET MAINTENANT, JE SUIS PERDUE !

Carmen calma son neveu.

— Est-ce que tu pourrais aller la chercher, s'il te plaît ? Et tamponner sa carte, à elle aussi ?

— Mais pourquoi ? Elle fait toujours des histoires.

— Parce qu'elle est toute petite et que tu es très intelligent.

Jack y réfléchit une seconde.

— Vraiment ? finit-il par dire, avant de jeter un coup d'œil à Oke. Salut, lui dit-il, sans aucune curiosité.

— Salut, mon pote, répondit Oke. J'ai des sœurs, moi aussi.

Ils échangèrent un regard, l'air de se comprendre, puis Jack opina du chef et retourna en courant dans le labyrinthe.

— Phoebe ! Continue de crier et je te trouverai.

En réponse, sa sœur poussa un cri strident, proche du miaulement d'un chat ou du sifflet d'une alarme incendie.

— C'est un gentil garçon, commenta Oke.

— C'est vrai ! Ils sont géniaux.

Elle l'observa, tandis qu'ils continuaient de progresser dans le labyrinthe, qui paraissait sans fin, tournant peut-être en rond.

— Comment en es-tu arrivé à t'intéresser aux arbres ?

Il haussa les épaules.

— J'ai toujours… j'ai toujours trouvé ça incroyable. Qu'on puisse semer des graines et les voir pousser… Où je vis, il y a beaucoup d'arbres. Ils se parlent.

— Quoi ? lança-t-elle d'un air méfiant, comme ils évitaient un groupe d'adolescents un peu ivres qui se criaient dessus. Qu'est-ce qu'ils se disent ? « Jolies feuilles » ?

— Parfois, oui. Ils se préviennent des maladies.

— Ça ne peut pas être vrai.

— Bien sûr que si. Ils partagent l'eau. Ils peuvent même détourner l'eau pour la transmettre à un autre, s'ils en ont trop en réserve.

— *Vraiment* ?

— Oui. Ils communiquent de façon étonnante.

— En bruissant ?

— Ça ressemble plus à un gargouillis. S'ils ont soif. Comme quand on essaie d'aspirer les dernières gouttes dans une paille.

— Et pourquoi personne n'en parle ? C'est incroyable.

— Eh bien, les dendrologues en parlent. Pendant des années, cette théorie a été considérée comme parfaitement ridicule. Puis des études ont été publiées et l'ont prouvée.

— Ça alors !

Elle regarda les arbres qui se dressaient au-dessus d'eux dans le labyrinthe.

— Bon sang. Est-ce que ça veut dire qu'on ne devrait pas les couper pour en faire des sapins de Noël ? Est-ce qu'ils *crient* ?

— Euh, est-ce que tu voudrais un de ces trucs collants tout roses ? lui demanda-t-il pour détourner son attention. Ça a l'air populaire.

Il désigna un stand de barbe à papa à l'entrée du labyrinthe.

— C'est servi sur un bâton ! s'exclama-t-elle.

— Pas grave.

Heureusement, Pippa arriva au même moment pour leur annoncer qu'elle avait rempli toute sa carte, récupéré son lot (une petite barre chocolatée) et qu'ils pouvaient partir, parce que Skylar venait les chercher et ne pourrait pas s'arrêter à cause des méchantes pervenches.

— D'accord, répondit sa tante.

Ils échappèrent de peu à une grosse comédie quand Jack et Phoebe apparurent à leur tour avec deux petites barres chocolatées, mais Carmen déposa les enfants au lieu de rendez-vous, sous l'imposant bâtiment de la Banque d'Écosse, à l'heure convenue, ne pouvant s'empêcher d'éprouver un sentiment de satisfaction.

— Oh, super, du chocolat dans la voiture, lança aussitôt Skylar. Oui, c'est une idée géniale.

Puis elle aperçut Oke derrière Carmen, et son visage se transforma.

— Dr Oke ! s'exclama-t-elle avec un grand sourire. Ouah ! C'est étonnant de vous voir là ? J'ai adoré votre cours sur le symbolisme du bouleau dans l'art.

— Euh, merci, répondit-il avec modestie.

— Allez, en route ! poursuivit-elle. Je suis sûre que vous serez tous géniaux au concert ?

Le visage de Phoebe s'assombrit aussitôt.

— Bon, au revoir, alors, dit Carmen.

— Merci, tata Carmen, répondit Pippa et, pour une fois, les deux autres l'imitèrent sans se plaindre.

— Merci, tata Carmen !

*

Sans en discuter, Carmen et Oke continuèrent à marcher et se retrouvèrent dans un coin plus calme de la fête foraine, loin des hurlements. Des petits chalets vendaient toutes sortes de bibelots.

— Je devrais leur acheter des cadeaux ici, confia Carmen. Le truc, c'est que ma sœur aime qu'ils aient de jolis jouets en bois…

En effet, le charmant petit stand allemand devant lequel ils se trouvaient vendait des voitures à tirer, des abeilles, des avions en bois. Ils étaient craquants.

— … mais je pense qu'ils préféreraient des jouets en plastique qui vibrent et font beaucoup de bruit. Mais ça ennuierait ma sœur.

— Au moins, je n'ai pas à penser aux cadeaux. C'est peut-être mieux, répondit-il avec un sourire.

— Mais ça ne ferait plaisir à personne dans ta famille d'avoir ce genre de choses ? répondit-elle en prenant un avion miniature mignon tout plein.

— Mes deux sœurs ont des garçons. Mais non, je ne suis pas certain que ce soit raisonnable. Pas à Noël.

— Et si un gentil tonton leur envoyait un cadeau avec amour, de très loin, et qu'il arrivait juste au bon moment ? Serait-ce si terrible ?

Il considéra le stand. Il y avait aussi un petit train à tirer, avec plusieurs wagons. Il était adorable.

— Eh bien…

— J'en vends trois pour le prix d'un, leur apprit le sympathique Allemand qui tenait le stand.

Il y avait aussi une étoile en bois, dont Oke ne pouvait s'empêcher de penser qu'elle irait très bien chez sa sœur.

— Eh bien…

Il commençait à flancher.

— Allez ! C'est la loi ! C'est Noël ! On dépense de l'argent dans des trucs ! C'est une tradition culturelle très importante, ici. Tu dois t'y plier. Juste pour cette fois.

Il lui sourit, puis sortit son portefeuille et acheta huit petits trains et trois étoiles.

— *Ouah !* Oh là là, je suis désolée. Je n'avais pas compris qu'elles avaient autant d'enfants.

Une femme qui sembla familière à Carmen sortit du chalet. Elle s'approcha pour s'entretenir en allemand avec le vendeur. Puis elle se tourna vers eux.

— Vous en avez acheté tellement ! Tenez, cadeau de la maison.

Elle tendit à Oke une petite voiture rétro, qu'il prit en la remerciant et la donna aussitôt à Carmen.

— Ooh, je vais pouvoir la mettre dans la vitrine du magasin, avec une souris dedans !

Oke sourit, et la dame se pencha en avant.

— Oui ! Vous travaillez à la librairie, dit-elle, et Carmen la reconnut : c'était la dame qui était venue voir M. McCredie. Lui avez-vous donné ma carte ? Il ne m'a pas appelée.

Elle allait droit au but.

— Euh, oui, je l'ai fait. Je suis désolée. Il n'a pas… Est-ce que je peux vous demander de quoi il s'agit ?

— En vidant un grenier, nous avons découvert des lettres. L'adresse de l'expéditeur… eh bien, c'est ici. J'aimerais lui parler. Beaucoup.

Elle expliqua en vitesse quelque chose au monsieur, en allemand. Il parut surpris, mais continua à emballer les jouets.

— Nous sommes ici jusqu'à Noël, puis, *zou*, nous partons. Donc. S'il vous plaît. S'il n'a pas envie de téléphoner, nous sommes ici. Tous les jours. Attendez !

Elle retourna dans le petit chalet pour ressortir avec une autre minuscule forme en bois, délicatement sculptée : un cercle divisé par une croix, lisse, intemporel.

— Donnez-lui, s'il vous plaît. Pour son arbre. Avec tous nos vœux.

— Merci, répondit Carmen, surprise.

Chargés de paquets, ils laissèrent le bruit et la cacophonie de la fête foraine derrière eux. Elle expliqua la situation à Oke.

— De quoi s'agit-il, à ton avis ?

— Ça alors, je n'en ai aucune idée. Je n'imagine pas M. McCredie ayant eu des enfants cachés ou quelque chose du genre. Je pense qu'il n'a jamais quitté la maison dans laquelle il est né. Il préfère les livres aux gens. Je lui en parlerai. Et toi, est-ce que tu préfères les arbres aux gens ?

— Certains. Avec les arbres, on sait à quoi s'attendre. Sauf avec les ormes. Ce sont de vrais fumiers.

— Comment ça ? lança Carmen, étonnée de l'entendre jurer.

— Oh, on a beau tout essayer, ils meurent. Salut, l'orme, comment ça va ?… BOUM !

Il mima l'arbre en train de tomber, ce qui la fit rire.

— Tu ressembles à un arbre. Tu as bien choisi ton métier.

— À cause de mes bras et de mes jambes qui ressemblent à des brindilles ? Je sais, répondit-il sans se démonter. On me le dit tout le temps.

— C'est mieux qu'être un… spécialiste des cactus.

— C'est vrai.

— Ou des bonsaïs.

Il lui fit un grand sourire.

— Ooh, les bonsaïs, c'est complètement différent.

Ils s'étaient éloignés de la rue principale pour se diriger vers les marches de la National Gallery, mais les cris de la fête résonnaient encore dans leurs oreilles.

— Bon, j'ai cédé au consumérisme et j'ai vu quelqu'un vomir en sortant du manège Waltzer, dit Oke. Est-ce que ça suffira ?

Carmen opina du chef, même si, tout à coup, elle n'avait plus envie de le quitter. Elle se sentait… bien avec lui, c'était facile. Mais il devait peut-être aller retrouver Dahlia. Il se dirigea vers les marches.

— Est-ce que tu veux poursuivre dans l'esprit de Noël ? lui proposa-t-il. Je crois que je commence à comprendre.

Chapitre 28

Elle eut du mal à le suivre, avec ses grandes foulées, tandis qu'il fendait la foule amassée devant les petits chalets qui vendaient des fées sculptées, du fudge, de la barbe à papa, des ours en peluche, du vin et du chocolat chaud, puis s'efforça de ne pas paraître essoufflée en gravissant les marches escarpées du Mound.

Une fois en haut, Oke se tourna pour contempler les lumières vives du marché de Noël en contrebas, qui s'étalait à leurs pieds, tel un magnifique tapis scintillant, sans les cris et les enfants sur le point de vomir.

— Les gens essaient simplement d'être heureux, dit-elle.

— Je le comprends, mais je ne suis pas certain que ce soit le meilleur moyen d'y arriver.

— C'est quoi, le bonheur, pour toi ?

— Une conséquence indirecte de l'utilité, répondit-il du tac au tac.

Elle le regarda.

— Quoi ? Comment ça ?

Il la regarda lui aussi, surpris.

— En fait, si tu agis bien et que tu te rends utile, ça te rend heureux.

— Et les vacances ? Ce n'est pas utile.

— Si tu as travaillé dur toute l'année et que tu as besoin de repos, ça te rend heureux. Si ta famille est riche et que ta vie ressemble à d'éternelles vacances, je ne crois pas que cela te rende très heureux.

Immanquablement, Carmen pensa à Blair, qui se plaignait de sa chambre d'hôtel, et à ce qu'il avait dit à propos de la chanson *I Wish It Could Be Christmas Every Day*.

— Tu n'es pas très gai. Et quand on fait un câlin à un chiot, alors ?

— Si tu comptes élever ce chiot et être là pour lui à chaque seconde, t'occuper de lui et satisfaire ses besoins, alors, bien sûr, ça rend heureux. Mais ça demande aussi du travail.

— Je pensais que tu allais me répondre que le bonheur, c'était un chocolat chaud, dit Carmen, regrettant un peu qu'ils soient passés devant le stand un peu plus tôt.

— As-tu envie d'un chocolat chaud ?

— Je ne sais pas. Je crois que oui, j'adore l'odeur, alors j'en prends un, mais il est trop gros, et j'en renverse, et ça me donne la nausée.

Il sourit.

— Contente-toi d'être utile. Est-ce que la librairie te rend heureuse ?

Ne sois pas bête, c'est un travail, s'apprêta-t-elle à répondre. Puis elle se remémora la journée de la veille, quand un tout-petit était entré, quelques pièces collantes serrées dans sa main : il s'était approché d'un pas décidé, surveillé de près par son père, et avait demandé d'une voix forte un exemplaire de *L'Enfant contre la nuit*. Quand Carmen lui avait proposé un paquet-cadeau, il avait secoué la tête avec fermeté, car il était évident qu'il comptait lire son livre à la seconde où il sortirait du magasin. Le comprenant, Carmen avait compté ses pièces avec soin, avant de lui dire de savourer sa lecture.

— Hum, répondit-elle.

— Chut ! fit-il comme ils montaient sans bruit les marches accolées à l'église du New College. Est-ce que tu entends ?

En tendant bien l'oreille, elle perçut quelque chose.

— Ils répètent. Pour le grand concert très chic au château, pour lequel personne ne peut avoir de billets. Mais pourquoi aurait-on besoin de billets ?

Il la regarda, un sourire aux lèvres.

— Viens avec moi.

Une petite porte latérale, qui passait inaperçue si on ne la cherchait pas, jouxtait les marches. Après avoir jeté un coup d'œil à droite et à gauche pour s'assurer qu'il n'y avait personne (même si peu de gens s'aventuraient si près, puisque cette porte noire toute simple semblait donner sur un lieu privé), Oke l'ouvrit.

À l'intérieur régnait l'obscurité la plus complète. Carmen n'arrêtait pas de pouffer, mais il la fit taire, et ils se retrouvèrent dans une sorte de coulisse. Cela ressemblait plus à un théâtre qu'à une église : ils étaient dans la salle de l'Assemblée générale de l'Église d'Écosse.

Elle entendait mieux à présent, mais le son était comme assourdi, étouffé par les tentures accrochées aux murs dans le couloir sombre. Cela ne ressemblait pas au chant d'un chœur, mais à celui d'un seul être qui aurait plusieurs gorges.

« Que puis-je Lui donner, Pauvre comme je le suis[1]… ? »

Ils se faufilèrent jusqu'à un petit rai de lumière dans le mur et purent regarder à travers la fente entre les tentures.

De jeunes choristes en soutane rouge et blanc, ainsi que des hommes plus âgés vêtus de noir, chantaient. Sur le côté, quelques femmes étaient habillées comme des serveuses, en jupe noire et chemisier blanc. Les hommes étaient assurément plus glamours, songea Carmen.

Le chef de chœur portait des lunettes noires et avait des cheveux gris ondulés. Concentré sur un énorme livre devant lui, sur lequel étaient densément imprimées des lignes de musique, il faisait parfois un geste dans une direction ou une autre, montrait du doigt le pianiste dans le coin, ou relevait les yeux pour des raisons qui échappaient à Carmen.

Alors qu'elle observait tout, Oke, réalisa-t-elle quand sa vision s'ajusta, n'en faisait rien. Il était debout, appuyé contre le mur, les yeux fermés. Il les rouvrit quand il se rendit compte qu'elle le regardait, puis, à sa grande surprise, sortit un thermos de son sac à dos. Il était plein de chocolat chaud.

— N'en bois pas trop, lui murmura-t-il. Tu risques de le renverser ou d'avoir la nausée.

Elle était si surprise qu'elle sourit de toutes ses dents.

---

1. Extrait du poème *In the Bleak Midwinter* de Christina Rossetti, généralement interprété comme chant de Noël. *(N.d.T.)*

— Ouah ! chuchota-t-elle, faisant taire la petite voix en elle qui se demandait si c'était Dahlia qui l'avait préparé.

— Chut, fit-il. Je veux entendre la musique. Le chef de chœur a une mauvaise audition.

Ils s'installèrent de l'autre côté du couloir, agrandissant un peu la fente dans le rideau, de façon à continuer à voir.

Mais ils n'avaient pas besoin de voir, pas vraiment. La salle était grande, circulaire, glaciale, et le son montait du sol pour emplir l'air, le couloir et tous les espaces entre eux.

Carmen n'assistait qu'à des concerts de pop d'habitude ; elle avait toujours supposé que les autres seraient un peu ennuyeux. Or, quand elle entendit la voix des hommes enfler dans l'obscurité (l'appel du bon roi Wenceslas : « Marque mes pas, mon bon page », en réponse à la complainte du page : « Sire, la nuit est plus sombre maintenant, et le vent souffle plus fort[1] »), elle sentit les poils sur ses bras se dresser.

Elle comprit pourquoi le chef de chœur regardait en l'air, avec un sursaut qui fit rire Oke, quand le chant *Hark ! The Herald Angels Sing* atteignit son point culminant et que – BOOM – le grand orgue retentit, comme venu du ciel.

Puis ils entonnèrent le dernier chant : leurs voix se firent si douces et pures que Carmen dut faire un effort pour entendre les paroles de *Scots Nativity*, que les mères fredonnaient à leurs bébés depuis des centaines

1. Extraits du chant de Noël anglais *Good King Wenceslas*. *(N.d.T.)*

d'années, chacun d'eux spécial, portant la promesse d'un amour renouvelé.

Contre toute attente, les larmes se mirent à rouler sur ses joues, alors même qu'elle voyait le chef de chœur consulter sa montre et les choristes soulever leur soutane pour révéler des baskets et des chaussettes dépareillées – des personnes on ne peut plus ordinaires, en dépit de leur voix éthérée. Ils s'éclipsèrent, au moment où le chef de chœur demandait d'un ton monotone d'arriver à l'heure aux répétitions et de cracher les chewing-gums, Carmen ne pouvant croire que ces messieurs grisonnants et ces petits garçons joufflus pleins de taches de rousseur venaient de produire un chant aussi splendide, aussi magnifique.

— Ça alors, dit-elle quand ils ressortirent dans le froid glacial. Ça alors. C'était magnifique… Mais ça m'a rendue heureuse et ça n'avait rien d'utile. Et, *en plus*, ça célébrait Noël, ajouta-t-elle en lui lançant un regard sévère.

Il haussa les épaules.

— Peut-être qu'un peu de dévotion, c'est utile ?

Le visage de Carmen s'assombrit. Oh non. Était-ce un bigot qui allait essayer de l'embrigader ?

— Je te voyais plus comme un scientifique un peu quaker sur les bords, grommela-t-elle.

— C'est ce que je suis.

— Mais tu crois en Dieu ?

Il haussa les épaules d'un air bon enfant.

— Demande à n'importe quel physicien : *quelque chose* nous regarde.

Carmen ne comprit pas sa réponse mais persévéra.

— Mais est-ce que tu crois… à la Bible, au bébé Jésus, tout ça ? Et ooh, je te pose la question et je sais que tu n'as pas le droit de mentir, ha ha !

Il cligna des yeux.

— Eh bien, je crois que si on devait croire en quelque chose qui nous dépasse, si on devait croire en quelque chose, je dirais qu'il n'est pas déraisonnable de penser qu'en touchant le visage d'un bébé, on touche le visage de Dieu. As-tu déjà vu un bébé dans une maison de retraite ? Ils sont vénérés. Ils deviennent divins.

— Hum.

— Donc, je comprends l'attrait. Mais je n'appartiens à une aucune Église, non. J'ai été élevé dans la stricte tradition quaker, dans un pays qui compte très peu de quakers, donc… on se serrait les coudes. Mais non.

— Tu es donc un faux quaker ? l'interrogea-t-elle avec un sourire.

— Si tu veux.

Un instant, sa voix se fit mélancolique.

— Même si je trouve souvent que la musique a…

— Quelque chose de divin ?

— Oui, on peut dire ça comme ça, oui, répondit-il, puis ils poursuivirent leur chemin en silence.

— Tu es une personne très étrange, reprit Carmen.

— Toutes les créatures de Dieu le sont, répondit-il, mais il la taquinait, elle le savait.

Il faisait un froid mordant à présent. Oke désigna une cour sur leur droite, en haut des escaliers qui menaient au Royal Mile.

— C'est là que je vis, l'informa-t-il.

— Je sais.

Elle lui sourit et, soudain, se surprit à se rapprocher de lui. La ruelle sombre était déserte. Il baissa les yeux, répugnant à faire le premier pas, mais elle tendit elle-même la main et prit l'une des siennes, dans un gant trop fin pour ce temps. Il plongea ses yeux verts dans les siens. Il n'y avait pas un bruit. Elle se rapprocha encore un peu, sous le ciel glacial d'Édimbourg, sous les murs gris de l'immeuble, des centaines d'années d'histoire autour d'eux, dans une ville vieille comme le monde ; elle inclina la tête…

Tout à coup, ils entendirent des bruits de pas précipités, puis de gros sanglots, et relevèrent tous deux les yeux.

C'était Dahlia, qui fixait Oke, le visage baigné de larmes.

— Oh. Est-ce que ça va ? l'interrogea-t-il en se dirigeant vers elle.

Carmen, pas certaine de ce qui se passait, l'aurait imité, si son téléphone ne s'était pas mis à hurler, la sonnerie se réverbérant sur les vieux murs de pierres grises ; une intruse, qui n'avait pas sa place ici.

Dahlia s'arrêta dans le passage qui débouchait dans la rue et appuya la tête contre le mur, comme pour inviter Oke à venir la réconforter. Il regarda Carmen, qui, la gorge serrée, lui fit signe d'y aller, avant de jeter un coup d'œil à son téléphone au cas où l'appel serait de Sofia.

Le numéro était privé. Elle décrocha.

— Cette *fichue* chambre d'hôtel ! lança Blair. Elle est trop grande. Bien trop grande. Je rentre à la maison, ma belle. Et je passe par cette ville glaciale où tu vis !

Elle expédia sa conversation téléphonique, puis se retourna pour dire quelque chose à Oke, mais il caressait le dos de Dahlia, pendant que la jeune femme s'épanchait. Oh non. Oh non, étaient-ils… ? Elle ne lui avait pas demandé. Elle ne lui avait pas demandé si c'était sa copine, alors qu'elle les avait vus ensemble à la fête de Bronagh. C'était sa faute. Elle s'était laissé emporter par l'instant, la musique. Il l'avait sans doute déjà emmenée là-bas… c'est comme cela qu'il avait su pour la répétition.

Au moment où il se retourna vers elle, elle garda son téléphone à son oreille, même s'il n'y avait plus personne au bout du fil.

— Super, lança-t-elle haut et fort, déchaînée, en voyant les têtes d'Oke et Dahlia tout près l'une de l'autre. À bientôt, *Blair*.

Et elle raccrocha, alors même qu'Oke la dévisageait, l'air blessé, confus, puis repartit d'un pas raide par là où elle était arrivée.

Chapitre 29

Carmen se fraya un chemin à travers la foule, complètement chamboulée, agacée par les cris.

Blair était ridicule. Cela ne faisait aucun doute. Mais il était… En dépit des bêtises qu'il débitait, elle sentait qu'il était drôle, cynique, et elle ne pouvait s'empêcher de le trouver séduisant. Oke était séduisant – cela ne faisait aucun doute –, mais Blair était un homme du monde, il avait voyagé partout, rencontré des tas de gens, il était *célèbre*… et il continuait de lui envoyer des textos. Elle ne pouvait le nier, elle trouvait cela flatteur, attirant, et elle se rappelait sa main froide sur sa taille…

Oke était gentil. Vraiment gentil. Mais il voyait quelqu'un d'autre, de toute façon ; il avait juste pour habitude de séduire les vendeuses sur son passage.

Oh, mais il lui avait plu. Beaucoup. Mais il était avec une autre. L'histoire de sa vie.

Blair, lui… il avait ce que tout le monde avait, par ici. De l'argent, une carrière, il savait ce qu'il faisait et où il allait. Certes, c'était un idiot, mais… bon sang, ce serait chouette d'y goûter un peu. Alors que tous les autres (elle recevait toujours des messages très enjoués d'Idra) semblaient avoir leur vie en main, sauf elle, cette pauvre Carmen. Il n'y avait pas de mal à vouloir la même chose, si ?

Elle poussa un soupir. Noël commençait à lui taper sur les nerfs, elle le sentait. L'attrait magique de cette ville, le tourbillonnement des flocons la rendaient – *argh* – complètement folle. Elle avait failli embrasser un quasi-inconnu.

En même temps.

Son téléphone n'arrêtait pas de biper.

Un instant, elle s'autorisa à imaginer à quoi ressemblerait sa vie : le soleil entrant à flots par la fenêtre de la chambre d'hôtel, les draps blancs fraîchement lavés, la coupe de fruits. Elle ne savait pas exactement ce que contenait une coupe de fruits, mais le nom lui donnait envie.

À quoi ressemblerait sa vie, si elle était la petite amie de Blair ? Il vivait à Londres mais se rendait à Los Angeles pour le travail ; elle sentirait peut-être le soleil sur son visage, elle serait dans ses bras, et il lui demanderait ce qu'elle aimerait faire ce jour-là – d'abord un tour à la piscine ou une promenade sur la plage, main dans la main ? Une balade en roller, peut-être ? Elle traversa la route en direction des lumières du *Caledonian Hotel*, fronçant les sourcils : elle n'avait pas du tout envie de faire du roller. Ce fantasme était devenu incontrôlable.

« Salut, bébé, comment ça va ? Est-ce que tu es sous la douche ? »

« Non, je suis sous la neige », tapa-t-elle en réponse. « Ce n'est pas tout à fait pareil. »

« Hé, donne-moi ton e-mail. J'ai quelque chose pour toi. »

Carmen s'exécuta, une petite part d'elle songeant malgré elle : Oh là là, et si c'étaient des billets d'avion pour son prochain voyage à Los Angeles ?

*

L'e-mail finit par arriver le lendemain matin.

Quand elle reçut la notification sur son téléphone, elle balaya des yeux la boutique bondée. C'était drôle : un mois plus tôt, elle aurait dit que tout ce qu'elle souhaitait, c'était qu'un bel homme, riche et célèbre, l'emmène en escapade au soleil. Mais, à présent, en regardant autour d'elle, elle se surprit à penser, eh bien, qu'elle ne pouvait pas laisser la librairie en plan si peu de temps avant Noël. M. McCredie était en train d'essayer de servir une dame qui voulait faire empaqueter plusieurs beaux guides sur Édimbourg : il avait réussi à se coller un bout de Scotch dans la barbe. Elle alla d'abord l'aider, se demandant ce que contenait l'e-mail de Blair.

Quand elle l'ouvrit, elle n'y comprit rien ; il contenait une pièce jointe.

« Tu lis des histoires dans ta librairie, pas vrai ? Aux enfants ? »

Le cœur de Carmen se serra ; elle ne lui en avait pas parlé, il n'avait pu l'apprendre que par Skylar.

« Je vais écrire un livre de Noël pour enfants, qui sortira l'an prochain. Ça va me prendre cinq minutes : illustré par un artiste digne de ce nom, une grosse photo de moi sur la couverture, et c'est réglé. De l'argent facile. »

Elle alla jusqu'au bout de l'e-mail. Il voulait qu'elle lise son histoire aux enfants pour l'heure du conte, afin d'avoir une vidéo tournée dans une librairie à présenter aux éditeurs.

« Pour montrer que les enfants l'adorent. C'est une idée géniale. »

Le livre s'intitulait *Noël en pleine conscience*. Carmen fronça les sourcils.

« Je le présente aussi demain pour une série de films, donc reviens vers moi dès que possible. Ça n'intéressera plus personne en janvier. »

*

Carmen avait le cœur lourd. Oh, vraiment, Blair. N'aurait-il pas pu faire semblant, pendant cinq minutes, de la vouloir, elle, et non quelque chose qui ne lui serait bénéfique qu'à lui ? La veille, elle était allée se coucher en écoutant les enfants raconter leur super journée à leur père au téléphone, en se disant : ce nul d'Oke a peut-être une petite amie, mais *je plais à un homme super connu*. C'était déjà ça, hein.

Sauf que non.

Elle soupira.

Même si, bien sûr, cela pouvait aider la librairie. Leur permettre de tenir dans la dernière ligne droite. Attirer de nouveaux clients, leur faire un peu de pub. Tout était bon à prendre.

Elle envoya un message à Sofia pour lui demander d'annoncer la lecture sur son terrifiant groupe de mamans, puis poussa un soupir. Ce serait peut-être un énorme succès, et il donnerait des interviews dans lesquelles il déclarerait : « Oh, je n'aurais jamais pu y arriver sans ma Carmen. »

Peut-être.

*

Après le déjeuner, Ramsay, le très grand et très chic représentant, entra.

— Bonjour ! dit-il en souriant à Carmen, qui était toujours plongée dans ses pensées et avait eu trop peur de demander à Skylar si elle avait eu des nouvelles de Blair la veille au soir. Ouah, je n'en reviens pas ! Vous avez métamorphosé cet endroit !

Il jeta un regard par-dessus son épaule. Dehors, deux petits garçons étaient captivés par le train électrique.

— Désolé, poursuivit-il. C'est la prérentrée des enseignants aujourd'hui. J'ai dû les emmener… Hugh fait ses dents, et Zoe est débordée. Ils ont été infernaux pendant tout le trajet, si ça peut vous rassurer.

— Il n'y a pas de problème ; faites-les entrer.

— Êtes-vous sûre ? Je veillerai à ce qu'ils ne mettent pas trop le bazar…

— Ça va, j'ai l'habitude des enfants. En fait, beaucoup d'enfants vont arriver vers quinze heures pour l'heure du conte.

— Oh, super. Regardez : j'ai déniché ça dans un vide-grenier à Kinross… Magnifique, n'est-ce pas ? lança-t-il en lui montrant une collection de livres reliés intitulés *Contes féériques d'hiver*, décorés de superbes ex-libris.

— Je n'en ai jamais entendu parler.

— Ce sont des légendes du Grand Nord. À se raconter en dégustant une bûche de Noël, si vous voulez mon avis.

Carmen en prit un, intitulé *L'Étoile polaire*, avec une couverture en cuir ornée d'une magnifique gravure en relief, qui représentait un berger et un agneau.

— Oh, il est magnifique.

— Je me suis dit que ça vous plairait. Est-ce que vous allez encore négocier sec ? Ouah ! ajouta-t-il en parcourant la boutique des yeux. L'esprit de Noël est chaque jour plus palpable, ici !

Il fit signe d'entrer aux deux garçonnets, qui s'exécutèrent d'un pas lourd, en faisant tinter la cloche très fort. Le plus petit des deux poussa une exclamation. L'autre, qui, pour une raison mystérieuse, portait une chemise et une cravate, regarda autour de lui d'un air circonspect.

M. McCredie se matérialisa alors à côté de Carmen.

— Ramsay ! s'exclama-t-il, aux anges. Que nous as-tu dégoté aujourd'hui ? l'interrogea-t-il en baissant les yeux. Et est-ce… Ce n'est pas… Est-ce Patrick ?

— Bien sûr que c'est moi, répondit le petit.

M. McCredie regarda Ramsay.

— Tu l'as amené ici une fois, quand il était bébé ! Je l'ai rarement revu depuis.

— Je sais. Notre vie a été mouvementée, répondit-il avec un sourire.

— Ramsay est tombé amoureux de sa nounou, expliqua M. McCredie à Carmen, qui sourit.

— Bonne technique pour économiser de l'argent.

Ramsay éclata de rire ; ce fut tout à son honneur.

— On pourrait le croire ! Mais on est toujours pauvres.

— Bonjour ? Excusez-moi ? intervint Patrick, sur la pointe des pieds devant le comptoir. J'ai des questions à propos du petit train. Beaucoup de questions. Hari, dis bonjour. Parfois, il oublie de dire bonjour, si je ne lui rappelle pas, mais il est très intelligent. Quand je l'aide.

Hari était un bel enfant, avec des cheveux bruns raides ébouriffés, la peau mate et un sourire avenant.

— Bonyour, dit-il d'une voix étonnamment grave, avec un accent beaucoup plus prononcé que celui de Patrick. J'aime beaucoup vot' p'tit train.

— En fait, je vais bientôt lire une histoire… Est-ce que vous aimeriez rester ?

Hari parut aussitôt intéressé ; Patrick, moins.

— Je peux lire tout seul, déclara-t-il. J'ai presque SEPT ans.

— D'accord, monsieur le député, répondit Carmen avant de se rappeler qu'elle était gentille avec les enfants désormais, tous les enfants, mais Ramsay se contenta de rire.

— Patrick, qu'est-ce qu'on a dit ? On ne se vante pas.

— Savoir lire, ce n'est PAS SE VANTER !

Sur ce, il ouvrit son sac à dos pour en sortir un gros livre de poche.

— Qu'est-ce qu'il lit ? s'enquit Carmen.

— Euh, *Apprenez à lire à votre enfant*, répondit Ramsay, et un ange passa.

— Voui, une histoire ! se réjouit Hari, comme le petit troupeau d'enfants commençait à arriver à la sortie de l'école.

Elle s'y était prise à la dernière minute, et sa précédente lecture avait viré à la catastrophe, mais Carmen constata avec surprise que les enfants étaient encore venus nombreux. Les fillettes étaient impeccables dans leur petit kilt ; les garçons portaient des shorts malgré le froid glacial, leurs chaussettes rouges ou bleues, en fonction de l'établissement qu'ils fréquentaient, remontées à mi-mollet.

— Est-ce que cette histoire va faire peur ? demanda d'emblée Phoebe quand ils s'assirent au premier rang.

— Chut ! fit un autre enfant.

— Non, j'ai le DROIT de parler : c'est ma TANTE.

Ces mots procurèrent beaucoup de joie et de fierté à Carmen.

— Bonjour, les enfants, dit-elle en regardant à la ronde.

Elle reconnut quelques visages familiers. Il y avait plus d'enfants que la dernière fois, en réalité.

— J'ai tellement PLEURÉ, racontait une fillette d'environ huit ans à sa copine, l'air grave. C'était GÉNIAL.

Carmen jetait un coup d'œil aux feuilles qu'elle avait imprimées à la maison, quand Skylar se faufila vers elle, téléphone à la main.

— Je vais faire une vidéo, lui apprit-elle. Je comptais la retransmettre en direct, mais il a des réunions toute la journée.

Carmen se figea intérieurement. C'était précisément pour cela qu'elle n'en avait pas parlé, réalisa-t-elle. Il n'avait pas fait appel à elle parce qu'elle était spéciale ou parce qu'il mourait d'envie de la revoir. Il avait fait appel à elle parce qu'il savait qu'elle accepterait, tout comme Skylar.

Elle se sentit grotesque, minuscule, totalement idiote – la pire des idiotes. Sofia n'aurait jamais fait une chose pareille, elle.

— Alors, bonjour ? dit Skylar en se filmant avec son téléphone devant tous les enfants. C'est un grand événement. Nous allons avoir un aperçu en avant-première du *tout premier* livre pour enfants de Blair Pfenning. En exclusivité mondiale. Le livre ne sortira pas avant l'année prochaine ! Je sais, *aahhh*, c'est génial ! Parfait !

Carmen releva les yeux, troublée.

— Bon, c'est à toi ! s'exclama Skylar, la caméra toujours braquée sur elle, Carmen à peine visible à l'arrière-plan. Ça va être génial, les enfants.

Un brin inquiète, nerveuse et regrettant de n'avoir jeté qu'un rapide coup d'œil au livre, Carmen ouvrit la première page.

— Alors : « Voilà l'histoire d'un ours qui apprend à s'aimer. À Noël. Il s'appelait Jimmy, l'ours triste de Noël. »

Les enfants la considérèrent avec méfiance.

— Pourquoi un ours devrait-il s'aimer ? intervint une petite voix.

C'était Patrick, le fils de Ramsay, bien qu'il ait fait exprès de ne pas s'asseoir avec les autres pour lire un livre sur l'histoire des trains miniatures Hornby avec M. McCredie.

— Les ours n'ont pas besoin d'aimer quoi que ce soit ! poursuivit-il en fronçant les sourcils. Ils ont juste besoin d'avoir assez de calories pour hiberner.

Carmen s'éclaircit la voix avant de continuer.

> « Il était souvent triste mais ne savait pas pourquoi. »

— Parce que c'est un ours, peut-être ?

— J'adorerais être un ours, dit une autre voix fluette. GGGRRRRR !

« Certains jours lui semblaient tristes et gris, non joyeux et bleus. »

— Les ours ne voient pas les couleurs !

Carmen jeta un regard à Ramsay, qui leva les mains.

— Patrick, j'ai besoin de ton aide dans la réserve, dit-il.

Le garçonnet descendit avec prudence du tabouret sur lequel il était assis, trop grand pour lui.

— Je veux que Hari vienne aussi.

Or Hari, auquel Zoe lisait des histoires depuis son plus jeune âge, ne voulait aller nulle part, si bien que Patrick suivit son père en se plaignant à grands cris, tandis que Carmen tentait de poursuivre sa lecture :

« — S'il vous plaît, M. Renard, pourquoi suis-je aussi triste ?

— Parce que tu as besoin d'un ami ! Comme moi, le renard !

Main dans la main, l'ours et le renard partirent dans la forêt. »

Carmen fronça les sourcils, puis reprit :

« Puis ils croisèrent M. Serpent. »

— Est-ce que c'est un gruffalo ? s'enquit une voix.

— Ooh, est-ce qu'il y a un gruffalo dans l'histoire ? répétèrent plusieurs voix avec intérêt.

> « — Pourquoi suis-je aussi triste, M. Serpent ?
> Le serpent se déroula.
> — Parce que tu devrais faire des exercices de yoga et de respiration. »

Cette rencontre entre un ours, un renard et un serpent sema la confusion chez les enfants, qui se demandaient qui mangerait l'autre en premier. Carmen poursuivit :

> « Ils firent donc tous des exercices de yoga et de respiration. »

— Les serpents sont *très* doués pour le yoga, commenta Skylar.

— SCRONTCH SCRONTCH ! crièrent les enfants.

— Je t'ai DÉVORÉ, MÉCHANT serpent ! lança l'un d'eux.

— NON, C'EST PAS VRAI, L'OURS ; JE VAIS TE TUER AVEC MON SABRE LASER !

— Bon, les enfants, on se calme : « Puis M. Ours, M. Renard et M. Serpent rencontrèrent M. Grenouille. »

— Pourquoi tous ces animaux sont-ils des garçons ? se renseigna Phoebe.

— C'est une très bonne question, répondit Carmen tandis que Skylar, qui filmait toujours, faisait une moue désapprobatrice.

« — À présent, pensons à la belle forêt, au beau ciel et aux belles rivières pleines de poissons, dit la grenouille. Et nous ne serons plus jamais tristes. »

— Parce qu'ils mangent tous les poissons ?
— Chut, intervint l'un des parents.

« Ils pensèrent à la belle forêt, au beau ciel et aux belles rivières, et à leur nouvelle amitié. Puis ils organisèrent une grande fête de Noël et vécurent heureux, jouissant du plus grand des cadeaux : s'aimer soi-même. »

Carmen se tut, et tout le monde la regarda fixement.
— Tous les animaux s'aiment ?
— Oui. Enfin, je crois qu'ils sont amis. Et ils s'aiment eux-mêmes.
— Mais Jimmy n'a pas de vrais cadeaux ?
— Il reçoit le cadeau de l'amour, expliqua Carmen.
Les enfants, assis par terre, croisèrent les bras.
— Les ours ne coopèrent pas avec les autres espèces ! lança une voix lointaine derrière les étagères.
— Eh bien, c'était *génial*, n'est-ce pas ? s'exclama Skylar en faisant un grand sourire à la caméra, avant de la tourner vers les enfants, parvenant à ne pas filmer Carmen du tout. C'était charmant, non ? Une super nouvelle histoire de Blair : *Jimmy, l'ours triste de Noël*. Ça mérite un tonnerre d'applaudissements !
Les petits applaudirent timidement, sans que les mamans, qui avaient secrètement espéré que Blair serait là, les imitent.

— Excusez-moi, madame la libraire ? l'appela une petite voix.

C'était une fillette avec de longues nattes qui était déjà là la dernière fois.

— Je crois que j'ai préféré l'histoire avec la petite fille ? Quand elle meurt ? À la fin de l'histoire ?

— Mais l'ours était triste, l'interrompit Skylar. Puis il joue avec les autres animaux et ils deviennent tous amis.

— Bof. On nous lit plein d'histoires comme ça à l'école.

— Est-ce que ça parlait du harcèlement, en fait ? demanda une autre enfant. Toutes les histoires en parlent, normalement.

— ET DE GENTILLESSE, ajouta une troisième.

— Mais être gentil, c'est une bonne chose, non ? répondit Carmen.

— Parfois, les gens disent : « Sois gentille », alors qu'ils veulent juste dire : « Tais-toi », rétorqua Phoebe.

Les autres fillettes opinèrent vigoureusement du chef.

— Bon, d'accord. Merci d'être venus, dit Carmen.

— À la semaine prochaine ! répondirent-elles en chœur en enfilant leurs moufles, prenant Carmen au dépourvu.

L'heure du conte était désormais inscrite dans son agenda, apparemment.

*

— Zoe sera là demain : elle emmène les ados au Noël d'Édimbourg, expliqua Ramsay à M. McCredie. Ne commencez pas, poursuivit-il en voyant Carmen grimacer. Est-ce que vous croyez qu'on peut les laisser y aller seuls ?

— Il y a beaucoup de cris et un peu de vomi, répondit Carmen.

— Parfait : les ados adorent ça. Bref, sinon, on se demandait : est-ce que vous organisez une fête de Noël ?

Il y eut un blanc. Carmen regarda M. McCredie, qui parut troublé.

— Pourquoi pas ? répondit-elle. Imaginez un peu le nombre de personnes…

— … dans la boutique, oui, oui, la coupa M. McCredie. Elle m'a transformé, Ramsay.

— Je crois bien, oui, acquiesça son ami, les yeux pétillants.

— Eh bien… je pense qu'on pourrait. Bon sang. Enfin. Oui. On ferait bien. J'ai des bouteilles de bourgogne dans la cave qu'on pourrait ouvrir, puisqu'on semble bien partis pour faire des bénéfices pour la première fois depuis… hum, hum… plusieurs années.

Ramsay sourit de toutes ses dents.

— Vous avez une *cave* ? s'étonna Carmen. Comment est-ce possible ? Ce bâtiment est insensé.

En jetant un coup d'œil par la fenêtre, elle aperçut Bronagh, ses cheveux orange relevés en chignon, vêtue d'une cape, une grande couronne d'aubépine dans les mains.

— Bronagh, l'interpella-t-elle en sortant. Si je vous disais qu'on organisait une fête, disons, demain, seriez-vous capable de faire passer le mot à tous ceux qu'on doit inviter ?

— Bien sûr. Même si, parfois, ce qu'on doit faire et ce qu'on veut…

— Super ! Merci, c'est très gentil de votre part.

*

Carmen était toujours un peu triste. Elle se sentait idiote de s'être imaginé qu'elle pouvait plaire à Blair, un homme qui ne lui plaisait même pas. Mais l'homme qui lui plaisait en aimait une autre. Elle était très affectée et n'avait nulle part où aller, pour être au calme et broyer du noir. La librairie n'était pas disponible : Ramsay et M. McCredie avaient décidé de goûter le bourgogne pour voir s'il était bon ; les rues étaient prises d'assaut et, bien sûr, son « chez-elle », c'était chez Sofia, où Skylar était sans doute en train d'envoyer sa vidéo à Blair, son petit ami. Le téléphone de Carmen n'avait pas sonné de l'après-midi. Elle était malheureuse. Se sentait stupide.

Elle rentra à pied. Sofia était au téléphone avec Federico. Comme toujours, tout était propre, rangé, chaleureux, parfait : cela mit Carmen d'encore plus mauvaise humeur. Les enfants s'étaient dispersés ; Skylar révisait ce soir et était donc sortie, heureusement.

— Salut, lui dit Sofia en raccrochant. Ne me demande pas de me lever du canapé. Comment s'est passée la lecture… ?

Carmen fondit en larmes.

— Oh non, si mal que ça ? l'interrogea sa sœur en se redressant avec difficulté.

Carmen lui expliqua tout.

— Oh. Mais attends une seconde… Blair ne te plaît même pas, et on dirait qu'il s'est comporté comme un parfait goujat, alors qu'est-ce que ça peut te faire que Skylar sorte avec lui ?

Carmen haussa les épaules.

— C'est que…, commença-t-elle en reniflant et en balayant des yeux la magnifique cuisine. Je voulais juste vivre un truc sympa… impressionnant. Je veux dire, tu as tout, et moi…

— Quoi ? Tu sortirais avec un goujat, parce que j'ai une jolie cuisine ?

— Il n'y a pas que toi, répondit Carmen avec un nouveau haussement d'épaules. Skylar fait des études débiles en eau. Tu as une super carrière. Idra va faire du ski !

Sofia eut du mal à saisir l'importance de cette dernière information, mais se garda de répondre.

— Je me disais qu'avec un amoureux cool et riche… j'aurais peut-être l'impression d'aller quelque part. Au lieu de rester coincée. Dans le sous-sol de ma sœur. Avec un job temporaire.

Sofia s'irrita un peu. Puis commit une terrible erreur. Elle voulait lui expliquer pourquoi Blair ne lui aurait pas convenu, puis avait prévu d'enchaîner sur le fait qu'elle s'en était sortie avec brio à la librairie et qu'ils pourraient sans doute la mettre en vente en début d'année et ainsi offrir une belle retraite à M. McCredie, ce qui était formidable. Sans compter qu'elle aurait plein de nouvelles compétences à ajouter à son CV.

Malheureusement, elle n'arriva pas jusque-là.

— Oh, laisse cet idiot de Blair à Skylar. Elle est bien plus…, commença-t-elle, regrettant aussitôt ses paroles.

— Bien plus quoi ? rétorqua Carmen d'une voix rageuse avant de se lever. Jolie ? Elle est mieux que moi ?

— *Non !* Ce n'est pas du tout ce que j'ai voulu dire. C'est juste ce look de blonde superficielle.

— Tu voulais juste dire qu'elle est plus jolie que moi ?

— Oh Carmen ! Comment est-ce que je peux mettre fin à cette discussion ?

— En disant la vérité : pas une seconde, tu n'as cru qu'un homme beau et célèbre puisse s'intéresser à moi, lança-t-elle, bouleversée. Tu as supposé d'emblée que j'allais essayer de le piquer à Skylar, jamais que ce serait elle qui essaierait de me le piquer, alors que c'est ce qu'elle a fait.

Sofia ferma les yeux.

— Je ne l'aime pas, poursuivit Carmen. Elle est mesquine.

— Elle n'est pas mesquine ! Elle est très… utile. Elle me fait du bien. Elle fait du bien aux enfants. Elle leur donne de bons conseils de vie.

— Au contraire de moi, c'est ça ?

Sofia perdit son sang-froid, ce qui lui arrivait très rarement. Carmen en resta sans voix.

— Ce n'est pas ce que j'ai dit ! Ça suffit, Carmen. Tu tiens absolument à déformer mes propos, toujours, et à les interpréter de la *pire façon possible*. Tu es à la fois juge, juré et bourreau avec moi. Et avec maman, aussi. Comme si on passait notre temps à dire du mal de toi dans ton dos, parce qu'on ne pense qu'à ça, jour et nuit. Carmen, Carmen, Carmen. Attention tout le monde ! Ne contrariez pas Carmen, parce qu'elle n'a pas de travail ! Ne contrariez pas Carmen, parce qu'elle n'a pas de petit ami ! Je *jure* que maman ne voulait pas que j'aie un autre bébé parce que tu n'en as pas encore.

— Elle ne dirait jamais une chose pareille.

— Elle l'a carrément insinué.

— Alors, comment ça se fait ? Comment ça se fait que tu as *tout*, toi ? répondit Carmen, blessée.

— Qu'est-ce que tu n'as pas ? Tu es jeune, tu es marrante, tout le monde aime traîner avec toi. Tu es créative : regarde ce que tu as réussi à la librairie. Des hommes célèbres te draguent ; un étudiant dégingandé te tourne autour. Et pourtant, tu te comportes comme si le monde était terriblement injuste, tout ça parce que tu n'as pas pris la peine de travailler pour avoir ton bac et, franchement, ça commence à être *lassant*, d'accord ? Voilà la réponse. Je bosse comme une folle. Federico aussi. Je suis *constamment* épuisée. J'ai besoin de Skylar, même si tu es jalouse d'elle, parce qu'elle aussi, elle bosse comme une folle en étant étudiante et nounou, et, honnêtement, j'ai besoin d'elle pour que les enfants ne finissent pas…

Elle laissa sa phrase en suspens. Sofia ne perdait jamais son sang-froid. Elle refoulait sa colère, l'évacuait en faisant du sport, restait calme, était professionnelle, convenable.

Carmen la dévisagea.

— … pour qu'ils ne finissent pas comme moi, dit-elle d'une voix rauque, haletante.

— Non, ce n'est pas ce que j'allais dire.

— Si. Si, c'est ce que tu allais dire.

Sofia la dévisagea.

— Eh bien, tu as dit ce que tu avais sur le cœur. Bien. C'est bon à savoir, j'imagine.

— Ce n'est pas *du tout* ce que j'ai voulu dire ! se récria Sofia, mais Carmen avait déjà tourné les talons.

Elle sortit en claquant la belle porte ancienne, magnifiquement restaurée, sans même dire au revoir aux enfants.

Chapitre 30

La nuit était glaciale, et Carmen n'avait pas la moindre idée de l'endroit où aller. L'air était mordant ; les rues étaient pleines. Elle ne pouvait le croire : vingt-quatre heures plus tôt seulement, elle était si heureuse, si enthousiaste, en s'amusant avec les enfants à la fête foraine puis en écoutant cette musique céleste. À présent… Elle imaginait déjà Sofia au téléphone avec leur mère, en train de lui raconter sa version des faits, toutes les deux du même avis : oh, Carmen était comme ça, non ? Bon sang, et après, Skylar rentrerait, et elles pourraient parler d'elle, jaser – comment Sofia était-elle au courant pour Oke, d'ailleurs ? Si seulement Skylar ne passait pas son temps à jacasser…

Sa colère lui tint chaud, le temps qu'elle remonte la rue pour rejoindre Grassmarket. Les bars et les restaurants étaient pleins à craquer, envahis de gens qui riaient, s'étreignaient, retiraient leur manteau, se délectant de l'esprit de Noël sous cette nuit étoilée, heureux et pleins de bonne volonté envers les hommes. Eh bien pas elle. Nom d'un chien.

La lumière brillait toujours dans la librairie. Elle ne savait pas où aller. Elle savait que Sofia ferait tout pour arranger les choses si elle rentrait, ce qui la mettait dans une colère indicible. Elle remonta donc Victoria Street : sans surprise, Ramsay et M. McCredie étaient en train de boire ce qui ressemblait à leur deuxième bouteille de bourgogne, pendant que les garçons, penchés sur un énorme atlas illustré, grignotaient un *fish and chips*, mettant presque à coup sûr des traces de gras sur un ouvrage onéreux, mais, un instant, Carmen fut tout bonnement soulagée de voir des gens qui n'étaient pas de sa famille.

— Bonsoir, dit-elle. Est-ce que vous auriez un autre verre pour moi ?

— Des problèmes à la maison ? l'interrogea Ramsay. Parce que je peux vous dire que personne n'est plus qualifié que nous pour parler des problèmes de couple.

Il y eut un blanc, puis les deux hommes éclatèrent d'un rire franc.

Carmen trouva leur présence très réconfortante. M. McCredie raconta les prouesses de ses ancêtres en Antarctique, leur expliquant comment jouer au croquet avec un manchot Adélie ; Ramsay leur confia avoir dépensé tout l'argent gagné en louant une aile de la maison sur Airbnb pour acheter des pyjamas aux enfants, afin d'éviter qu'ils ne courent dans toute la maison avec rien sur le dos. Après deux verres de vin, Carmen se sentit beaucoup plus détendue, même si son téléphone sonnait toutes les deux secondes. Elle s'efforça de ne pas y faire attention.

— Alors, qu'est-ce qui vous arrive ? finit par lui demander Ramsay. Tous les hommes sont des ordures, c'est ça ?

— La question reste *ouverte*.

— Rappelez-vous que les hommes sont *nuls*, l'avertit Ramsay, qui avait de l'expérience en la matière. *Nuls* pour séduire les femmes qui leur plaisent.

— Je suis d'accord, dit M. McCredie, qui n'avait aucune expérience en la matière.

— Je sais, mais il pense…

— Il ne sait pas ce qu'il pense, poursuivit Ramsay avec assurance. Même si vous croyez avoir été *très claire* avec lui, vous pouvez l'être encore plus.

— Ce n'est pas… le bellâtre, si ? s'enquit M. McCredie, qui ne parlait pas beaucoup, mais voyait tout. Ce charlatan d'écrivain.

— Non. Un peu. Enfin, ça l'a été pendant un temps, mais… non. Pas du tout. Il est dendrologue… c'est un…

— … un spécialiste des arbres, la coupèrent Ramsay et M. McCredie d'une même voix.

— Bon sang, quels *intellos* vous faites ! s'exclama-t-elle en riant pour la première fois.

— Le grand ! lança M. McCredie. Oh oui. C'est bien. J'approuve.

Carmen sourit.

— Eh bien, c'est déjà ça, j'imagine.

— Est-ce un universitaire ? l'interrogea Ramsay, sourcils froncés. Je dis ça comme ça, mais ce serait sympa que *quelqu'un* ait un peu d'argent par ici.

— Je sais, je sais.

— Il vous plaît ?

Carmen opina du chef.

— Mais il voit quelqu'un d'autre. Et il croit que je vois quelqu'un d'autre. C'est mal parti.

Ramsay secoua la tête.

— Oh, on ne sait jamais. Il y a un truc à savoir sur les dendrologues : ils sont très, très patients.

Carmen sourit.

— C'est vrai ?

Son téléphone sonna pour la neuvième fois d'affilée. Sofia. Elle répondit à contrecœur :

— Oui ?

Elle n'entendit qu'une respiration étouffée au bout du fil. Puis, un peu plus tard :

— … Tata Carmen ?

— Phoebe ? C'est toi ?

— Maman m'a prêté son téléphone.

À l'évidence, Sofia essayait la manipulation affective : cela l'agaça. D'un autre côté, elle ne pouvait nier que c'était efficace.

— Mmh mmh.

— Est-ce que tu rentres bientôt à la maison ? Je veux que tu viennes me dire bonne nuit. Et que tu me racontes une histoire. Mais pas celle avec l'ours et le serpent. Elle est nulle.

— Oui, *complètement* nulle, répondit Carmen. Elle *craint*.

— ELLE CRAINT.

— D'accord, mais ne dis pas ça trop fort. Oui, je vais bientôt rentrer.

Elle poussa un soupir.

— C'est très difficile de partir en claquant la porte quand il y a des enfants, dit-elle en raccrochant.

— C'est très difficile de faire quoi que ce soit quand il y a des enfants, répondit Ramsay avec un sourire. Mais vous avez l'air d'être une bonne tata.

— Oui, oui, répondit-elle en se levant. Eh bien. C'est déjà ça.

*

Une fois à la maison, elle n'adressa pas la parole à Sofia : elle monta directement voir les enfants dans leur chambre. Pippa la regarda d'un air désapprobateur.

— Tu as fait de la peine à maman.

Carmen grimaça.

— Je sais. Parfois, les sœurs se disputent.

Pippa opina du chef, l'air chagrin.

— Tu te mets en colère, comme Phoebe.

Carmen se mordit la lèvre.

— Je suis sûre qu'on va se rabibocher.

— Tu devrais sans doute t'excuser.

— Tout le monde devrait s'excuser, répondit-elle en se dépêchant de battre en retraite.

Puis elle passa voir Phoebe.

— D'après Pippa, je devrais m'excuser, murmura-t-elle.

— JE NE M'EXCUSE JAMAIS, lança la forme sous les couvertures, ce qui fit sourire Carmen. Je suis contente que tu sois rentrée. Est-ce que tu vas rester avec nous pour toujours ?

Interloquée, Carmen lui fit un bisou mais fut incapable de répondre.

*

Sofia l'attendait dans le couloir, se sentant très mal, mais Carmen garda ses distances.

— J'arrêterai de travailler pour M. McCredie après Noël, lui annonça-t-elle d'un ton sec. Maman m'a dit qu'ils ouvraient de nouveaux cafés et commerces dans les vieux bâtiments. Un marché de producteurs, ce genre de choses. J'irai tenter ma chance là-bas.

Sofia opina du chef, hébétée.

— Je… D'accord. Mais tu sais que ce n'est pas ce que je voulais dire.

— Non, je sais que c'est le cas. Et c'est bien, bien pire.

Chapitre 31

Le lendemain, Carmen se plongea dans le travail en s'occupant des nombreux clients et en organisant la fête. M. McCredie ne se montra qu'en fin de matinée mais s'avéra efficace pour sortir les verres et les bouteilles de vin et convier bon gré mal gré les habitués à la soirée. Il la surprenait.

— Qu'est-ce que vous faites ? l'interrogea-t-il en la voyant faire des paquets-cadeaux à la mi-journée. Je croyais que vous preniez ce que vous appelez une « pause-déjeuner », ces jours-ci.

— On a du travail ! J'ai plein de choses à faire !

— J'allais vous demander si vous vouliez bien m'accompagner.

— Où ça ?

— Il y a une série de conférences qui pourraient vous intéresser, le midi. C'est Mme Marsh qui m'en a parlé. Ramsay m'a dit qu'il s'occuperait du magasin.

Elle le considéra avec méfiance.

— Est-ce que c'est sur l'Antarctique ?

Il secoua la tête.

— C'est sur le grand if d'Ormiston.

— Le quoi ?

— … Un arbre très célèbre.

— Oh. Oh non. Non.

— Je suis votre patron.

— Je vois, vous avez *bel et bien* discuté avec Mme Marsh.

— Elle est redoutable.

— Vous dites ça comme si c'était une qualité !

— Allez, venez. Vous avez trop travaillé. Vous avez besoin d'une pause.

Et il l'entraîna à sa suite, la prenant au dépourvu.

*

Un rien intimidée, essoufflée d'avoir marché jusqu'à George Square, Carmen approcha de l'amphithéâtre derrière M. McCredie, qui marchait d'un bon pas. Ils se trouvaient au cœur de l'université : autour d'eux, des étudiants passaient, l'air déterminé ; ils s'interpellaient les uns les autres, pleins d'assurance, entraient et sortaient des différents bâtiments.

Elle se faufila jusqu'à l'amphithéâtre, s'attendant à ce qu'on leur demande de partir à tout moment, mais personne ne leur jeta ne serait-ce qu'un regard.

La salle était pleine à craquer. Elle se fit une petite place à côté d'une fille qui ne sembla pas ravie qu'elle vienne lui gâcher la vue. Quand elle releva les yeux, elle remarqua que tout le monde avait un ordinateur, un iPad ou un carnet de notes devant soi. « LE GRAND IF D'ORMISTON » était écrit en gros sur le tableau, à côté d'une diapositive d'un arbre qui semblait de la taille d'une petite ville. Oke était en train de parler, il gesticulait devant la diapositive.

— Voilà donc le grand if d'Ormiston… Cet if en couches était déjà vieux à la naissance de Marie Stuart, en 1542 ; il est mentionné pour la première fois dans une archive datant de 1473 et il était déjà vieux à cette époque. George Wishart et John Knox ont prêché dessous, donnant naissance à la Réforme qui a balayé le pays et conduit à l'établissement de l'université comme siège de l'apprentissage. Son emplacement exact est tenu secret pour une bonne raison… et je m'excuse à nouveau de ne pas vous emmener en sortie sur le terrain…, commença-t-il, provoquant des éclats de rire dans la salle. Mais, si vous empruntez la 131 un de ces jours, arrêtez-vous avant le pont en dos d'âne, faites demi-tour, traversez la rocade et trouvez le chemin « privé »… Continuez un bon moment, prenez à gauche à l'embranchement… et, enfin…

Il sourit.

— Est-ce qu'il est là ? demanda quelqu'un.

— Je ne peux rien dire de plus, répondit Oke avec un nouveau sourire.

L'énorme if sur la photo évoquait une forêt au-dessus de sa tête. Cela ne pouvait pas être un seul arbre, si ? songea Carmen en levant les yeux.

Puis elle reposa les yeux sur Oke, au pupitre, qui se tenait bien droit, sans sautiller pour une fois, mais bien campé sur ses jambes devant son public, maître de soi, totalement investi. Il ne ressemblait en rien au garçon enjoué et dépenaillé qu'elle connaissait.

Il continua à parler, évoquant la symbolique de l'if dans l'art. Carmen ne comprit pas tout, mais il expliquait tant de choses avec clarté : l'utilisation de son bois pour le tir à l'arc, le mythe selon lequel Ponce Pilate serait né sous un if, le fait qu'ils étaient les arbres les plus courants dans les enclos paroissiaux, où les gens se seraient réunis pour célébrer des cérémonies druidiques – les églises avaient été construites aux endroits où il y avait des ifs, non l'inverse. Elle pensa à Bronagh, sourire aux lèvres. Cette conférence lui plairait. Puis, en regardant autour d'elle, elle se rendit compte que Bronagh était là. Cette dernière la salua jovialement depuis l'autre bout de la salle bondée, et Carmen ne put retenir un petit sourire.

— Est-ce que vous pourriez faire un dendrogramme ? demanda un étudiant dans le fond de la salle.

— C'est un peu réducteur, répondit Oke sans cesser de sourire. On n'a pas besoin d'un diagramme quand l'if lui-même peut nous montrer en temps réel tout ce qu'il a à nous révéler…

Il afficha alors une diapositive très complexe, que Carmen ne chercha même pas à comprendre.

Mais son envie d'expliquer, d'éclairer son travail, était remarquable ; il prenait les étudiants au sérieux, faisait preuve de patience.

M. McCredie observa Carmen avec attention, se demandant si elle avait compris. Que Blair (cet idiot, ce frimeur, de Blair) était un enfant, alors que Oke, qui s'habillait comme un adolescent, était en réalité un homme. Il n'était pas bavard, M. McCredie, mais rien ne lui échappait, et il s'était beaucoup attaché à sa protégée, comme il en était venu à la considérer. Il ne voulait pas que des balivernes lui tournent la tête et il avait beaucoup d'estime pour le sérieux et intelligent Oke.

Carmen avait l'horrible certitude d'avoir raté sa chance. Blair, malgré ses beaux vêtements, était égoïste, capricieux : c'était un enfant. Un véritable enfant, qui servait des platitudes à des gens qui l'adoraient, l'écoutaient, alors qu'il ne croyait même pas à ce qu'il disait. Il en riait, se repaissant de son propre cynisme.

Alors que ce dendrogramme – quoi que ce soit –, ce dendrogramme était réel. Il existait dans le monde réel ; il fallait travailler dur pour le comprendre. Depuis le début, elle n'avait pas les idées claires. Elle s'était laissé éblouir par le charme superficiel de Blair, même si elle avait refusé de se l'avouer.

Elle repensa aux mains d'Oke sur ses yeux dans le labyrinthe de miroirs, à sa surprise, à l'excitation qui l'avait envahie.

Pendant qu'elle était perdue dans ses pensées, les yeux toujours fixés sur lui, la conférence s'était achevée, remarqua-t-elle quand la fille renfrognée sur sa droite essaya de lui passer devant.

— Pardon ? fit cette dernière d'un ton brusque, et Carmen se leva.

Elle était prête… elle s'étonnait elle-même, mais elle était prête à aller voir Oke, à aller le voir pour lui dire que… qu'il avait fallu qu'il parle d'un stupide if pour qu'elle comprenne… qu'il lui plaisait vraiment. Lui, et aucun autre, même s'il avait une copine.

En voyant M. McCredie sortir de la salle avant elle, elle consulta sa montre.

Oke était entouré d'étudiants qui jouaient des coudes pour attirer son attention : il répondait à chacun d'eux avec calme et patience, les écoutant, les prenant au sérieux.

Il ne faisait pas de grands sourires éclatants, ne flattait pas les gens avec de fausses promesses pour les amener à faire ce qu'il voulait. Elle se remémora à nouveau ses mains sur son visage ; sa présence derrière elle dans l'étroit escalier. Oh, bon sang.

Au moment où elle s'apprêtait à sortir, il releva soudain les yeux et croisa son regard au-dessus des têtes des étudiants attroupés autour de lui. Il cessa de parler, surpris, et la fixa.

La seconde suivante, Bronagh lui attrapait le bras.

— Est-ce que tu viens à la fête tout à l'heure ? lui demanda-t-elle d'une voix suffisamment forte pour que Carmen l'entende. À la librairie ?

Il parut hésiter, avant d'opiner du chef. Bronagh regarda Carmen en levant les pouces, et la jeune femme eut soudain le sentiment troublant que tous les commerçants de Victoria Street étaient de connivence.

Puis, comme un nouvel étudiant s'approchait de lui, elle jeta un coup d'œil à sa montre et se sauva.

*

Carmen passa le reste de la journée dans une grande fébrilité. Elle avait apporté sa seule robe habillée, qu'elle alla enfiler dans la salle de bains de M. McCredie, au premier étage, avec sa tapisserie florale rose. Puis elle se maquilla soigneusement les yeux et les lèvres. Elle trouva un vieux bocal plein de boules de coton et se demanda avec tristesse depuis combien de temps ils étaient là. Bref. Cela n'avait pas d'importance, se dit-elle avec force. Oke était avec Dahlia. Il viendrait sans doute avec elle. Il fallait qu'elle arrête d'y penser.

Ramsay était toujours accompagné des garçons, mais aussi d'une très jolie femme prénommée Zoe, qui devait bien mesurer quarante-cinq centimètres de moins que lui. Leur couple semblait improbable d'un point de vue biologique, mais elle portait un immense bébé dans une écharpe de portage. Les jambes du petit, bien au chaud dans une salopette, lui descendaient jusqu'aux genoux.

— Bonjour, je m'appelle Zoe. Je tiens une librairie dans les Highlands. Enfin, c'est plutôt un van-librairie. Ouah, c'est vraiment charmant, ici ! Et il fait si *chaud* ! *J'adore* ! s'exclama-t-elle avec un sourire. Garder un van chaud pendant l'hiver dans les Highlands est un sacré défi.

— Ravie de vous rencontrer. J'aime beaucoup vos garçons.

— Oui, on a aussi emmené les ados, mais ils sont trop contents de pouvoir aller à la fête foraine.

— J'ai entendu ça… J'espère que vous leur avez donné au moins cent livres chacun.

— Ne m'en parlez pas, répondit Zoe en chatouillant les pieds gigantesques de son fils.

— J'aime aussi votre immense bébé.

— Merci, répondit Zoe avec un grand sourire. Je vous présente Hugh.

Patrick, accroupi, examinait le train électrique de près, l'air consterné.

— M. McCredie ?

Il se dirigea d'un pas déterminé vers le comptoir, où le vieux monsieur, vêtu d'un élégant nœud papillon pour l'occasion, installait de beaux verres en cristal, qui donnaient des sueurs froides à Carmen.

— Il faut que je vous parle de la troisième voiture en partant de l'arrière. Elle saute.

M. McCredie essuya ses lunettes.

— Eh bien, elle est vieille, Patrick. Les vieilles choses ne marchent plus toujours aussi bien.

— Non, insista le garçonnet. Elle ne marche pas correctement. Il faut que je la soulève.

— Patrick, ne touche pas au train électrique, l'avertit Ramsay en tentant de retenir Hari, qui était capable de prendre n'importe quoi si Patrick le voulait.

Carmen jeta un œil par-dessus son épaule pour voir ce qui se passait. Le garçonnet montrait une voiture qui lui parut tout à coup étrangement familière. Elle cligna des yeux.

— Elle veut que je le fasse, poursuivit Patrick. Carmen sait.

La jeune femme se figea, puis se retourna.

— Qui veut que tu le fasses, Patrick ? demanda-t-elle.

— Oh, tu sais, répondit-il avec insouciance.

— Quelle voiture, exactement ? l'interrogea-t-elle, le cerveau en ébullition.

C'était impossible. Elle était fatiguée, troublée et très, très nerveuse.

— Celle-là.

C'était là depuis le début. Sous ses yeux. Non. Ce n'était pas possible.

M. McCredie se pencha au-dessus du circuit avec Patrick.

— Que veux-tu dire ? s'enquit-il.

— Regardez cette voiture. Elle ne fonctionne pas correctement.

La gorge de Carmen se noua. Elle s'éloigna de Zoe, s'approcha du petit train qui avançait avec un bruit de ferraille et s'agenouilla à côté. Avec Patrick et M. McCredie, elle suivit des yeux la petite voiture avec les figurines en plastique moulé à l'intérieur – pourquoi n'y avait-elle pas pensé avant ? Pourquoi ? Cela lui paraissait si évident à présent : bien sûr, le train de son rêve était celui de la librairie.

Et la voiture, en train de passer devant la gare, contenait trois petites figurines : deux hommes et une femme, qui portait un chapeau à l'ancienne. C'était la même femme.

— C'est celle-là, annonça Patrick. Regardez-la quand elle arrive devant le tunnel.

Comme la voiture approchait du petit tunnel creusé dans la montagne, Carmen sentit son cœur cogner dans sa poitrine et retint son souffle. Cette femme… dont la bouche s'ouvrait… qui essayait désespérément de lui dire quelque chose… c'était impossible.

Juste avant que le train n'entre dans le tunnel, ils le virent tous : la voiture tressauta, manquant dérailler, se remettant d'aplomb juste à temps, avant de disparaître pour ressortir lentement de l'autre côté.

— Elle est mal… lignée, dit Patrick.

— Mal alignée, tu veux dire ? le reprit M. McCredie.

— C'est exactement ce que je veux dire.

Aucun d'eux ne prêta attention à Carmen, qui fixait toujours la petite voiture, effrayée.

M. McCredie arrêta le petit train, puis, avec beaucoup de précaution, souleva la voiture en la détachant des autres.

— Quelque chose l'alourdit, dit-il. Ça entraîne le reste.

Il regarda sous les roues, mais ne vit rien. Puis il releva ses lunettes.

— Je crois qu'il y a quelque chose dedans. Entre le passage de roue et le plancher de la voiture.

— Est-ce que je peux voir ? demanda Patrick. J'ai de tout petits doigts, qui sont vraiment très pratiques.

M. McCredie lui passa alors la voiture, mais le garçonnet n'eut pas beaucoup plus de chance. Quoi que ce soit, c'était hors d'atteinte.

— Attendez, intervint subitement Carmen.

Elle fouilla dans son grand sac à main et, pour une fois, y trouva ce qu'elle voulait : une pince à épiler.

— Faites voir.

Ils lui tendirent la voiture, puis, dubitatifs, la regardèrent extraire délicatement quelque chose, qui était glissé juste sous le passage de roue.

C'était une vieille photo en noir et blanc, passée, aux bords souples, repliée sur elle-même.

À sa vue, M. McCredie tressaillit, puis agrippa le bureau.

— Est-ce que ça va ? l'interrogea Carmen.

— Je crois..., dit-il d'une voix faible. Je crois que je ferais mieux d'aller m'asseoir...

Carmen et Patrick le suivirent dans l'arrière-boutique, jusqu'à sa petite cheminée.

— Ooh, ça me plaît beaucoup ici ! commenta le garçonnet d'un air approbateur.

— Patrick, en temps normal, je ne te le demanderais pas, mais est-ce que tu pourrais retourner voir ton papa et ta maman une minute ?

Le petit ouvrit la bouche, prêt à lui expliquer tout ce qu'elle devait savoir sur son papa et sa maman, mais, en voyant la tête qu'elle faisait, la referma aussitôt et sortit sans un mot. Elle avait attrapé un verre de vin au passage, qu'elle tendit au vieux monsieur, assis lourdement dans son fauteuil. Puis, lentement, les mains tremblantes, il déplia la petite photographie.

*

Côté boutique, la fête commençait à battre son plein. Ramsay s'occupait de servir des verres à tout le monde (ses longs bras étaient bien pratiques pour les faire passer par-dessus la tête des invités), et Zoe, incapable d'oublier son métier, vendait des livres aux gens qui en voulaient. Bronagh était là, avec son groupe d'amies mystérieuses aux magnifiques tenues. Le monsieur qui vendait ses livres sur les poissons était présent, lui aussi, tout comme les femmes du « groupe de lecture aviné ». Le propriétaire de la quincaillerie leur avait apporté une nouvelle pelle ; celui du magasin de vêtements portait un pantalon rouge très audacieux et une élégante cravate. Toutes les mamans de l'heure du conte étaient là : elles sirotaient un verre de vin en prévoyant d'acheter en vitesse des cadeaux pour leur belle-famille dans la soirée. Quelques touristes enjoués, armés de leurs sacs à dos, s'étaient aventurés à l'intérieur et étaient stupéfaits qu'on leur donne quelque chose gratuitement dans cette ville hors de prix ; Mme Marsh arpentait le magasin en passant un doigt sur les étagères par habitude ; Mme McGeoghan, recroquevillée dans son coin habituel, poursuivait avec joie sa lecture de *L'Ami commun* (plus que trois cent soixante-dix pages, elle aurait sans doute fini vers Pâques), et Carmen avait invité un groupe de pervenches sous prétexte de se montrer charitable en cette période de fêtes (mais aussi pour détourner leur attention, tous les invités étant garés dans la rue). Les jeunes choristes étaient également revenus, s'étant bien préparés pour les fêtes de Noël de Victoria Street et récoltant beaucoup d'argent.

Sans oublier Skylar et Blair.

La jeune femme avait attendu ce moment toute la journée – arriver, une bonne fois pour toutes, au bras de la vedette du moment, avant d'aller passer (avec un peu de chance) ses vacances de Noël à Londres, où elle espérait que Blair l'emmènerait dans des tas d'endroits qui pourraient avoir besoin de cours de méditation en pleine conscience : les gens riches avec des relations n'avaient jamais assez de yoga. Et, bien sûr, il était vraiment beau, charmant. C'était très important. Ils ne parlaient pas beaucoup des sujets qui l'intéressaient (elle, principalement), mais, avec le temps, il finirait bien par se rendre compte qu'elle était fascinante et que des tas d'hommes aimeraient être avec elle, et il en viendrait à la vénérer, comme eux.

Elle était jolie comme un cœur, toute vêtue de rose poudre, un adorable bonnet à pompon (en fausse fourrure, *évidemment*) posé sur ses cheveux blonds, les joues légèrement rosies par la neige. Blair lui avait fait son plus beau sourire quand elle avait accouru à l'aéroport.

— Salut, poupée, lui avait-il dit. Bon, allons leur en mettre plein la vue, d'accord ? Tu es magnifique. Vraiment.

À leur arrivée, quand la clochette avait tinté, Skylar avait pris un air empathique. Et on ne pouvait le nier : la présence de Blair, sa célébrité irradiaient une sorte de glamour. Tous les invités étaient ravis de le voir, des sourires se dessinèrent sur les lèvres ; le niveau sonore monta d'un cran, un frisson d'excitation parcourant la pièce ; les mamans commencèrent à se faufiler vers lui, brandissant les livres qu'elles voulaient faire dédicacer. Il sortit alors son grand sourire et commença son numéro de charme. Skylar le rejoignit.

— Où est Carmen ? l'interrogea-t-il tout bas. Où est-elle ?

La jeune femme haussa les épaules.

— Sans doute en train de nettoyer d'autres souris pour sa vitrine. Comme c'est *mignon* !

Blair la cherchait toujours du regard, sans écouter.

— Elle devrait vraiment lire *Mène la vie que tu aimes*, poursuivit Skylar. Il y a un exercice, dans le chapitre 14, je crois…

— Elle est très bien comme elle est, grommela Blair.

Sur ce, il attrapa un verre de vin sur un plateau, sans lui en proposer, et se retourna, tout sourires, vers une femme surexcitée, aux joues empourprées, qui avait décidé d'acheter six de ses livres pour tous ses proches (depuis la diffusion de l'émission de télévision, ils avaient un flot ininterrompu de clients, au point que Blair avait presque un coin dédié). Puis il sortit le marqueur qu'il conservait toujours dans la poche de sa veste, et Skylar, qui resta fièrement à ses côtés pendant qu'il signait, une main sur son coude, jeta un petit regard en coin à cette dame quand elle demanda un *selfie*. Juste au cas où.

*

Carmen était très inquiète, en partie parce qu'elle ne parvenait pas à comprendre ce que cet étrange petit garçon avait dit au sujet de son rêve – une simple coïncidence, sans doute. Elle passait ses journées dans la librairie, à regarder ce train. Bien sûr, il était entré dans son subconscient.

Mais, naturellement, elle s'inquiétait surtout parce que M. McCredie était assis près de la cheminée, la photo dans sa main tremblante, les yeux humides.

— Qu'est-ce qui se passe ? Racontez-moi, s'il vous plaît.

Sans répondre, il lui tendit la photo.

Carmen la fixa un long moment. Elle était souple, froissée par le temps : une petite photo d'environ 5 par 2,5 cm, en noir et blanc, du visage et des épaules d'un jeune homme, aux cheveux blonds et à la mâchoire carrée, les cheveux gominés en arrière, comme autrefois.

Carmen regarda le cliché, puis M. McCredie – ses cheveux blonds, son menton pointu. Elle regarda à nouveau la photo, puis la retourna.

Un seul mot était inscrit derrière, à l'encre bleue estompée : Erich. Accompagné d'une date : 1944.

Carmen reposa les yeux sur M. McCredie.

— Connaissez-vous ma date de naissance ?

Elle secoua la tête.

— 1945.

— C'est votre père ?

Il inclina la tête et, en voyant son nez et son profil, la ressemblance lui parut évidente.

— Donc, les explorateurs… ?

Il secoua la tête.

— Le vieux M. McCredie m'a élevé.

— Est-ce comme cela que vous appelez votre père ? s'étonna-t-elle.

— Eh bien, il était là. Il aimait ma mère. Ils n'ont pas eu d'autres enfants. Je crois… je crois qu'ils ne pouvaient pas. Qu'il… ne pouvait pas.

— Mais qui était Erich ?

— Avez-vous entendu parler de Cultybraggan ?

Elle fit non de la tête.

— C'était un camp de détention pendant la guerre. Dans le Perthshire. À Comrie. D'où est originaire ma mère.

Carmen repensa à la belle femme sophistiquée qu'elle avait vue sur les photos à l'étage, quelques semaines plus tôt.

— Elle s'est engagée comme infirmière volontaire pendant la guerre… J'imagine que… ma mère n'était pas une sainte, c'est tout…, poursuivit-il avec un haussement d'épaules.

— Attendez…

— Je ne sais rien de lui, ajouta-t-il avec raideur. Sauf qu'il était allemand. Mon père était un prisonnier de guerre allemand.

Le cœur de Carmen s'emplit de pitié.

— Est-ce que vous le saviez ?

— Oh, ma famille ne manquait jamais de faire des commentaires à ce sujet. Le côté McCredie était peu discret.

— Quand vous étiez petit ?

— Il y avait des rumeurs… Les garçons de l'école en ont eu vent.

— Ça alors. C'est… c'est…

— C'était un pensionnat.

— À Édimbourg ?

— Oui.

— Vos parents, qui vivaient à Édimbourg, vous ont mis en pension à Édimbourg ?

— Je crois… je crois que mon père pouvait supporter ma présence jusqu'à une certaine limite. Je n'en suis pas devenu moins blond pour autant.

Carmen se pencha vers lui, puis lui posa la main sur le bras.

— Bon sang, ça a dû être si dur.

Il acquiesça.

— Pourquoi… pourquoi n'êtes-vous pas parti ?

— Pour faire quoi ? Un bon à rien, le fils d'un satané…

Il ne parvint même pas à prononcer le mot.

— Ma mère ne s'en est jamais remise. De la honte. Tout le monde savait. Tout le monde. Mauvais sang. Voilà ce qu'ils disaient.

Bronagh l'avait mentionné, se souvint Carmen. Ça alors. Tout le monde savait, en effet. Voilà pourquoi. Voilà pourquoi il restait terré chez lui.

— Je ne comprends pas : pourquoi êtes-vous resté à Édimbourg ?

— C'est ma ville. Je l'aime, répondit-il d'un air de défi. Tous les membres de ma famille étaient de fichus explorateurs. Je n'allais pas me lancer là-dedans, juste pour impressionner mon père. Qui, au passage, n'a jamais été impressionné par ce que je faisais. Quoi que ce soit.

— Et… Erich ?

— Je… je m'en fiche, répondit-il en haussant les épaules. Je ne connais même pas son nom de famille.

Tout à coup, Carmen pensa à quelque chose.

— Je… Les gens qui sont venus à la librairie, vous vous rappelez ? Les Allemands ?

Il la regarda.

— Je ne veux pas les voir.

— Mais… ils m'ont dit qu'ils avaient des lettres. Ils ont quelque chose ! Il faut que vous sachiez de quoi il s'agit.

— Je m'en fiche, répondit-il avec un nouveau haussement d'épaules. Je ne veux pas savoir. Cette histoire… a gâché ma vie. Toute ma vie.

Carmen imagina le petit garçon perdu, envoyé dans un dortoir froid alors que ses parents habitaient au bout de la rue.

— Mais ils ont l'air si gentil… Le temps a passé, M. McCredie. Tout le monde comprendrait. Les choses… les choses ont changé.

— Non, pas s'il a mis vos grands-parents dans un train.

— Savez-vous ce qu'il a fait ?

Il secoua la tête.

— Non, mais j'ai toutes les raisons de croire que cela ne valait rien qui vaille.

— Mais ces gens… ils pourraient être des parents à vous, non ?

Il haussa les épaules.

— Ils ne peuvent rien pour moi.

Elle considéra à nouveau la photo froissée. Il l'avait toujours à la main.

— Aviez-vous déjà vu cette photo ?

Il fit oui de la tête.

— Ma mère… ma mère la conservait dans son porte-monnaie.

— Ça alors, ne put-elle s'empêcher de dire.

— Sorley… mon père… était un homme… difficile. Il venait d'une famille très célèbre. Il avait l'habitude de parvenir à ses fins. Il pensait que ma mère serait une jolie campagnarde qu'il dominerait facilement et à laquelle il ferait plein d'enfants.

Il esquissa un demi-sourire.

— Il ne s'attendait pas à cela.

— Mais ils sont restés ensemble ?

— Tout le monde restait ensemble à l'époque. C'était comme ça.

— Mais elle a conservé cette photo. Comment l'avez-vous trouvée ?

Ce souvenir le fit sourire.

— J'essayais de lui chiper de l'argent. Pour m'acheter des sucreries. À la fin du rationnement. J'étais surexcité. Je rêvais de m'acheter une montagne de chocolats… mais je suis tombé sur ça.

— Qu'est-ce qu'elle a dit ?

— Elle voulait m'en parler. Bon sang. Je ne voulais pas l'entendre.

— Elle ne pouvait en parler à personne.

— Elle ne l'a jamais fait. Les gens s'inventent leurs propres histoires, de toute façon. Quand j'ai à nouveau regardé dans son porte-monnaie, la photo avait disparu. Et mon train électrique était rangé dans le grenier.

Carmen hocha la tête.

— Elle devait l'aimer. Pour prendre tous ces risques.

Il poussa un soupir.

— Ma mère était la femme la plus malheureuse que j'aie jamais rencontrée de ma vie.

— Mais, M. McCredie, dit Carmen d'un ton pressant, les bruits de la fête lui parvenant de plus en plus nettement. Regardez ce que vous avez. Votre belle librairie. Votre adorable maison. Et là-bas… tous vos amis. Tous ces gens qui tiennent à vous.

— C'est grâce à vous, tout ça. C'est vous qui avez fait revenir les clients.

— Oui, parce que ma crétine de sœur, Sofia, tient tellement à vous qu'elle m'a demandé de travailler pour vous. Et ce n'est que votre *avocate*. Les gens tiennent à vous.

M. McCredie sécha ses larmes.

— Réfléchissez pour les Allemands, d'accord ? Ils sont au marché de Noël pendant au moins une semaine encore.

La gorge de M. McCredie se serra.

— Le temps guérit toutes les blessures.

Mais il ne répondit pas.

— Et maintenant, ajouta-t-elle, vous devez venir dire quelques mots, sinon tout le monde va partir pour aller dépenser son argent à la boutique de magie. Bronagh va leur jeter un sort.

*

Déjà lassée de voir Blair servir son numéro habituel aux femmes qui voulaient une dédicace (ces dernières lui jetaient des regards envieux, c'était agréable, mais terriblement répétitif, et personne ne lui adressait la parole), Skylar se détourna pour observer les autres invités. La porte s'ouvrit alors dans un tintement de cloche, et la grande silhouette du maître de conférences se faufila à l'intérieur, vêtue d'une chemise blanche immaculée qui semblait si neuve que des épingles étaient sans doute encore plantées dedans. Skylar le rejoignit d'un bond, son plus grand sourire aux lèvres.

— Dr Oke !

— Oh oui, bonjour, répondit-il, surpris, la reconnaissant vaguement. Est-ce que Carmen est là ?

C'était la deuxième fois qu'on lui posait cette question ce soir, et cela ne l'enchantait pas.

— Oh, elle ne doit pas être loin. J'ai beaucoup aimé votre cours sur les insectes…

— Merci, la coupa-t-il, la tête ailleurs.

Il rencontrait beaucoup de femmes mais ne s'abandonnait pas souvent. Il ne le pouvait pas ; ses valeurs le lui interdisaient, et il voyageait tant, ce n'aurait pas été juste.

Mais… Il la revoyait en train de cavaler avec les enfants à la fête foraine, riant comme une folle, ses cheveux bruns flottant au vent. Il n'avait pas arrêté de penser à elle. C'était vraiment tout sauf pratique, bien sûr. Mais on lui avait proposé de rester un semestre de plus ; il était très populaire auprès des étudiants.

Skylar le mesura du regard avec perspicacité. Carmen était un vrai cœur d'artichaut, c'était pathétique. Elle s'était d'abord jetée dans les bras de Blair – elle, en revanche, le comprenait sur le plan spirituel, ce dont Carmen était manifestement incapable. Et maintenant, ce docteur la cherchait, alors que Carmen était à peine instruite et travaillait dans un magasin. C'était ridicule. Elle devrait lui rendre service.

— Oui, la pauvre Carmen, lança-t-elle, captant à nouveau son attention.

— Pourquoi ? Qu'est-ce qu'elle a ?

— Oh, répondit-elle en affectant un air compatissant et en abaissant les coins de ses lèvres en bouton de rose. Elle craque un peu sur mon petit ami, expliqua-t-elle en caressant le bras de Blair, qui ne prêta pas attention à elle. Enfin, elle craque beaucoup sur lui, en réalité ! Je ne peux pas vraiment lui en vouloir. Mais ça a été dur pour elle. Elle lui court après depuis si longtemps… Je pense qu'en fait, elle croit sortir avec lui.

— Vraiment ? s'étonna Oke en fronçant les sourcils, troublé.

— Oh oui, elle est désespérée. Il a essayé de repousser poliment ses avances, mais elle ne voulait rien entendre. *Bref*, poursuivit-elle en faisant de grands yeux. J'espère vraiment qu'elle va bien.

Au même moment, le rideau de la réserve s'ouvrit, et Carmen apparut avec M. McCredie ; elle poussa un peu le vieux monsieur en avant, et tous les invités se mirent à l'acclamer, sans doute sous l'effet de l'alcool et de la bonne humeur générale en cette fête de Noël, mais aussi parce qu'ils avaient beaucoup d'affection pour lui et étaient soulagés que sa boutique résiste.

Ne s'y attendant pas du tout, il s'empourpra, et Carmen lui adressa un grand sourire.

Puis quelque chose attira l'attention de la jeune femme : droit devant elle, Blair, qui était en train de dédicacer un livre, releva la tête, croisa son regard et lui tira la langue.

Ce geste était si inattendu qu'elle sursauta et rougit aussitôt ; elle était si surprise de le voir là, plus grand et impertinent que jamais. Il ne la lâcha pas des yeux.

Elle ne remarqua même pas Oke, qui était debout derrière Blair et n'avait donc pas vu la grimace de ce dernier ; Skylar non plus.

Mais Oke vit le rose sur ses joues, sa surprise et, pensa-t-il, sa joie de voir Blair. Il savait reconnaître une fille qui craquait sur quelqu'un, ayant lui-même un certain succès auprès des femmes.

Et voilà qu'il se retrouvait de l'autre côté. Sa déception était immense, abrutissante.

Bien sûr, ils les avaient vus boire un café ensemble, mais il n'avait pas… Enfin, elle l'avait accompagné à Camera Obscura. Ce n'était pas un rendez-vous. Pas à ce moment-là. Mais il se rappelait son visage dans l'église, quand elle écoutait la musique.

Avant même que Carmen n'ait le temps de détourner les yeux de Blair et de conduire M. McCredie à l'avant du magasin pour qu'il prononce un discours, Oke tourna les talons et sortit discrètement, rédigeant déjà dans sa tête l'e-mail où il déclinerait l'offre de l'université. Non. Assez. Il était loin de chez lui et avait perdu la tête, voilà tout. La neige tombait à nouveau. Il gelait, dans ce pays. Il devrait rentrer à São Paulo ; il manquait à sa famille. Il verrait ses sœurs. Apporterait leurs cadeaux aux enfants, même. Verrait ses nièces et ses neveux grandir. Cataloguerait ses nouveaux échantillons. Travaillerait.

Il avait beaucoup à faire. Au pied de l'escalier, il se retourna. La librairie luisait, dorée et argentée, remplie de gens heureux en train de bavarder et de célébrer les fêtes. Au-dessus de lui, les lumières qui ornaient les étoiles accrochées le long de la rue (comme si elle n'était pas assez jolie comme ça) clignotaient et scintillaient. Il avait l'impression d'être dans une carte de vœux.

Mais il ne fêtait pas Noël. Alors, sans bruit et lentement pour ses grandes jambes, il monta les marches en direction de la résidence universitaire qui surplombait la ville.

Chapitre 32

— Hé, poupée ! Dis-moi que tu n'as pas été sage !

Blair attrapa le bras de Carmen juste après que M. McCredie eut prononcé un joli discours dans lequel il avait remercié toute la rue pour son soutien et son amitié. Une autre salve d'applaudissements avait retenti pour la nouvelle vitrine et ses décorations (« que nous devons, bien sûr, à Carmen Hogan »), ce qui lui avait fait très plaisir mais l'avait aussi mise mal à l'aise. Un instant, elle avait regretté que Sofia n'ait pas pu venir (même si elle aurait eu du mal à passer la porte avec son gros ventre), avant d'être de nouveau furieuse, car M. McCredie avait également remercié sa sœur. Puis elle s'était rappelé que c'était Sofia qui avait eu cette idée, qu'elle avait raison depuis le début. Et où était Oke ? Elle ne le voyait pas.

Blair s'était alors faufilé jusqu'à elle.

— Je m'ennuie à mourir, poupée. Est-ce qu'on peut quitter ce trou à rats ?

Carmen le considéra.

Cela ne faisait qu'une semaine qu'elle ne l'avait pas vu, mais, curieusement, il lui semblait plus petit, avec une moue boudeuse.

— Allez… Viens !

— C'est ma fête ! répondit-elle avec raideur. Je ne peux pas m'en aller.

— Bien sûr que si ! On quitte ce trou et on va ailleurs, juste toi et moi.

Elle fronça les sourcils.

— Et Skylar ?

— Quoi, Skylar ? rétorqua-t-il avec un haussement d'épaules. Allez, viens. Allons nous amuser.

— On s'amuse, ici.

Carmen n'en revenait pas. Cela avait été son désir le plus cher pendant si longtemps, que quelqu'un l'emmène loin de tout ça pour faire des folies, qu'on l'arrache à sa vie. C'était son rêve. Tout ce qu'elle souhaitait.

Mais, à présent, elle pensait à la librairie, si jolie ; elle s'inquiétait pour M. McCredie ; et elle se demandait où… mais où était Oke ?

Elle voyait sans cesse son visage, ne pouvait se le sortir de la tête : il remettait en question sa vision de la vie, ce qu'elle tenait pour normal au quotidien – il voyait tout avec des yeux neufs. Mais cela ne faisait pas de lui un plouc pour autant, ni un fruste ni tout ce qu'elle avait pu s'imaginer à cause de ses chaussures. Il était toujours lui-même, tout le temps. Sa vie était plus simple, parce qu'il ne cherchait pas à être quelqu'un d'autre – une célébrité comme Blair, une sorte de gourou du yoga sur Instagram comme Skylar, ou une femme qui avait tout pour elle comme Sofia. Ou même comme elle, Carmen, qui tentait de faire croire que tout allait bien. Quand elle savait que ce n'était pas vrai.

Lorsque Skylar l'aperçut, elle se jeta sur eux et attrapa Blair par le bras d'une façon possessive. Il lui jeta à peine un regard.

— Salut, Carmen, lança-t-elle haut et fort.

— Bonjour, Skylar.

C'était très étrange : en voyant le visage de la nounou, elle se sentit soudain libérée d'un poids. Tout allait bien. Ce n'était pas grave.

— Est-ce que tu as vu Oke ? lui demanda-t-elle poliment.

Skylar haussa les épaules.

— Oh, non, répondit-elle avec désinvolture. Pourquoi, est-ce que tu espérais *vraiment* qu'il viendrait ?

Carmen la regarda droit dans les yeux.

— Oui.

*

Elle sortit dans la rue tranquille pour prendre un bol d'air frais. Les invités se dispersaient. Bon. Il n'était pas venu. Ce n'était pas grave. Il n'aimait peut-être pas trop les fêtes. Mais il était pourtant venu à celle de Bronagh.

Il lui avait manqué. Dahlia n'était pas venue, elle non plus : il était peut-être avec elle. Elle n'aurait jamais pensé que cela lui ferait aussi mal au cœur.

Comme si elle l'avait convoquée, elle vit Dahlia sortir du café et remonter la rue d'un pas lourd.

— Bonjour ! la salua-t-elle.

Dahlia fit la moue.

— Qu'est-ce que tu fais ? poursuivit Carmen. Est-ce que tu vas voir Oke ?

La jeune femme vira une nouvelle fois au rouge.

— Non ! Il est tout à toi, rétorqua-t-elle, au bord des larmes.

— Qu'est-ce que tu veux dire ?

— Il me plaisait vraiment beaucoup ! s'étrangla Dahlia. Mais il m'a dit qu'il ne pourrait jamais sortir avec moi. Parce qu'il... est maître de conférences. Et *qu'il n'a pas le droit de sortir avec ses étudiantes.*

Elle éclata à nouveau en sanglots.

Carmen cligna des yeux. Elle n'en croyait pas ses oreilles.

— Vraiment ?

— Tu n'es pas étudiante, si ? lui demanda Dahlia en reniflant, le nez tout rouge.

Carmen secoua la tête.

— Je suis ravie de pouvoir répondre non, pour une fois. Je... je suis désolée.

Dahlia fit la moue.

— Mais tu sors avec Blair Pfenning, non ?

— Non ! se récria Carmen, avant d'esquisser un sourire. Mais tu sais... c'est la fête de Noël de la librairie.

— Je ne comptais pas y aller. Au cas où Oke serait là.

— Il n'est pas là. Mais je peux te dire qui est là, par contre.

Dahlia la regarda, les yeux tout ronds.

— Non !

— Si.

— Vraiment ?

— Ne le côtoie pas de trop près, mais... amuse-toi bien à la fête.

Et Dahlia, déjà en train d'arranger ses tresses, le visage miraculeusement métamorphosé, s'élança en direction de la librairie au pas de course.

*

Carmen, indécise, s'attarda au pied des escaliers.

Il n'était pas loin, à la résidence universitaire. Elle pourrait y aller, tout simplement.

Sauf que, bien sûr, il n'était pas venu à la fête… mais…

Les nerfs en pelote, elle gravit les marches, puis entra dans la cour en pierres grises du Patrick Geddes Hall, le bâtiment d'une hauteur impressionnante en face de l'escalier, à côté de la salle de l'Assemblée.

Elle frappa à l'immense porte ancienne, dont le bois était parsemé de clous, et un portier lui ouvrit, l'air sérieux.

— Bonjour ! Je cherche Oke…

Non. Elle ne se rappelait pas son nom de famille. Lui avait-il dit ? Skylar devait l'avoir mentionné. Elle n'avait pas… Nom d'un chien. Elle n'avait pas rentré son numéro dans son téléphone ; elle ne l'avait pas cherché sur Google ; elle ne savait rien de lui. Son fichu numéro était noté dans le carnet de commandes, se souvint-elle tout à coup… carnet dont elle s'était débarrassée quand elle avait rapporté un vieil ordinateur de Sofia pour commencer à moderniser la paperasse.

— Oh *non* ! se dit-elle à elle-même.

— Qui ça ? Êtes-vous sur la liste ?

— Je ne pense pas, non. Je viens un peu sur un coup de tête… C'est… Vous savez qui c'est. Grand. Brésilien. Avec un chignon sur la tête ? Il a une démarche sautillante. Il est plein d'allant. Sérieux, mais plein d'allant. Très beau. Enfin, génial. Enfin, c'est juste un garçon brillant.

Le portier resta imperturbable.

— Est-ce que vous pouvez l'appeler ?

— Je n'ai pas son numéro, répondit-elle en serrant les dents. Mais vous avez dû le voir dans le coin.

— Il y a quatre cents étudiants, ici, mademoiselle.

Elle poussa un soupir.

— Oke ? Oke ? Ça ne vous dit rien ?

— Est-ce son prénom ?

Mais bien sûr, se souvint-elle. Il lui avait dit que c'était un surnom. Elle ne connaissait même pas son vrai prénom.

— Oh, tant pis, dit-elle en tournant les talons, son exubérance envolée.

Qu'est-ce qu'elle comptait faire de toute façon ? Se jeter dans ses bras ?

Peut-être.

Arrête de t'inquiéter, se dit-elle, morte de froid, en progressant avec difficulté dans la neige de la cour, qui se transformait en verglas dégoûtant.

Elle le reverrait. C'était certain. Elle le retrouverait. Skylar connaissait forcément son nom de famille. Elle pourrait retourner le voir à l'université. Bon sang, Mme Marsh pourrait sans doute l'aider.

Peut-être. Et puis elle verrait. S'il était… s'il était intéressé. Ou s'il était de ceux qui s'intéressaient à tout et trouvaient quelque chose à aimer en chacun. Elle soupira : c'était bien possible.

Elle ressortit dans la rue, puis remonta la colline. L'esplanade du château flamboyait dans l'obscurité ; une rampe éclairait le gigantesque édifice, qui se détachait contre le ciel enneigé. Telle une petite fille, Carmen se mit sur la pointe des pieds pour regarder par-dessus le rempart et contempler cette ville : ses rues illuminées, son immense sapin de Noël qui brillait de mille feux, les étoiles, la neige, ces gens heureux, l'odeur de marrons chauds flottant dans l'air. Elle poussa un soupir. Elle resta là un long moment, alors que ses doigts s'engourdissaient et que son souffle fumait dans l'air, à penser à tous ces gens en contrebas, si nombreux, et à quelqu'un en particulier, quelque part au milieu de la foule grouillante, le seul visage qu'elle avait envie de voir ; les seuls yeux verts dans lesquels elle voulait plonger les siens…

Au bout d'un moment, elle finit par redescendre lentement les marches, sans même tourner la tête vers la salle de réunion des quakers où, si elle l'avait fait, elle l'aurait vu, tête penchée, en train de préparer des sandwichs pour les sans-abri, comme un forcené, tentant désespérément de se libérer de l'énergie et de la déception qu'il contenait.

La plupart des invités – parmi lesquels, heureusement, Blair et Skylar – étaient partis quand elle rentra à la librairie. Comme M. McCredie comptait la caisse, l'air incrédule, elle entreprit de ramasser les verres qui traînaient. Ramsay et Zoe lui passèrent devant en sortant : Ramsay portait sans peine les deux garçons endormis, un sous chaque bras, et Zoe agita la main du bébé fatigué pour lui dire au revoir.

Elle fit un brin de rangement. La soirée avait été excellente pour la librairie et une belle fête. Elle pouvait remercier Blair pour cela, au moins.

— Comment allez-vous ? demanda-t-elle à M. McCredie.

Elle n'en revenait pas qu'il ait réussi à veiller si tard. En le regardant de plus près, elle se rendit compte qu'il était ivre mort et tenait à peine debout.

— Oh, attention.

Accaparée par son propre drame, elle en avait presque oublié le sien.

— Venez, lui dit-elle en le prenant dans ses bras, comme un enfant (il était si chétif).

Après avoir verrouillé la porte, elle l'accompagna jusqu'à son appartement, lui fit boire un grand verre d'eau, lui retira ses chaussures et sa veste, puis le mit délicatement au lit, deux aspirines et un autre grand verre d'eau posés sur sa table de chevet.

— Chut, dit-elle, comme il marmonnait quelque chose d'incompréhensible.

Il serrait quelque chose dans son poing. Elle déplia doucement ses doigts pour prendre la photo. Elle la défroissa et la posa avec précaution sous un livre de l'explorateur Apsley Cherry-Garrard, à côté de son lit, pour qu'il la trouve à son réveil.

Puis elle s'éclipsa par la petite porte qui donnait dans le passage, pour se joindre une nouvelle fois au flot de fêtards qui descendaient vers Grassmarket, zigzaguant entre eux, anonyme parmi la foule, une personne comme une autre, sous le ciel froid et étoilé.

Chapitre 33

Carmen était morte de fatigue en arrivant. Elle s'arrêta net devant la porte d'entrée. Celle-ci était entrouverte.

— Euh, il y a quelqu'un ? demanda-t-elle en passant la tête à l'intérieur.

La maison était silencieuse ; les enfants dormaient. Aucune trace de Skylar. *Pas étonnant*, songea Carmen. Elle sonda son cœur. Non. Elle était guérie.

— Frangine ? Sofia ?

Elle entendit un bruit dans la cuisine.

— Oh, ce n'est pas vrai.

Sofia était affalée par terre, dans une flaque d'eau.

— Ne commence pas. J'ai eu Federico au téléphone toute la soirée.

— Pourquoi ne m'as-tu pas appelée ?

— Je pensais que Skylar rentrerait et que je pourrais prendre un taxi jusqu'à l'hôpital.

— Pourquoi…

— *S'il te plaît*, Carmen.

— D'accord, j'en appelle un.

Sofia poussa un soupir.

— Bonne chance. C'est la semaine de Noël.

— Je conduirai. Je n'ai bu qu'un verre.

— Tu plaisantes ? rétorqua Sofia en secouant la tête. Tu conduis déjà assez mal sobre sur les routes verglacées. Non. Tu es là, maintenant ; appelle-moi un taxi. Je vais aller à l'hôpital. Federico est à l'aéroport.

— D'accord. Est-ce que tu as appelé maman ?

— Non, je préfère éviter la panique générale.

Les deux sœurs échangèrent un sourire timide.

— Bon, dit Carmen. Allez, on va te relever.

Mais avant qu'elle n'ait le temps de finir sa phrase et de commander un Uber, Sofia se plia en deux.

— Nom d'un chien !

— Ça va aller, hein ? l'interrogea Carmen. Les bébés prennent des heures à sortir, pas vrai ?

— Le premier, oui. Le numéro 4 sort tout seul.

— Oh non. Est-ce que tu vas y arriver ?

Sofia se releva, la respiration lourde, avant de s'écrouler dans un fauteuil.

— Tu sais, quand tu dis que je veux toujours tout contrôler ?

— Je ne t'ai jamais dit ça, répondit Carmen en entrant les renseignements pour le trajet sur son téléphone. Pas en face.

Sofia continua à haleter.

— Eh bien, c'est maintenant que c'est utile : appelle-moi un taxi et reste là pour garder les enfants.

— Tu ne peux pas y aller seule.

— Si. Promis, ce n'est pas nouveau pour moi et ce n'est pas beau à voir. Je leur demanderai de t'appeler quand ce sera fini, d'accord ? Ne t'inquiète pas. Je gère.

Elles se tenaient la main et, tout à coup, Sofia serra fort celle de Carmen.

— Je gère, hein ?

— Tu gères. Federico te rejoindra directement, n'est-ce pas ?

— S'il fait un petit détour par la salle de sport ou le spa, je vais être vraiment… *argh*…

Elle se pencha en avant, serrant à nouveau la main de sa sœur.

— Tu as raison, dit Carmen. Ça fait *mal*.

— Mais ne réveille pas les enfants !

*

Elles auraient réussi, si le taxi n'avait pas klaxonné quatre fois aussitôt arrivé, suffisamment fort pour réveiller toute la rue. Carmen tenait la valise parfaitement préparée de sa sœur et s'apprêtait à l'aider à sortir pour rejoindre la voiture, quand elles entendirent un tambourinement familier à l'étage.

— Oh non, se lamenta Sofia.

— Oh non, geignit le chauffeur quand elles ouvrirent la porte et qu'il découvrit qui il passait prendre.

— Voyons, lui dit Carmen. Une course pour l'hôpital au beau milieu de la nuit… À quoi vous attendiez-vous ?

Il se gratta la tête.

— Est-ce qu'elle va l'avoir dans ma voiture ?

— Non, répondit Carmen avant de se tourner vers sa sœur et de baisser la voix : N'est-ce pas ?

— Non !

— Mais si c'est le cas, on paiera pour le nettoyage, et vous serez dans les journaux.

— Maman, où est-ce que tu vas ?

C'était Phoebe.

— Je vais juste faire un petit tour.

— Juste un *petit tour* ? répéta Carmen.

— Le truc, c'est que je viens juste de la faire nettoyer et…, poursuivit le chauffeur.

— Est-ce qu'on peut venir ?

— Maman va à l'hôpital, expliqua Carmen aux enfants.

— À L'HÔPITAL ? s'étonna Jack.

— Jack ! le reprit Pippa avec colère. Tu n'écoutes jamais ! C'est pour le bébé.

— J'avais oublié le bébé. Oh. Au revoir, alors.

— JE VEUX VENIR AUSSI, déclara Phoebe.

— Ce ne sera pas long. Et Carmen reste avec vous.

— Est-ce qu'on pourra regarder un film réservé aux plus de douze ans ?

— Vous pourrez regarder *Massacre à la tronçonneuse*. Aidons juste maman à monter…

Mais le taxi venait de repartir sans elle, démarrant en trombe sur la route verglacée.

*

— C'était il y a deux heures, dit Carmen avec fermeté. Et ce n'était qu'un verre de vin, que je n'ai même pas fini.

— Boire et conduire, c'est très dangereux, intervint Pippa d'un air désapprobateur.

— C'est sans doute pour ça que tu as acheté cette Range Rover ridicule, non ? poursuivit Carmen. Cette voiture est tellement surdimensionnée, grotesque, que tu l'as forcément achetée pour que ta sœur ne risque rien si elle devait un jour te conduire à l'hôpital. Elle détruira tout sur son passage.

— Oh, zut. D'accord. C'est d'accord, répondit Sofia en haletant.

— Allez, les nains, mettez vos peignoirs.

Ils ressemblaient aux enfants dans *Peter Pan*, songea Carmen, dans leur pyjama rétro et leur long peignoir rayé. Tout excités par cette expédition, ils firent des glissades jusqu'à la voiture, sans même se chamailler pour savoir qui s'assiérait au milieu, comme d'habitude.

Elle aida Sofia à s'installer sur le siège passager (pourquoi avoir acheté une voiture aussi haute ? se demanda-t-elle. Il fallait un escalator pour monter dedans), boucla sa ceinture, puis fit le tour de la voiture en dérapant dans la neige.

Elle n'avait conduit que sa petite Fiat jusque-là, qui avait dix ans et dont le chauffage était bloqué à pleine puissance. Elle n'avait jamais conduit d'automatique. Elle ne savait pas où se trouvait l'hôpital. Tout à coup, elle ne fut plus aussi sûre que ce soit une bonne idée.

— Appuie sur…

Mais une nouvelle contraction empêcha Sofia de finir sa phrase.

Jack, assis à l'arrière, se pencha en avant.

— Appuie sur le D, lui dit-il. D pour « *Drive* », tu vois ?

Carmen voulut poser le pied sur l'embrayage, avant de réaliser qu'il n'y en avait pas.

— Non, ce sont les freins, lui expliqua Pippa.

— Tu m'aides beaucoup, merci, répondit Carmen en s'efforçant de respirer profondément.

Elle commençait à paniquer, elle le sentait. Elle ferma les yeux et essaya de se calmer.

— Bien, lança-t-elle. En route.

L'énorme voiture se mit en branle dans un grondement. On aurait dit un tank. Heureusement, les routes verglacées ne lui posaient aucun problème ; c'était comme si elles n'existaient pas.

— Comment est-ce que je vais à l'hôpital ?

— Descends la colline, puis va vers la mer, répondit Sofia. Oh non, ils ont déplacé la maternité. Zut. Prends la rocade.

Perdue, Carmen tourna à toute vitesse dans Haymarket, puis suivit les panneaux jusqu'à la rocade.

Il y avait peu de circulation à cette heure de la nuit, aussi peu que possible, du moins, mais le trajet fut long, bien plus long que Carmen ne l'aurait soupçonné dans cette petite ville.

Sofia garda la tête appuyée contre la vitre froide, tendue, essayant de ne pas faire trop de bruit.

— ENFIN un garçon dans la famille, déclara Jack. Je vais lui apprendre le foot directement.

— C'est débile, répliqua Pippa. Les bébés sont petits. Pendant TRÈS LONGTEMPS.

— Eh bien, pour Noël prochain, alors.

— Il ne saura même pas marcher à Noël prochain, lui expliqua sa sœur.

— Vraiment ? C'est nul. Je veux dire, c'est dans une ÉTERNITÉ.

— Tu seras trop vieux pour avoir envie de jouer au foot avec lui quand il aura l'âge.

— Ça m'étonnerait, rétorqua le garçonnet avec fermeté.

Il avait sans doute raison, songea Carmen. Phoebe, elle, restait étonnamment silencieuse. Ils approchèrent enfin d'un grand panneau, qui indiquait la sortie pour l'hôpital. Carmen, les mains agrippées au volant, était maintenant terrifiée à l'idée de devoir s'arrêter et se garer, mais, heureusement, la maternité vous autorisait à stationner juste devant la porte. Pippa descendit pour aller chercher de l'aide et rapporter un fauteuil roulant.

— Merci, dit Sofia d'une voix faible, avant d'ajouter, plus bas, à l'intention de sa sœur : Heureusement, j'aurai Pippa quand j'aurai tué Federico.

Carmen sourit.

— Quand arrive son avion ?

— Il est sans doute en train de siroter sa deuxième coupe de champagne et de regarder un film au-dessus des steppes russes en ce moment, répondit Sofia tandis qu'elle réussissait, avec difficulté, à passer de la voiture au fauteuil.

— On se retrouve à l'intérieur ! lança Carmen avant de partir avec les enfants pour aller garer la voiture.

Ici, en dehors de la ville, sans ses bureaux chauffés et ses murs protecteurs, le froid était bien plus rigoureux, surprenant, saisissant. Les Pentland Hills se dressaient au-dessus d'eux, recouvertes d'un épais manteau blanc. On voyait des traces dans la neige, là où des gens avaient manifestement skié. Bon sang.

Elle détacha les enfants, qui sortirent de la voiture d'un bond, se délectant de cette aventure nocturne.

— Je vais avoir BEAUCOUP de choses à raconter demain, à l'école, dit Pippa, toute guillerette.

Ça devait souvent être le cas, soupçonna sa tante.

— Je ne suis pas sûre que vous alliez à l'école, demain, répondit-elle, s'attendant à des cris de joie.

— MAIS ! C'est le concert ! s'écria Phoebe, les yeux écarquillés. Il faut qu'on y aille !

— C'est vrai, ajouta Jack. On ne peut pas le rater.

— Mais le bébé va peut-être mettre un peu de temps à arriver…

Phoebe et Jack lui avaient chacun pris une main, sans même lui demander la permission : ils l'avaient fait naturellement. Elle se sentit incroyablement privilégiée, comme s'ils venaient de lui faire un grand cadeau.

— … vous serez peut-être trop fatigués.

— Impossible, répliqua Jack. Je suis déjà resté debout toute la nuit.

— C'est pas vrai, rétorqua Phoebe. Tu étais invité à dormir chez Zack, et tu as dit que tu étais resté debout, mais c'était pas vrai.

— Si !

— Tais-toi !

— Allons, ils ne vous laisseront pas entrer dans l'hôpital si vous vous disputez.

Carmen ne s'attendait pas à ce que cela marche, mais les deux enfants se turent en atteignant les portes automatiques silencieuses. Ce n'était pas si différent de l'école, quand on y pensait, se dit-elle.

La maternité était calme à cette heure tardive, comme si la plupart des gens avaient pu décider de ne pas avoir leur bébé à une époque de l'année aussi inopportune. Et il n'y avait assurément pas d'autres enfants, ici. Cela frappa Carmen avec force : sa sœur si organisée avait, pour la première fois de sa vie, réussi à faire quelque chose qui manquait totalement d'organisation.

L'infirmière à l'accueil les salua d'un signe de tête.

— Elle est directement allée en salle de travail numéro 6, leur apprit-elle. Nous ne pouvons pas tous vous laisser entrer… mais elle ne devrait pas rester seule.

— Je peux surveiller les autres, proposa Pippa.

— Heu, peut-être pas, répondit l'infirmière. Je vais vous montrer la salle d'attente.

Pour le plus grand plaisir des enfants (cet hôpital était flambant neuf), des jouets étaient empilés dans la salle d'attente, et la télévision diffusait une chaîne de dessins animés. Il y avait aussi un distributeur automatique, qui vendait des tas de cochonneries. Ils regardèrent leur tante avec des yeux tout ronds. C'était à l'évidence le paradis pour eux.

Carmen les observa tous les trois. Même Pippa sembla oublier de faire son petit chef pour examiner un poney sur lequel on pouvait rebondir. Elle resta près de la porte. Elle était juste à côté des salles de travail ; elle pouvait même entendre les bruits désagréables.

C'était si bizarre. Elle n'avait jamais vraiment pensé aux précédents accouchements de sa sœur. Elle s'était juste dit : *Ça y est, Sofia va de nouveau attirer toute l'attention.*

Puis le bébé arrivait, ses parents devenaient à nouveau gaga, et les gens commençaient à la regarder, s'efforçant de lui faire des remarques gentilles sur sa carrière. C'était allé crescendo au fil des ans, la rendant folle, l'amenant à se retourner contre sa propre famille, par jalousie et pour défendre ses propres choix, qui, souvent, ne paraissaient même pas en être.

Mais, à présent, sa sœur était dans l'une de ces salles, toute seule, en train de souffrir, sans personne pour lui tenir la main.

— Bon, mes chéris, dit-elle. Je fais un saut à côté pour voir votre mère cinq secondes. Est-ce que vous pouvez réussir à rester assis ici, sans vous faire kidnapper, ni vous poignarder, ni mettre vos doigts dans les prises électriques ?

L'infirmière de l'accueil, qui passait par là, s'arrêta.

— C'est bon, déclara-t-elle. Je suis en pause. Je vais rester un moment.

— Oh, non, je ne peux pas accepter. Pas pendant votre pause.

— Oui, oui, oui. Allez-y. Cinq minutes, d'accord ?

— D'accord ! Les enfants, soyez sages avec la gentille infirmière, d'accord ?

— Eh bien, j'ai des questions, annonça Pippa en s'approchant de la gentille infirmière, mais Carmen avait déjà disparu.

*

La petite salle de travail était remplie de moniteurs et de machines qui bipaient. Sofia était toute seule. Elle releva la tête quand sa sœur entra.

— Tu es toute seule ?

— Ils passent me voir de temps en temps. Les machines sont centralisées…

Mais c'était trop dur. Elle ne put se contenir. Un torrent de larmes dévala ses joues. Carmen se précipita vers elle, et Sofia lui prit une nouvelle fois la main, comme une nouvelle contraction la torturait.

— C'est trop tard pour l'épidurale, sanglota-t-elle. J'en ai toujours eu une. On ne ressent rien.

— Peuvent-ils te donner autre chose ?

Sofia secoua la tête.

— Le travail est trop avancé. Je n'ai jamais fait ça. Pas sans… tous les médicaments.

Elle hurla de peur et de douleur, et Carmen se pencha pour la serrer fort dans ses bras.

— C'est trop tôt ! J'avais *tout prévu* ! Federico a droit à un congé supplémentaire après son long voyage : il devait revenir juste avant l'accouchement et…

— Tu es la personne la plus résistante, la plus courageuse, la plus extraordinaire que je connaisse, murmura Carmen à l'oreille de sa sœur. Montre-leur de quoi tu es capable. Et tu devrais sans doute dire aux infirmières que c'était ton idée pour Federico, sinon, de leur côté, elles vont aussi lui montrer de quoi elles sont capables.

Sofia esquissait un sourire, quand une sage-femme entra pour vérifier que tout allait bien.

— Ça ne va plus tarder, dit-elle en consultant les moniteurs puis, à la grande surprise de Carmen, même si elle savait que cela n'avait rien d'étonnant, elle examina sa sœur.

— Je n'ai… je n'ai jamais accouché sans péridurale. Est-il trop tard pour une césarienne ?

— Vous plaisantez ? Sortez-moi ce bébé maintenant, et vous serez chez vous pour le petit déjeuner. Si on vous ouvre, vous serez clouée au lit pendant quinze jours. Et puis, c'est Noël. Êtes-vous sûre à cent pour cent que le chirurgien de garde n'aura pas bu un petit coup de sherry ?

— Je suis sûre à 99,999 %, du point de vue juridique, répondit Sofia, les dents serrées.

— Eh bien, c'est à vous de voir.

— Allez, l'encouragea Carmen. Tu en es capable.

— Est-ce que ce sont vos enfants dans la salle d'attente ? Êtes-vous mariées ?

— Sœurs, répondirent-elles d'une même voix, main dans la main.

— Sont-ils en train de s'entretuer ? l'interrogea Carmen. J'y retourne dans une seconde.

— Mais je n'aurai pas ce bébé sans péridurale, lança Sofia d'une voix sévère, qui ressemblait à celle qu'elle prenait au tribunal, en plus tremblante. Je ne peux pas. Je vous dis que je ne peux pas… *Aaaaargh !*

Carmen déposa un baiser sur le visage en sueur de Sofia, puis repartit dans la salle d'attente à toute vitesse. Jack dormait à poings fermés dans un coin. Pippa lisait un livre sur les reptiles et les amphibiens en prenant des notes. Phoebe était roulée en boule sur une chaise, la chemise de nuit mal boutonnée, ses cheveux ébouriffés lui cachant le visage. Carmen remercia l'infirmière et prit le relais. En s'asseyant à côté de sa nièce, elle remarqua qu'elle pleurait.

— Phoebe, murmura-t-elle. Qu'est-ce qui se passe ?

Elles jetèrent toutes les deux un coup d'œil à Pippa, mais cette dernière était à l'autre bout de la pièce, captivée par sa lecture.

— Le nouveau bébé va arriver.

— C'est vrai.

Carmen la prit sur ses genoux. La sentir là était réconfortant, et Carmen la berça spontanément. Elle trouva cette sensation agréable.

— Tout le monde va aimer le nouveau bébé.

— C'est vrai, mais ils ne cesseront pas de t'aimer pour autant.

— Comment est-ce que tu le sais ?

— Eh bien, je suis la plus jeune, moi aussi, répondit-elle après une seconde de réflexion. Et quand je suis entrée dans leur vie, est-ce que tu crois que papi et mamie ont arrêté d'aimer Sofia ? Ta maman ?

La fillette y réfléchit.

— Non. Mais…

— Mais quoi ?

— Mais maman était gentille.

— Tu es très gentille, toi aussi. Je t'aime beaucoup.

Phoebe fit la moue.

— Mais…, commença-t-elle d'une voix très basse, le visage tout rouge. Skylar a dit que j'allais devenir grosse.

— QUOI ? s'écria Carmen, plus fort qu'elle n'en avait l'intention.

— Elle a dit que j'allais devenir grosse et moche, et que personne ne m'aimerait.

— Quand ça ?

— Après Halloween. Quand on a eu des bonbons. On nous a donné des bonbons ! grimaça-t-elle. Tout le monde a des bonbons à Halloween.

Carmen était dans une telle colère qu'elle eut du mal à rester sagement assise.

— Elle t'a dit ça à Halloween ? Et tu as gardé ça pour toi pendant des *mois* ?

— Je crois que tout le monde va aimer le nouveau bébé à ma place. Le nouveau bébé ne sera pas gros.

Carmen redressa sa nièce pour lui faire face. Elle la regarda droit dans les yeux.

— Tu es belle. Tu es parfaite. Drôle, intelligente et tu mérites tout l'amour du monde. Est-ce que tu sais comment je le sais ?

Phoebe ne la quitta pas des yeux.

— Parce que je n'aime même pas les enfants. Je ne les ai jamais aimés.

— C'est pour ça que tu ne nous as jamais envoyé de cadeaux et que tu ne venais pas à nos anniversaires ?

— Tout à fait. Je ne supportais pas les enfants, répondit-elle avant de s'interrompre et de se pencher vers la petite. Mais, Phoebe D'Angelo, je t'aime bien. En fait, je t'aime tout court, ce qui est très embêtant, parce que ça va me coûter une fortune en cadeaux.

Sur ce, elle la serra fort dans ses bras.

— Tu ne seras jamais grosse, lui murmura-t-elle à l'oreille pour conclure. Et même si tu l'étais, ce ne serait pas *grave*, parce que tu es *belle* à mes yeux.

— Est-ce que tu vas nous acheter des cadeaux pour toutes les années que tu as manquées ? l'interrogea Phoebe en se collant à elle.

— D'accord, si je peux vous offrir quelques livres.

La fillette acquiesça, et Carmen la garda dans ses bras jusqu'à ce qu'elle s'endorme. Ses parents arrivèrent peu après : quand Irene vit que sa fille rétive aimait sa petite-fille, son cœur faillit jaillir hors de sa poitrine. Les embrassades, les cris de surprise fusèrent, puis le père de Carmen trouva un fauteuil poire dans un coin de la pièce et alla piquer un petit somme avec Jack et Phoebe.

*

Dans la salle de naissance, la sage-femme n'était pas satisfaite de Sofia. Elle lui hurlait presque dessus.

— Allez ! Il faut vraiment que vous poussiez, maintenant. Ce bébé veut sortir, maman. Il faut vous y mettre. Allez !

Sofia avait toujours la voix tremblante ; elle était en pleurs, au plus mal. Leur mère, qui ne savait pas quoi faire, attendait dans un coin pour ne pas gêner. Cela ne ressemblait pas à Sofia de perdre le contrôle. Pas du tout.

— Mais ça ne devait pas…, geignit Sofia. Federico n'est pas là ! Et c'est trop tôt ! Et je n'ai pas eu de péridurale ! J'ai mal et je suis *si* fatiguée…

— Vous n'avez pas le choix, répliqua la sage-femme. Est-ce que vous pouvez la motiver un peu ? demanda-t-elle à voix basse en se tournant vers Carmen. La fréquence cardiaque baisse légèrement sur le moniteur. J'aimerais vraiment que ce bébé sorte avant qu'on n'ait un code bleu.

Carmen n'avait aucune idée de ce qu'elle voulait dire, mais cela paraissait grave. Elle avait un plan.

— Sofia, dit-elle.

Sa sœur se tordait de douleur.

— Je… je suis trop fatiguée, répondit-elle, sa voix diminuant.

— Eh bien, voilà le truc. J'ai dû consoler Phoebe pour qu'elle s'endorme, mais elle a vraiment besoin que tu reviennes, et vite. Parce que Skylar lui a dit qu'elle était… *grosse*.

— Elle a *quoi* ? s'écria Sofia, sourcils froncés.

— En octobre. La pauvre petite était malade d'inquiétude depuis tout ce temps.

— Elle a *quoi* ?!

— Je savais qu'elle était horrible depuis le début.

— AIDEZ-MOI À SORTIR DE CE LIT ! enragea Sofia.

Mue par l'énergie de la colère, Sofia concentra alors toute sa rage, attrapa les barreaux du lit, s'accroupit sur ses jambes fortifiées par le yoga, et un nouveau petit D'Angelo vit le jour à deux heures quinze, entouré de sa grand-mère et de sa tante aimantes, tombant directement sur le sol, pendant que sa mère hurlait des insultes en direction du plafond.

Chapitre 34

Ils ne plaisantaient pas, à l'hôpital, quand ils parlaient d'être rentrée à la maison pour le petit déjeuner. Dès que le placenta fut sorti et qu'ils eurent fait un brin de toilette à Sofia, ils voulurent plus ou moins récupérer le lit.

— Je ne ramène pas le bébé en voiture, prévint aussitôt Carmen. Hors de question. C'est tout juste si je ne vous ai pas tués à l'aller.

Heureusement, vers sept heures, Federico arriva au pas de charge, son costume immaculé tout chiffonné. Carmen, entourée de ses enfants endormis, avait l'intention de lui lancer un regard dédaigneux, mais s'attendrit malgré elle en voyant son visage quand il entra dans la chambre de Sofia.

Elle n'assista pas à leurs retrouvailles, mais, quand elle leur apporta du thé et les toasts que la formidable infirmière avait dégotés pour Sofia (les meilleurs qu'elle n'avait jamais mangés, insista cette dernière) et qu'elle frappa doucement à la porte de la chambre, elle les trouva assis sur le lit, lovés l'un contre l'autre, en train de fixer, hypnotisés, les traits un peu bouffis, rouges et plissés de leur nouveau bébé.

Puis elle entendit du chahut derrière elle : Phoebe, Jack et Pippa venaient de se réveiller et arrivèrent en courant, poursuivis par leur grand-mère. Ils s'arrêtèrent devant la porte, pas certains d'avoir le droit d'entrer.

— Entrez, mes chéris ! s'exclama Sofia, et Carmen se recula, comme la porte s'ouvrait en grand et que les enfants se précipitaient à l'intérieur.

Sofia fit signe à Phoebe de s'approcher, puis, quand sa fille fut assez près, elle l'attira contre elle pour lui murmurer quelque chose à l'oreille. La fillette se redressa aussitôt, surprise, comblée.

— Vraiment ? chuchota-t-elle à sa mère, qui opina vigoureusement du chef.

Le visage de la petite s'épanouit alors en un immense sourire, que Carment n'avait encore jamais vu.

— Elle m'a tout raconté, expliqua Sofia à voix haute en désignant Carmen, et Phoebe alla se jeter dans les bras de sa tante.

— Tu vas être la meilleure des grandes sœurs, lui dit Carmen en se penchant vers elle. Est-ce que tu veux rencontrer ton petit frère ?

— John ! cria Jack. James ! Jacob ! Joseph !

— Eh bien, je n'ai pas encore décidé, répondit Sofia. Je ne suis pas sûre qu'on doive choisir un prénom en J. On confond toujours les deux P.

— Mais je croyais que tu aimais que tout soit ordonné, symétrique, répliqua Carmen, espiègle.

Sofia regarda son nouveau-né avec tendresse.

— Eh bien, ça ne peut pas faire de mal de changer un peu.

Les deux sœurs échangèrent un sourire.

— Ouah ! s'exclama Phoebe. On dirait une tomate.

— Phoebe, c'est très méchant, commença Pippa.

— Non, la coupa Sofia avec fermeté. C'est vrai, non ?

— Eh bien, appelez-le Tom dans ce cas, proposa Carmen.

— Hors de question que je l'appelle Tomato D'Angelo. Quoique…

Ils se chamaillaient toujours gentiment à ce sujet, quand l'infirmière entra pour les chasser et laisser la place aux femmes blafardes qui arpentaient le couloir d'un pas lourd, attendant l'arrivée de leur bébé. L'équipe de jour prenait le relais, de nouvelles vies venaient au monde, et ils firent tous comme si c'était parfaitement normal.

— Bon sang, je ne vais pas être efficace aujourd'hui, au travail, lança Carmen en bâillant, pendant que son père les ramenait à la maison.

— Tata Carmen, tu ne vas pas travailler, aujourd'hui ! déclara Pippa. Tu dois venir au concert de l'école, parce que maman ne peut pas.

— On peut venir, nous, intervint leur grand-mère. Dès que Sofia sera installée.

— Mais on veut que tata Carmen vienne, protesta Phoebe d'une petite voix.

Irene regarda sa cadette et, une seconde, fut incapable de répondre. À la place, elle lui serra fort le bras.

— Oh, j'appellerai M. McCredie. Il peut se passer de moi une demi-journée. Je pense que tout est plus ou moins en place.

*

Quand M. McCredie se réveilla avec la gueule de bois et qu'il dut faire l'ouverture seul, il ne comprit pas ce qui lui arrivait. Plus qu'une semaine avant Noël : un flot ininterrompu de clients défila dès l'instant où il ouvrit la porte, sa tasse de café toujours à la main.

Tout se vendit – le livre *Paddington*, *Londres en pop-up*, l'anthologie de ski. Les gens, qui n'avaient plus que quelques jours pour acheter leurs cadeaux, commençaient à s'inquiéter. Plusieurs personnes lui proposèrent d'acheter son train électrique, ce qui l'emplissait de mélancolie à chaque fois : en général, les clients prenaient cela pour un silence, comme s'il réfléchissait à leur offre, puis enchérissaient, en vain.

Il était silencieux, mais pensif. La réaction de Carmen quand il lui avait raconté son histoire (sa compassion, doublée de son étonnement – tout le monde s'en moquait, aujourd'hui, d'après elle) l'avait fait réfléchir.

Il avait eu si peur d'en parler aux autres, de les laisser entrer dans sa vie, après la cruauté qu'il avait subie, chez lui et à l'école. La honte l'avait talonné pendant des décennies, dans toutes ses relations, à la mort de ses parents. Sa mère n'avait rien dit, jamais, n'avait rien laissé. Il n'avait été qu'une immense déception pour son père. Le monde des livres, d'immenses paysages dans lesquels jouer et se cacher, était devenu son chez-lui ; il s'y était réfugié jusqu'à avoir presque tout perdu – les années, l'argent, la vie.

Mais, à présent, en voyant les mines réjouies autour de lui et les touristes enthousiastes qui prenaient la vitrine en photo, tandis qu'il emballait ses livres de papier kraft et de ficelle avec agilité, pour des enfants tout excités et d'autres clients euphoriques, il se demandait pourquoi il y avait renoncé pendant si longtemps.

Carmen l'avait appelé, ivre de joie, enchantée que sa sœur ait eu son bébé. Elle lui avait expliqué qu'elle devait s'occuper des enfants ce jour-là, s'était confondue en excuses, et son bonheur avait été communicatif. Cela ne faisait aucun doute : elle égayait sa vie.

Et ils feraient un bon Noël. La librairie n'avait jamais gagné autant d'argent. Donc. Quelqu'un voudrait sans doute la racheter.

Il vendrait la maison. Achèterait un logement plus petit, comme le font les retraités, supposait-il. Une chambre. Peut-être un appartement neuf avec du triple vitrage, où il ferait toujours chaud, quelque part en banlieue, où il n'y aurait pas d'escaliers à monter et où il ne risquerait pas de glisser sur la glace. Deux chambres, peut-être, une pour lui et une pour ses livres. Juste lui. Tout seul.

— Est-ce que ça va ? l'interrogea la gentille dame qui le vit ralentir le rythme, puis cesser d'emballer *La Reine des neiges*, ce qui était ennuyeux, car c'était son dernier cadeau et qu'elle avait hâte d'aller s'installer au café où travaillait Dahlia.

S'il ne se dépêchait pas, il serait onze heures : des tas de gens auraient prévu de s'y rejoindre, et elle ne trouverait pas de place.

— Oui, oui, répondit-il d'un air distrait. Joyeux Noël.

En sortant, cette dame s'arrêta net, comme un bel homme, qu'elle reconnut, lui tenait la porte. Oh non ! Elle regrettait tant de s'être pressée pour arriver avant onze heures. Elle envisagea de prétendre avoir oublié quelque chose, mais le magasin n'était pas grand, et Blair Pfenning (*Blair Pfenning !*) lui tenait la porte.

— Je viens juste signer les exemplaires restants, annonça-t-il d'une voix forte à M. McCredie, qui opina du chef avec gratitude.

Oke se faufila lui aussi à l'intérieur, tête baissée. C'était la dernière fois, avait-il décrété. Il en avait assez de se ridiculiser. C'était grotesque. Elle ne voulait pas de lui. Il rentrait chez lui.

Il s'était juste dit… *une dernière fois, peut-être.* Avant de prendre son vol. Juste pour lui dire au revoir. Pour lui expliquer, même si c'était difficile pour lui, qu'en général il ne s'attendait pas à faire des rencontres pendant ses voyages – bien au contraire, en réalité.

Mais il avait aimé faire sa rencontre. Beaucoup.

— Ah. Où est Carmen ? demanda-t-il en jetant un coup d'œil dans l'arrière-boutique.

— Elle n'est pas là, répondit M. McCredie, prêt à lui expliquer, à lui indiquer le chemin, mais il avait un mal de tête carabiné et se sentait nauséeux.

— Voilà, ça devrait suffire, les interrompit Blair en brandissant une pile de livres.

En réalité, il était lui aussi venu voir Carmen et était agacé qu'elle ne soit pas là. Tant pis. Il y avait plein de femmes qui étaient très contentes de le voir. Il n'allait pas la laisser blesser son amour-propre, simplement parce qu'il la trouvait drôle.

— Bon sang, je n'en reviens pas d'être arrivé jusqu'ici. La nuit a été très fatigante, si vous voyez ce que je veux dire, les gars ?

Blair ne s'adressait pas aux bonnes personnes pour ce genre de grivoiseries. Ils le regardèrent tous les deux avec méfiance.

— Il fait froid ici, mais les filles sont plutôt chaudes, hein ?

Quand Oke comprit où il voulait en venir, son visage s'assombrit. Il se rappela l'expression de Carmen la veille au soir quand elle avait vu Blair, comme le lui avait dit Skylar. Et, à présent, Blair se vantait de…

Non. C'était fini. Il devait l'oublier. Il était temps de rentrer à la maison.

— Au revoir, dit-il à M. McCredie, mais ce dernier était ailleurs. J'imagine que je dois vous souhaiter un Joyeux…

— Tu pars, mon vieux ? le coupa Blair.

— Oui. Je rentre au Brésil.

M. McCredie releva les yeux, profondément triste pour Carmen. Oh, quel dommage.

— Ouah ! Les filles sont super chaudes, là-bas aussi, non ?

Oke répondit d'un haussement d'épaules.

— Euh…

Blair lui fit un grand sourire.

— Eh bien, tu as de la chance, je suis de bonne humeur… Comment est-ce que tu t'appelles ?

Oke le lui dit, puis Blair lui dédicaça un livre avec grandiloquence, bien que, techniquement, il ne lui appartienne pas et qu'Oke n'ait aucune envie de l'acheter.

— Tiens, dit-il en le lui tendant.

Le livre s'intitulait *Aimer chaque jour*.

Chapitre 35

Carmen s'inquiétait à l'idée d'arriver à l'école sans connaître personne et de devoir attendre, gênée, devant les grilles, comme une vraie tordue, mais Phoebe refusa d'entrer dans sa classe seule et se cramponna à elle de toutes ses forces. Et puis il y avait plein de mamans de la librairie, qui la saluèrent de la tête et lui firent coucou.

Pippa entra avec détermination, armée de son basson, ravie d'avoir une grande nouvelle à annoncer, prête à être la reine de la cour de récré, mais Phoebe, elle, s'arrêta. Carmen se rappela alors ce que Pippa lui avait raconté au sujet du dernier concert, quand elle s'était figée devant toute l'école.

— Est-ce que tu fais un solo, aujourd'hui ? l'interrogea-t-elle en serrant sa main.

Phoebe secoua la tête.

— Je suis au dernier rang, maintenant. C'est Calintha McGuire qui le fait.

— Elle a l'air horrible, répondit Carmen, se voyant gratifiée d'un demi-sourire.

— C'est elle, lui apprit Phoebe en lui donnant un petit coup de coude pour lui montrer une fille avec des tresses blondes parfaites en train de s'entraîner à articuler devant un groupe de disciples.

— Bon sang, elle a *vraiment* l'air horrible, commenta Carmen, ce qui fit pouffer Phoebe.

L'entendre rire était si agréable.

— Tu sais, je t'ai entendue chanter dans le bain, poursuivit Carmen. Et je dois t'avouer que je trouve que tu chantes *super* bien. Je chante comme une casserole. Promets-moi que tu vas chanter juste pour moi, pas pour tous ces gens, qui sont tous stupides. Chante juste pour moi. Et pour le bébé. Ça pourrait être sa chanson.

— C'est vrai, ça parle d'un bébé, rétorqua Phoebe d'un air songeur.

— Voilà. Fais-le pour lui. Je t'ai entendue chanter en chœur avec le disque. Fais pareil.

Au grand regret de Carmen, Skylar n'était pas là à leur retour de la maternité. Elle voulait être présente quand Sofia la mettrait à la porte. Et puis elle voulait la rappeler pour lui dire qu'ils la reprenaient, pour pouvoir la virer elle-même. Elle était folle de rage. Elle pouvait supporter les sarcasmes de Skylar et qu'elle lui pique le garçon qu'elle aimait bien, ou croyait bien aimer. Mais si elle s'attaquait à l'un de ses proches ? Alors là, non, ma vieille.

Les autres mamans s'attroupèrent autour d'elle pour lui demander des nouvelles du bébé, et son prénom, pleines d'attention pour Phoebe, la félicitant pour son nouveau rôle de grande sœur, et Carmen fut bien obligée de se demander pourquoi elle avait passé toutes ces années à mépriser les amies de Sofia.

Elle réalisa aussi qu'elle mourait d'envie de tout raconter à Oke. Il tenait les bébés en grande estime. Le matin même, elle avait passé vingt bonnes minutes à fixer Tom/Finn/James/Albert/Captain America (ils n'avaient pas encore choisi son prénom), contemplant ses orteils en étoile de mer et ses yeux, d'une couleur mystérieuse entre le ciel et l'océan, se disant qu'il était presque impossible de le nommer et que Oke avait sans doute raison – pas au sujet de tous les bébés, mais de celui-ci : ce bébé connaissait tous les secrets de l'univers, il était l'amour incarné, simple, évident, sous les étoiles givrées. Oke avait tout compris avant elle, c'était si étrange.

Elle secoua la tête et alla se présenter à la gentille maîtresse de Phoebe, puis on la conduisit dans la salle de spectacle, qui, elle ne put s'empêcher de le remarquer, était bien plus agréable que celle de l'école qu'elles avaient fréquentée avec Sofia. Elle sortit son téléphone, ayant pour instruction de filmer la performance des trois classes, que ce soit interdit ou non.

Les élèves montèrent sur scène dans un silence total, bien en rang, disciplinés ; cette entrée était à la fois impressionnante et un rien effrayante. Les parents se redressèrent, attentifs. Seule Carmen, qui ne connaissait pas les usages, fit de grands signes à Phoebe quand elle passa. La fillette n'osa pas relever la tête, mais un sourire se dessina sur ses lèvres.

Le spectacle commença par la crèche vivante des plus petits, avec leurs adorables singeries. La salle était chaude, cosy, et Carmen, qui n'avait presque pas dormi, commença à s'assoupir. Elle se réveilla en sursaut quand on annonça la classe des CP et prépara maladroitement son téléphone. Ils jouèrent une saynète sur des bébés qui dansaient, qu'elle ne comprit pas tout à fait, puis la fillette blonde s'avança et lança un regard inquiet à sa professeure de musique au piano, qui hocha la tête pour lui donner le signal.

— « Petit Jésus, dors doucement, ne bouge pas ; Nous te prêterons un manteau de fourrure. »

Puis les autres élèves se joignirent à elle, chantant à l'unisson, de leur voix douce et mélodieuse.

— « Nous allons te bercer… bercer… bercer… »

Une voix, remarqua Carmen avec surprise (elle n'était pas certaine de bien entendre), s'élevait au-dessus des autres : puissante, chaude, forte, harmonieuse, elle se détachait de celle de ses camarades. Elle regarda Phoebe, qui fixait le public, dans l'espoir de la repérer derrière la rampe. Aucun doute, c'était bien sa voix. Carmen ne savait même pas si la petite s'en rendait compte ; elle était absorbée par la musique.

La professeure de musique lui faisait de grands gestes, et Carmen commença par croire qu'elle essayait de la faire taire, puis elle comprit qu'elle voulait que Phoebe s'avance pour chanter le prochain couplet avec Calintha. Toute timide, la fillette fit un pas en avant lorsque Calintha entonna la suite :

— « Petit bébé de Marie, dors, dors doucement… Dors dans le confort, d'un sommeil profond. »

La voix de Calintha donnait l'impression que la fillette essayait de jouer *Annie* dans un théâtre du West End, résultat de nombreux cours de chant hors de prix. Celle de Phoebe, claire, douce, sincère, venait du cœur. La salle resta silencieuse, comme les autres enfants se joignaient de nouveau à elles.

— « Nous allons te bercer… bercer… bercer… »

Et, une fois encore, la voix de Phoebe s'éleva au-dessus des autres, résonnant en contre-chant. Les larmes roulaient sur les joues de Carmen ; sans doute à cause de la fatigue ou de l'amour qu'elle portait à sa nièce, supposa-t-elle. Or, quand elle regarda autour d'elle, elle vit qu'elle n'était pas la seule ; loin de là.

Bien sûr, Pippa exécuta son solo de basson à la perfection, et Jack, avec son énergie naturelle, fut égal à lui-même. Mais c'était incontestablement Phoebe la star du jour. Carmen ouvrit grand les bras pour la féliciter après sa prestation, et le sourire radieux de sa nièce voulait tout dire.

*

Il était encore tôt lorsque Carmen arriva à la librairie. Elle entreprit aussitôt d'aider M. McCredie à s'occuper des clients qui faisaient la queue en lui parlant du nouveau bébé. Le vieux monsieur était ravi, et elle promit de lui présenter le plus vite possible.

— Au fait, votre copain est passé.

— Qui ça ? l'interrogea-t-elle en lui jetant un regard nerveux.

— Oh, un homme est venu signer des livres…

— Blair ?

— Oui.

— Oh, fit-elle, déconfite.

Une seconde, rien qu'une seconde, elle avait cru qu'il parlait d'Oke, la seule personne qu'elle avait envie de voir.

— Oui, il part à Londres. Ou à Los Angeles. Quelle importance ?

M. McCredie sourit.

— Oh, et le dendrologue est passé, lui aussi.

Elle cessa de servir, s'en tenir compte du barbu en kilt qui attendait patiemment son tour (ses genoux étaient plus au chaud à l'intérieur qu'à l'extérieur).

— Oke est venu ?

— Oui.

— Il était là… A-t-il acheté un livre ?

— Oui.

— Est-ce qu'il a parlé de moi ? Demandé où j'étais ?

M. McCredie parut triste.

— Euh… oui.

Elle releva la tête d'un coup.

— Il a demandé où vous étiez, et je lui ai répondu que vous n'étiez pas là.

— ET C'EST TOUT ?!

— Je suis sincèrement désolé, Carmen ! Comme il n'est pas venu à la fête, j'avoue que je pensais m'être trompé sur vous deux et que je ne devais plus m'en mêler.

Le cœur de Carmen battait dangereusement vite.

— Mais il est venu ?

— Eh bien, il avait besoin d'un livre…

Carmen eut un grand sourire.

— On est à Édimbourg. On y trouve plus de librairies par habitant que dans n'importe quelle ville au monde. Il peut s'acheter un livre n'importe où. Je le prends comme un *signe*.

M. McCredie poussa un soupir.

— Oh, on se dirige vers de nouvelles pauses-déjeuner, j'en ai bien peur.

Carmen lui envoya un baiser, puis jeta un coup d'œil à la caisse.

— Je vous le revaudrai pour Burns Night[1], lança-t-elle d'un air effronté.

— Ooh ! lâcha-t-il en comprenant tout à coup ce qu'elle insinuait.

Burns Night était bien après Noël.

Au final, il n'y aurait pas d'horrible pavillon en banlieue, alors… pas de deux-pièces… Était-ce possible ?

— Quoi ? s'enquit-il, juste pour être sûr.

Oke n'avait pas occupé toutes les pensées de Carmen, le soir où elle avait contemplé la ville par-dessus les remparts du château d'Édimbourg. Elle comptait trouver un meilleur moment pour en parler, mais cela lui avait échappé. Si c'était possible, elle ne voulait pas quitter cette ville magnifique. Elle ne voulait pas quitter Phoebe, ni les deux autres enfants (enfin, trois, à présent), si elle pouvait l'éviter. Ni Victoria Street. Cette charmante librairie.

Elle voulait se construire une vie ici. Elle s'en était bien sortie jusque-là. Pourquoi ne pas essayer ?

— Euh, vous savez, votre maison au-dessus ? Par simple curiosité, combien a-t-elle de chambres ?

M. McCredie sembla perplexe.

— Eh bien, plusieurs, j'imagine.

Carmen le considéra.

— D'accord. Bon. Là, il faut que j'y aille, parce que mon patron n'a pas réussi à enfermer l'homme que j'aime dans la réserve jusqu'à mon retour. Mais

1. Le 25 janvier, les Écossais célèbrent l'anniversaire du poète Robert Burns autour du « souper de Burns ». *(N.d.T.)*

peut-on en reparler tout à l'heure ? De prolonger mon contrat… peut-être ?

M. McCredie hocha la tête, surpris.

Carmen présenta ses excuses à l'homme en kilt, qui répondit qu'il n'y avait aucun problème, il allait juste s'asseoir un peu si cela ne les dérangeait pas, puis sortit du magasin en claquant la porte, avant de la rouvrir aussi sec.

— Où se trouve le département de biologie ?

— King's Buildings !

*

Elle l'inviterait pour Noël, voilà tout, se dit-elle avec fébrilité, dans tous ses états.

Noël. Un sentiment de honte l'emplit tout à coup : elle avait laissé sa mère et Sofia tout organiser, comme tous les ans. Encore plus honteuse, son cœur commençant à marteler sa poitrine, elle se souvint qu'elle avait râlé quand elles lui avaient demandé si elle avait des projets, si elle venait à la maison (ou, plus récemment, chez Sofia). Elle était alors agacée de devoir dépenser de l'argent pour ces sales gosses, ne voyait pas l'intérêt de les regarder déballer leurs cadeaux (n'avaient-ils pas assez de cochonneries comme ça ?), n'avait pas envie de porter des fichus pulls de Noël assortis. C'était une période chargée chez Dounston's ; en général, elle sortait se soûler avec ses amis et arrivait le lendemain avec la gueule de bois…

Ce n'était pas… ce n'était pas ce qu'elle voulait, cette année. Pas du tout. Elle voulait participer à tout. Tout.

Elle regarda son téléphone avec désarroi. Elle croyait que l'université se trouvait dans le centre-ville, mais il s'avérait que la moitié du campus était à des kilomètres de là, au sud. Pressée, elle héla un taxi et, tout le trajet, ne cessa de se tortiller, grimaçant à chaque feu rouge, à tel point que le chauffeur finit par se retourner.

— Vous avez besoin d'aller aux toilettes, ma belle ?

Carmen se renfrogna. Ce n'était pas vraiment ce qu'elle espérait en traversant la ville à toute allure par amour.

— Non, ça va.

Elle fronça les sourcils, comme de nouveaux flocons se mettaient à tomber.

— Oh, ce n'est pas vrai : il se remet à neiger, lança le chauffeur.

— C'est joli.

— C'est vraiment pénible. On ne peut aller nulle part. Personne ne se déplace. Je déteste cette saleté.

— Je comprends, répondit Carmen en se mordant la lèvre.

Elle ne s'attendait pas à devoir parler de la pluie et du beau temps pendant son périple romantique.

Puis elle pensa à Oke, et un frisson la parcourut. Il était venu à la librairie. Elle avait sûrement une chance ? Non ?

Elle poussa un soupir satisfait et consulta son téléphone. Bon sang, il fallait vraiment qu'elle lui demande son numéro.

Elle envoya les vidéos du concert à Sofia par WhatsApp, ajoutant un smiley avec des yeux en forme de cœur, et reçut un pouce levé en retour, accompagné d'une petite photo du bébé et d'une légende :

« Qu'est-ce que tu penses de Jésus, comme prénom ? C'est trop ? »

Elle éclata de rire, puis envoya la photo à sa mère, qui répondit, lui rappelant sa gêne :

« Ma chérie, je vérifie juste. Tu seras là le jour de Noël ? »

« Est-ce que je peux faire quelque chose ? » tapa-t-elle.

« Oh, non, ne le dis à personne, mais on mangera juste un gros rôti. »

« Ça va être chouette d'être tous réunis. »

« Oui. »

Carmen se sentit un peu coupable, comme si elle tentait le diable, mais se lança malgré tout :

« Est-ce que je peux emmener quelqu'un ? Peut-être ? »

Les points de suspension durèrent longtemps.

« Ce n'est pas cet *affreux* bonhomme de la télé, si ? »

*

Quand elle sortit du taxi, la tempête de neige faisait rage. Elle laissa un gros pourboire au chauffeur, qui répondit avec une moue :

— Il n'y a que des fichus étudiants par ici ; pas de clients, hein ?

Puis il fit demi-tour et repartit.

Le campus de King's Buildings était vaste et évoquait un quartier d'affaires. De hauts bâtiments sortaient de terre un peu partout ; des étudiants passaient en discutant, rentrant sans doute chez eux pour les fêtes.

Certains avaient des guirlandes de Noël autour du cou, et il y avait du gui accroché partout.

Ils ne paraissaient pas prétentieux, ne donnaient pas le sentiment de se croire tout permis, songea Carmen, qui avait toujours plaisanté à ce sujet avec Idra. Ils ne semblaient pas se croire supérieurs aux autres. Ils avaient juste l'air normal ; certains étaient étrangers, ils s'exprimaient dans des langues différentes, criaient, se saluaient, mais étaient normaux.

Ben ça alors.

— Excusez-moi. Pouvez-vous m'indiquer le bâtiment de biologie, s'il vous plaît ?

— Bien sûr, répondit la première personne qu'elle arrêta. Les sciences biologiques se trouvent dans le grand bâtiment gris.

— Mais ce sont tous de grands bâtiments gris !

— Le premier, deuxième… troisième sur la gauche. Là-bas.

Personne ne vérifia son identité à l'entrée du bâtiment bas et terne, mais Carmen se sentait toujours intimidée. L'endroit était calme ; les cours devaient être finis pour le semestre.

Bon sang. Elle aurait peut-être mieux fait de rester en ville, après tout, et de s'asseoir devant la résidence universitaire, dans l'espoir de le voir avant de mourir de froid. Ça aurait peut-être été moins stupide.

Elle suivit une pancarte qui indiquait les « bureaux des docteurs », espérant qu'un gentil membre du personnel aurait pitié d'elle quand elle finirait par arriver. Elle commençait à être très fatiguée et un peu déphasée.

Les bureaux étaient déserts, eux aussi. Ce devait être le déjeuner de Noël, ou quelque chose comme cela. Elle faillit éclater en sanglots. Mais elle remarqua alors des portes qui donnaient sur un large couloir, avec des noms écrits dessus. Des noms de famille, ce qui ne l'aidait pas. Mais nombre d'entre elles étaient ornées de petites blagues – des dessins ou des signes. Et, sur l'une d'elles, elle vit un dessin de Gary Larson : ses personnages habituels en train d'examiner les anneaux de croissance d'un vieil arbre et de dire quelque chose d'incompréhensible pour Carmen, mais qui était sans doute hilarant quand on s'y connaissait en arbres.

« Dr Benezet » était inscrit sur la porte. Il s'appelait donc Dr Benezet. Carmen se frotta la bouche. C'était si étrange – avoir fait tout ce chemin, sans même se rappeler son nom de famille.

Elle se passa la main dans les cheveux, appliqua une touche de rouge à lèvres – bon sang, elle devait avoir l'air épuisé.

Bon. Elle ne pouvait pas penser à ça maintenant. Elle ne le pouvait pas. Elle devait se concentrer sur lui. Elle se prépara mentalement… puis frappa.

*

Aucune réponse. Rien. Le bâtiment entier semblait vide, comme si l'alarme incendie s'était déclenchée. Elle était certaine qu'il n'y avait personne dans le bureau. Elle tourna la poignée, et la porte s'ouvrit d'un coup.

Se sentant coupable, ayant l'impression de faire intrusion, elle pénétra à l'intérieur. La fenêtre donnait sur la ville ; on apercevait le sommet enneigé d'Arthur's

Seat. Dehors, la neige redoublait d'intensité de minute en minute.

Mais, dans la pièce elle-même, il n'y avait rien. Un tableau blanc, sur lequel un magnifique dessin de racines profondes, très complexe, n'avait pas été effacé. De la Patafix sur les murs, où se trouvaient sans doute des photos.

Pas d'ordinateur ; un bureau vide, une lampe, un fauteuil et une chaise, ainsi que d'autres chaises empilées dans un coin pour les travaux dirigés. Rien de plus. Une longue étagère, seulement recouverte d'une fine couche de poussière. Aucun livre.

La gorge de Carmen se serra, l'angoisse la gagnant. Non. Impossible. Il n'était pas parti. Il restait. Il lui avait *dit*. Qu'il… qu'il était possible qu'il reste.

Elle entendit des bruits de pas et se retourna, paniquée, pour regarder dans le couloir.

Une silhouette avançait lentement, un gros carton dans les bras, et, quand elle se révéla, Carmen sentit son cœur battre plus fort.

— Skylar, dit-elle.

La jeune femme la dévisagea.

— Oh, c'est toi. Est-ce que tu cherches Oke ?

Carmen sentit l'espoir poindre en elle.

— Oui…

— Il est parti.

— Parti où ?

— Il est rentré chez lui. Il a décidé de ne pas prolonger son contrat. Pourquoi voulais-tu le voir ?

Carmen ne souhaitait pas répondre à cette question.

— As-tu parlé à Sofia ? l'interrogea-t-elle à la place.

Skylar échappa un rire qui sonna faux.

— Oh, oui. Ne t'inquiète pas pour moi. Je n'ai plus besoin de m'occuper de ces gamins perturbés une seconde de plus.

— Ils sont super !

Skylar haussa les épaules.

— Vous manquez tous de spiritualité. Tous. C'est très néfaste.

— Non, répondit Carmen en réussissant à sourire. Enfin. Peut-être pas. Où vas-tu aller ? ajouta-t-elle en fronçant les sourcils.

— Oh, ne t'en fais pas pour moi. Je vais passer Noël à Londres avec Blair. Oh, pardon, est-ce que j'ai touché la corde sensible ?

Carmen la dévisagea.

— Non.

En réalité, Blair ne l'avait pas du tout invitée et se trouvait des excuses de plus en plus laborieuses pour l'empêcher de venir, mais la jeune femme était tenace et ne supportait pas l'idée de rentrer chez ses parents, dans leur minuscule maison neuve dans un lotissement de standing en périphérie de Slough, où ils l'appelaient par son vrai prénom – Janet – et vivaient de lasagnes surgelées, qu'ils mangeaient devant leur émission de téléréalité culinaire tout en parlant du dispositif de surveillance du quartier. Un sort plus terrible que la mort. Elle tenterait sa chance avec Blair, même s'il passait son temps à lui demander de quitter l'hôtel parce qu'il devait travailler.

— Mais je voulais voir Oke.

— Ha ! tu arrives trop tard, jubila Skylar. Il s'en va. Je l'ai vu à…

Elle s'interrompit, se rendant compte de son erreur.

— À quoi ?

— Euh, à ta fête, répondit-elle en vitesse.

— Mais tu m'as dit qu'il n'était pas là, répliqua Carmen, les larmes lui montant aux yeux.

— Euh, oui. Enfin, je l'ai peut-être raté… bref. Tu as l'air bouleversé, tu sais. Tu devrais vraiment essayer la méditation ? Et de décompresser ? Et ton alimentation ne peut pas…

— Tu es *odieuse*, lança Carmen, avant de tourner les talons et de déguerpir.

Chapitre 36

Dehors, la neige tombait plus dru que jamais. Il n'y avait aucun taxi en vue. Aveuglée par les flocons et les larmes, Carmen vit un bus arriver et sauta dedans, agitant son téléphone pour acheter son ticket.

Le bus était presque vide, et elle alla s'asseoir à l'étage, dans le fond, où, pendant que le bus poursuivait lentement son chemin, elle put laisser couler ses larmes, qui allèrent s'écraser par terre.

Elle songea à M. McCredie, qui avait passé sa vie retenu par la honte, à rater des occasions, parce qu'il les avait rejetées. Puis à elle, qui avait boudé des occasions (des études au travail, en passant par tout ce que la vie avait à offrir), de peur d'échouer, que ça n'aille de travers. Il avait fallu les efforts conjugués de toute sa famille pour la pousser à accepter un nouveau poste, qui avait fini par changer sa vie.

Elle avait eu si peur d'essayer. Avait été trop timorée. Et maintenant, elle arrivait trop tard. Elle poussa un soupir, les larmes du ciel coulant lentement sur la vitre par solidarité. Elle regarda dehors, où le jour commençait à décliner. Au lieu d'approcher, les immeubles disparaissaient derrière elle : elle s'éloignait du centre-ville, de la maison et de la maigre consolation d'avoir une famille aimante. Ils venaient de traverser la rocade et se dirigeaient maintenant vers la campagne.

Oh non. Dans son désarroi, elle devait s'être trompée de sortie et avoir pris un bus qui allait dans la mauvaise direction. Oh non. Mais où était-elle ?

Elle descendit l'escalier, les jambes flageolantes, puis sauta du bus avant de s'éloigner davantage. Elle resta debout dans le froid glacial, son téléphone presque déchargé, à côté d'un lotissement pavillonnaire. Elle le longea, essayant d'afficher une carte sur son téléphone, et, peu à peu, comprit où elle était.

Ormiston. Pourquoi ce nom lui disait-il quelque chose ? Ormiston. Elle fit la moue.

Bien sûr. Son arbre préféré. Mais il était parti à l'autre bout du monde ; si loin.

Elle se mit en route en trébuchant. Où était-il ? Elle pourrait s'abriter dessous et appeler un taxi. Il devait bien y en avoir un quelque part, mais elle avait trop froid aux mains pour appuyer sur les touches de son téléphone et elle n'avait presque plus de batterie.

De plus en plus frigorifiée, commençant à avoir peur dans le noir (les réverbères s'allumaient en clignotant au-dessus d'elle), elle ne savait pas quoi faire. Federico aurait pu venir la chercher en voiture, mais il devait rester à la maison avec les enfants. Ses gants de laine peu épais n'étaient pas d'une grande utilité, d'autant qu'elle devait sans cesse les retirer pour manipuler son téléphone. Ses cheveux étaient couverts de flocons blancs ; ses joues striées de larmes.

Elle progressa avec difficulté, se rappelant ses instructions : prendre à gauche. Ses bottines s'enfonçaient dans la neige, elle commençait à frissonner. Il faisait si sombre, seules les lumières de maisons lointaines la guidaient sur ce chemin, qui s'enfonçait de plus en plus dans les bois.

Au bout d'un moment, dans la pénombre, elle remarqua un sentier qui partait sur la droite. Elle tourna la tête, et le vit.

L'arbre, large, énorme, majestueux, se dressait devant elle. Il était beau, extraordinaire.

Elle s'assiérait dessous, songea-t-elle rationnellement (c'était tout sauf rationnel, mais, en manque de sommeil, gelée, elle n'avait pas les idées claires), s'abriterait de la neige et du vent, pourrait se servir de son téléphone et déterminer comment rentrer chez elle. Elle pourrait regagner la maison et se réfugier dans sa petite chambre, peut-être prendre le bébé avec elle pour le câliner et pleurer toutes les larmes de son corps. Si le bébé pleurait en même temps, eh bien, encore mieux. Puis elle préparerait un chocolat chaud, soi-disant pour les enfants. Et elle ne serait pas contre regarder une nouvelle fois *Noël chez les Muppets*.

C'était grotesque, mais elle avait l'impression d'être la petite fille aux allumettes, sans les allumettes.

Elle s'engagea sur le sentier étroit qui menait à l'arbre, s'arrêtant une seconde pour humer l'odeur profonde de cette végétation centenaire, qui la rendit pensive, puis se fraya un chemin sous les énormes branches jusqu'à un espace dégagé. Elle avait vraiment très froid, réalisa-t-elle. Mais ici, le vent ne soufflait plus ; la neige ne pénétrait pas les gigantesques branches séculaires, cette épaisse voûte de feuilles. C'était une cathédrale, avec des liernes vertes, des vitraux verts et des bancs marron. Un lieu de culte. Elle se laissa tomber contre le plus épais des troncs à plusieurs branches.

Elle entendit alors un bruit, un léger bruissement. Un oiseau ? Un renard, peut-être ? Elle l'entendit à nouveau et se figea. Un bruissement. Elle n'y voyait rien ; il faisait nuit noire sous l'arbre. Elle batailla avec son téléphone, mais n'avait plus assez de batterie pour se servir de la torche : elle était à des kilomètres de chez elle et ne retrouverait jamais son chemin sans lui.

— Ohé ! Il… il y a quelqu'un ? appela-t-elle.

— Ohé ! répondit une voix lente, posée, assurée.

Cela ne pouvait pas être vrai. Son esprit enfiévré lui jouait des tours. Elle était peut-être en hypothermie. Son cœur s'emballa. Oh non. Elle rêvait. C'était terrible.

— Carmen ? Est-ce que c'est toi ?

Ce n'était pas possible. Elle resta immobile, paralysée, avant de se dire qu'elle devrait s'en aller – courir, arrêter la première voiture, monter dans le premier bus, partir d'ici pour fuir son imagination exaltée, délirante. Elle parvint à reculer d'un pas.

— Carmen ?

Il alluma sa torche. Elle ne voyait plus rien, éblouie par la lumière. Elle avait envie de crier, de s'enfuir en courant, mais resta figée, collée au vieux tronc.

— C'est bien toi ! Incroyable ! Qu'est-ce que tu fais ici ?!

Sa voix refusait de sortir, était comme étranglée.

— Oke ?

— Bien sûr ! Qui d'autre ?

Elle battit des paupières, et Oke devint plus net.

— Mais… mais tu es rentré chez toi ! Tu es parti !

Il consulta son téléphone, retournant la torche.

— Dans trois heures. J'allais me rendre à l'aéroport. Je suis venu… je suis venu dire au revoir. À l'arbre, précisa-t-il. C'est bizarre… je n'ai pas arrêté… je n'ai pas arrêté de rêver de lui.

Carmen n'entendit pas la fin de sa phrase.

— Je… je voulais te dire au revoir, dit-elle d'une voix basse, rauque.

— Je suis venu à la fête de la librairie, répondit-il d'un air renfrogné. Skylar ne te l'a pas dit ? Je suis venu te voir à la librairie, mais elle m'a dit que tu en pinçais pour Blair.

— Quoi ? Pour *Blair* ?

— Euh… oui. Et après, j'ai croisé Blair, qui a dit avoir couché avec toi…

— Il a dit ça ? Ces mots exacts ?

Carmen n'avait plus du tout froid, elle bouillait de colère. Elle vit Oke froncer les sourcils à la lueur de la torche.

— Eh bien, pas exactement…

— Non, parce que ce n'était pas moi ! C'est Skylar qui a couché avec Blair ! Il ne me plaît pas du tout.

— Mais je t'ai vue parler avec lui.

— Oui. Il m'a envoyé des textos, expliqua-t-elle avant de se forcer à faire comme lui et à être honnête. Je l'aimais bien au début. Et puis j'ai appris à le connaître. Et… et j'ai appris à te connaître, toi.

Il la dévisagea, l'espoir naissant dans son cœur.

— Est-ce que tu es sûre ?

Elle hocha la tête, puis avança d'un tout petit pas, timide, avant de se rendre compte qu'elle tremblait.

— Oh non. Oh non.

— Tu es gelée, dit-il en la voyant de plus près. Viens là. Viens là.

Et avant qu'elle n'ait le temps de réagir, il prit ses mains dans les siennes, plus grandes, douces et puissantes, et les serra fort.

— Tu es carrément *frigorifiée*, poursuivit-il en l'attirant contre lui.

Elle était toujours aussi terrifiée, son cœur battait toujours la chamade, mais d'une tout autre manière, pour une raison si différente.

— Est-ce que… est-ce que tu pourrais me les réchauffer ? lui demanda-t-elle.

Avec un grand sourire, il les enfouit aussitôt sous ses quatre couches de vêtements, et, en sentant son dos nu, son ventre plat, musclé, son torse imberbe, Carmen écarquilla les yeux.

— Oh !

— C'est mieux ?

— Bien mieux, répondit-elle, bien que ses mains la picotent en se réchauffant.

— Oh non, est-ce que tu pars vraiment ? Maintenant ? ajouta-t-elle en le regardant.

— Oh, ma mère sera déçue, si je ne rentre pas. Mais mes sœurs trouveront ça drôle.

— Oui, mais ce n'est pas comme si tu rentrais pour fêter Noël, si ? dit-elle en se rapprochant.

Réchauffées, ses mains ne pouvaient s'empêcher de caresser la peau douce et mate de son dos athlétique.

— Bon sang, marmonna-t-elle tout bas. Ce n'est pas très quaker, ça, si ? demanda-t-elle en continuant de le caresser.

— Combien de fois faudra-t-il que je m'explique là-dessus ? répliqua-t-il en souriant.

— Non, je comprends.

— Qu'est-ce que tu comprends ?

Elle releva les yeux.

— Une religion. Sans église. Le bruissement des feuilles dans le vent, les cris apaisants des oiseaux, les bruits assourdis par la neige. C'est ça, ta religion.

Il opina du chef.

— C'est ma religion.

— Mais il y a des choses qu'il ne faut pas faire dans une église, lança-t-elle d'un air coquin.

Il la regarda, les yeux brillants.

— Eh bien, c'est mon église. Elle n'est à personne d'autre.

— C'est vrai. Tu peux donc établir tes propres règles.

Il sourit.

— Je devrais te dire mon prénom.

— Oh, oui !

— Il ne me va pas très bien.

— C'est à moi d'en juger.

— C'est Obediencia. Obéissance.

— Ton prénom, c'est Obéissance ?

— Oui. Mes sœurs m'appelaient Obé, mais je croyais qu'elles disaient Okay et, bref, c'est devenu Oke.

Il esquissa un grand sourire.

— Résultat : j'ai quitté ma famille, voyagé dans le monde entier, étudié la nature, et… enfin, il s'avère que je ne suis pas une personne très obéissante, conclut-il en lui caressant doucement le visage.

— Oh, moi non plus, répondit-elle en souriant.

— Ta bouche est-elle froide ? l'interrogea-t-il à mi-voix.

— Oui.

Et, sous un arbre déjà centenaire quand Mary Stuart était enfant, qui avait vu défiler complots et meurtres sous ses branches, témoin de l'histoire, qui était si vieux que le père de Ponce Pilate aurait pu le connaître, un nouvel événement fit date : le plus beau baiser des nombreux, nombreux, auxquels cet if avait assisté.

*

Ils remontèrent avec peine le sentier boueux, lovés l'un contre l'autre, Oke tirant sa valise.

— Comment comptais-tu te rendre à l'aéroport ?

— Il doit y avoir une gare, répondit-il. Regarde.

Ils suivirent la carte, mais Carmen n'était pas optimiste. Aucune route ne menait à une gare bien éclairée ; ils étaient sur un autre sentier boueux, qui longeait le joli village.

Mais, curieusement, tout contre cet homme, elle ne sentait plus le froid, elle n'était plus inquiète, malgré leurs téléphones presque morts qui affichaient des avis de perturbations dans les transports et des alertes jaunes et rouges pour la neige et le verglas ; des annulations et des retards.

Il n'y avait pas de gare, pas de panneau. Juste une voie ferrée envahie par la mousse et les mauvaises herbes, et un petit quai mal entretenu, craquelé et envahi par l'herbe, lui aussi.

— Je ne pense pas que ça va marcher, murmura Carmen d'une voix songeuse. Mais je ne veux pas que tu ailles à l'aéroport, donc je m'en fiche.

La petite gare, quand ils finirent par la trouver, paraissait déserte. Les avis sur leurs téléphones leur indiquaient que le trafic était interrompu, que les trains ne circulaient plus et qu'il était recommandé de rester chez soi. Ils allaient trouver une solution – il le fallait. Oke avait déjà réussi à retarder son vol ; ils se trouvaient à près de vingt-cinq kilomètres du centre-ville, il était donc impossible de rentrer à pied. Ils retournèrent malgré tout sur le petit quai envahi par l'herbe.

Alors que Carmen s'apprêtait à lui suggérer de laisser tomber, une lumière apparut sur la voie, puis un signal vert s'alluma au-dessus d'eux, pour signaler le passage d'une rame.

Un vieux train apparut, avec un nez rouge plat. Il s'arrêta, mais personne n'en descendit ; aucun chef de train ne regarda par la fenêtre pour vérifier s'il y avait des passagers. Comme les portes n'étaient pas automatisées, Oke essaya d'en ouvrir une : il tourna la poignée, et ils montèrent à bord en pouffant.

À l'intérieur, le train était totalement vide ; tout le monde devait avoir entendu les alertes météo à la radio. La neige s'accumulait sur les vitres. Les voitures étaient si vieilles qu'elles étaient toujours équipées de portes coulissantes en verre et de compartiments séparés.

Ils arpentèrent le couloir, main dans la main.

— Je crois qu'il n'y a que nous, chuchota Carmen, sans savoir pourquoi elle avait baissé la voix.

Il n'y avait pas de contrôleur, personne pour donner un coup de sifflet, mais le train s'ébranla dans l'obscurité, au milieu des flocons virevoltants.

Ils trouvèrent un compartiment à l'éclairage tamisé (une petite lampe orange luisait près de la fenêtre), où ils s'assirent l'un en face de l'autre. Il la fixa alors avec des yeux provocants, et elle soutint son regard, tandis que cet étrange petit train traversait la campagne sombre avec fracas, les lampes anciennes s'éteignant et se rallumant à chaque secousse, les vieilles roues cliquetant sur les rails.

Soudain, Carmen ne put plus résister. Elle se leva. Et s'approcha de lui sans le quitter des yeux. Pour qu'il n'ait aucun doute sur ses intentions. Avec un sourire tranquille, il l'entoura de ses bras.

Comme ils entraient dans un long tunnel, les lumières du train tremblèrent, clignotèrent. Quand ils en sortirent, Carmen était assise sur ses genoux. Au flash suivant, il l'embrassait avec fougue ; au vacillement d'après, leurs têtes étaient collées l'une contre l'autre. Le train accéléra, et un coup de sifflet retentit.

Chapitre 37

— Ne me forcez pas la main ! s'écria Carmen au petit déjeuner, peu de temps avant Noël.

Federico conduisait les enfants à l'école ; Sofia restait au lit avec le bébé (qui n'avait toujours pas de prénom : Obéissance avait été brièvement évoqué, mais vite rejeté), ravie, à manger des toasts et à accepter les nombreux cadeaux que les incroyables sorcières d'Édimbourg avaient eu le temps de dégoter, de choisir avec tact, de bien emballer et de lui envoyer. Elles étaient extraordinaires.

Federico et Carmen étaient le duo le plus agaçant de l'histoire, mais Sofia commençait à s'y habituer. Federico lui disait : « Ma chérie, je t'avais dit qu'il fallait que tu lèves le pied », et Carmen faisait chorus : « C'est *exactement* ce que je t'ai dit. » Puis Federico ajoutait : « Tu n'es pas obligée de toujours tout organiser », et Carmen acquiesçait : « *Exactement !* » Sofia aimait bien qu'ils se liguent contre elle. Même si elle prévoyait déjà d'organiser le souper de Burns le plus impressionnant qu'Édimbourg n'ait jamais vu, et cette ville en avait vu beaucoup. Elle attendait aussi avec impatience que

Federico passe un mois entier à la maison (il s'était plus ou moins résigné à rester allongé par terre pendant que les enfants lui sauteraient dessus et à jouer au foot avec Jack pendant au moins neuf heures par jour), ainsi que l'énorme cadeau de Noël qu'elle comptait lui demander. Tout allait pour le mieux, songeait-elle.

— Mais tu dois lire une histoire ! déclara Phoebe en avalant avec joie une cuillerée de céréales (dont Carmen s'était dit qu'elles seraient un bon compromis post-flocons d'avoine). C'est ton travail, maintenant !

— Ce n'est pas mon travail ! Et c'est toujours une catastrophe !

— Tu devrais peut-être choisir un bon livre ? avança Pippa, toujours aussi obligeante. Tu sais, tous ces livres horribles que tu as choisis jusqu'ici. Je te suggère d'en choisir un bon à la place, tata Carmen.

— Merci du conseil. En aurais-tu un à me recommander ?

— Oui. Ça parle d'un groupe de filles qui sauvent Noël avec leurs licornes magiques. Toutes les licornes ont des capacités de bienveillance différentes.

Oke, assis à l'autre bout du canapé, releva la tête.

— Oui ! Tu dois lire une histoire !

— Oui, c'est ça, monsieur l'expert de Noël, rétorqua Carmen en rigolant.

Oke s'était installé chez M. McCredie. M. McCredie, s'avéra-t-il, n'avait jamais voulu avoir de pensionnaires jusque-là mais ne trouvait pas cela si terrible, finalement. Il pouvait parler jour et nuit de forêts néolithiques avec son colocataire et y avait pris goût, de sorte que tout le monde était content – Carmen, en particulier.

Oke passait la chercher tous les matins pour l'accompagner au travail. Elle avait expliqué aux enfants qu'elle irait sans doute bientôt dormir chez lui, mais, pour le moment, elle préférait rester à la maison afin que Sofia puisse faire la grasse matinée.

Et elle trouvait très excitant de considérer Oke comme un cadeau de Noël qu'elle ne pouvait pas encore déballer.

— D'accord, d'accord, capitula-t-elle.

— Rappelle-moi combien nous serons pour Noël ? lui demanda Sofia en descendant les escaliers, l'air fatigué, mais heureux.

— Ce n'est pas maman qui s'en charge ?

— Laisse-moi surorganiser, sœurette, s'il te plaît : ça m'aide à me détendre.

— Mais, si c'est moi qui m'en charge, on pourra regarder l'émission de Noël de *Top of the Pops*.

Les enfants la dévisagèrent, perplexes.

— C'est de la musique pop. Vous allez adorer.

— Carmen !

— Et des Frosties. Allez. Mangeons des Frosties le jour de Noël. En fait, restons en pyjama *toute la journée*. Et *pas de basson*.

— Va travailler ! s'indigna Sofia, mais, en réalité, elle avait le sourire aux lèvres.

*

Les vacances de Noël commencèrent, et l'heure du conte attira encore plus de petits spectateurs. Carmen ouvrit un vieux livre, le plus cher qu'ils avaient en rayon, et leur raconta l'histoire des animaux qui perdaient la parole le soir du réveillon, à minuit. Les enfants l'écoutèrent en silence, les yeux écarquillés, et, à la fin, eurent tous droit à un minuscule Père Noël en chocolat, avant de rentrer chez eux, tout contents.

Comme les familles se dispersaient, deux personnes de grande taille s'attardèrent près de la porte.

— Nous partons demain, expliqua la dame allemande. Nous nous sommes dit que nous devrions essayer. Une dernière fois…

Carmen saisit la main de M. McCredie et la serra fort. Le vieux monsieur hocha la tête d'un air hébété, puis retourna la pancarte sur la porte et les conduisit à l'étage.

— Je vous laisse, dit Carmen. Souhaitez-vous du thé ?

— Oh Carmen, répondit M. McCredie d'une voix chevrotante. Restez, s'il vous plaît.

Elle resta donc.

Ils avaient trouvé des papiers en vidant la maison de leur grand-père – des lettres du camp de prisonniers, envoyées par son frère cadet, Erich, qui décrivaient les conditions de vie et évoquaient une infirmière, Marian, qui y travaillait. La mère de M. McCredie.

— Je vais vous montrer ces lettres, bien sûr, même si vous préférerez sans doute éviter de lire certaines parties, expliqua la dame.

M. McCredie restait assis, à écouter sans rien dire.

— Je crois qu'ils étaient très amoureux. Il était très jeune.

— Quel âge avait-il ?

— Dix-sept ans.

M. McCredie en eut le souffle coupé.

— Bon sang.

— Il faisait partie de l'équipage d'un sous-marin allemand qui patrouillait dans la mer du Nord. Ce n'était qu'un gamin. Il a été enrôlé, presque à la fin de la guerre...

Le vieux monsieur semblait abasourdi ; ses yeux clairs regardaient fixement par la fenêtre.

— Que lui est-il arrivé ? demanda Carmen quand il devint évident qu'il ne savait pas comment poser la question.

— Oh. Il a été restitué par les Anglais, puis a été fusillé pour espionnage.

— Vous plaisantez ?

Elle secoua la tête.

— C'était... c'était une époque difficile pour tout le monde.

M. McCredie acquiesça, les larmes aux yeux.

— Est-ce... est-ce qu'il savait pour moi ?

— Je ne crois pas. Quand êtes-vous né ?

Ils comparèrent les dates, et M. McCredie opina du chef.

— Il est mort avant même que ma mère n'ait pu savoir qu'elle était enceinte.

Le silence se fit. Carmen prit sa main tremblante et la serra fort.

— Vous n'avez pas à avoir honte, lui dit-elle.

Leurs invités acquiescèrent.

— Elle m'a donné son prénom. Je l'ai toujours détesté.

Carmen le considéra, surprise. Elle ne lui avait jamais demandé son prénom. Bon sang, elle avait vraiment un problème avec les prénoms.

— Quoi, Erich ?

— Sans h. C'est assez courant à Édimbourg, bien sûr. Mon père ne se doutait de rien, ou faisait comme si. Mais les autres garçons…

Il secoua la tête.

— C'est un joli prénom, répéta Carmen en serrant sa main.

*

— C'est un joli prénom, c'est vrai, dit Sofia quand Carmen lui raconta toute l'histoire pendant le dîner.

Elles échangèrent un regard, avant de poser les yeux sur le couffin.

— Hors de question, dit Carmen. Non. Il déteste son prénom, il ne s'en sert jamais.

— C'était avant qu'il n'apprenne que son père n'était qu'un gamin. Un pauvre gamin effrayé, à ce qu'on dirait.

— J'imagine que Sofia fait sa tête « ma décision est prise » ? demanda Federico, couché par terre.

— Est-ce que ce prénom te plaît ? l'interrogea Carmen.

— Il se trouve que oui, répondit-il. Mais j'aurais répondu oui, même si ça n'avait pas été vrai.

— *Comment* peux-tu être un aussi bon avocat ?

— Ça lui permettra de prendre un nouveau départ, poursuivit Sofia de manière résolue. Et il s'agit de lui, pas de son père. Éric. Oui, dit-elle en soulevant son beau bébé. On lui annoncera pendant le déjeuner de Noël.

— Oh ! J'ai oublié. Il ne sera pas là.

— Tu plaisantes ?

— Je suis désolée !

— Que fait-il ? Il passe Noël avec sa nouvelle famille ?

— Non, même si, *apparemment*, maintenant, il faut que je gagne beaucoup d'argent à la librairie, parce qu'il veut leur rendre visite, répondit Carmen en levant les yeux au ciel. Après, il veut faire un voyage en Antarctique. Il paraît que des bateaux de croisière y vont.

— Mais pourquoi ne vient-il pas à Noël ?

Carmen se couvrit le visage des mains.

— Ne m'en parle pas. Il va chez Mme Marsh.

— Ton ancienne patronne ?!

— Je ne veux pas y penser.

Sofia éclata de rire.

— Je trouve ça trop mignon !

— Elle a une mono-poitrine.

— C'est quoi, une mono-poitrine ? s'enquit Phoebe.

— Qui veut accrocher les chaussettes de Noël ? demanda aussitôt Carmen.

Chaque membre de la famille avait une chaussette de Noël brodée à son nom. Typique de Sofia ; elle en faisait toujours trop.

Mais, en les passant en revue, Carmen en trouva deux de plus : une pour elle et une pour Oke.

— Qu'est-ce que c'est ?! Quand as-tu trouvé le temps de faire ça ?

Sofia eut un sourire irritant.

— Oh, les personnes débordées sont toujours les plus efficaces.

— Tu fais juste ton *intéressante* !

*

Le jour de Noël, ils formaient une joyeuse bande. Ils initièrent Oke à toutes sortes de nouveautés, ce que les enfants trouvèrent hilarant, surtout quand il essaya d'ouvrir un cracker tout seul.

La dinde était parfaite, il y avait des pommes de terre en abondance et, quand ils prirent place à table, les enfants posèrent leurs jolies maisons de poupées en bois (offertes par le Père Noël) et leurs sabres laser électroniques en plastique (offerts par Carmen). Irene fit un geste en direction du nouvel invité, qui lui plaisait beaucoup.

— Oke, accepterais-tu de dire le bénédicité ?

— Ah, désolé…, répondit-il avec un sourire. Nous ne disons pas le bénédicité dans ma culture. Nous observons un moment de silence, pour écouter la toute petite voix à l'intérieur de nous. Pas seulement en ce… « jour spécial », pourrait-on dire. Chaque jour est spécial. Nous devrions éprouver un peu de reconnaissance chaque jour, d'après moi. Puis, à chacun de nos gestes, nous en servir pour œuvrer à la paix, réconcilier et témoigner en silence de notre humanité commune. Désolé. Je n'ai rien de spécial à dire…

— En fait, c'était parfait, répondit Irene.

Épilogue

Pendant que les adultes somnolaient ou parlaient de choses ennuyeuses au rez-de-chaussée, Pippa et Phoebe s'éclipsèrent pour trouver mieux à faire. Une minuscule fiole, qui contenait un liquide mystérieux, était posée sur la coiffeuse de Carmen.

— Ne la prends pas, l'avertit Pippa. Elle n'est pas à toi.

— Je veux juste sentir, répondit Phoebe en enlevant le bouchon en volute.

Elle en renversa aussitôt sur le sol.

— Oh non ! s'écria-t-elle en regardant sa sœur, épouvantée.

— Ce n'est pas grave, murmura Pippa au bout d'un long moment. Ne les embêtons pas avec ça ; on se ferait toutes les deux gronder. Nettoyons ça ensemble.

— D'accord.

Elles se rendirent dans la salle de bains, où elles prirent les serviettes de toilette les plus chères.

— C'est quoi, à ton avis ? demanda Phoebe en essuyant le sol.

— Ça vient de la boutique de magie, dit Pippa en lisant l'étiquette. Ouah ! C'est peut-être un philtre d'amour pour tonton Oke.

— Hi ! hi ! hi ! Tu ne peux pas l'appeler comme ça !

— Je dis ça comme ça. Peut-être.

— Peut-être, oui. Attends… si on la remplit d'eau, elle ne saura pas qu'on en a renversé.

— D'accord. Mais ça veut dire qu'on ne saura jamais ce que c'était.

— Oui, c'est vrai. N'empêche. N'en parle pas. D'accord ? Promesse de sœur ?

— Promesse de sœur.

Remerciements

Un immense merci à Jo Unwin, Lucy Malagoni, Rosanna Forte, Milly Reilly, Donna Greaves, Joanna Kramer, Charlie King, David Shelley, Stephanie Melrose, Gemma Shelley et toute l'équipe de Little Brown ; Deborah Schneider, Rachel Kahan, Rhina Garcia et toute l'équipe de William Morrow ; Felicitas von Lovenburg, Jennifer Lindstrom, Lina Sjogren, Vivian Leandro, Kjersti Herland Johnsen, Nana Vaz de Castro, Ambre Rouvière, Alexander Cochran, Jake Smith-Bosanquet et Kate Burton.

Je remercie tout particulièrement : Andrew Johnson, de Camera Obscura, pour m'avoir fait visiter ce magnifique établissement ; Ian Rankin pour m'avoir raccompagnée à pied depuis le campus de King's Buildings ; Lit Mix ; Weegies. Enfin, j'adresse un merci particulier et tout amour à M. B, qui s'est chargé de la cuisine, des tâches ménagères et de l'école à la maison pendant le troisième confinement pour me permettre de me consacrer à ce petit livre bonus que je mourais d'envie d'écrire. Je me sens si chanceuse, si reconnaissante, que les mots me manquent.

Composition et mise en pages
Nord Compo à Villeneuve-d'Ascq

#lisez! engagé
www.lisez.com
Pour plus d'information :
Imprimé sur du papier issu de forêts gérées durablement.

Imprimé en Espagne par Liberdúplex
en septembre 2023
Nº d'impression : 111801

POCKET – 92, avenue de France, 75013 Paris

S33327/01